DRAGÕES do ACASO

DESTINOS DE DRAGONLANCE: VOLUME 2

Dragons of Fate
Copyright © 2024 by Wizards of the Coast LLC

Todos os direitos de tradução reservados e protegidos pela Lei 9.610 de 19/02/1998. Nenhuma parte desta publicação, sem autorização prévia por escrito da editora, poderá ser reproduzida ou transmitida sejam quais forem os meios empregados: eletrônicos, mecânicos, fotográficos, gravação ou quaisquer outros.

Dungeons & Dragons, Wizards of the Coast, Dragonlance, and their respective logos are trademarks of Wizards of the Coast LLC and are used with permission. All Rights Reserved. Licensed by Hasbro.

All Dragonlance characters and the distinctive likenesses thereof are property of Wizards of the Coast LLC.

Coordenadora editorial	*Francine C. Silva*
Tradução	*Lina Machado*
Preparação	*Guilherme Summa*
Revisão	*Rafael Bisoffi*
	Vanessa Omura
Revisão técnica	*Leonardo Alvarez*
Adaptação de capa	*Francine C. Silva*
Projeto gráfico e diagramação	*Renato Klisman | @rkeditorial*
Tipografia	*Adobe Caslon Pro*
Impressão	*Grafilar*

Dados Internacionais de Catalogação na Publicação (CIP)
Angélica Ilacqua CRB-8/7057

W452d	Weis, Margaret
	Dragões do acaso : destinos de Dragonlance / Margaret Weis, Tracy Hickman ; tradução de Lina Machado. — São Paulo : Excelsior, 2024.
	384 p. : il. (Coleção *Destinos de Dragonlance*, vol 2)
	ISBN 978-65-85849-16-6
	Título original: *Dragons of Fate* (*Dragonlance*, vol. 2)
	1. Dungeons and dragons (Jogo) - Ficção infantojuvenil I. Título II. Hickman, Tracy III. Machado, Lina IV. Série
23-6055	CDD 793.93

UM ROMANCE DE **DUNGEONS & DRAGONS**

DRAGÕES do ACASO
DESTINOS DE DRAGONLANCE: VOLUME 2

MARGARET WEIS & TRACY HICKMAN

São Paulo
2024

EXCELSIOR
BOOK ONE

Para Ray Puechner e Jean Blashfield Black.
Ambos eram amigos queridos e, sem eles,
Dragonlance não existiria.

MARGARET WEIS

Para meus amados netos:
Angel Jane, Alexandria, William, Alice,
Maxwell, Violet e Arthur

TRACY HICKMAN

Canção de Huma

por Michael Williams

Além do vilarejo, além dos condados de colmo diminutos,
Além de sepultura e trincheira, trincheira e sepultura,
Onde sua espada experimentou pela primeira vez
As últimas danças cruéis da infância, e despertou para os condados
Sempre recuando, sua grandeza um incêndio florestal,
O voo inclinado do martim-pescador sempre acima dele,
Então Huma caminhava sobre Rosas,
Rumo ao Ermo, aonde Paladine o encaminhou,
E ali no ruidoso túnel de lâminas
Ele cresceu em violência imaculada, em anseio,
Atordoado por uma manopla ensurdecedora de vozes.

Naquele momento e local, o Cervo Branco o encontrou,
Ao término de uma jornada planejada desde as margens da Criação,
E todo o tempo se equilibrava às bordas da floresta
Onde Huma, assombrado e faminto,
Puxou seu arco, agradecendo aos deuses por sua generosidade e providência,
Então viu, na floresta crescente,
No primeiro silêncio, o símbolo do coração aturdido,
A galhada de chifres resplandecente.
Ele baixou o arco e o mundo recomeçou.
Então Huma seguiu o Cervo, seu emaranhado de chifres recuando
Como uma memória de luz jovem, como garras de pássaros se elevando.
A Montanha agachada diante deles. Nada mudaria agora,
As três luas pararam no céu,
E a longa noite caiu nas sombras.

Era manhã quando chegaram ao bosque,
A curva da montanha, onde o Cervo partiu,
Huma também não o seguiu, sabendo que o fim desta jornada

Não era nada além de verde e da promessa de verde que perdurava
Nos olhos da mulher diante de si.
E sagrados eram os dias em que se aproximou dela, sagrado o ar
Que carregava suas palavras de carinho, suas canções esquecidas,
E as luas extasiadas se ajoelharam na Grande Montanha.
Ainda assim, ela o eludia, radiante e fugaz como um incêndio florestal,
Inominada e adorável, mais adorável por não ter nome,
Conforme aprendiam que o mundo, as alturas deslumbrantes do ar,
O próprio Ermo
Eram simplórios e inferiores comparados ao bosque do coração.
No fim dos dias, ela lhe contou seu segredo.

Pois não era mulher, tampouco era mortal,
Mas filha e herdeira de uma linhagem de Dragões.
Para Huma o céu tornou-se indiferente, repleto de luas,
A breve vida da relva escarnecia dele, escarnecia de seus pais,
E a luz espinhosa eriçava-se na Montanha deslizante.
Mas, inominada, oferecia uma esperança que não estava sob sua guarda,
Que apenas Paladine poderia atender, que por sua sabedoria eterna
Ela pudesse sair da eternidade, e ali em seus braços de prata
A promessa do bosque pudesse surgir e florescer.
Por essa sabedoria Huma orou, e o Cervo retornou,
E leste, através dos campos desolados, através das cinzas,
Através de cinzas e sangue, a colheita de dragões,
Viajou Huma, embalado pelos sonhos do Dragão de Prata,
O Cervo perpétuo, um sinal diante dele.

Por fim, o eventual porto, um templo tão distante a leste
Que ficava onde o leste terminava.
Lá Paladine apareceu
Em um mar de estrelas e glória, anunciando
De todas as escolhas, a mais terrível cabia a Huma.
Pois Paladine sabia que o coração é um ninho de anseios,
Que podemos viajar para sempre em direção à luz, tornando-nos
O que nunca poderemos ser.

Pois a noiva de Huma poderia adentrar o sol devorador,
Juntos, retornariam aos condados de colmo
E deixariam para trás o segredo da Lança, o mundo
Despovoado na escuridão, casados com os dragões.
Ou Huma poderia portar a Lança de Dragão, limpando toda a Krynn
Da morte e da invasão, dos caminhos verdes de seu amor.

A mais difícil das escolhas, e Huma lembrou
Como o Ermo enclausurou e batizou seus primeiros pensamentos
Sob o sol protetor, e agora
Enquanto a lua negra girava e revolvia, sugando o ar
E a essência de Krynn, das coisas de Krynn,
Do bosque, da Montanha, dos condados abandonados,
Ele dormiria, ele mandaria tudo embora,
Pois a escolha era toda a dor, e as escolhas
Eram calor na mão quando o braço tivesse sido cortado.
Mas ela veio até ele, chorosa e luminosa,
Numa paisagem de sonhos, na qual ele viu
O mundo colapsar e se renovar no reluzir da Lança.
Na despedida dela repousava o colapso e a renovação.
Através de suas veias condenadas o horizonte se rompeu.

Ele portou a Lança de Dragão, ele tomou a história,
O calor pálido correu por seu braço que se erguia
E o sol e as três luas, esperando maravilhas,
Pararam juntos no céu,
Rumo ao oeste, Huma cavalgou, até a Torre do Alto Clérigo
Montado no Dragão de Prata,
E o trajeto de seu voo cruzava um país desolado
Onde apenas os mortos caminhavam, murmurando nomes de dragões.
E os homens na Torre, cercados e atacados por dragões,
Pelos berros dos moribundos, o rugido no ar voraz,
Esperavam o silêncio indescritível,
Esperavam muito pior, temendo que o choque dos sentidos
Terminaria em um momento de nada
Onde a mente se deita com suas perdas e escuridão.

Mas o soar da trombeta de Huma ao longe
Dançou nas ameias. Toda Solâmnia ergueu
Sua face para o céu oriental, e os dragões
Ascenderam ao ar mais alto, acreditando que
Alguma mudança terrível havia ocorrido.
Do tumulto de suas asas, do caos dos dragões,
Do coração do nada, a Mãe da Noite,
Como um redemoinho em um vazio de cores,

Deslizou para o leste, rumo ao olhar do sol
E o céu desabou em prata e vazio.
No chão, jazia Huma, ao seu lado uma mulher,
Sua pele prateada partida, a promessa de verde
Liberada dos dons de seus olhos. Ela sussurrou seu nome
Enquanto a Rainha das Trevas se inclinava no céu acima de Huma.

Ela desceu, a Mãe da Noite,
E do alto das ameias, os homens viram sombras
Fervilharem no mergulho incolor de suas asas:
Um casebre de palha e juncos, o coração de um Ermo,
Uma luz prateada perdida salpicada em carmesim terrível,
E então do centro das sombras
Surgiu uma profundidade em que a própria escuridão resplandecia,
Negando todo ar, toda luz, toda sombra.
E fincando sua lança no vazio,
Huma repousou na doçura da morte, na inabalável luz do sol.
Pela Lança, pelo valoroso poder e irmandade
Daqueles que devem caminhar até os limites da respiração e dos sentidos,
E as longas terras floresceram em equilíbrio e música.

Aturdido em nova liberdade, aturdido pelo brilho e cores,
Pela bênção curva dos ventos sagrados,
Os cavaleiros carregaram Huma, carregaram a Lança de Dragão
Para o bosque no seio da Montanha.
Quando retornaram ao bosque em peregrinação, em homenagem,
A Lança, a armadura, o próprio Destruidor de Dragões
Tinha desaparecido aos olhos do dia.

Mas a noite das luas cheias vermelha e prateada
Brilha sobre as colinas, sobre as formas de um homem e de uma mulher
Aço e prata cintilantes, prata e aço,
Acima da aldeia, sobre os colmos e os condados acolhedores.

CAPÍTULO UM

Dalamar, o Escuro, estava a séculos de distância daqueles que ficaram presos no tempo pela destruição do Dispositivo de Viagem no Tempo. No entanto, ele os tinha em mente quando deixou o escritório de Astinus carregando os restos estilhaçados do Dispositivo em uma sacola de veludo preto.

Ele ficava revendo na cabeça, repetidamente, o momento em que entrara na Câmara de Artefatos na Grande Biblioteca de Palanthas, atendendo ao chamado de Astinus para encontrar o monge, Irmão Kairn, parado, imóvel, entre os destroços do Dispositivo. O chão estava cheio de detritos: engrenagens, rodas, joias, pedaços de metal, uma corrente partida.

— Ordenei a ele que não se mexesse até que você chegasse — Astinus informou a Dalamar —, para ver se você poderia salvá-lo.

— Mas o que aconteceu àqueles que viajaram com o Irmão Kairn? A Senhora Destina e Tasslehoff? — Dalamar perguntou, horrorizado. — Onde estão? E quanto à Gema Cinzenta de Gargath que a senhora usa?

— Irmão Kairn retornou sozinho — respondeu Astinus, com enlouquecedora impassividade.

Dalamar usara sua magia para reunir os fragmentos do Dispositivo e colocá-los nesta bolsa. Astinus lhe dera permissão para levar os restos do Dispositivo para Justarius, líder do Conclave, a fim de determinar se poderia ser consertado, e contar a Justarius sobre a catástrofe que deixara quatro pessoas e a Gema Cinzenta de Gargath presas no tempo.

Dalamar primeiro retornou à sua própria torre, a Torre da Alta Feitiçaria em Palanthas, para se certificar de que tudo estava bem. Seu *Shalafi*, Raistlin Majere, estava supostamente preso no tempo. Conhecendo

Raistlin, Dalamar não teria ficado surpreso ao encontrar seu *Shalafi* novamente mestre da torre, e ficou aliviado quando os Mantos Negros que a guardavam relataram que nada de errado havia ocorrido em sua ausência.

— Vou até a torre de Wayreth — disse-lhes Dalamar. — Fechem os portais mágicos para todos, exceto para mim. Ninguém pode sair ou entrar.

Sem ter ideia de quanto tempo ficaria fora ou dos perigos que poderia enfrentar, Dalamar reabasteceu seus ingredientes para feitiços e selecionou uma variedade de pergaminhos mágicos com encantamentos que poderiam ser lançados rapidamente e quando necessário.

Enquanto trabalhava, ele considerou relatar o que havia descoberto sobre o paradeiro da Gema Cinzenta aos deuses da magia. Eles sabiam que o Caos estava vagando pelo mundo, mas nada mais. E os outros deuses nem isso sabiam. Os deuses do bem e do mal acreditavam que a Gema Cinzenta continuava escondida, como estivera por milhares de anos.

Se Astinus era o deus Gilean, como alguns acreditavam, apenas ele sabia que a Gema tinha voltado no tempo, mas Dalamar não temia que Astinus interviesse. Ele nunca intervinha, apenas registrava o que via enquanto estava com a mão sobre a Esfera do Tempo. Quando o mundo acabasse, o último som seria o arranhar da pena de Astinus.

— Será melhor se eu lidar com esse desastre de forma rápida e discreta, sem interferência divina — ponderou Dalamar consigo mesmo.

Não teve tempo de avisar Justarius de que estava a caminho. Percorrendo os caminhos da magia, Dalamar chegou à torre de Wayreth sem aviso e a aparição repentina do mestre da torre de Palanthas materializando-se em seu saguão de entrada deixou os magos guardiões confusos e alarmados.

Cada mestre reformava a torre para que combinasse com ele ou com ela. Como os magos vinham de todas as partes de Ansalon para fazer seus testes na Torre da Alta Feitiçaria em Wayreth, Justarius projetou o hall de entrada para ser acolhedor. Tapeçarias celebrando a magia cobriam as paredes. Um tapete cobria o chão frio de mármore. Os magos guardiões estavam jogando khas em um tabuleiro que haviam montado, quando a chegada de Dalamar acionou o sino de alerta que soou por toda a torre. Os dois guardiões ficaram de pé, prontos para defender seus postos. Ambos imediatamente reconheceram Dalamar, que era o único arquimago elfo a usar as vestes negras.

— Preciso falar com Justarius — solicitou Dalamar.

Os guardiões mandaram chamar a aprendiz-chefe. Depois que ela se recuperou de seu choque, aproximou-se dele.

— Mestre, isso é inesperado...

Dalamar a interrompeu.

— Tenho que falar com Justarius sobre um assunto de extrema urgência.

— Temo que o mestre não esteja, senhor — respondeu-lhe a aprendiz. — Ele viajou para casa a fim de jantar com a esposa e sua filha recém-nascida.

— Chame-o — ordenou Dalamar. — Agora.

— Sim, mestre. Imediatamente, mestre.

Ela acompanhou Dalamar até uma das antecâmaras onde os alunos costumavam esperar para fazer o Teste. O cômodo pequeno era mobiliado com cadeiras e uma mesa onde candidatos nervosos podiam estudar seus feitiços. Dalamar havia esquecido, até que a aprendiz mencionou o jantar, que não havia comido o dia todo. Os aprendizes lhe serviram pão com coalhada e mel e trouxeram uma garrafa de vinho élfico. Na hora em que terminou sua refeição, Justarius havia retornado.

Justarius estava de bom humor após a visita a sua família, mas quando viu a expressão de Dalamar, seu prazer se esvaiu.

— O que aconteceu?

Dalamar olhou ao redor. Os aprendizes haviam desaparecido, deixando os dois sozinhos. Mas as paredes têm ouvidos, especialmente em torres mágicas, e ele não queria falar mais do que o necessário.

— A Gema Cinzenta.

Justarius estava sério.

— Vamos para os meus aposentos. Lá teremos privacidade para conversar.

Ele levou Dalamar até seus aposentos pessoais.

As pessoas sempre ficavam surpresas por dois homens tão diferentes, e que deveriam ser inimigos jurados, serem, na verdade, bons amigos. Ambos eram dedicados à magia e aos deuses a quem serviam.

Justarius era um humano de cinquenta e poucos anos que usava os mantos vermelhos daqueles dedicados a Lunitari, a deusa neutra da lua vermelha. Ele andava com uma muleta, pois seu Teste na Torre o deixara deficiente no corpo, embora mais fortalecido em espírito e determinação. Ainda era forte e robusto. Apenas os poucos fios grisalhos em seus cabelos e barba denunciavam sua idade.

Dalamar era um elfo Silvanesti de cabelos pretos e olhos amendoados. Ele usava os mantos negros de Nuitari, a deusa da lua negra. Tinha mais de cem anos e estava no auge de sua vida. Atuando como espião do Conclave, Dalamar havia servido a Raistlin Majere depois que seu *Shalafi* reivindicara a Torre da Alta Feitiçaria em Palanthas. Raistlin havia descoberto sua traição e Dalamar ainda carregava as marcas da ira de seu *Shalafi* em sua carne.

Os aposentos do mestre tinham sido projetados para oferecer conforto em vez de elegância, com várias poltronas grandes e estofadas que eram surradas de uma forma aconchegante. As paredes eram revestidas com prateleiras de livros. Justarius lançou um feitiço de proteção sobre a porta e, apoiando-se na muleta, virou-se para seu companheiro.

— Você mencionou a Gema Cinzenta. Tem notícias?

— As piores possíveis — respondeu Dalamar em tom sombrio. — A Senhora Destina e a Gema Cinzenta viajaram no tempo para a Terceira Guerra dos Dragões. Tasslehoff Pés-Ligeiros está com ela, assim como Sturm Montante Luzente e Raistlin Majere, ambos os homens bastante vivos. Essa é a má notícia. Isto é o que torna pior as más notícias.

Ele depositou a bolsa de veludo sobre uma das mesas e a abriu.

— Olhe aí dentro.

Justarius espiou o interior da bolsa e viu uma haste, dois orbes, uma corrente, uma miríade de joias e pedaços de metal quebrado. Justarius olhou para os objetos com uma expressão de aparente confusão, então percebeu o que estava vendo e ergueu a vista horrorizado para Dalamar.

— Isso é... — Justarius não conseguiu terminar.

— O Dispositivo de Viagem no Tempo — confirmou Dalamar. — Ou melhor, *era* o Dispositivo. Agora, é um monte de lixo. Explodiu, deixando aqueles que voltaram no tempo presos.

Justarius o encarou boquiaberto, sem palavras.

Dalamar suspirou e passou a mão pelos longos cabelos negros.

— Eu tinha a esperança de que você e eu pudéssemos consertá-lo. Se conseguíssemos, poderíamos enviar alguém de volta para resgatá-los.

— Podemos tentar consertá-lo — disse Justarius, mas não parecia esperançoso. — Vamos levá-lo ao meu laboratório.

O laboratório era o coração pulsante da Torre da Alta Feitiçaria. Aqui, magos conduziam experimentos para criar novos feitiços ou trabalhavam para aperfeiçoar ou aprimorar os antigos. As paredes eram cobertas com prateleiras de metal contendo potes, garrafas e latas de ingredientes para feitiços, todos cuidadosamente rotulados e organizados em ordem alfabética. Como o risco de incêndio era alto, dada a natureza de alguns dos feitiços, nenhum livro de feitiços era guardado no laboratório, embora pudessem ser levados para dentro. Os que aqui trabalhavam ou estudavam sentavam-se em banquetas de metal.

O cheiro familiar dos ingredientes para feitiços envolveu Dalamar quando ele entrou: especiarias pungentes, produtos químicos de aroma forte, ervas secando e o cheiro enjoativo de decomposição. Ele olhou rapidamente ao redor. Não esperava ver nenhum experimento secreto — Justarius era cauteloso demais para isso. Mas poderia ter uma ideia do campo de estudo que o arquimago estava explorando. Entretanto, não viu nada interessante.

Os aprendizes que trabalhavam no laboratório levantaram-se em sinal de respeito quando os dois mestres entraram. Justarius ordenou que saíssem, fechou a porta e lançou um feitiço para trancá-la.

Dalamar esvaziou cuidadosamente a bolsa sobre uma mesa de trabalho de mármore cuja superfície lisa não continha runas ou quaisquer outros símbolos de magia que pudessem interferir na magia do Dispositivo.

Justarius olhou consternado para a pilha de joias brilhantes, as inúmeras pequenas engrenagens e minúsculas rodas dentadas, as correntes e esferas.

— Você encontrou todas as peças? Isso é tudo?

— Não tenho como saber — respondeu Dalamar com um encolher de ombros impotente. — Os restos estavam espalhados por toda parte na Sala de Artefatos na Grande Biblioteca. Lancei um feitiço revelador que fez com que as partes mágicas brilhassem e juntei tudo o que pude encontrar. Mas posso facilmente ter deixado de ver algumas. E como o Dispositivo explodiu durante o lançamento do feitiço, é possível que algumas peças estejam no passado.

Justarius sentou-se num banco alto e colocou a muleta de lado. Dalamar puxou outro banco para perto dele. Juntos, encararam, em um silêncio sombrio, o que restara do Dispositivo. Justarius pegou a haste e um dos orbes e tentou encaixá-los. Quando isso falhou, balançou a cabeça desanimado e colocou as peças de volta na mesa.

— Conte-me como aconteceu — pediu.

— Como você sabe, Astinus me pediu para emprestar a ele o Dispositivo de Viagem no Tempo para que seus estetas pudessem utilizá-lo em suas pesquisas — Dalamar começou a relatar.

— Sempre considerei isso um erro — Justarius resmungou.

— Eu não poderia dizer não a um deus — respondeu Dalamar.

Justarius grunhiu, concordando com o argumento.

— Prossiga.

— Contei a você sobre a mulher humana, Destina Rosethorn, e de sua viagem até o reino dos anões para encontrar a Gema Cinzenta de Gargath.

— Joia maldita na qual Reorx aprisionou o Caos — comentou Justarius. — Que tolice!

— De Destina ou de Reorx? — Dalamar perguntou com um leve sorriso.

— De ambos! — Justarius grunhiu. — Continue com sua história.

— Quando Destina retornou a Palanthas, preparei uma armadilha, a fim de tomar a Gema dela, empregando meus magos mais poderosos para obtê-la. A Gema Cinzenta os frustrou, quase custando a mão de um deles. Destina então levou a joia consigo para a Grande Biblioteca, com a intenção de roubar o Dispositivo de Viagem no Tempo para que pudesse retornar ao passado até a Guerra da Lança. O pai dela havia morrido na batalha e ela queria trazê-lo de volta à vida.

— O que significava que ela mudaria a história — declarou Justarius, franzindo a testa.

— É por isso que ela precisava da Gema Cinzenta. Para ser justo, ela acreditava que a mudança seria minúscula, uma mera gota no vasto Rio do Tempo. E ela poderia muito bem estar certa.

Justarius soltou um bufo violento.

Dalamar deu outro leve sorriso.

— Você e eu podemos dizer que ela foi insensata, mas se tivéssemos escolha, mestre, nós dois talvez tivéssemos feito o mesmo para trazer de volta alguém que amamos.

Justarius ficou em silêncio, talvez pensando na amada esposa e na filhinha que embalara recentemente em seus braços.

— O momento para julgamentos já passou. Continue — declarou, bruscamente.

— Destina conseguiu roubar o Dispositivo, sem dúvida com a ajuda da Gema Cinzenta. Ela não foi capaz de fazê-lo funcionar, no entanto, e pediu ao kender, Tasslehoff Pés-Ligeiros, para ajudá-la. Como sabe, ele havia dominado seu uso.

Justarius gemeu e levou a mão à cabeça.

— A história é complicada, então tenha paciência — continuou Dalamar. — De acordo com o Irmão Kairn, Destina transformou-se em uma kender chamada Mari. Ela pediu a Tas para levá-la à Torre do Alto Clérigo para salvar seu pai, mas Tasslehoff tinha outras ideias. Ele queria levá-la até a Estalagem do Último Lar para apresentá-la aos seus amigos. Foi nessa mesma noite que Lua Dourada chegou à estalagem com o Cajado de Mishakal.

Justarius tinha a expressão sombria.

— Estou começando a entender onde isso vai dar.

— O Irmão Kairn tentou impedir Destina e Tas, mas acabou viajando com eles. Por ter sido a última pessoa a usá-lo, o Dispositivo de Viagem no Tempo permaneceu com ele. Raistlin Majere estava lá com o Cajado de Magius e Destina estava de posse da Gema Cinzenta. Agindo por impulso, ela tomou o Dispositivo de Kairn e ativou a magia com a intenção de levar Sturm Montante Luzente para a Torre do Alto Clérigo, a fim de salvar seu pai. Raistlin a golpeou com o cajado na tentativa de detê-la. Tasslehoff viu Raistlin atacando sua amiga, então golpeou Raistlin com o Cajado de Mishakal. Magia sagrada e arcana colidiram, com a Gema Cinzenta no meio.

— Que os deuses nos salvem — murmurou Justarius.

— É um pouco tarde para isso — comentou Dalamar, seco. — O Dispositivo transportou Sturm Montante Luzente, Raistlin Majere, Destina e Tasslehoff para o lugar certo: a Torre do Alto Clérigo. Mas para o século errado: a época da Terceira Guerra dos Dragões. O Dispositivo era aparentemente frágil demais para suportar tal confluência de forças poderosas, e se estilhaçou, atirando o Irmão Kairn de volta para cá e deixando os outros presos, incapazes de retornar. E agora a Gema Cinzenta está com eles em um dos pontos mais importantes da história. Sem dúvida pelos desígnios do Caos.

Justarius permaneceu sentado em silêncio, estarrecido, por um longo momento.

— Tem certeza dessa informação? — perguntou finalmente.

— Acabei de voltar do escritório de Astinus, onde vi provas — respondeu Dalamar. — O Irmão Kairn me mostrou os escritos de Astinus daquela época, milhares de anos atrás. Eu vi Sturm Montante Luzente listado no registro de cavaleiros que defenderam a torre, junto com Huma Feigaard. Dois magos de guerra, Magius e Raistlin Majere, também constavam na lista.

— O grande Magius — disse Justarius, distraído. — E pensar que eles podem ter a chance de conhecê-lo! Quase os invejo.

— Também pensei o mesmo — comentou Dalamar. — Mas isso não resolve o nosso problema.

— Que é...?

— Temo que seja possível que o Caos cause estragos no passado e, assim, altere o tempo.

— Isso parece improvável.

— Receio que a alteração já tenha começado — retrucou Dalamar. — Procuramos a Senhora Destina e o kender, Pés-Ligeiros, nos escritos de Astinus, esperando ler o que ele havia escrito sobre eles, mas... as páginas estavam em branco.

Justarius franziu a testa.

— Como as páginas podem estar em branco? Astinus teria registrado o que aconteceu.

— Ele disse que era porque a história daquela época ainda não foi escrita. Que ainda podemos escapar da enchente, mas as águas estão subindo.

— O que, em nome do Abismo, ele quis dizer com isso? — Justarius perguntou imperativamente, com impaciência.

— As águas do Rio do Tempo sobem devagar. O que acontece no passado ainda não nos alcançou no presente, o que significa que temos tempo para reverter a situação voltando para resgatar os quatro antes que eles possam causar danos irreparáveis.

— Considerando que a Gema Cinzenta está com eles, podemos já estar atrasados — refletiu Justarius.

— Meu *Shalafi* também está com eles — declarou Dalamar. — Raistlin fez um extenso estudo sobre viagens no tempo, como tenho certeza de que você sabe, pois foi isso que acabou levando à sua condenação. Ele entende os perigos de viajar no tempo. Fará o que puder para garantir que o tempo permaneça inalterado.

— A menos que ele descubra como pode usar este desastre em favor próprio — Justarius retrucou incisivamente. — Poderíamos acordar amanhã e descobrir que Raistlin se tornou um deus.

Dalamar não disse nada. Ambos conheciam Raistlin e sabiam que o que Justarius falava era verdade. Olharam para as peças do Dispositivo. Justarius cutucou cuidadosamente algumas das joias com o dedo indicador.

— Não sei nada sobre criar artefatos, muito menos consertá-los — admitiu Justarius.

— Eu estava pensando que poderíamos encontrar informações sobre o Dispositivo no seu Livro Prateado — sugeriu Dalamar. — Como o mestre anterior, Par-Salian, deu o Dispositivo a Caramon e explicou a ele como usá-lo, ele pode ter registrado informações no livro.

Toda Torre da Feitiçaria possuía um Livro Prateado que continha poderosos feitiços mágicos conhecidos apenas pelos mestres das torres. Os livros eram tão antigos quanto as próprias torres. Os feitiços eram transmitidos através das gerações e apenas os mestres possuíam as chaves mágicas para abri-los. Originalmente, existiam cinco Livros Prateados. Agora restavam dois; os outros haviam sido destruídos por seus mestres por medo de caírem em mãos erradas ou de se perderem na destruição das torres.

— O livro está em meu escritório, guardado por um feitiço de proteção que apenas eu sou capaz de remover — disse Justarius, pegando sua muleta. — Por favor, fique aí. Vou buscá-lo.

Dalamar sorriu em compreensão. Todos os mestres guardavam zelosamente os segredos de seus Livros Prateados. Por mais que gostasse e confiasse em Justarius, Dalamar não permitiria que ele estivesse presente na mesma sala enquanto buscava o próprio Livro Prateado.

Justarius logo retornou, esforçando-se para carregar o imenso livro em uma das mãos e a muleta na outra. Largou o livro na mesa de mármore com um estrondo. O Livro Prateado era, como o nome indicava, encadernado em prata.

O Livro Prateado continha mil feitiços ou mais, mas felizmente estavam indexados e tinham referências cruzadas. Os vários mestres também tinham acrescentado descrições de artefatos que haviam criado, anotações sobre artefatos antigos e outras informações que sentiram que seriam úteis para as gerações futuras.

Justarius sorriu satisfeito quando localizou uma página escrita pela mão de Par-Salian, com o título: *Dispositivo de Viagem no Tempo*.

O registro era longo e, segundo Par-Salian, continha todas as informações que ele sabia sobre o Dispositivo. Justarius e Dalamar debruçaram-se sobre o livro e estudaram-no juntos. Inicialmente, ficaram desapontados ao descobrir que já sabiam muito do que leram.

O Dispositivo de Viagem no Tempo havia sido forjado na Bigorna do Tempo. A própria Bigorna agora estava perdida e ninguém tinha sido capaz de descobrir quem havia forjado o Dispositivo ou quando. Fora mencionado pela primeira vez no Livro Prateado de Wayreth após o Cataclismo, que abalara a torre, abrira o solo e desenterrara uma câmara sob a torre cuja existência antes era desconhecida. A mestra de Wayreth da época encontrou o Dispositivo na câmara, junto com o poema que fornecia instruções para seu uso.

A mestra registrou sua descoberta no Livro Prateado dela e trancou o Dispositivo para mantê-lo a salvo.

Quando Par-Salian tornou-se mestre, centenas de anos depois, leu sobre o Dispositivo no Livro Prateado e o procurou, então estudou-o.

O dispositivo é antigo e frágil. Embora tenha sido forjado na Bigorna do Tempo e esta agora esteja perdida, tenho a esperança de replicar o Dispositivo ou criar um novo para substituí-lo caso quebre, escreveu ele.

Ele havia chegado ao ponto de desenhar um diagrama do Dispositivo e fornecera uma lista de materiais selecionados e feitiços sugeridos que poderiam ser usados para tornar o Dispositivo funcional. Aparentemente, isso foi o máximo que ele foi capaz de fazer.

Cheguei à conclusão de que as magias usadas para criar o Dispositivo não podem ser replicadas, escreveu Par-Salian. Posso muito bem imaginar um artesão, muito tempo atrás, infundindo magia no metal derretido e batendo as peças com um martelo mágico na Bigorna mágica. Caso algo acontecesse a este dispositivo, um fabricante de artefatos talvez pudesse consertá-lo, mas eu acredito que não seria possível criar um novo sem a Bigorna.

O autêntico estudo da fabricação de artefatos é uma arte perdida hoje em dia, uma que lamento. Jovens magos querem apenas aprender a lançar bolas de fogo e outros feitiços espalhafatosos. Longe vão os dias dos grandes fabricantes de artefatos, como o venerado Ranniker.

Dalamar e Justarius folhearam as páginas, apenas para descobrir que todas as menções ao Dispositivo terminavam ali.

— Parece que Par-Salian estava mais interessado em inventar um novo dispositivo do que em preservar o antigo — comentou Justarius, fechando o livro, desapontado. — Ele não diz nada sobre como remontá-lo se estiver quebrado.

— De acordo com a lenda, a última vez que o Dispositivo quebrou, um gnomo o consertou — disse Dalamar, pensativo. — Talvez possamos...

— Não! — recusou Justarius com firmeza. — Não vou me meter com os infernais dispositivos gnômicos. O entusiasmo deles supera seu conhecimento técnico, o que significa que suas invenções têm uma infeliz tendência a explodir.

— É verdade — concordou Dalamar, sorrindo. — Talvez Par-Salian tenha tentado criar um novo Dispositivo e não funcionou. Portanto, ele conclui que seria necessária a Bigorna do Tempo. O que faz sentido.

Justarius sentou-se, olhando para o livro e franzindo a testa.

— Ranniker. Por que esse nome soa familiar? Parece que me lembro de tê-lo ouvido antes em referência ao Dispositivo e à Gema Cinzenta.

— Você está pensando em Ungar, o mago que incitou Destina a trazer a Gema Cinzenta para ele. Ele destruiu o Relógio de Ranniker, que nos mostrou uma visão de destruição.

— Ah, sim. Ungar ainda está definhando em sua masmorra?

— Vou soltá-lo mais cedo ou mais tarde — disse Dalamar friamente.

Justarius bufou.

— Ele destruiu um artefato mágico raro e valioso criado pelo fabricante de artefatos mais talentoso de todos os tempos. Você é mais generoso com ele do que eu seria. Mas estou pensando em algo diferente. Quando você me contou pela primeira vez sobre o relógio, o nome "Ranniker" me fez lembrar de algo. Recolha as peças do Dispositivo e me encontre em meu escritório.

Justarius pegou o Livro Prateado e o levou para devolvê-lo ao seu esconderijo. Dalamar juntou com cuidado todas as peças do Dispositivo e foi até o escritório, onde encontrou Justarius dando instruções a um Manto Branco que servia como seu secretário.

— Recebi uma carta há algum tempo de uma jovem maga que pediu para ser considerada para o Teste — informou ao secretário. — O nome é Ranniker. Você a encontrará no arquivo marcado como "Rejeitado".

O secretário saiu e ficou algum tempo procurando nos arquivos, pois o número de candidatos rejeitados era grande. Por fim, ele retornou e entregou a carta a Justarius, que anotou o nome da requerente e assentiu com satisfação.

— Alice Ranniker. Lembro-me de me perguntar na época se ela era uma parente distante do grande Ranniker. — Ele entregou a carta a Dalamar. — Como pode ver, ela não estava qualificada para fazer o Teste. Ela lista muito poucos dos feitiços mais rudimentares que precisamos para demonstrar proficiência na arte. Duvido que ela fosse capaz de ferver água com magia.

— Mas ela diz que é versada em artefatos — observou Dalamar. — Não pensou em questioná-la sobre o trabalho dela a esse respeito?

— Considerando que, caso um mago falhe no Teste, a punição é a morte, eu não queria dar a esta jovem o menor incentivo — explicou Justarius. — Pedi a meu secretário que enviasse a resposta-padrão: "Continue seus estudos e volte a nos contatar mais tarde". Isso foi há mais de um ano e não recebemos notícias suas desde então.

— Você está pensando que ela pode consertar o Dispositivo. Ela mora em Solanthas, mas não diz onde — disse Dalamar. — Pelo que me lembro, um membro do Conclave mora em Solanthas.

— É Bertold quem você tem em mente. Fui hóspede na casa dele — informou Justarius. — Vou entrar em contato com ele e pedir que a encontre. Temo que consertar o Dispositivo seja uma esperança vã — acrescentou sombriamente.

— Mas é melhor do que esperança nenhuma — retrucou Dalamar.

CAPÍTULO DOIS

Destina Rosethorn estava sentada sozinha sob a copa protetora de um carvalho e observava o sol de um passado distante cintilar entre as folhas e galhos. Recordava com tristeza as palavras de seu guia anão, Wolfstone.

A Gema Cinzenta a escolheu. Agora é sua, para o bem ou para o mal.

Destina apertou a mão ao redor da gema pendurada em uma corrente de ouro vermelho em volta de seu pescoço. A Gema Cinzenta estava fria e, ao mesmo tempo, desconfortavelmente quente. No entanto, ela se sentia compelida a tocá-la o tempo todo, para constantemente se tranquilizar de sua presença, embora, ao mesmo tempo, desejasse arrebentar a corrente e atirar a Gema Cinzenta na parte mais profunda do mar. A única vez que tentou se livrar dela, a Gema Cinzenta ficou tão quente que queimou sua mão, e foi forçada a soltá-la.

Gostaria de culpar o Caos pelas más escolhas que fizera, mas podia culpar apenas a si mesma. A Gema Cinzenta podia até tê-la escolhido, mas foi ela quem escolhera partir na malfadada busca rumo ao reino dos anões para encontrá-la.

Se ao menos não tivesse ido!

Se ao menos... As palavras mais tristes em qualquer idioma.

Se ao menos seu pai não tivesse morrido na Batalha da Torre do Alto Clérigo. Se ao menos ela não tivesse deixado que sua dor a consumisse e não tivesse tomado a tola decisão de voltar no tempo para salvá-lo. Se ao menos ela nunca tivesse entrado na loja de artigos mágicos de Ungar em busca do Dispositivo de Viagem no Tempo. Se ao menos ela nunca tivesse procurado a Gema Cinzenta!

Destina sentiu a gema formigar, como se estivesse rindo, zombando dela, lembrando-a de que estava usando o Caos em uma corrente em volta do pescoço. E agora ela e Sturm Montante Luzente, Raistlin Majere e Tasslehoff Pés-Ligeiros estavam presos no tempo.

— E a culpa é toda minha — Destina murmurou.

Ela ludibriara Tasslehoff para que ele lhe mostrasse como usar o Dispositivo de Viagem no Tempo, transformando-se em uma kender chamada Mari. Depois que Tas contou para ela que poderia encontrar o Dispositivo na Grande Biblioteca de Palanthas, Destina abandonou Tas e o corpo de kender e viajou até a Grande Biblioteca, onde tentou persuadir um monge, o Irmão Kairn, a lhe entregar o Dispositivo.

Contudo, quando Tas chegou à biblioteca, procurando por Mari, Destina transformou-se mais uma vez na kender e roubou o Dispositivo. Ela pretendia retornar para a Torre do Alto Clérigo para salvar o pai, mas, em seu pânico desesperado, esquecera o complexo poema necessário para acionar o Dispositivo. Ela pediu ajuda a Tas, mas ele queria apresentar Mari a seus amigos e, antes que Destina pudesse impedi-lo, ele ativou o Dispositivo para levá-la de volta à Estalagem do Último Lar. No último segundo, Irmão Kairn agarrou o Dispositivo, e o Rio do Tempo levou os três para a pousada na noite em que os companheiros concordaram em se reunir após cinco anos de busca pelos verdadeiros deuses.

Raistlin Majere e Sturm Montante Luzente estavam entre os presentes, e Destina concebeu a infeliz ideia de levar Sturm de volta à Torre do Alto Clérigo. Ela agarrou Sturm e ativou o Dispositivo de Viagem no Tempo, e depois disso... catástrofe. O Dispositivo transportou Destina, Sturm, Raistlin e Tas através do tempo para o lugar certo, a Torre do Alto Clérigo, porém, para o século errado. Não chegaram à torre durante a Guerra da Lança. Em vez disso, a Gema Cinzenta os atirou de volta no tempo para a Terceira Guerra dos Dragões.

Eles descobriram isso quando entreouviram dois sujeitos conversando, dois homens que acabaram por ser Huma Destruidor de Dragões e seu amigo, o mago Magius. Eles podiam ver a Torre do Alto Clérigo ao longe e ficaram surpresos ao notar que ela estava em construção, como aconteceu na época de Huma. A parede estava coberta de andaimes, apenas pela metade.

E agora eles estavam presos aqui neste período, pois a confluência de magias poderosas fez com que o Dispositivo explodisse, deixando-os com apenas alguns pedaços quebrados e nenhum jeito de escapar.

Tinham se refugiado na floresta, pois Huma e Magius haviam falado sobre invasores goblins na área. Sturm havia deixado o abrigo das árvores para fazer um reconhecimento. Raistlin e Tas tinham saído sozinhos para conversar em particular; ela podia vê-los através das folhas e ouvir Raistlin tentando explicar a Tas que sua esposa, Mari, uma kender, era na verdade Destina, uma humana.

— Destina usou um artefato mágico para se transformar em kender — explicou Raistlin.

Tasslehoff não estava aceitando isso.

— Sei que tem boas intenções, Raistlin, e você quase nunca está errado, exceto aquela vez que estava errado sobre tentar se tornar um deus e um par de outras vezes antes disso. Mas eu vi aquela tal de Destina sugar Mari para dentro de um ciclone de poeira estelar e levá-la embora. Até fiquei com pó de estrela nos olhos e no meu cabelo! Mari *deve* estar por aqui em algum lugar, então eu tenho que encontrá-la!

— Se quer entender o que aconteceu com Mari, você vai ficar quieto e me escutar.

— Vou ficar quieto, mas é que...

Raistlin o encarou, irritado.

— Já estou quietinho — disse Tas, obediente.

— O que você viu, Tas, não foi um ciclone mágico de poeira estelar, mas sim os efeitos do feitiço de metamorfose que a Senhora Destina usou para se transformar, de humana, na kender que você conheceu como Mari, e vice-versa.

— Se eu não estivesse quietinho, falaria para você que vi um ciclone mágico de poeira estelar — disse Tas.

Raistlin deu um suspiro exasperado.

— Responda-me uma coisa: você já viu as duas, Mari e Destina, juntas?

— Claro que sim! Eu me lembro de uma vez... Não, era apenas Mari. Deve ter sido... Não, era apenas Destina... E depois... Não, também não eram elas. — Tas suspirou, derrotado. — Acho que talvez não.

Destina não aguentou ouvir a dor em sua voz, e encolheu-se nas sombras das árvores e abaixou a cabeça. Vendo o horrível Broche de

Metamorfose ainda preso em sua jaqueta de lã, ela o arrancou, enterrou-o nos arbustos e o cobriu com uma pilha de terra e folhas molhadas.

— Mas se o que você diz é verdade, Raistlin, e Destina era realmente Mari o tempo todo, isso significa que nunca mais verei Mari? — questionou Tas.

— Eu poderia lhe dizer que você nunca viu Mari, Tas — respondeu Raistlin. — Mas sei que ela era bastante real para você, e a perda de sua amiga dói muito. Lamento.

Destina perguntou-se o que poderia dizer a Tas, a todos eles, para fazê-los entender que estava muito arrependida. Muito, muito mesmo. Limpando a terra das mãos, ela tocou o anel que a mãe lhe dera quando era jovem. O anel estava no dedo mínimo da mão esquerda, e o usava há tanto tempo que com frequência se esquecia dele. Uma aliança de ouro com uma pequena esmeralda, o anel havia sido abençoado pela deusa Chislev. Segundo a mãe, a deusa a guiaria caso ela se perdesse na escuridão.

Destina olhou para o anel com tristeza. Sentia-se muito perdida agora, mas duvidava que até mesmo uma deusa pudesse ajudar.

Ficou surpresa e alarmada ao ouvir barulho de armadura e som de botas esmagando folhas e arbustos. Lembrando que um grupo de guerreiros goblins havia passado recentemente próximo ao seu esconderijo na floresta, levantou-se depressa. Ficou aliviada ao ver Sturm entrar na floresta e caminhar em direção a eles. Ele usava uma armadura de placas antiquada que ela sabia, por meio das histórias sobre ele, ser a herança do pai dele, a armadura e a espada da família. Ele mantinha a mão na empunhadura.

Sturm olhou para ela e sua expressão endureceu. Fez uma reverência educada, porém, rígida e fria. Ele passou por ela em direção a Raistlin e Tas.

Destina não podia culpá-lo por desprezá-la, pois ela tinha tentado servir-lhe uma poção de covardia. Gostaria de poder afundar no chão e não ter que encará-lo, ou aos outros, mas isso era algo que não aconteceria. E ela não era uma covarde. Era filha de um cavaleiro e tinha que assumir a responsabilidade por suas ações. Sacudiu a saia, espanou as folhas mortas e se preparou para enfrentá-los.

— Acho que entendo, embora não entenda — Tas estava dizendo a Raistlin. — Então, porque eu me casei com Mari, que na verdade é a Senhora Destina, isso me torna Senhor Tasslehoff?

— Você não é casado, Tas — declarou Sturm com severidade, entreouvindo o kender. — A Senhora Destina se casou com você sob falsos pretextos.

— Na verdade, eu me casei com ela sob um teto, não sob um falso pretexto — afirmou Tas. — Mas entendo o que você quer dizer. Se eu me casar com uma kender, ela precisa ser uma kender e não uma humana ou uma bugbear. Embora eu ache que, se eu quisesse me casar com uma bugbear, desde que a bugbear *fosse* uma bugbear e não uma ogra de três cabeças disfarçada, eu poderia fazer isso. A lei kender é muito generosa nesse ponto.

— Você viu algum sinal dos goblins... — Raistlin começou a perguntar, mas foi interrompido por um ataque de tosse. A crise soava horrível, profunda e cortante, parecendo estar rasgando seus pulmões. Ele tirou um lenço da manga de seu manto vermelho e o pressionou contra a boca enquanto lutava para respirar.

Destina provavelmente deveria ter oferecido ajuda ou compaixão, mas manteve distância. Como a maioria dos solâmnicos, tinha aversão a todos os usuários de magia, e ele a assustava e intimidava. Ele era jovem, talvez na casa dos vinte anos, mas seus cabelos eram brancos. Sua pele reluzia com um brilho metálico dourado à luz do sol, e as pupilas de seus olhos tinham a forma de ampulhetas. Um leve odor, como o de pétalas de rosas, especiarias e decomposição, impregnava-o. Ela deduziu que não estava sozinha em sua antipatia. Sturm observou Raistlin tossir até se dobrar de dor; no entanto, não fez movimento algum para ajudá-lo.

Tas observou Raistlin com interesse.

— Ainda com essa tosse, hein? — comentou. — Pensei que estar morto a teria curado. Aquele feiticeiro mau, Fistandadalos, está dentro de você?

Raistlin pressionou o lenço contra a boca e olhou para Tas. Lentamente, ele baixou o lenço. Destina viu sangue nele.

— O que você disse? — perguntou a Tas.

— Sobre Fistandadalos?

— Não. Sobre estar morto.

— Que eu achei que morrer curaria sua tosse — repetiu Tas.

Raistlin olhou para as sombras do passado.

— Não há cura. A tosse, minha fragilidade, fazem parte do preço que paguei pelo meu poder. E eu era poderoso. Um dos magos mais poderosos que já existiram, Mestre do Passado e do Presente. Eu morri... Eu lembro...

— Você *estava* morto no passado, mas acho que o "passado" ainda está por vir no futuro — comentou Tas prestativamente. — Sturm também está morto. Mas se serve de consolo, vocês dois parecem bem vivos agora.

Sturm estava franzindo a testa em perplexidade.

— Lembro-me da Torre do Alto Clérigo. Lembro-me de Laurana e Tas... e de um orbe de dragão... Eu estava portando a lança de dragão... — Ele se voltou furiosamente para Raistlin. — Que tipo de magia maligna você fez desta vez? Você me arrastou do descanso eterno!

— *Eu* não lancei magia nenhuma — retrucou Raistlin. Seu olhar faiscante foi para Destina. — Nada disso é feito *meu*. Há cinco anos nos separamos, combinando de nos reencontrar na Estalagem do Último Lar no aniversário daquele último dia em que estivemos juntos. Estávamos sentados à mesa quando você e um monge se juntaram a nós. Eu a vi derramar uma poção na bebida de Sturm que o teria tornado um covarde. Eu peguei você, e quando isso falhou, você o agarrou e ativou o Dispositivo de Viagem no Tempo.

Raistlin virou-se acusadoramente para Tas.

— Você deu o Dispositivo para ela? Você foi o último a estar de posse dele, pelo menos no meu tempo.

— Não foi minha culpa! — declarou Tas. — Astinus ficou com ele depois de mim, e ela pegou emprestado de Astinus.

— No entanto, duvido que Astinus a tenha ensinado a usá-lo — disse Raistlin, fixando seu estranho olhar no kender.

Tas se remexeu, nervoso.

— Bem... é... possível que eu tenha ensinado a ela como usá-lo. Ou melhor, eu ensinei a Mari. E Mari não o pegou, Destina pegou. Então, sabe, ainda assim não é culpa minha!

Raistlin suspirou e se voltou para Destina.

— Ao usar o Dispositivo, você nos trouxe aqui para a época da Terceira Guerra dos Dragões. Agora, o Dispositivo foi destruído e estamos presos aqui. Deve-nos uma explicação, senhora.

Destina uniu as mãos para manter a coragem.

— Primeiro quero me desculpar com você, Tas. Raistlin está certo. Usei um broche mágico para me transformar na kender Mari. Realmente sinto muito por enganá-lo. Por favor, acredite quando digo que nunca quis magoá-lo. — Destina olhou para os outros. — Nunca pretendi machucar nenhum de vocês e farei o que estiver ao meu alcance para consertar essa situação terrível. Eu juro que nunca quis que nada disso acontecesse!

— No entanto, queria que *algo* acontecesse, senhora — retrucou Raistlin. — Para onde você planejava levar Sturm e por quê?

Destina torceu as mãos.

— Meu pai lutou na batalha da Torre do Alto Clérigo durante a Guerra da Lança. A certa altura, ele temeu que a batalha estivesse perdida. Ele e os outros cavaleiros pretendiam deixar a torre e voltar para casa para defender suas famílias. Meu pai ia voltar para mim.

Ela ergueu os olhos para encarar Sturm.

— Você era o comandante dele e lhe deu permissão para partir. Disse a ele que entendia. Então, você enfrentou o Grão-Mestre de Dragões sozinho e morreu nas ameias. Seu sacrifício acendeu uma chama no coração de meu pai. Ele ficou para lutar contra os dragões e eles o mataram! Perdi meu querido e amado pai. Então, perdi seu legado, nosso castelo e nossas terras. Eu perdi tudo.

— Conhecemos a perda — retrucou Raistlin severamente. — Isso não explica suas ações.

— Estou tentando lhes dizer — disse Destina em desespero. — Um dos livros favoritos de meu pai era um relato da vida de Huma escrito por um escriba que serviu no exército durante a Terceira Guerra dos Dragões. Lembrei-me de ter lido uma passagem naquele livro em que o amigo de Huma, Magius, menciona um Dispositivo de Viagem no Tempo. Magius estava apaixonado pela irmã de Huma, que foi ferida em batalha e morreu. Magius queria voltar no tempo para evitar a morte dela. Meu pai havia sublinhado a passagem sobre o Dispositivo. Acredito que ele teve alguma ideia de tentar voltar no tempo para tentar impedir a guerra. Caso seja verdade, ele nunca tentou colocá-la em prática. Eu pensei que se desse a poção da covardia para Sturm e o levasse de volta à Torre do Alto Clérigo... — A voz dela falhou.

— Sturm fugiria da batalha e seu pai viveria — Raistlin terminou a frase por ela.

Sturm estava claramente chocado no âmago de seu ser.

— Se tivesse conseguido, Senhora Destina, eu seria para sempre tachado de covarde, uma vergonha para meu nome, uma vergonha para a ordem de cavalaria! Deveria estar orgulhosa de seu pai. Ele lutou para salvar Solâmnia das forças da Rainha das Trevas. Ele morreu com honra, como convém a um cavaleiro.

— Honra? — Destina repetiu com amargura. — Onde está a honra em deixar uma menina de quinze anos sem pai? Eu precisava dele! Solâmnia não. Ele era apenas um homem, uma gota no rio. Sua morte não significou nada.

— Sturm Montante Luzente era um homem — Raistlin disse rispidamente. — No entanto, você mesma disse que o sacrifício dele resultou no triunfo dos cavaleiros sobre as forças da Rainha das Trevas. Um homem pode fazer a diferença.

— Assim como um kender — afirmou Tas. — Fiz a diferença quando encontrei o orbe de dragão na Torre do Alto Clérigo. É verdade, eu ia esmagá-lo, mas…

— Agora não, Tas! — disse Raistlin, sem paciência. — Continue, senhora. Por que nos trazer para este tempo?

— Como eu lhes disse, eu nunca quis! — respondeu Destina. — Sturm e o Irmão Kairn estavam falando sobre Huma Destruidor de Dragões, então talvez ele estivesse em minha mente.

— Não estamos nessa situação porque Sturm estava pensando em Huma! — disse Raistlin. Seus olhos de ampulheta faiscaram. — Apenas uma magia verdadeiramente poderosa poderia ter nos jogado de volta no tempo e nos deixado presos aqui. Meu palpite é que tem algo a ver com a joia que você está usando.

Destina estava relutante em contar a eles sobre a Gema Cinzenta, mas a Medida dizia: *Uma meia-verdade não passa de uma mentira inteira.*

Ela levou a mão à garganta. A Gema Cinzenta estava escondida sob a gola de sua roupa pendurada em uma corrente de ouro. Devagar, ergueu a corrente e tirou a gema. Ela pulsava fracamente com uma luz cinza opaca.

— A Gema Cinzenta de Gargath — declarou Raistlin. — Suspeitei quando a notei na pousada. Você precisaria do Dispositivo para viajar no tempo e da Gema Cinzenta para alterar o tempo, para salvar seu pai. Devo dizer que a admiro, Senhora Destina. Você pensou em tudo.

— Mas a Gema Cinzenta é apenas um mito! — disse Sturm. — Ninguém em sã consciência acredita naquela história sobre como Reorx capturou o Caos dentro de uma pedra preciosa e saiu voando pelo mundo transformando gnomos em kender.

— Eu nunca fui um gnomo — afirmou Tas com firmeza. — Sempre fui um kender. Só para esclarecermos isso.

— Voando ou não pelo mundo, a Gema Cinzenta é muito real e muito perigosa, e a senhora a está usando ao redor do pescoço — comentou Raistlin. — Você a notou na pousada. Sei que sim porque vi a expressão de desgosto em seu rosto.

— Dá uma sensação esquisita se você tocá-la — acrescentou Tas. — E não o tipo bom de sensação esquisita. O tipo ruim.

— Garanto-lhe, a gema é repugnante de se olhar, mas isso não a torna a Gema Cinzenta — argumentou Sturm.

Raistlin remexeu-se em aborrecimento, seu manto vermelho farfalhando.

— Acaso eu lhe digo como manejar sua espada, Sturm Montante Luzente? Meu conhecimento de magia é minha espada, e você faria bem em me escutar!

— Por favor, não briguem — disse Destina, com as faces ardendo de vergonha. — Raistlin está certo. Esta é a Gema Cinzenta.

Sturm ainda não parecia convencido, mas continuar a argumentar seria acusá-la de estar mentindo e ele jamais faria tal coisa. Voltou-se para Raistlin.

— A questão é: o que faremos agora que estamos presos em um tempo que não é o nosso? — perguntou Sturm.

— Você e eu estamos vivos de novo e, por mim, pretendo continuar assim — Raistlin respondeu. — *Devemos* permanecer vivos até encontrarmos um modo de retornar para onde pertencemos. Caso contrário, mudaremos o tempo. E isso pode ser catastrófico.

— Raistlin sabe tudo sobre viagens no tempo — Tas ofereceu prestativamente. — Ele voltou no tempo para tentar se tornar um deus, e Par-Salian enviou Caramon e eu de volta no tempo para detê-lo. Quer dizer, Par-Salian enviou Caramon. Ele não me enviou, mas eu não podia deixar Caramon ir sozinho, então me transformei em um rato e…

Raistlin virou-se para ele.

— Lembra-se da conversa que tivemos sobre um grilo? Minha ameaça ainda está de pé.

— Eu lembro — disse Tas, suspirando. Ele acrescentou em um aparte para Destina: — Ele me disse que me transformaria em um grilo e me engoliria inteiro.

Raistlin o ignorou intencionalmente e se virou para Sturm.

— Você viu algum goblin?

— Nenhum perto de nós, mas há sinais deles por toda parte. E reconheço nossa localização. Estamos na planície arborizada conhecida como Asas de Habakkuk, ao sul da Torre do Alto Clérigo. Os cavaleiros estarão reunindo suas forças para defender a torre e a Rainha das Trevas está convocando suas forças para atacá-la. Esses invasores goblins provavelmente são tropas avançadas.

— Assim começa a Terceira Guerra dos Dragões, e estamos presos no meio dela — disse Raistlin. — E agora acredito que sei em quem colocar a culpa.

— Eu não fiz nada — declarou Tas prontamente, então percebeu que Raistlin estava olhando para Destina e saiu em defesa dela. — Ela também não. Ou, pelo menos, ela não tinha a intenção!

— Estou ciente disso — afirmou Raistlin. — Estamos todos aqui por capricho do Caos.

CAPÍTULO TRÊS

O vento soprava por entre os galhos da árvore sob a qual estavam. As folhas se mexiam e farfalhavam, quase como se a árvore estivesse viva e também estivesse com medo.

— Tentei me livrar da Gema Cinzenta, mas não consigo tirá-la! Ela não permite! — disse Destina. Ela pegou a Gema Cinzenta e deu um puxão, como se fosse arrebentar a corrente. A luz cinza faiscou e crepitou. Ela afastou a mão e estendeu os dedos cheios de bolhas.

— Interessante — Raistlin murmurou. — Você ainda não aprendeu a controlá-la.

— Não consigo controlar isso — Destina protestou. — Não posso nem tocá-la! Está vendo o que ela fez comigo.

— Porque você está com medo dela — declarou Raistlin. — Somente quando superar seu medo, poderá exercer controle sobre ela. No entanto, a Gema Cinzenta esteve desaparecida por séculos. Como a encontrou?

— Estava escondida no reino dos anões sob a montanha — respondeu Destina. — Um mago chamado Ungar afirmou saber sua localização. Fui procurá-la e a encontrei.

— Ou melhor, ela encontrou você... — murmurou Raistlin.

— Pare de ser tão misterioso! — Sturm o repreendeu, exasperado. — Fale claramente pelo menos uma vez na vida.

— Muito bem — assentiu Raistlin. — Falando sem rodeios, a Terceira Guerra dos Dragões aconteceu em um momento crítico quando o destino do mundo estava em jogo. Não estamos aqui neste lugar neste tempo porque você e o monge estavam falando sobre Huma! Estamos aqui por causa disso.

Ele apontou um dedo longo e delicado para a Gema Cinzenta.

— Você está dizendo que o Caos vai mudar a história — afirmou Sturm, franzindo a testa.

— Duvido que até mesmo Caos saiba o que Caos fará — Raistlin retrucou, sarcástico. — Mas não acredito que estejamos aqui por acaso. Afinal, era intenção da senhora mudar a história.

Destina arquejou de horror.

— Ah, não! Eu nunca quis...

— Sim, sim — interrompeu Raistlin, impaciente. — Foi o que nos disse. Mas seu remorso não nos ajuda.

— Não fique bravo com Destina! — disse Tas, postando-se ao lado dela em atitude protetora. — Ela errou em nos trazer aqui e fingir que era Mari quando não era, mas disse que sentia muito. Ela não sabia que o Dispositivo ia explodir no futuro e nos prender aqui no passado.

— O passado... — Raistlin repetiu baixinho. Encarou-a intensamente, embora ela tivesse a sensação de que ele não estava, de fato, olhando para ela.

— E tem que admitir, Raistlin — continuou Tas —, o fato de estarmos presos aqui onde não deveríamos estar, e você e Sturm não estarem mais mortos, é empolgante!

— Não vejo nada de empolgante nisso — disse Sturm, austero.

— Mas não está feliz por não estar morto? — perguntou Tas.

— Fiquem quietos, todos vocês! — ordenou Raistlin. — Deixem-me pensar!

Todos notaram o tom de animação em sua voz. Sturm ficou em silêncio e até calou Tas quando o kender teria falado. Destina só podia esperar que ele tivesse criado um plano para salvá-los.

Raistlin virou-se para ela.

— Você disse que um livro do seu pai lhe deu a ideia de voltar no tempo.

— Um livro sobre Huma... — Destina hesitou, sem saber o que ele queria dela.

— Descreva o livro. Suas palavras exatas! — insistiu Raistlin.

Destina tentou lembrar o melhor que pôde em meio ao cansaço e fadiga. — Acho que eu falei que aquele livro contava que o amigo de Huma, Magius, menciona o Dispositivo de Viagem no Tempo...

— Essa é a resposta... — começou a dizer Raistlin, triunfante, então foi acometido por um acesso de tosse.

Os outros aguardaram ansiosos que ele prosseguisse. Ele limpou os lábios, respirou fundo e continuou a falar.

— No fim das contas, talvez não estejamos presos aqui. De acordo com o relato no livro de seu pai, Magius pretendia usar o Dispositivo de Viagem no Tempo para voltar no tempo e salvar a irmã de Huma. Isso significa que ele sabia onde se encontrava.

Sturm fez um gesto impaciente.

— Mas o Dispositivo foi destruído...

— No *nosso* tempo, sim — interrompeu Raistlin. — Mas, neste tempo, o Dispositivo estará inteiro e intacto. E Magius sabe onde encontrá-lo!

— Então, talvez possamos retornar! — exclamou Destina, mal ousando ter esperança.

— Tudo o que temos que fazer é localizar Magius no meio de uma guerra, então convencê-lo a nos dizer onde encontrar o Dispositivo, enquanto evitamos sermos mortos e tomando cuidado para não alterar o tempo enquanto fazemos isso. — declarou Sturm, exasperado.

— Tem uma sugestão melhor? — perguntou Raistlin.

— Infelizmente, não — respondeu Sturm e até sorriu levemente.

— Huma e Magius estavam indo atrás do grupo de saque goblin — disse Tas. — Não poderíamos apenas ir atrás deles indo atrás dos goblins?

— Eu tinha esperança de que não precisássemos revelar nossa presença a ninguém neste tempo, mas parece que temos pouca escolha — comentou Raistlin. — E não devemos nos atirar cegamente para o meio de uma guerra. O que sabemos sobre Huma e a Terceira Guerra dos Dragões? Sturm, você deve tê-la estudado.

— Não há muito o que estudar — respondeu Sturm. — A Terceira Guerra dos Dragões aconteceu séculos atrás, e muito conhecimento sobre ela foi perdido durante o Cataclismo. Estou mais familiarizado com a história contada na *Canção de Huma*.

— Lembro-me da parte da canção em que Huma seguiu o cervo porque você seguiu o cervo, só que isso foi depois de você ter levado uma pancada na cabeça — disse Tas. —Conte-nos essa parte!

Sturm baixou a voz e recitou baixinho, com reverência.

— "Era manhã quando chegaram ao bosque, à curva da montanha, onde o Cervo partiu, Huma também não o seguiu, sabendo que o fim desta jornada não era nada além de verde e da promessa de verde que perdurava nos olhos da mulher diante de si."

"Huma Destruidor de Dragões encontrou o dragão de prata que se disfarçou de mulher mortal — continuou Sturm. — Eles partiram para a batalha e usaram a primeira lança de dragão forjada para conduzir a Rainha das Trevas e seus dragões malignos de volta ao Abismo. Mas você deve saber algo sobre a Terceira Guerra dos Dragões, Raistlin. Você carregava o que afirmava ser o Cajado de Magius."

— Era o cajado dele. O próprio Magius o fez — disse Raistlin. — E o cajado agora é dele de novo, pois, como pode ver, não estou mais com ele. — Ele ficou em silêncio, imerso em pensamentos, então os afastou e deu de ombros. — Magius foi considerado o maior mago que já existiu. Tirando isso, sei pouco.

Sturm grunhiu, claramente não acreditando nele.

Tas levantou a mão.

— Eu sei tudo sobre a Terceira Guerra dos Dragões! Tio Trapspringer e os gnomos forjaram a primeira lança de dragão e a deram a Huma. É uma história muito interessante...

— E uma que não temos tempo para ouvir — interrompeu Raistlin. — Vá vigiar a estrada.

— Não preciso vigiar a estrada — Tas protestou, ofendido. — Eu posso ver a estrada de onde estou e ela não está fazendo nada. Mas eu poderia encontrar Magius e os goblins! Eu farei isso.

— Não, Tas! — exclamou Raistlin. — Precisamos ficar juntos...

Tas não esperou para ouvir. Sturm tentou agarrar o kender, mas Tas habilmente se esquivou de seu alcance e partiu entre as árvores, indo para a estrada.

— Não podemos deixá-lo solto por aí! — declarou Raistlin sombriamente. — Sabem lá os deuses que mal ele causará.

— Vou buscá-lo — disse Sturm, parecendo resignado. — Você e a Senhora Destina esperam aqui.

— Volte logo. E não morra fazendo algo nobre — acrescentou Raistlin.

Sturm partiu em seu encalço, mas os kender tendiam a ser velozes, por terem que fugir de vários indivíduos enfurecidos ao longo dos anos. Desse modo, Tas tinha uma boa vantagem inicial, enquanto Sturm estava mais lento e sobrecarregado por sua armadura. O kender desapareceu de vista.

Destina sentou-se, exausta, no tronco caído.

A tarde estava quente e abafada, sem nenhuma brisa soprando. Eles haviam chegado a Palanthas no início do verão e ela usava roupas feitas para viajar no inverno: uma jaqueta de lã, uma blusa por baixo e uma saia também de lã. Estava com calor e desejava tirar a jaqueta. Em vez disso, abotoou a gola para esconder a Gema Cinzenta.

Raistlin tossiu de novo, mas apenas por um momento. Ele andava de um lado para o outro, os braços enfiados nas mangas, absorto nos próprios pensamentos. Destina não gostava de ficar sozinha com o mago. Não lhe agradava a maneira como ele a encarava, como se soubesse todos os seus segredos e todos os seus medos.

Destina lembrou-se das histórias sombrias que ouviu sobre Raistlin Majere quando ele se tornou mestre da Torre da Alta Feitiçaria em Palanthas. As pessoas cochichavam sobre as coisas terríveis que ele fizera ali, e ela desejou que Sturm e Tas voltassem. Ela não queria falar com ele, mas estava desesperada por respostas e ele era o único que parecia ter alguma.

— Raistlin... — chamou ela timidamente.

Ele lançou um olhar penetrante para ela.

— Tas disse que você sabe sobre viajar no tempo. Acredita que, se encontrar o Dispositivo, podemos retornar ao nosso tempo e nada terá mudado? — perguntou Destina.

— O Rio do Tempo flui tão devagar que, se pudermos sair daqui sem fazer nada para alterar drasticamente o tempo, seremos como gotas na água. O rio vai lavar todos os nossos vestígios. Você deveria saber — acrescentou ele em um tom mordaz. — Você esperava que o mesmo acontecesse com seu pai.

Destina não queria falar do pai e não fez mais perguntas. Ela observou o sol deslizar pelo céu, contemplou as sombras das árvores se moverem a seus pés. Estava começando a ficar preocupada com os outros e ficou aliviada ao ouvir Tas chamando por eles.

— Destina e Raistlin, onde vocês estão?

— Aqui! — respondeu Destina, acenando para ele.

Tas espiou por entre as árvores, finalmente os viu e veio correndo em sua direção.

— Encontrei um novo hoopak — anunciou ele, brandindo um longo bastão bifurcado. — E encontrei Magius e Huma. Um bando de goblins está atacando uma vila na estrada e Huma e Magius estão lutando contra eles. Mas há apenas dois deles e um monte de goblins, então Sturm ficou para ajudar. Ele me mandou de volta para contar para vocês.

Raistlin inspirou, irado.

— Sturm encontra você e se perde? Alguém poderia pensar que estávamos em um piquenique kender! Agora devo ir atrás dele.

— Ele não me encontrou. Eu sabia onde estava — protestou Tas, ofendido. — Eu também sei onde ele está. Vou mostrar para você.

— Vou com vocês — disse Destina, levantando-se.

— Nenhum de vocês vai a lugar algum! — vociferou-lhes Raistlin. — Vocês dois vão ficar aqui, para eu saber onde encontrá-los. Não se movam até que Sturm e eu retornemos.

Raistlin arregaçou a manga do manto para revelar uma faca amarrada em seu antebraço esquerdo, mantida no lugar por uma correia de couro. Sacudiu o pulso e uma adaga de prata deslizou da correia para sua mão. Ofereceu-a para Destina.

— Duvido que a Gema Cinzenta permita que algo lhe aconteça, senhora, mas pegue isso, só por precaução — disse Raistlin.

A adaga era desprovida de decoração, e parecia muito comum, mas Destina relutou em tocá-la.

— É mágica?

Raistlin soltou uma risada desdenhosa.

— Você usa em volta do pescoço o artefato mágico mais poderoso e perigoso deste mundo. Esta adaga é uma faca de manteiga em comparação com a Gema Cinzenta. É pegar ou largar.

Destina notou que ele não respondeu à pergunta sobre a magia, mas aceitou a adaga. A arma tinha um bom peso e a lâmina era extremamente afiada.

— Onde fica a tal aldeia? — Raistlin perguntou a Tas.

— A mais ou menos um quilômetro e meio naquela direção — explicou Tas, apontando com o bastão. — Pode ver a fumaça e as chamas da estrada.

Raistlin puxou o capuz sobre a cabeça e partiu depressa, o manto sacudindo-se em volta de seus tornozelos. Destina logo o perdeu de vista na floresta, embora pudesse ouvi-lo tossir.

— Posso segurar a adaga? — perguntou Tas. — Tenho certeza de que Raistlin não se importaria.

— Acho que ele não ia gostar disso e eu não quero deixá-lo com raiva — respondeu Destina. Ela rapidamente enfiou a arma no cinto de couro que usava em volta da cintura e sentou-se no tronco. Agora podia ver a fumaça elevando-se entre as árvores e sentir o cheiro de queimado e destruição. — Você tem sua própria adaga. Sei que você a chama de "Assassina de Coelhos". Você nunca me disse o porquê.

Tas exibiu orgulhosamente sua faca. Sentando-se ao lado dela, usou-a para começar a aparar pequenos galhos e folhas da forquilha.

— Encontrei-a anos atrás nas ruínas de Xak Tsaroth. Ou, pensado bem, encontrei-a anos à frente em Xak Tsaroth. De qualquer forma, Caramon disse que a faca só seria útil se fôssemos atacados por coelhos ferozes e por isso a chamei de Assassina de Coelhos. É mágica.

— O que ela faz? — perguntou Destina.

— Todas as outras facas que já tive deram um jeito de desaparecer quando eu não estava olhando. A Assassina de Coelhos nunca desapareceu nenhuma vez! Nem mesmo a vez que viajei até o Abismo para falar com Takhisis. Você gostaria de ouvir essa história?

— Muito — aceitou Destina.

— Eu só fui até o Abismo para fazer uma visita amigável para ela, para ver como ela estava depois de perder a guerra. Mas acho que Takhisis não estava muito bem, porque enviou um demônio para me matar. Eu apunhalei o demônio com a Assassina de Coelhos e a faca ficou toda viscosa com sangue de demônio e estava tão escorregadia que a deixei cair, e não tive tempo de pegá-la porque estava sendo perseguido por um demônio furioso. Consegui escapar do demônio e saí do Abismo, mas fiquei triste porque fui forçado a deixar a Assassina de Coelhos para trás. Mas quando olhei para o meu cinto, lá estava a Assassina de Coelhos! Então, é assim que eu sei que ela é mágica.

Tas tinha acabado de aparar o galho. Começou a bater com os calcanhares no tronco.

— É meio entediante sem Sturm e Raistlin, não é?

Destina lembrou-se do velho ditado que dizia que a coisa mais perigosa do mundo era um kender entediado.

— Eu não estou entediada — discordou rapidamente. — Conteme outra história.

— Eu gostaria, mas estou com muita sede — disse Tas. — É difícil contar histórias quando se está com sede. Também estou com fome, mas tenho mais sede do que fome. Acho que vou procurar um pouco de água.

— Raistlin disse que não deveríamos sair daqui — lembrou-o Destina, alarmada.

— Não vou sair — argumentou Tas, levantando-se de um salto. — Vou procurar água. Além disso, quero experimentar meu novo hoopak.

— Tas, eu realmente acho que você deveria ficar aqui! — argumentou Destina. — Raistlin disse que deveríamos ficar juntos.

— Mas ele não fez o que disse. Não está ficando junto. Foi atrás de Sturm. Não se preocupe — Tas assegurou. — Não vou demorar muito.

Ele pegou seu bastão bifurcado e correu para a floresta, indo na direção oposta da estrada. Destina se questionou se deveria ir atrás dele, mas decidiu que não, pois não sabia onde estava e tinha medo de se perder.

A floresta parecia estranhamente silenciosa. Nada se movia, exceto tênues gavinhas de fumaça contorcendo-se ao redor das árvores. As criaturas da floresta haviam se escondido, provavelmente devido à batalha. Ela não gostava de ficar sozinha e se assustou quando ouviu um estrondo às suas costas. Tocando a adaga, olhou com medo para as sombras.

— Tas? — chamou.

Nenhuma resposta.

— Foi só um galho caindo — disse para si mesma.

E então, ela ouviu Tas gritando "Cuidado", enquanto se aproximava correndo pelos arbustos, brandindo sua forquilha.

— Goblins! — gritou ele. — Bem atrás de mim!

CAPÍTULO QUATRO

Tas derrapou até parar e virou-se para provocar os goblins, que vinham correndo pela floresta atrás dele.

— Não podem me pegar, seus guinchadores feios e pulguentos! — gritou Tas. — Seus hobgoblins de araque! Metade do cérebro e o dobro da feiura!

Os goblins uivaram e balbuciaram de raiva. Tas virou-se e correu em direção a Destina, acenando com seu hoopak.

— Eu os levarei até você. Esteja pronta para bater neles quando aparecerem!

Ele atirou o hoopak para ela enquanto passava correndo e seguia em frente com os goblins perseguindo-o loucamente, correndo atrás dele cegos de fúria.

Destina não teve tempo para pensar ou nem mesmo sentir medo antes que os goblins estivessem diante dela. Golpeou com a forquilha quando um goblin avançou em sua direção e acertou-o no rosto; então, atingiu outro goblin na cabeça e o derrubou.

Tas estava dançando ao redor, atacando com a Assassina de Coelhos um goblin que desferiu um golpe selvagem contra ele com a espada. Tas esquivou-se e a lâmina assobiou inofensivamente acima de sua cabeça, então, mais uma vez, ele partiu para o ataque com a Assassina de Coelhos. O goblin lançou-se sobre ele e os dois caíram no chão. O goblin pôs as mãos em volta da garganta de Tas e tentou torcer seu pescoço.

Destina pegou sua faca e estava prestes a ir resgatá-lo quando ouviu outro farfalhar nos galhos. Uma mulher desceu da árvore e pousou ao lado de Tas. Atingiu o goblin nas costelas com uma espada curta, então tirou o corpo de cima de Tas e olhou para Destina.

— Atrás de você! — avisou a mulher.

Destina virou-se no instante em que um goblin agarrou sua garganta. Ela o golpeou freneticamente com a adaga. O goblin jogou a lâmina dela para o lado e agarrou a Gema Cinzenta.

Luz cinza reluziu. O goblin deu um grito de medo e cambaleou para trás, ganindo de dor e torcendo a mão carbonizada. Destina afastou-se como pôde da criatura, que fugiu mancando. O restante dos goblins permaneceu, seus olhos refletindo malignamente a misteriosa luz acinzentada. Destina agarrou sua faca, pronta para lutar, e a estranha colocou-se ao seu lado, empunhando a espada. Os goblins remanescentes deram meia-volta e debandaram.

Destina ficou parada, ofegando, tentando se livrar da terrível lembrança das mãos do goblin ao redor de sua garganta e do cheiro de seu hálito fétido.

— Você está bem? — perguntou-lhe a mulher.

Era uma elfa e a mulher mais bonita de qualquer raça que Destina já vira. Alta e esguia, a elfa usava uma túnica verde como as folhas no verão, com cinto, calça verde-escura e sapatilhas marrons que se mesclavam bem com as cores da floresta. Suas feições eram delicadas. Seus cabelos eram branco-prateados, como o luar brilhando sobre a neve, presos em uma única trança descendo por suas costas. Seus olhos eram tão verdes quanto folhas cobertas de orvalho.

Ela carregava um arco curto pendurado no ombro e uma aljava de flechas, além da espada, e encarou Destina com o cenho franzido, seu olhar fixo no pescoço da outra. Destina baixou o olhar para ver a Gema Cinzenta ainda brilhando intensamente. Ela a agarrou depressa e a guardou sob o colarinho, contando sem muita esperança que a elfa não tivesse notado. Mas Tas acabou com a pouca esperança que ela tinha.

— Eu vi a Gema Cinzenta queimar aquele goblin, Destina! — gritou Tas, animado, correndo para se juntar a elas. Sua voz estava rouca e ele tinha hematomas no pescoço, mas fora isso parecia ileso. — Quando a toquei, só me deu uma sensação esquisita. Ela não tentou tacar fogo em mim! Como você fez isso?

Destina fingiu que não o ouviu e se voltou para a elfa.

— Agradeço por vir em nosso auxílio.

— Sim, obrigado — acrescentou Tas. Ele limpou o sangue goblin da mão na túnica, então educadamente a estendeu. — Sou Tasslehoff Pés-Ligeiros e esta é a Senhora Destina Rosethorn.

— Eu me chamo Gwyneth. — A mulher apertou a mão de Tas. — E acredito que o anel que você está segurando é meu.

Tas abriu a mão e virou a palma para cima. Ele pareceu extraordinariamente surpreso ao encontrar um anel de prata.

— Quer dizer este anel? Acho que você deve ter deixado cair — disse Tas.

— Acho que sim — concordou Gwyneth com um sorriso. — Obrigada por encontrá-lo. O anel é especial para mim. Foi um presente da minha irmã.

Ela colocou o anel no dedo, então desviou o olhar para Destina.

— Então essa é a Pedra Cinzenta, a joia que vocês humanos chamam de Gema Cinzenta. Ouvi você e seus amigos falando sobre ela.

Destina pensou que deveria negar estar usando a Gema Cinzenta, dizer à elfa que o colar era uma herança de família ou algo assim, mas estava cansada demais para mentir. Além disso, negar parecia mesmo inútil. Gwyneth os ouviu discutindo sobre a Gema Cinzenta. Ela a vira em ação e Tas fornecera a confirmação.

— Como conseguiu a joia amaldiçoada? — Gwyneth estava perguntando. — Por que a está usando?

— Quer que eu conte para ela? — perguntou Tas, vendo a hesitação de Destina.

— Não, Tas, apenas pare de falar sobre isso! — respondeu Destina, exausta.

Gwyneth balançou a cabeça.

— O cavaleiro e o mago erraram ao deixá-la sozinha enquanto usa uma joia tão perigosa.

— Destina não está sozinha — protestou Tas, indignado. — Ela tem a mim, e eu tenho a Assassina de Coelhos, mas vou mudar o nome para Matadora de Goblins.

— Você é um guarda-costas valente, Mestre Pés-Ligeiros — ofereceu Gwyneth —, mas a Senhora Destina está em grande perigo. A Rainha Dragão chegou a Solâmnia, onde está reunindo suas forças para um ataque final à Torre do Alto Clérigo. Se ela descobrir que a Pedra Cinzenta está aqui, ao seu alcance, não medirá esforços para obtê-la.

46

— O que Takhisis faria com ela? — perguntou Tas com interesse.

— A Rainha Dragão tentaria controlar o terrível poder da Pedra Cinzenta e, caso conseguisse, seria mais forte do que todos os deuses juntos — explicou Gwyneth. — Ela tentaria corromper e controlar todas as raças existentes e, por fim, refazer o mundo, criando novos seres e raças para servi-la. A pedra lhe concederia uma fonte infinita de poder.

Destina apertou a Gema Cinzenta com a mão, sentindo um pavor nauseante. Gwyneth notou seu tormento, e o ar severo da elfa se suavizou.

— Sinto muito, Destina. Você está com problemas e estou aumentando seu fardo, não ajudando a diminuí-lo.

— Não precisa se preocupar, Gwyneth — afirmou Tas. — Quando a Rainha das Trevas investir contra a torre em alguns dias, um cavaleiro chamado Huma vai atacá-la e devolvê-la ao Abismo e ela terá que ficar lá até a Guerra da Lança.

Gwyneth olhou perplexa para Tas.

— O que quer dizer...

— Ele gosta de inventar histórias — interrompeu Destina e mudou rapidamente de assunto. — Você encontrou água, Tas?

— Encontrei um riacho, mas então os goblins me encontraram e tive que fugir. O riacho não fica longe daqui. Eu posso ir...

— Não devia estar vagando sozinho — advertiu Gwyneth. — Eu tenho água. Ficarei contente em compartilhar.

Ela puxou uma pequena garrafa do cinto e a estendeu para Tas. O recipiente era feito de casco de tartaruga com uma rolha de cortiça. Ele tomou um longo gole, então o observou com admiração.

— Nunca vi uma garrafa de água feita de uma tartaruga antes. É muito boa, embora aposte que a tartaruga não tenha gostado muito de ser transformada em uma garrafa.

— O espírito da tartaruga havia passado para o próximo estágio da jornada de sua vida quando encontrei seu casco — explicou Gwyneth. — Ainda está com sede?

Tas assentiu.

— Foi a melhor água que já bebi, embora tivesse gosto de tartaruga. Mas a garrafa está vazia.

— Olhe de novo — sugeriu Gwyneth.

Tas olhou para o interior da garrafa e a levou aos lábios.

— Mais água! Deve ser mágica! Suponho que você não tenha nenhuma salsicha mágica para acompanhar, não é?

— Sinto muito, mas não — respondeu Gwyneth.

— Devia experimentar esta água mágica, Destina — disse Tas, entregando-lhe o recipiente.

Destina hesitou, incerta.

Gwyneth percebeu sua preocupação.

— A água não é mágica. Apenas a garrafa.

Destina estava com sede e bebeu do recipiente, depois devolveu-o à elfa.

— Gostaria de ouvir a canção sobre Huma e como ele vai atacar a torre, Gwyneth? Eu sei parte dela — ofereceu Tas.

— Não temos tempo, Tas. Você e eu devemos encontrar nossos amigos — interveio Destina, pensando que os goblins não eram tão perigosos quanto a língua do kender.

— Devia vir conosco, Gwyneth — convidou Tas. — Caso encontremos mais goblins.

— Tenho certeza de que Gwyneth tem coisas melhores para fazer — disse Destina. Não queria ser rude, mas não gostou do fato de que a elfa estivera escondida nas árvores, escutando-os, e só decidiu ajudar quando soube da Gema Cinzenta. — Obrigada por nos socorrer, Gwyneth. Tas e eu podemos nos virar sozinhos.

— Vou acompanhá-los até que encontrem seus amigos — declarou Gwyneth. — Não devem ficar sozinhos com a Pedra Cinzenta.

— Por que devemos confiar em você? — Destina perguntou, imperativamente, dirigindo-se a ela de modo incisivo. — Sua terra natal está longe de Solâmnia. Você diz que a Rainha das Trevas está reunindo suas forças. Talvez você seja uma espiã!

— E por que eu deveria confiar em você, humana? — rebateu Gwyneth. — Você carrega o artefato mais perigoso conhecido por mortais e imortais.

Destina estava confusa. Não fazia ideia do que dizer.

Tas olhou de uma para a outra.

— Acho que todos devemos confiar uns nos outros porque nos metemos em problemas quando não o fazemos — afirmou. — Eu confio em você, Gwyneth, porque você poderia ter ficado escondida em sua árvore, mas não o fez. Você pulou para nos salvar dos goblins. E, Gwyneth, você pode confiar em Destina porque, embora ela esteja usando uma joia feia que pode assar um goblin, ela se sente muito mal por nos trazer aqui por acidente. E você pode confiar em mim porque os kender são pessoas muito confiáveis.

— Eu sei que os kender são muito sábios — afirmou Gwyneth, sorrindo.

Ela se virou para Destina.

— Vou lhe contar por que estou aqui em Solâmnia, longe de minha terra natal, se isso for tranquilizá-la. Mas devemos conversar enquanto caminhamos, pois vocês devem encontrar seus amigos. Você faz bem em não confiar em estranhos — acrescentou ela, enquanto avançavam pela floresta, em direção à estrada que levava à aldeia. — Deveria duvidar mais deles e não falar abertamente sobre a Pedra Cinzenta.

Destina não gostou de ser repreendida, mas sentiu que merecia e não respondeu. Ela caminhou ao lado de Gwyneth, pensando que Tas tinha razão. Se a elfa fosse uma espiã, ela não teria se exposto. Destina estava inclinada a confiar em Gwyneth, pelo menos por ela ser direta e não poder ser acusada de tentar agradar como um espião talvez tivesse feito.

Gwyneth caminhava com graciosa agilidade e se movia silenciosamente pelo mato. Destina tentou imitá-la, mas gravetos estalavam sob seus pés e sua saia ficava presa nos arbustos. Suas roupas estavam quentes e ela ansiava por tirar a jaqueta, mas não ousou revelar a Gema Cinzenta após as terríveis advertências de Gwyneth. Pelo menos, Destina não precisava se preocupar com Tas falando demais. Ele estava à frente delas, jogando seu novo hoopak no ar e pegando-o duas vezes a cada três.

Destina lançou um olhar curioso para sua companheira. Havia encontrado elfos em suas viagens e algumas vezes os vira na cidade de Palanthas, mas nunca conversara com nenhum.

— Então, por que você está em Solâmnia? — perguntou Destina abruptamente.

— Estou aqui como observadora do meu povo, os Qualinesti. Se Solâmnia cair, tememos que Takhisis ataque nossa nação em seguida, já que compartilhamos uma fronteira.

— Não, não compartilham — retrucou Destina, pensando que a havia pego em uma mentira. — Qualinesti e Solâmnia estão separados por um mar.

Gwyneth lançou-lhe um olhar estranho.

— Um mar de incompreensão e desconfiança, talvez, mas nossas duas nações fazem fronteira uma com a outra.

Destina estava prestes a dizer que o Cataclismo havia acabado com aquilo, quando de repente se lembrou de onde estava e em que época.

A Terceira Guerra dos Dragões ocorrera no ano 1018 AC, mil e dezoito anos antes do Cataclismo, quando os deuses atiraram a montanha de fogo sobre Krynn. Seu pai mantinha um mapa de Krynn antes de que fosse dividida, a título de curiosidade, e agora ela se recordava de que, durante a Terceira Guerra dos Dragões, Qualinesti de fato fazia fronteira com Solâmnia a leste.

— Perdoe-me. Sou péssima em geografia — justificou Destina, sem jeito. — O que estava fazendo na árvore?

— Cochilando — respondeu Gwyneth. — É muito mais seguro dormir em uma árvore do que no chão. Você e seus amigos me acordaram. Eu não queria espiar. Tentei não ouvir, mas quando falaram da Pedra Cinzenta, não pude evitar. E não podia deixar a árvore sem me revelar. Não me sinto à vontade perto de humanos, especialmente magos como seu amigo.

— Eu mesma não me sinto confortável perto de Raistlin — admitiu Destina.

Foram interrompidas por um grito de Tasslehoff, que acidentalmente jogou seu hoopak em um enorme arbusto de amora silvestre.

— Quanto o kender sabe sobre a Pedra Cinzenta? — perguntou Gwyneth, observando-o, pensativa.

Destina observou Tas, que estava tentando soltar seu hoopak das amoreiras silvestres sem muito sucesso.

— Ele sabe demais — disse ela com um suspiro. — E não posso impedi-lo de falar.

— Nem mesmo os deuses podem impedir um kender de falar — comentou Gwyneth. — Mas talvez eu possa ajudá-lo a pelo menos manter-se em silêncio sobre a Pedra Cinzenta.

Tas finalmente conseguiu recuperar seu hoopak e agora estava ocupado arrancando espinhos das mãos.

— Quem criou arbustos de amoras silvestres cometeu um erro muito grave — resmungava. — Eu indiquei isso para Fizban uma vez. Ele disse que as amoreiras silvestres não eram culpa dele, que eram um acidente da evolução. Quando perguntei o que era evolução, ele disse que tinha algo a ver com macacos. E quando perguntei o que eram macacos, ele me bateu com o chapéu.

Gwyneth o ajudou a remover os últimos espinhos.

— Está com sangue de goblin no rosto — disse-lhe.

— Eu estou? — perguntou Tas, alarmado. Esfregou a bochecha. — Vou encontrar Huma e Magius. Eles são heróis e eu quero estar apresentável.

— Eu limpo para você — ofereceu Gwyneth.

Ela lambeu os dedos e esfregou a testa de Tas, deixando uma mancha limpa no meio da sujeira.

— O sangue se foi — disse Gwyneth. — Agora está apto para conhecer esse tal de Huma ou qualquer outro.

— Cuspe de elfo é mágico? — perguntou Tas, maravilhado.

— Por que a pergunta? — disse Gwyneth.

— Porque minha cabeça está formigando por dentro.

Destina não via como o cuspe da elfa ajudaria Tas a parar de falar. Ela não disse nada, entretanto, esperando que Gwyneth deixasse para lá o assunto da Gema Cinzenta.

Continuaram andando, mantendo-se nas sombras, sem sair para a estrada. A fumaça estava ficando mais espessa, flutuando entre as árvores e espalhando uma mortalha sobre a floresta.

— Não é todo dia que encontro um herói — estava dizendo Tas. — Aposto que Sturm também ficará animado em conhecer Huma. Sturm pode recitar a música de cor. Você conhece Huma?

— Não conheço ninguém que more em Solâmnia — respondeu Gwyneth.

— Agora conhece — disse Tas. — Destina é de Solâmnia. Ela e eu nos conhecemos na Estalagem do Último Lar, que fica em Solace. Ela se transformou em uma kender chamada Mari e eu pensei que éramos casados, mas Raistlin disse que não éramos...

Destina apressou-se para interrompê-lo.

— Estamos perto da aldeia, Tas?

— É do outro lado daquelas árvores. Parece que eles ainda estão lutando contra os goblins.

Destina podia ouvir o retinir de armas se chocando, gritos, berros e guinchos de goblins. Espiou através da fumaça e vislumbrou homens e mulheres enfrentando os inimigos com forcados e machados.

— Ainda lutam, mas a batalha está quase no fim — relatou Gwyneth, apontando. — A maioria dos goblins está fugindo. Ainda assim, devemos aguardar aqui escondidos até encontrarmos seus amigos. Estamos perto da Torre do Alto Clérigo. Dá para ver bem daqui.

A fumaça dissipava-se aos poucos e, de seu ponto privilegiado no topo da colina, Destina podia ver os pináculos da Torre do Alto Clérigo, altas e robustas contra a paisagem das montanhas cobertas de neve, guardando a passagem que conduzia à cidade de Palanthas. O céu acima da torre era do azul pálido do início do verão, com nuvens ralas e flutuantes.

Mas o cenário pacífico era enganoso. Longas fileiras de tropas goblins carregando os estandartes da Rainha Takhisis serpenteavam pelas planícies. Um dragão da cor do sangue voou em direção à torre e Destina ofegou em consternação.

— Os cavaleiros estão sob ataque?

— Takhisis ainda não está pronta. O dragão vermelho é Immolatus, o chefe das forças avançadas da Rainha das Trevas — explicou Gwyneth. — O restante de Solâmnia caiu. A Torre do Alto Clérigo é tudo o que existe entre Takhisis e o governo de Solâmnia. Ela vai investir todas as suas forças nisso. Enviou seu favorito, o dragão vermelho, para diminuir a resistência da torre, desmoralizar seus protetores antes de sua chegada.

Destina observou o dragão vermelho circular a Torre do Alto Clérigo, nem ao menos se preocupando em ficar fora do alcance das flechas, zombando de suas tentativas de feri-lo.

— Certa vez, vi um dragão azul — comentou Destina, lembrando-se do dragão azul que atacara o Castelo Rosethorn —, porém, nunca vi um dragão vermelho. Não fazia ideia de que eram tão gigantescos.

— Immolatus é maior do que a maioria. Ele é arrogante e cruel, e deve estar irritado por ser forçado a esperar sua rainha antes de começar a matar — observou Gwyneth. — Neste momento, ele está usando seu pavor de dragão para aterrorizar os cavaleiros e os exércitos que estão presos dentro da torre. Espera minar o moral deles e enfraquecê-los antes do ataque final. E está conseguindo. Alguns dos soldados já fugiram, abandonando seus postos.

— Eu vi dragões vermelhos durante a guerra — disse Tas sombriamente. — Acho que já vi quase todos os tipos de dragão que existem. Vi um dragão negro em Xak Tsaroth. E também havia o dragão de Fizban, Pyrite. Eu gostava dele, embora fosse quase tão biruta quanto Fizban. Acho que o meu favorito era Silvara. Ela era um dragão de prata, embora nenhum de nós soubesse disso a princípio, porque ela parecia uma elfa silvestre.

Gwyneth havia parado de andar e olhava para Tas com olhos arregalados.

— Você também conhece Silvara? — perguntou Tas.

— Eu... não — respondeu Gwyneth. Ela parecia abalada.

— Você está bem? — questionou Destina, parando com ela.

— Uma ferida antiga — explicou Gwyneth. — Às vezes dói. Não se preocupe. Vai passar.

Mas ela manteve os olhos em Tas, que tinha corrido à frente, golpeando a fumaça com seu hoopak.

Não sou a única com segredos, pensou Destina.

— Falávamos de Immolatus — voltou a dizer Gwyneth. — Ele é inimigo do meu povo há muitos anos. Vi cidade após cidade em Solâmnia perecer diante da Rainha das Trevas, e enviei mensageiros velozes para instar o Orador dos Sóis a vir em auxílio dos solâmnicos. Tínhamos uma chance de derrotar a Rainha das Trevas e matar o dragão vermelho. Mas Talinthas não quis ouvir. Ele me respondeu afirmando que esta guerra era dos humanos e que os deixasse lutar.

— Encontrei Sturm! — gritou Tas, correndo de volta para se juntar a elas. — Eu ia ajudá-lo a lutar contra os goblins, já que tenho a Matadora de Goblins, que costumava ser a Assassina de Coelhos, mas que renomeei desde que fomos atacados por goblins cruéis, não coelhos. Onde eu estava? Ah, sim. Mas então pensei que deveria vir para lhes contar que o encontrei. Sturm, quero dizer. Se vocês olharem com atenção através daquelas árvores, e se aquela fumaça irritante e todos aqueles goblins forem embora, poderão vê-lo. E aquele outro cavaleiro com ele é Huma! Que legal! Foi sobre ele que falei, Gwyneth. Oi, Huma! Sou eu! Tasslehoff Pés-Ligeiros!

Huma ainda estava a alguma distância, no meio da batalha, mas olhou ao redor ao ouvir seu nome e viu Gwyneth, no momento em que um raio de sol brilhando por entre as folhas fez seus cabelos resplandecerem como prata derretida. O cavaleiro parou onde estava, fascinado.

E Gwyneth o viu. Ele não estava usando o elmo, e ela conseguia enxergar seu rosto com clareza. Os olhos dela se arregalaram ao reconhecê-lo, e Destina a sentiu estremecer, como se tivesse sido transpassada por uma flecha.

— Algum problema? — perguntou Destina, assustada, segurando-a.

Gwyneth afastou-se gentilmente.

— Encontraram seus amigos — respondeu com uma voz desprovida de emoção. — Vou deixá-los agora.

Destina abriu a boca, mas antes que pudesse dizer qualquer coisa, Gwyneth havia partido. Destina observou-a deslizar entre as árvores e desaparecer nas sombras. Olhou para a batalha e viu Huma parado, maravilhado. Um goblin empunhando um machado avançava em sua direção, e foi só depois do aviso urgente de Sturm que Huma olhou ao redor a tempo de lidar com seu oponente.

— Gwyneth me lembra alguém — comentou Tas, franzindo a testa, pensativo. — Estou tentando pensar em quem. — De repente, ele se lançou sobre um objeto caído no chão. — Olha o que encontrei! A garrafa de água de casco de tartaruga. Gwyneth deve ter deixado cair. Ei, Gwyneth!

Ele pegou a garrafa de água e correu atrás dela. Destina ia tentar detê-lo, mas estava cansada demais. Aguardou-o e, em instantes, ele voltou aos saltos.

— Eu a perdi — disse Tas, desanimado. — Talvez ela volte para pegar sua garrafa de água. Vou guardá-la, caso ela o faça. Devemos esperar por ela?

— Acho que ela não vai voltar — respondeu Destina. — E precisamos alcançar Sturm e Raistlin.

Os sons de luta pararam. A fumaça estava começando a se dissipar. Os goblins estavam em plena retirada, descendo a colina em direção às planícies, onde as tendas do inimigo começavam a brotar como cogumelos venenosos.

Destina olhou para o dragão vermelho voando acima da torre e as longas fileiras de soldados inimigos marchando pelas planícies, e as lembranças da Guerra da Lança, do ataque ao Castelo Rosethorn, retornaram. Ela podia ver, sentir o cheiro e ouvir os terríveis sons da batalha, e começou a tremer.

Tas segurou sua mão.

— Não tenha medo, Destina. Nunca vou deixar você se defender sozinha.

Ela apertou a mão dele com gratidão.

— Você é um bom amigo, Tas. Mesmo que eu não mereça.

— Você disse que sentia muito por se transformar em Mari, e eu a perdoei — disse Tas. — Então, isso são águas passadas ou chorar sobre leite derramado. Nunca me lembro qual é.

Tas pendurou a garrafa de água de casco de tartaruga no ombro pela alça de couro e eles começaram a andar em direção à aldeia.

— Espere até eu contar a Sturm e Raistlin sobre os goblins nos atacando e como eu apunhalei um com a Assassina de Coelhos que agora é a Matadora de Goblins e que um atacou você e tentou agarrar a...

Tas foi interrompido por um espirro violento.

— Droga! — reclamou, limpando o nariz com a manga. — Onde eu estava? Ah, sim. O goblin e como ele tentou pegar a...

Tas espirrou de novo e fungou.

— Talvez um resfriado esteja me pegando. Eles fazem isso, sabe. Resfriados pegam você quando você menos se dá conta. Então, como eu estava dizendo, vou contar a Sturm e Raistlin sobre o goblin que quase teve a mão queimada quando tentou pegar a...

Tas voltou a espirrar. Destina lembrou-se das palavras de Gwyneth e sorriu. *Nem mesmo os deuses podem impedir um kender de falar.* Mas cuspe de elfo aparentemente mágico poderia.

CAPÍTULO CINCO

Raistlin caminhou pela estrada que levava à aldeia. Estava aliviado por se afastar dos outros, aliviado por estar sozinho. Ele sempre preferiu a própria companhia à de qualquer outra pessoa, algo que o extrovertido e simpático Caramon jamais foi capaz de entender. Procurar por Sturm tinha sido uma desculpa para se livrar de Destina e Tasslehoff.

Principalmente Tasslehoff e seu tagarelar sobre "Fistandadalos". Tas tinha uma forma desconcertante de separar o joio para encontrar o trigo que a maioria das pessoas pensava ter guardado com segurança.

O nome do mago era Fistandantilus e, como se fossem as palavras de um feitiço, o nome evocava lembranças sombrias e horripilantes do lich que havia se aproveitado por séculos de jovens magos vulneráveis que se submetiam ao Teste na Torre da Alta Feitiçaria.

Os magos de Ansalon haviam decretado que todos os magos que quisessem avançar em sua arte deveriam realizar um teste na Torre da Alta Feitiçaria em Wayreth. O Teste avaliava as habilidades mágicas do indivíduo e, o mais importante, forçava o mago a olhar nas profundezas de sua alma. Eles saíam feridos de corpo e alma, humilhados e castigados.

Mas alguns magos não deixavam a torre. Aqueles que falhavam morriam. E como o fracasso significava a morte, Fistandantilus havia se aproveitado dos jovens magos, oferecendo sua ajuda em troca de uma porção da força vital do mago para estender a própria.

Raistlin tinha sido um desses jovens magos. Ele não temia a morte, porém, tinha medo do fracasso, então fez o infame acordo. Havia dado a Fistandantilus uma parte de sua vida. A barganha o deixara com a tosse debilitante e o corpo enfraquecido. Em troca, Fistandantilus concedera a

Raistlin a habilidade de passar no Teste. Contudo, Raistlin sempre fora capaz de ouvir a voz do perverso feiticeiro em sua alma, incitando-o, guiando-o. Havia pronunciado as palavras para feitiços poderosos sob a orientação daquela voz.

Até agora.

Raistlin diminuiu o passo. Esqueceu o perigo, esqueceu tudo, exceto aquelas palavras que Tasslehoff havia falado. *Ainda com essa tosse, hein? Pensei que estar morto a teria curado.*

Estar morto não o havia curado. Mas a morte tinha interrompido a conexão. Não conseguia mais ouvir a voz. Estava sozinho, para lançar a própria magia. Os poucos feitiços que conhecia nessa fase de sua vida, cinco anos depois de passar no Teste, eram feitiços simples. Ele podia se lembrar vagamente dos poderosos feitiços que havia produzido como mestre da Torre da Alta Feitiçaria, mas as palavras eram sombras em sua mente, pois não tinha a habilidade nem a experiência necessárias para lançá-los.

— A voz que ouço em minha alma é a minha.

Raistlin tossiu e procurou o lenço, pressionando-o contra a boca. A tosse aliviou. Ele puxou o lenço e o viu manchado com sangue seco e também fresco. O próprio sangue.

Raistlin olhou para a estrada que se estendia diante de si. Caminhava sozinho. Não podia mais ouvir a voz de Fistandantilus.

— Tenho a chance de viver a vida sem ele — refletiu Raistlin. — Pelo menos por um curto período de tempo.

E esperava que esse tempo *fosse* curto. Compreendia melhor do que os outros o perigo representado por sua presença acidental. Eles tinham que permanecer vivos, pois se Sturm morresse nesta época, não estaria presente na Batalha da Torre do Alto Clérigo no futuro. De fato, o Rio do Tempo talvez continuasse fluindo sem ele. Outro herói poderia surgir para enfrentar os dragões que atacavam a torre. Mas não ousariam correr esse risco.

Se a teoria de Raistlin sobre viajar no tempo estivesse certa, ele precisava garantir que ele e Sturm retornassem para o momento em que haviam partido — a noite de outono de seu reencontro durante a Guerra da Lança. Se tivesse sucesso, nenhum dos dois teria lembrança desta época, porque não haveria acontecido a eles. E sem a intervenção do Caos, preso na Gema Cinzenta, nunca aconteceria. Ele ponderou sobre o dilema.

— Sturm e eu estamos mortos quando nossos corpos no passado são levados de volta para a Terceira Guerra dos Dragões, época em que nunca existimos. O Caos arrebatou nossas almas de nosso descanso eterno e as uniu a nossos corpos. É por isso que Sturm e eu somos capazes de nos lembrar de nossas vidas passadas.

"Quanto a Tas e Destina, o Tas do presente substituiu o Tas do passado por um breve momento, mas quando Tas retornar à Estalagem do Último Lar durante a Guerra da Lança, não se lembrará de nada disso, porque aquele Tas nunca a terá vivido. Aquele Tas conhecerá Destina em seu futuro.

"Se deixarmos a Terceira Guerra dos Dragões sem causar nenhum dano, o Rio do Tempo lavará todos os vestígios de nós. A alma de Sturm seguirá para o próximo estágio da jornada de sua vida. Eu voltarei ao meu sono eterno."

Precisava considerar a possibilidade de que talvez não encontrassem o Dispositivo. Eles poderiam até não ser capazes de voltar.

— O que será que pode acontecer se nosso futuro estiver aqui neste período. — Raistlin deu um sorriso sarcástico. — Quem sabe? Com Sturm Montante Luzente aqui para me influenciar para o bem, talvez eu até vista o manto branco.

Ele riu e depois se repreendeu. Falando em tempo, estava desperdiçando-o.

Acelerou o passo na estrada e, percebendo que ainda poderia estar em perigo, começou a prestar mais atenção ao seu redor. O grupo de ataque goblin havia saqueado gado e vegetais, depois incendiado casas, celeiros e outras construções para encobrir sua retirada. A fumaça foi aumentando à medida que ele se aproximava da aldeia, que ainda estava sendo atacada, e ele usou o lenço para cobrir o nariz e a boca.

Entre as lacunas na fumaça crescente, conseguia ver que a batalha não era bem uma batalha, estava mais para uma briga campal. Os aldeões estavam lutando contra os invasores goblins com forcados e porretes, ancinhos e punhos, enquanto o gado berrava, os porcos guinchavam e as galinhas frenéticas corriam para todo lado perseguidas pelas criaturas.

Raistlin tossiu diante da fumaça e pressionou mais o lenço contra a boca. Não conseguia localizar Sturm, Huma ou Magius. Mas quando viu um raio azul mágico atingir um goblin, soube que Magius estava ali em algum lugar.

Nuvens estavam se acumulando ao leste. Uma brisa fresca com o aroma de chuva surgiu, dispersando a fumaça, e Raistlin avistou Sturm vindo em auxílio de um homem que estava sendo atacado por vários goblins que tinham arrancado seu elmo e roubado seu alforje, e estavam chutando e batendo selvagemente nele.

Sturm gritou para afastar da vítima a atenção dos goblins e moveu sua espada em um arco ameaçador. Os goblins vieram para atacar e massacrar, não para enfrentar um cavaleiro empunhando uma espada, por isso pegaram seu saque e fugiram.

O soldado gemeu e Raistlin correu para ajudá-lo. Ele usava a túnica acolchoada e calções que Raistlin reconhecia de seus dias de mercenário; a roupa indicava um soldado de infantaria. A cabeça e o rosto do homem estavam cobertos de sangue e ele agarrava a barriga. Sturm estava parado com postura protetora perto dele, a espada desembainhada, esperando mais goblins.

Vendo Raistlin, Sturm franziu a testa.

— O que está fazendo aqui? Você deveria estar protegendo a Senhora Destina.

— Considerando que você é necessário no futuro para vencer a Batalha da Torre do Alto Clérigo, vim para garantir que não seja morto — retrucou Raistlin. — Vou ficar com este soldado. Vá ajudar os aldeões.

Sturm lançou-lhe um olhar sombrio.

— Se alguma coisa acontecer a ela…

— Não vai — respondeu Raistlin. — A Gema Cinzenta cuidará disso. Vá. Precisam de você.

Sturm hesitou por um momento, então ouviu alguém gritando por socorro. Virou-se e correu, desaparecendo de volta na fumaça.

Raistlin ajoelhou-se ao lado do soldado e começou a examiná-lo, tentando determinar a gravidade dos ferimentos. O homem ferido sentiu seu toque e seus olhos se abriram aterrorizados.

— Fique parado — mandou Raistlin. — Está seguro por enquanto. Qual é o seu nome?

Ele não falava solâmnico, então usou o que era conhecido como linguagem de acampamento, a língua dos soldados, principalmente dos mercenários, que vinham de diferentes partes do mundo e falavam vários idiomas. A linguagem de acampamento oferecia-lhes uma forma de se comunicar. Era antiga, tão antiga quanto a própria guerra.

— Soldado Mullen Tully — o soldado disse fracamente. — Eles me chamam de Tully.

O soldado gemeu mais uma vez. Seu rosto estava muito machucado, seus olhos começando a inchar.

— Está sentindo dor em algum outro lugar? — perguntou Raistlin.

— Meu joelho e minhas costelas — ofegou o soldado. — Acho que estão quebrados.

Quando Raistlin começou a examinar o joelho, sentiu o cheiro fétido de goblin e ouviu o som de uma espada deslizando para fora da bainha e pés se arrastando pela vegetação rasteira.

Enquanto Raistlin continuava a falar com o soldado, disfarçadamente, mergulhou a mão em uma de suas bolsas.

— Talvez você tenha uma leve concussão, Tully, mas não há nada quebrado — garantiu Raistlin. — Seu joelho está torcido e suas costelas estão muito machucadas.

Tully abriu os olhos para olhar para Raistlin, então avistou o goblin. Seus olhos se arregalaram. Ele lutou para se sentar.

— Atrás de você...

— Não se mexa! — ordenou Raistlin. — Estou ciente.

Ele esperou mais um momento, permitindo que o goblin se aproximasse, então se virou e atirou pó amarelo na cara do inimigo.

O pó explodiu com um clarão ofuscante. O goblin gritou, largou a espada e começou a esfregar os olhos, uivando de dor. Raistlin pegou a espada de Tully e golpeou o goblin na cabeça com o cabo. A criatura caiu no chão. Raistlin jogou a espada de lado e voltou para seu paciente, que o olhava com desconfiança.

— Você é um mago — observou Tully, afastando-se do toque de Raistlin. — Não vai usar sua magia em mim, vai?

Raistlin não se preocupou em lhe dizer que o que havia usado não era magia, mas uma mistura em pó dos esporos secos do licopódio conhecido como pó de flash.

— Fique parado — disse Raistlin.

— Onde um mago aprendeu a linguagem de acampamento? — perguntou Tully.

— Trabalhei como mercenário — respondeu Raistlin.

Tully grunhiu.

— Esteve na batalha de Palanthas? Porque ouvi dizer que a cidade caiu nas mãos da Rainha das Trevas.

Raistlin ficou surpreso e chocado com esta notícia inesperada. Ele se sentou sobre os calcanhares.

— Isso é verdade ou apenas um boato?

— É verdade — respondeu Tully. — Ouvi isso dos sobreviventes que fugiram para a Torre do Alto Clérigo. Eu sirvo lá sob a liderança do Comandante Belgrave.

Raistlin amaldiçoou a má sorte. Ponderara que era provável que o Dispositivo de Viagem no Tempo estivesse na Torre da Alta Feitiçaria em Palanthas, pois esta era a torre com a qual Magius estaria mais familiarizado e onde provavelmente o tinha visto. Nesse caso, estava em Palanthas — cidade que agora estava nas mãos do inimigo. Raistlin perguntou-se o que teria acontecido com a torre. Os magos teriam ficado para defendê-la. Assim ele esperava.

As pálpebras de Tully estremeceram. Seus olhos se reviraram em sua cabeça.

— Continue falando, Tully! — disse Raistlin, despertando-o. — Tem que ficar acordado. Conte-me mais sobre Palanthas.

Tully piscou e fez uma careta.

— Tudo o que sei é que navios carregados de minotauros navegaram para a Baía de Branchala e tomaram a cidade. Palanthas caiu sem luta.

Tully começou a vomitar. Raistlin virou-lhe a cabeça para que não sufocasse. Precisava evitar que Tully ficasse inconsciente, sabendo por experiência que aqueles com ferimentos na cabeça que adormeciam muitas vezes não voltavam a acordar.

— Se está com as forças que defendem a torre, o que está fazendo aqui? — questionou Raistlin.

Tully assentiu e estremeceu de dor.

— O Comandante Belgrave me enviou para alertar os aldeões sobre o dragão vermelho. Estava indo contar a eles quando os gobs me pegaram.

Raistlin achou essa história estranha.

— Parece-me que se os aldeões olhassem para o céu, notariam um dragão vermelho. Por que esse comandante arriscaria enviar um de seus soldados para avisá-los de algo que eles poderiam ver por si mesmos?

Tully gemeu, seus olhos se fecharam, e Raistlin se perguntou se ele estava evitando responder à pergunta. Lembrava-se vagamente de ter ouvido algo sobre um dragão vermelho relacionado à Terceira Guerra dos Dragões, mas não conseguia se lembrar.

Ele despertou Tully mais uma vez.

— Quando esse dragão chegou?

— Parece que está aqui desde sempre — murmurou Tully. — Sobrevoando. Provocando-nos. Enchendo nossas mentes de medo. Alguns dos homens não aguentaram e fugiram.

Raistlin se perguntou se Tully era um deles. Quando ele vomitou de novo, Raistlin olhou ao redor em busca de ajuda. Ele e seu paciente eram um alvo tentador, e não conseguia mover Tully sozinho. Soltou um suspiro de alívio quando viu Tasslehoff e Destina emergirem da floresta no topo da colina. Raistlin fez sinal para que se juntassem a ele, e Tas veio saltitando em sua direção, seguido mais devagar por Destina.

— Fomos atacados por goblins! — Tas anunciou em sua chegada. — Minha faca tem um novo nome. Matadora de Goblins. — Ele se agachou ao lado do homem ferido. — Olá! Sou Tasslehoff Pés-Ligeiros.

Tully tentou debilmente empurrá-lo para longe.

— Ladrãozinho! Tão ruim quanto gobs...

— Ladrão!? — Tas repetiu indignado. — Nunca roubei nada na minha vida!

A essa altura, Destina já havia descido a colina.

— O que posso fazer para ajudar?

— Este é o Soldado Tully. Está gravemente ferido — explicou Raistlin. — Não estamos seguros aqui ao ar livre. Precisamos levá-lo para a floresta.

— Acha que conseguimos carregá-lo? — Destina perguntou em dúvida.

Tully não era muito alto, mas tinha ossos grandes e constituição sólida. Ele piscou em surpresa para Destina e lutou para se levantar.

— Não deveria estar aqui, senhora! É muito perigoso. Uma bela dama como você... — A voz de Tully falhou em confusão.

Raistlin olhou para Destina e supôs que ela era linda. Não saberia dizer. Em sua visão amaldiçoada, ela estava aprodrecendo, murchando, morrendo. Assim como as árvores, a grama e tudo mais ao seu redor.

— Agradeço o elogio — respondeu Destina. — Mas deixe-me ajudá-lo.

— Posso me virar sozinho, abençoada seja, senhora — afirmou Tully, corando de vergonha.

— Que bobagem, soldado, está gravemente ferido — retrucou Destina. — Coloque seu braço sobre meu ombro e eu o ajudarei a ficar de pé.

Tully continuou a protestar.

— Minhas roupas estão sujas. Vou sujar de sangue seu fino vestido.

Tas ansiosamente se aproximou.

— Você pode se apoiar no meu hoopak!

Tully se encolheu.

— Não deixem o ladrãozinho me tocar!

— Chamar-me de ladrão é muito rude — disse Tas. — Mas vou ajudá-lo assim mesmo porque sou maníaco.

— Ele quer dizer magnânimo — corrigiu Destina, trocando olhares divertidos com Raistlin.

— Isso também — concordou Tas.

O kender segurou bem Tully, que agora estava com dor demais para continuar a discutir. Com o auxílio do hoopak, Destina e Tas, Raistlin conseguiu ajudar Tully a se erguer.

Eles começaram a subir a colina em direção à floresta, mas não foram muito longe antes que Tully acidentalmente colocasse peso sobre seu joelho machucado e desabasse com um grito de agonia. Conseguiram arrastá-lo para as sombras das árvores, e ele afundou entre as folhas. Estava suando e respirando pesadamente. Sua cabeça pendeu; seus olhos se fecharam.

Raistlin chamou-o pelo nome, mas ele não respondeu.

— Precisamos encontrar ajuda para ele — disse Destina.

— Será que ele gostaria de um pouco de água? — perguntou Tas, pairando sobre Tully. — Tenho uma nova garrafa de água. É feita de uma tartaruga, mas Gwyneth disse que a tartaruga não se importou. A garrafa é mágica. Quando está vazia, ela se enche de novo.

— Deixe-me ver isso — pediu Raistlin. Ele pegou a garrafa e a examinou. — Isto é de fabricação élfica. Quem é Gwyneth?

— Uma elfa — respondeu Tas. — Estou guardando a garrafa para ela.

— Onde você conheceu essa elfa?

— Em uma árvore — respondeu Tas. — Eu ia procurar água, mas encontrei goblins em vez disso. Destina esmagou um na cara com meu novo hoopak. Ela é muito boa com um hoopak, provavelmente por causa do tempo que passou como kender. E então um dos goblins tentou me

63

estrangular, e Gwyneth pulou da árvore e o apunhalou. Então, um goblin tentou roubar o colar de Destina e a...

Tas espirrou. Piscou de perplexidade.

— Desculpe. Aquele espirro me pegou de surpresa. O que eu estava dizendo? Ah, sim, o goblin tentou pegar a...

Tas voltou a espirrar.

— O goblin queimou a mão na...

Ele espirrou pela terceira vez e limpou o nariz com a manga, aborrecido.

— Não sei de onde estão vindo esses espirros estúpidos, mas eles estão começando a me irritar!

— Interessante — comentou Raistlin. — Pule para a parte sobre a elfa.

— Eu vou se conseguir parar de espirrar! O nome dela é Gwyneth e ela estava se escondendo em uma árvore e nos ajudou a lutar contra os goblins. Ela me ouviu falar que estava com sede e me deu um pouco de água nesta garrafa mágica de tartaruga. Eu perguntei se ela tinha alguma salsicha mágica para acompanhar, mas ela não tinha. Ela ouviu você e Destina conversando sobre a... — Tas espirrou mais uma vez.

Raistlin observou o kender atentamente.

— Por acaso essa elfa tocou em você?

— Não, eu acho que não. Ah, sim! Lembrei! Eu tinha sangue de goblin no rosto e Gwyneth o limpou com cuspe de elfo. Ela tirou o sangue todo?

— Grande parte. Então, onde está essa elfa agora?

— Eu já disse. Ela fugiu — respondeu Tas.

— Você viu essa elfa? — perguntou Raistlin a Destina.

— Ela veio em nosso socorro quando os goblins nos atacaram — respondeu Destina. — Disse que era de Qualinesti e que estava aqui como observadora de seu povo. Ficou conosco até vermos Sturm e Huma, então fugiu.

— Elfos e humanos não se dão bem, mas estão unidos em seu ódio por Takhisis — comentou Raistlin. — Se a vir novamente, me avise. Enquanto isso, precisamos conseguir ajuda para o soldado. Os goblins estão em retirada. Tas, corra até a vila e encontre Sturm. Diga a ele que temos um homem ferido e peça que traga ajuda.

Tas levantou-se de um salto, pegou seu hoopak e saiu correndo.

— Esses espirros são mágicos, não são? — perguntou Destina.

— A elfa lançou um feitiço nele — afirmou Raistlin. — Perceba que ele espirra sempre que começa a dizer... determinadas palavras.

— Você quer dizer a Gema Cinzenta — completou Destina. — Gwyneth disse que ia impedi-lo de falar sobre ela.

Raistlin franziu a testa e lançou um olhar de advertência para Tully.

— Venha comigo — falou abruptamente e se afastou um pouco, fora do alcance da audição.

— Qual é o problema? — questionou ela, acompanhando-o. — Ele está inconsciente.

— Não confio totalmente nele. Ele me disse que faz parte das forças que defendem a Torre do Alto Clérigo e que seu comandante o enviou para alertar os aldeões para que fugissem. Acho que ele poderia ser um desertor, mas isso não importa. Como a elfa ficou sabendo sobre a Gema Cinzenta?

— Ela estava dormindo na árvore quando chegamos à floresta. Contou que nossas vozes a acordaram e que nos ouviu conversando sobre a gema.

— Ela falou mais alguma coisa? — perguntou Raistlin. — Falamos de muitas coisas, incluindo sobre o Dispositivo de Viagem no Tempo. Ela perguntou sobre ele?

Destina recordou a conversa com a elfa.

— Não, apenas da Gema Cinzenta. Ela me avisou que eu estava em perigo por causa disso. O que me faz lembrar. — Ela tirou a adaga de Raistlin do cinto e a devolveu a ele. — Tas estava admirando isso. Acho que ficará mais segura com você.

Raistlin pegou a adaga e a deslizou de volta para a tira de couro.

— Por que ela foi embora?

— Ela fugiu quando viu Huma — explicou Destina. — Achei estranho. Ela começou a tremer ao vê-lo, como se o conhecesse e tivesse medo dele. Então, deu meia-volta e saiu correndo. E ele pareceu chocado quando a viu.

— Pergunto-me se a partida repentina dela teve algo a ver com a Gema Cinzenta — ponderou Raistlin.

— Ela salvou nossas vidas — apontou Destina. — Você mesmo disse que os elfos odeiam e temem Takhisis.

— A Gema Cinzenta de Gargath é um artefato poderoso — disse Raistlin. — Esta elfa pode desejá-la para si, para salvar o próprio povo da Rainha das Trevas. Sei que situações desse tipo já aconteceram.

Ele lembrou da tragédia de Lorac, o rei élfico, que roubara um orbe de dragão para tentar salvar seu povo e acabou quase destruindo-os.

Destina começou a dizer algo mais, mas Raistlin a deteve.

— Silêncio! Ouço alguém vindo!

Eles ficaram muito quietos. Raistlin trouxe à mente as palavras de um feitiço, um que memorizara séculos antes, e tirou uma pitada de guano de morcego. Um feitiço simples. Sendo um mago novato mais uma vez, não tinha habilidade mágica para lançar qualquer outra coisa.

E pensar que eu tinha o poder para desafiar os deuses, pensou ele com ironia sombria.

Ouviram o som de pés passando pela vegetação rasteira da floresta e uma voz estridente, cantando.

— Seu único amor verdadeiro é um veleiro, que ancora em nosso píer. Içamos suas velas, guarnecemos seu convés, limpamos suas escotilhas…

Raistlin deixou as palavras do feitiço saírem de sua mente.

— Tasslehoff.

— Encontrei Sturm — anunciou Tas quando os viu. — Ele, Huma e alguns outros homens estão vindo para ajudar o soldado. E olha quem veio comigo, Raistlin! Este é o Magius. E está vendo com o que ele está? Ele está com o seu cajado!

CAPÍTULO SEIS

Magius apareceu, andando um pouco atrás de Tas. O mago tinha a aparência típica de um solâmnico, com cabelos da cor do trigo maduro e olhos azuis. Tinha maçãs do rosto salientes, uma mandíbula firme, um sorriso sardônico e um brilho zombeteiro nos olhos. Usava mantos vermelhos, já que magos de guerra não tinham permissão para usar os mantos brancos que indicavam a paz, e um anel de prata na mão esquerda. Observando o anel, Raistlin se perguntou se era mágico.

Ele sabia, pela história, que Magius estava agora na casa dos trinta, assim como seu amigo, Huma. Isso significava que Raistlin era o mais jovem dos dois, com muito menos conhecimento e experiência neste momento de sua vida.

Magius caminhava devagar, apoiando-se no cajado como se estivesse exausto, o que podia ser verdade, pois estivera lançando feitiços que cansavam o corpo e esgotavam a mente. Contudo, Raistlin não se deixou enganar; ele próprio havia usado o mesmo engodo, apoiando-se pesadamente em seu cajado para tranquilizar o inimigo e deixá-lo complacente, fingindo fraqueza. Com uma palavra mágica, Magius poderia transformar aquele cajado em uma arma mortal.

Raistlin não podia culpar o mago por tomar precauções, pois agora estava encontrando estranhos que estiveram escondidos na floresta durante um período de guerra. Mas quando o olhar dele varreu o grupo, Raistlin percebeu que parecia estar mais intrigado do que com medo.

— Sturm e Huma estão trazendo ajuda para aquele soldado que foi ferido — Tas estava dizendo. — Magius queria vir na frente para conhecer todo mundo. Esta é a Senhora Destina Rosethorn.

Destina não parecia uma dama nobre, pois suas roupas estavam cobertas de folhas e manchadas de sangue, e seus cabelos negros derramavam-se livremente sobre os ombros. Mas ela sacudiu a saia, espanou as folhas e cumprimentou Magius com a postura que teria usado para receber um hóspede em seu solar.

— Agradeço por vir nos ajudar, senhor — disse ela graciosamente. Indicou Tully com um gesto. — Este homem foi atacado por goblins e está ferido.

Magius inclinou a cabeça em reconhecimento.

— Meu amigo está trazendo homens da aldeia com uma padiola.

Sua voz era confiante, segura de si, assumindo o comando da situação, cauteloso, porém, não com medo. Seus olhos azuis se desviaram de Destina para se fixar em Raistlin.

— E este é meu amigo mago, Raistlin Majere — continuou Tas, entusiasmado. — Eu estava contando a Magius sobre você, Raistlin. Como você tosse sangue e tem pele dourada e olhos de ampulheta.

Magius observou Raistlin com um olhar frio e avaliador.

— Pele dourada. Pupilas no formato de ampulhetas. Seu cabelo, prematuramente branco.

— O Teste — declarou Raistlin à guisa de explicação.

A expressão de Magius ficou sombria. Ele acenou com a cabeça em compreensão e não falou mais nada. Também tinha feito o Teste. E, assim como Raistlin e todos os outros magos, detestaria revelar o que lhe havia acontecido.

Raistlin observou seu colega mago com interesse e alguma relutância.

Huma era celebrado como um herói em histórias e canções, mas nenhum dos contos heroicos mencionava Magius, provavelmente porque os solâmnicos desconfiavam da magia e preferiam ignorar que seu herói tinha sido amigo de um mago. Mas Raistlin ouvira histórias sobre Magius por toda sua vida, pois os magos o honravam até hoje e mantinham sua memória viva. No entanto, Raistlin conhecia o velho ditado que alertava contra o encontro com seus heróis, pois nunca podem corresponder às suas expectativas e com certeza decepcionariam. Ele se perguntou se esse seria o caso com Magius e se manteve distante.

— Saudações, Irmão — cumprimentou Magius. — Por muito tempo pensei que era o único mago em Solâmnia. Estou satisfeito, embora surpreso, por conhecer outro.

— Raistlin é o amigo de quem eu estava falando para você — comentou Tas. — Aquele que é dono do seu cajado.

— E pensar que todo esse tempo tenho vivido sob a errônea concepção de que sou dono do meu cajado — comentou Magius, seus lábios se contraindo em diversão.

— O kender está confundindo seu cajado com um velho cajado meu — explicou Raistlin.

— Não estou confundindo — retrucou Tas, ofendido. — Eu *sei* que é o mesmo cajado porque seu cajado tinha uma garra de dragão segurando uma bola de cristal no topo igualzinho a este. Eu posso provar. — Ele se virou para Magius. — A bola de cristal do seu cajado acende quando você diz "Shellac"? Porque o cajado de Raistlin costumava fazer isso.

Magius estava achando graça antes, mas agora não estava mais. A palavra mágica usada para acender o cristal no cajado era *Shirak*, não *shellac*, porém, as duas eram próximas o suficiente para provocar questionamentos.

— O que mais você sabe sobre meu cajado, Mestre Pés-Ligeiros? — Magius falou com o kender, mas estava observando Raistlin.

— Me chame de Tas — ofereceu Tas. — Todo mundo chama. Raistlin disse que era o "Cajado de Magius" e que tinha sido seu cajado. Estava muito orgulhoso dele e não me deixou tocá-lo, apesar de eu ter prometido que não ia sujá-lo. Embora eu deva dizer que o cajado *será* dele, porque, é claro, agora é seu cajado.

Magius ergueu uma sobrancelha diante dessa declaração intrigante. Raistlin ainda estava segurando o guano de morcego e pensou seriamente em usá-lo para explodir o kender. Felizmente para Tas, Sturm e Huma entraram na floresta naquele momento e Tas se esqueceu do cajado.

Os cavaleiros conduziam dois cavalos e conversavam amigavelmente. Huma estava vestido para viajar, não para a batalha. Usava couraça e elmo, botas de couro e cota de malha, e carregava a espada ao lado do corpo. Seus espessos cabelos castanhos caíam em duas tranças sobre os ombros e, como Sturm, ele tinha os bigodes longos que eram a marca registrada dos cavaleiros solâmnicos.

Mas as semelhanças entre os dois paravam por aí. Huma tinha trinta e poucos anos durante a Terceira Guerra dos Dragões. Sturm tinha mais ou menos a mesma idade, embora parecesse o mais velho dos dois. Sturm era sério e sombrio. Ele via a vida como uma luta, um esforço sério que não devia ser empreendido levianamente. Quase nunca ria, como se temesse que a alegria quebrasse alguma regra severa da Medida. Ele era reservado, até mesmo com os amigos íntimos. Tanis certa vez havia comentado que, mesmo quando Sturm não estava de armadura, ele estava de armadura.

Huma, ao contrário, parecia levar a vida muito menos a sério. Já tinha fios grisalhos nos cabelos e bigode, e seu rosto era bronzeado e envelhecido, mas as linhas ao redor de sua boca eram de riso. Seus olhos azuis eram calorosos e acolhedores. Raistlin lembrou-se do diálogo que ele e os outros tinham ouvido entre Huma e Magius.

Os dois conversavam sobre ajudar a vila que estava sendo atacada pelos goblins. Embora soubessem que estariam em grande desvantagem numérica, tinham zombado do perigo, e Huma até desafiou Magius em uma aposta.

— Vamos tornar isso interessante! — dissera-lhe Magius. — Um barril de licor anão que mato meus dez goblins antes que sua espada fique ensanguentada.

— Uma aposta que você vai perder, meu amigo! — respondera Huma, rindo.

Huma estava rindo agora, enquanto ele e Sturm se aproximavam, conversando sobre a luta na aldeia.

— Nunca esquecerei de ver você parar no meio de uma batalha campal para saudar seu oponente! Para sua sorte, o goblin ficou tão chocado quanto eu e errou o golpe.

Sturm respondeu, um tanto rígido:

— De acordo com a Medida, um cavaleiro honrado…

— Não se mata batendo continência a um goblin — interrompeu Huma, sorrindo. — Vamos lá, Montante Luzente, não quis ofender. Você é o melhor espadachim que encontro há muito tempo. Ficaria feliz em tê-lo ao meu lado na batalha qualquer dia.

Sturm permitiu-se um discreto sorriso com o elogio, embora tenha reassumido sua costumeira dignidade grave quando fez as apresentações.

— Meus companheiros, a Senhora Destina Rosethorn e Raistlin Majere — declarou Sturm. — Tenho a honra de lhes apresentar Huma Feigaard, Cavaleiro da Coroa.

Sturm também conhecera seu herói, percebeu Raistlin. Sturm havia sido educado para honrar e reverenciar, e instado a imitar, Huma, apenas para descobrir que ele não era o cavaleiro sério e honrado que esperava, mas alguém que era amigo de um mago e ria da Medida. Sturm estava sendo reverente e respeitoso, mas parecia incomodado, talvez incapaz de conciliar o mito com o homem.

Destina também pareceu admirada e fez uma profunda reverência, e Raistlin lembrou que ela lhe contara sobre o pai também reverenciar Huma.

O cavaleiro não pareceu notar a admiração deles. Amarrou os cavalos à árvore e juntou-se aos viajantes do tempo. Olhou para Raistlin e pareceu chocado com a estranha aparência do mago.

— O Teste — declarou Magius, notando o incômodo de seu amigo e respondendo a sua pergunta silenciosa.

Huma ficou sério.

— Entendo… pelo menos tanto quanto sou capaz. — Trocou olhares com o amigo, depois mudou educadamente de assunto. — Mas onde está sua companheira? A elfa de cabelo prateado? Eu gostaria de encontrá-la. Acho que a conheço.

— Conhece? Como? — perguntou Magius, atônito. — Você nunca encontrou um elfo em sua vida!

— Encontrei uma vez — respondeu Huma calmamente. — Como você bem sabe.

Magius parecia exasperado.

— Foi um sonho! Como *você* bem sabe.

— Não foi um sonho — retrucou Huma com firmeza.

— Ela partiu — declarou Destina. — Não sabemos para onde ela foi.

— Os aldeões estão vindo até nós com uma padiola — disse Sturm. — Devem estar aqui em breve.

Destina murmurou algo em resposta e um silêncio incômodo se instalou. Huma continuou a lançar olhares inquisitivos para a floresta, como se pensasse que ainda conseguiria ver a elfa de cabelos prateados.

Sturm pigarreou.

— Huma estava me contando sobre um estranho encontro que teve momentos antes. Ele viu um cervo branco. Por favor, conte a história novamente, senhor. Acho que meus amigos vão achar interessante.

— Tenho certeza de que sua história é muito interessante, mas não deveríamos estar procurando por Gwyneth? — perguntou Tas.

— Gwyneth? — repetiu Magius, olhando ao redor. — Primeiro Huma afirma ter visto uma elfa com cabelo prateado, e agora há alguém chamado Gwyneth? Quantos mais de vocês estão escondidos nos arbustos?

— Ela não estava em um arbusto — explicou Tas. — Estava dormindo em uma árvore. Ela é uma elfa e tem cabelos prateados, então pode ter sido a elfa que Huma viu. Acho que devemos procurá-la.

— Deixe Huma contar a história, Tas — mandou Raistlin bruscamente, percebendo que Sturm havia mencionado isso por uma razão e lembrando de outro encontro com um cervo branco. — Não interrompa. É rude.

— Sinto muito, Huma — disse Tas, arrependido. — A interrupção saiu da minha boca antes que eu pudesse impedir. Pode contar sua história agora.

— Concordo com o kender — disse Magius. — Conte-nos sua história sobre ver um cervo em uma floresta repleta de cervos. Tal qual o kender, estou morrendo de curiosidade.

— Não é um cervo qualquer — assegurou Huma. — Nunca vi um cervo tão magnífico quanto esse. A pelagem do animal tinha um tom prateado e havia uma expressão de inteligência nos olhos castanhos da criatura, como nunca vi nos olhos de uma besta irracional. Quase pensei que falaria comigo.

— Sturm viu um cervo branco uma vez. Ele contou que o animal o estava conduzindo a algum lugar — comentou Tas, esquecendo que não deveria interromper. — Mas ele tinha levado uma pancada na cabeça. Você levou uma pancada na cabeça?

Raistlin agora entendia por que Sturm queria que eles ouvissem essa história sobre o cervo. Escutou com crescente preocupação.

— Não, não levei uma pancada na cabeça — respondeu Huma, sorrindo para Tas. — Eu estava ajudando os aldeões a reunir parte de seu gado quando vi o cervo. Havia sido ferido por uma flecha goblin, cravada profundamente em seu flanco esquerdo.

Sangue escorria do ferimento, e o cervo estava claramente com dor e ficando enfraquecido. Tentou correr quando me viu, mas cambaleou e caiu de joelhos. Eu não podia permitir que perecesse de uma morte longa e agonizante. Na pior das hipóteses, eu poderia ao menos acabar com seu sofrimento.

Falei com o cervo com delicadeza enquanto me aproximava. O animal se assustou e tentou fugir, mas estava fraco demais. Ajoelhei-me ao lado dele e coloquei a mão em seu pescoço e acariciei seu pelo prateado, na esperança de tranquilizá-lo.

A princípio, o cervo tremeu com meu toque, mas logo se acalmou, e juro por Paladine que a criatura me conhecia! Disse-lhe que queria livrá-lo da dor e pedi que me perdoasse pelo que eu era obrigado a fazer. Eu estava prestes a desembainhar minha espada quando senti um peso no coração. Não podia matar uma criatura tão sábia e nobre. Resolvi tentar arrancar a flecha, mas temi que o ferimento sangrasse ainda mais e o cervo morresse. Prometendo ao cervo que voltaria, corri de volta à aldeia para buscar ataduras para estancar o machucado. Mas quando voltei, o cervo havia sumido.

Todos aguardaram, olhando para Huma com expectativa. Ele encolheu os ombros.

— É isso.

— O que você quer dizer com "é isso"? — exigiu Magius. — O fim desta história emocionante é que o cervo se levantou e saiu correndo?

— Receio que sim — admitiu Huma. — Eu procurei, mas não consegui encontrar nenhum vestígio dele.

— Mas essa história não está certa — protestou Tas. — Na canção, o cervo leva você em uma missão para encontrar as lanças de dragão.

— Pronto, Magius — disse Huma, batendo no ombro de Tas. — O kender tem uma versão muito mais interessante. Conte-nos o fim de sua história, Mestre Pés-Ligeiros. O que são lanças de dragão?

Tas encarou-o, boquiaberto.

— Você não sabe?

— Tas, vejo homens vindo com a padiola — interferiu Raistlin. — Eles podem não ser capazes de nos encontrar. Vá mostrar a eles.

— Mas Huma não sabe sobre as lanças de dragão! — protestou Tas. — O cervo não o levou a lugar nenhum! Como ele vai lutar contra a Rainha das Trevas sem lanças de dragão?

— Eu irei com Tas — disse Sturm.

Ele segurou o ombro de Tas em um aperto firme e o conduziu para longe.

— Sabe do que o kender está falando, Senhora Destina? — perguntou Huma, intrigado.

— Raramente sabemos do que ele está falando, senhor — respondeu Destina com um sorriso tenso.

— É verdade — disse Huma. — Se me der licença, vou ver se os aldeões precisam de minha ajuda com a padiola.

— Eu propus levitar o pobre sujeito para que uma padiola não fosse necessária, mas você recusou minha generosa oferta — comentou Magius. — Vou ficar aqui e vigiar os cervos prateados.

Huma riu e se afastou depressa. Destina lançou um olhar preocupado para Raistlin e apertou nervosamente a mão em torno da Gema Cinzenta. Raistlin sabia o que se passava em sua cabeça, pois ele estava pensando o mesmo. A história contava que Huma e os Cavaleiros de Solâmnia haviam lutado e derrotado a Rainha das Trevas usando o formidável poder das lanças de dragão. E parecia que Huma, pelo menos, nunca tinha ouvido falar de tal arma. O Caos já estaria agindo?

Raistlin aproximou-se de Destina.

— Pare de mexer nisso! — disse para ela em voz baixa. Podia ver Magius observando-a. — Acha que a está escondendo, mas está apenas chamando a atenção para isso.

Destina rapidamente largou a Gema Cinzenta. Felizmente, nesse momento chegaram seis homens robustos, carregando uma porta que haviam arrancado das dobradiças para servir como padiola improvisada. Mais dois homens caminhavam atrás, armados com arcos e flechas.

Destina acenou para eles.

— Aqui, senhores.

Os aldeões olharam para Raistlin em choque e depois para Destina, espantados, sem dúvida se perguntando o que havia de errado com ele e por que ela estava se abrigando na floresta no meio de uma guerra, e em companhia tão estranha. No entanto, não fizeram perguntas; em vez disso, cumprimentaram Destina com educação e se apressaram em cumprir suas ordens.

Ela os orientou a colocar a padiola ao lado de Tully, que estava, Raistlin percebeu, aparentemente ainda inconsciente. Huma ofereceu-se para ajudá-los, e ergueram o soldado e o deitaram na padiola. Ele não se moveu, não gritou, embora a dor devesse ser agonizante.

Sturm ficou a certa distância, segurando Tas com firmeza. Sturm fez sinal para que Raistlin se juntasse a eles.

— Mas temos que fazer alguma coisa! — Tas estava dizendo enquanto Raistlin se aproximava.

— Não, nós não temos — declarou Raistlin.

— Mas a canção está errada! — argumentou Tas, preocupado. — O cervo branco deve levar Huma até o dragão de prata e eles se apaixonam e depois...

Tas de repente deu um tapa na própria testa.

— É isso!

— Fale baixo — advertiu Raistlin.

Tas falou em um sussurro alto.

— Eu disse que Gwyneth me lembrava alguém e acabei de lembrar quem! Ela me lembra Silvara!

— Silvara? — repetiu Sturm, perturbado.

— Você não estava conosco, Raistlin, então vou explicar — disse Tas. — Silvara era uma elfa silvestre, só que não era. Na verdade, ela era um dragão de prata. Ela nos ajudou a encontrar um orbe de dragão. Nós a conhecemos quando estávamos em...

— Eu sei quem é Silvara — interrompeu Raistlin, impaciente. — O que o fez pensar nela em relação a Gwyneth? Diga-nos logo! Os outros esperam que nos juntemos a eles.

— Eu devia ter pensado nisso quando Gwyneth deixou cair o anel e eu o encontrei para ela. Ela disse que o anel tinha sido um presente da irmã. Gwyneth e Silvara têm cabelos prateados e ambas são muito bonitas e ambas estavam disfarçadas de elfas. Como os dragões vivem muito tempo, suponho que Silvara poderia ser a irmã de Gwyneth, e isso significaria que Gwyneth é o dragão de prata na *Canção de Huma* e que ela deveria levar Huma até as lanças de dragão. Ela *não* deveria fugir! — concluiu Tas severamente.

— Os dragões de prata forjaram as lanças de dragão com a ajuda dos anões e depois as esconderam. Alguns temiam que os mortais usassem as lanças de dragão contra eles — disse Sturm, preocupado. — Se Gwyneth é o dragão de prata, ela sabe onde as lanças de dragão estão escondidas.

Tas balançou a cabeça.

— Lamento dizer isso, Sturm, mas a canção está errada sobre as lanças de dragão. Elas foram inventadas pelo tio Trapspringer e os gnomos.

— E devo lembrar a vocês dois que a *Canção de Huma* é ficção — retrucou Raistlin, tentando se tranquilizar tanto quanto tentava tranquilizar seus companheiros. — Não é um relato verdadeiro de eventos históricos, mas apenas a versão romantizada de algum bardo.

— E devo lembrá-lo, Raistlin, que a Rainha das Trevas e seus dragões malignos estão a poucos dias de marcha da Torre do Alto Clérigo e os cavaleiros não têm lanças de dragão — Sturm respondeu pesarosamente.

— Huma nunca nem ouviu falar delas! A Senhora Destina carrega o Caos em volta do pescoço. E se nossa presença aqui já tiver mudado a história tão drasticamente que não pode ser reparada?

— Você acha que eu ou Destina não pensamos nisso? — perguntou Raistlin. — O que gostaria que fizéssemos?

— Nós mesmos poderíamos contar a Huma sobre as lanças de dragão — sugeriu Tas. —Poderíamos dizer a ele para ir falar com os gnomos.

— Ou deveríamos encontrar o dragão de prata — disse Sturm.

— Vamos manter nossas bocas fechadas sobre lanças de dragão, dragões de prata *e* gnomos! — determinou Raistlin secamente. — Não temos como saber se a história mudou ou não. Se não mudou e ficarmos tentando consertar o que não está quebrado, podemos acabar quebrando. Vocês dois entenderam?

— Eu entendo que algo está errado com a canção — disse Tasslehoff sombriamente. — E que alguém precisa consertá-la.

CAPÍTULO SETE

Raistlin reiterou sua advertência de que Tas deveria ficar quieto sobre a canção, embora duvidasse que teria muito efeito.

— Mantenha o kender com você — disse a Sturm. — Tenho algumas perguntas para os aldeões sobre Mullen Tully.

— Posso dizer que ele não é um bom homem — falou Tas. — Ele me chamou de ladrão.

Quando Raistlin se aproximou do grupo de aldeões, encontrou Destina descrevendo os ferimentos de Tully.

— Meu companheiro pode lhes contar mais — disse Destina, erguendo o olhar, quando Raistlin se aproximou. — Ele o encontrou caído na estrada.

— O Soldado Tully me disse que o Comandante Belgrave o enviou ao vilarejo para avisá-los sobre o dragão vermelho — declarou Raistlin. — Eu estava me perguntando se o relato dele era verdadeiro.

— Ele falou que o comandante o enviou — respondeu um dos homens, o mais velho do grupo. Aparentemente, era o porta-voz deles, pois os outros se submetiam a ele. — Embora me pareceusse que este comandante estava um pouco atrasado com a notícia. Estávamos vendo o dragão há pelo menos um dia.

Os outros assentiram com um ar de sabedoria.

— E onde estava o soldado quando os goblins atacaram? — perguntou Raistlin.

O ancião ponderou.

— Não me lembro de vê-lo durante a luta. Claro, eu posso não o ter notado, com os gobs correndo descontroladamente e os dois cavaleiros atacando e aquele mago atirando raios.

O ancião deu um aceno agradecido para Magius.

— Geralmente, não acho muita serventia para magos, mas o senhor é muito bom em matar gobs.

— Fico feliz por poder ajudar — disse Magius. — Sinto muito por não podermos fazer mais para salvar sua aldeia.

— Não sobrou muito além de escombros enegrecidos, receio — respondeu o homem. Ele pareceu abatido por um momento, então encolheu os ombros. — Mas graças a Paladine e aos senhores, ninguém de nosso povo perdeu a vida e conseguimos salvar nosso gado. Isso é o que importa. Sempre podemos reconstruir quando esta guerra acabar.

— Para onde vão agora? — perguntou Destina.

— Estamos armazenando provisões nas cavernas nas montanhas desde que o Alto Clérigo mandou avisar que Palanthas havia caído.

— Palanthas caiu? — arquejou Huma, chocado.

— De fato, Sir Cavaleiro — confirmou o ancião. — Estou surpreso que não tenha ficado sabendo.

— Nós viemos do norte em resposta à convocação do Alto Clérigo e acabamos de chegar. Não recebemos notícias desde que saímos de nossas casas — explicou Huma. — O que aconteceu?

— A cidade pereceu para as forças de Sargonnas. Uma frota de navios de minotauros chegou à Baía de Branchala na calada da noite. A cidade não tinha defesas contra um ataque por mar, nunca acreditaram que um aconteceria. Guerreiros minotauros tomaram as ruas. O Senhor de Palanthas se rendeu sem lutar. Ele e alguns outros conseguiram escapar e fugiram em busca de segurança para a Torre do Alto Clérigo.

— Isso significa que toda Solâmnia está agora nas mãos da Rainha das Trevas — declarou Magius. — Com exceção da Torre do Alto Clérigo.

— Agora este é o último bastião da esperança — observou Huma sombriamente.

— Enviamos nossas famílias para um esconderijo há uma semana e estamos indo para lá nós mesmos — explicou o ancião. — Podemos levar este homem ferido conosco. Temos um clérigo de Mishakal que pode curá-lo e mandá-lo de volta a seus deveres. Aconselho a dama a nos acompanhar. Estará mais segura conosco nas cavernas, senhora.

— Obrigada, senhor, mas ficarei com meus amigos — disse Destina.

— Como quiser, senhora. Se nos der licença, devemos partir — respondeu o ancião. — A tarde está avançando e temos algum terreno para percorrer antes que o sol se ponha.

— Talvez possam nos fazer um favor — disse Huma. — Vocês levariam nossos cavalos com vocês?

Ele indicou os cavalos amarrados à árvore. O ancião olhou para eles com admiração e prontamente concordou, enquanto Magius encarava Huma em estado de choque.

— Por que você está entregando nossos cavalos?

— Porque se vamos viajar para a Torre do Alto Clérigo como sugeriu, não podemos levar os cavalos conosco — respondeu Huma.

— Você me surpreende! — exclamou Magius. — Vai mesmo concordar em seguir minha ideia?

— De vez em quando você tem uma boa — respondeu Huma, sorrindo. — Sugiro que tire o que precisa.

— Tenho tudo que preciso comigo — declarou Magius, indicando as bolsas contendo seus componentes de feitiço e seu cajado.

Huma retirou um grande alforje de lona amarrado com tiras de couro no qual carregava sua armadura, depois entregou as rédeas dos cavalos aos aldeões. As escoltas armadas montaram nos dois cavalos, e os outros seis homens pegaram Tully na padiola e saíram pela floresta, na direção sudoeste. Os homens com a padiola foram na frente. Sua escolta armada cobria a retaguarda.

O sol estava se pondo no oeste. A tarde estava minguando. O tempo está passando e o Rio do Tempo está se elevando, pensou Raistlin. Precisava falar com Magius, encontrar uma forma de recuperar o Dispositivo de Viagem no Tempo.

— Gwyneth voltou, Destina? — perguntou Tas, enquanto ele e Sturm se juntavam a Huma e aos outros. — Pensei que ela poderia ter voltado.

— Gwyneth é a elfa? — perguntou Huma. — Ela disse por que estava aqui em Solâmnia?

— Gwyneth me disse que estava aqui como observadora de seu povo, os Qualinesti — respondeu Destina. — A terra deles faz fronteira com a sua, senhor. Eles temem que, caso Solâmnia caia, Takhisis os ataque em seguida. Gwyneth estava especialmente preocupada com o dragão vermelho. Diz que o nome dele é Immolatus...

— Immolatus! — repetiu Raistlin, falando quando não tinha intenção devido ao choque.

— Fala como se conhecesse este dragão, Irmão — disse Magius, rapidamente se virando para ele.

Raistlin repreendeu a si mesmo. Devia ter lembrado que Immolatus esteve envolvido na Terceira Guerra dos Dragões. O dragão vermelho seria jovem agora, em seu auge, e ansioso para impressionar a Rainha das Trevas com seu poder. Mas, durante aquela guerra, foi gravemente ferido por uma lança de dragão. Ele culpou Takhisis e fugiu para o Abismo.

Raistlin encontraria Immolatus em seu disfarce de humano no futuro, durante o tempo em que serviu como mercenário com o exército do Barão Louco. Ele lembrou que, séculos após a Terceira Guerra dos Dragões, o dragão vermelho ainda estava ressentido, ainda reclamando da Rainha das Trevas.

Foi poupado de responder por Tasslehoff, que estava, é claro, fazendo o possível para colocá-los em apuros ainda maiores.

— Eu estou lhe dizendo e você não está prestando atenção! — falava Tas em voz alta. — Ela fugiu e isso não aconteceu na canção! Sturm pode lhe dizer. Ele sabe a canção de cor. Sturm, conte a eles aquela parte da música sobre o cervo e como seus chifres ficaram presos e ele levou Huma até um bando de pássaros e a uma grande montanha.

— Você tem muita imaginação, Pés-Ligeiros — comentou Huma, rindo.

— Não é? — concordou Magius, e ele não estava rindo.

Raistlin sacudiu o pulso e sua adaga deslizou para a palma de sua mão. Usando a habilidade de prestidigitação que aprendera quando jovem, habilmente cortou as alças de uma das sacolas de Tas, fazendo-a escorregar de seu ombro e espalhar os pertences mais preciosos dele no chão. Tas soltou um grito de consternação e, no mesmo instante, caiu de joelhos, apressando-se para juntar tudo — uma tarefa que o ocuparia por algum tempo.

Huma estava conversando com Destina, que ainda falava sobre Gwyneth.

— Ela salvou nossas vidas arriscando a dela. Sou filha de um cavaleiro. De acordo com a Medida, tenho uma dívida de honra para com ela, então não a trairia se soubesse. Espero que entenda.

Huma foi imediatamente desarmado e fez uma reverência cortês.

— Respeito seus desejos, Senhora Destina, e admiro sua lealdade e adesão à Medida. Não vou pressioná-la mais.

— Mas eu estou interessado em saber mais sobre a senhora. O que a filha de um cavaleiro está fazendo vagando pelo ermo no meio de uma guerra? — questionou Magius. — Creio que pode nos dizer isso sem ir contra a Medida.

Destina encarou-o confusa e moveu a não, inconscientemente, para a Gema Cinzenta. Raistlin lançou-lhe um olhar de advertência e ela abaixou a mão para puxar nervosamente a saia. Sturm estava severamente silencioso. Tasslehoff ergueu os olhos de seus "tesouros" e abriu a boca.

Raistlin apressou-se em inventar uma explicação.

— A Senhora Destina não teve escolha, Irmão — disse Raistlin. — Os exércitos da Rainha das Trevas estavam se aproximando de seu castelo e ela foi forçada a fugir. Sturm e eu somos amigos da família e nos oferecemos para acompanhá-la. Perdemos nossos pertences e provisões atravessando um riacho alagado. Esperávamos encontrar refúgio na Torre do Alto Clérigo.

Destina olhou para ele, agradecida. Sturm franziu a testa. Ele não gostava de se envolver em uma mentira, mas pelo menos tinha o bom senso de ficar quieto.

— E quanto ao kender? — questionou Magius, olhando para Tas. — Ele também é amigo da família?

— Tasslehoff é meu guarda-costas — respondeu Destina com seriedade.

Tas ergueu os olhos para dizer com orgulho:

— Ouviu isso, Sturm? Eu sou o guarda-costas de Destina!

Magius olhou para os dois espantado demais para falar. Claramente, não esperava esta resposta.

Huma riu.

— É bem feito para você por submeter a senhora ao seu interrogatório, meu amigo! Perdoe-o, Senhora Destina. Ele é desconfiado por natureza.

Sturm aparentemente decidiu que já tinha ouvido falsidades suficientes.

— Não queremos passar a noite na floresta com tropas inimigas perambulando. Devemos encontrar um lugar para nos abrigar com segurança.

— Em algum lugar próximo — acrescentou Destina com um ligeiro sorriso.

Ela estava tão cansada que mal podia ficar de pé. Huma notou que ela cambaleava e educadamente a ajudou a se sentar em um tronco caído. Ela se recostou no tronco de uma árvore e fechou os olhos.

O sol havia se posto atrás das montanhas. A floresta estava começando a se encher com as sombras da noite que se aproximava. O dia realmente tinha sido longo, Raistlin refletiu. Durou séculos.

— Todos nós precisamos de descanso — disse Huma. Ele abaixou o alforje no chão, tomando cuidado para mantê-lo longe de Tasslehoff, então se sentou ao lado de Destina. — Podemos muito bem ficar confortáveis enquanto pensamos no que fazer. O local mais próximo é lá. — Apontou. — A Torre do Alto Clérigo.

Os últimos raios do sol se projetavam no céu, mas as sombras das montanhas haviam descido ao redor da torre, de modo que estava envolta em escuridão. Entre eles e a torre estavam as forças da Rainha das Trevas. Podiam ver as fogueiras de suas tropas espalhadas pelas planícies e figuras escuras recortadas contra as chamas, sem dúvida fazendo preparativos para o ataque final.

— Não podemos cruzar as planícies para chegar à torre — disse Sturm, olhando para as fogueiras. Ele permaneceu de pé, com as mãos no punho da espada. — As forças inimigas estão entre nós e a torre, para não falar do dragão vermelho. Mesmo que tentássemos cruzar as planícies à noite, não estaríamos seguros.

— Magius tem um plano — declarou Huma. — Vou deixá-lo explicar.

Sturm já parecia desaprovar.

— Estou pensando em lançar um feitiço de teletransporte — disse Magius. — Posso nos levar deste local diretamente para a torre. Está familiarizado com o feitiço, Irmão?

— Eu o *conheço*. Temo que tal feitiço esteja além da minha capacidade de conjurar. — Raistlin respondeu, incapaz de esconder o tom de amargura em sua voz.

— É um feitiço útil de se ter — respondeu Magius. — Sempre o guardo na memória quando viajo, embora não saiba por que me dou ao trabalho, já que Huma normalmente se recusa a me deixar usá-lo. Poderíamos ter percorrido os caminhos seguros e secos da magia para chegar à Torre do Alto Clérigo, mas Huma preferiu cavalgar, enfrentando o vento e a chuva, encharcado até os ossos, cercado pelo inimigo e temendo por nossas vidas.

— Eu queria ver por mim mesmo o que estava acontecendo — argumentou Huma.

Magius balançou a cabeça fingindo tristeza.

— A verdade é que ele e eu somos amigos desde a infância, mas ele ainda não confia na minha magia.

— Ele não é o único — declarou Sturm, parecendo furioso. — A magia já nos colocou em problemas suficientes. Não vou me meter com mais.

Ele se afastou, dirigindo-se para a estrada que ficava a uma curta distância. Huma observou-o partir com certo espanto.

— Teremos dificuldade em persuadir Sturm a vir conosco se você usar magia — observou Raistlin. — Ele preferiria enfrentar Takhisis e suas hordas.

— Vamos encontrar uma forma de convencê-lo — disse Huma.

Raistlin fez uma careta.

— Eu lhe desejo sorte. De minha parte, acho que deveríamos simplesmente acertá-lo na cabeça e levá-lo dentro de um saco.

Huma foi se juntar a Sturm, que estava de costas para eles, os braços cruzados sobre o peito, olhando melancolicamente para as planícies que escureciam. Raistlin o seguiu, mantendo distância, mas perto o suficiente para ouvi-los.

Sturm ouviu Huma se aproximando e olhou de relance para ele.

— Não desejo desrespeitá-lo, senhor, mas não quero ter nada a ver com magia.

— Entendo sua preocupação — respondeu Huma —, mas já viajei pelos caminhos da magia com Magius antes. Apesar do que ele diz, confio implicitamente nele, e a magia é de longe a maneira mais segura de chegar à torre, em especial para a Senhora Destina.

Ele lançou um olhar para ela. Estava sentada desajeitadamente no tronco, tão cansada que parecia ter adormecido naquela posição.

Sturm teimosamente sacudiu a cabeça em negativa.

— Ele pode levar a Senhora Destina e o restante de vocês. Vou seguir meu próprio caminho, vou correr o risco.

— Precisaremos de todas as espadas para lutar por Solâmnia, Montante Luzente — argumentou Huma com seriedade. — Precisa reconsiderar.

— Chegamos até aqui *juntos,* Sturm — Raistlin acrescentou, avançando para se juntar à conversa. Ele deu ênfase à palavra. — Precisamos ficar juntos se quisermos voltar para tomar uma bebida em nossa estalagem favorita.

Sturm entendeu o significado. Seus olhos faiscaram.

— Parece que não tenho escolha. Vou acompanhá-los.

— Acho que vou ficar aqui — anunciou Tas, tentando consertar a alça de sua bolsa. — Podem me pegar no caminho de volta.

Todos o olharam espantados.

— Você tem medo de magia? — perguntou Huma. — Achei que os kender não tinham medo de nada.

— Adoro viajar com magia — respondeu Tas, concentrando-se em seu trabalho. — Raistlin me levou a um lago com patos uma vez e foi muito divertido. Mas não quero voltar para a Torre do Alto Clérigo porque foi o dia mais triste da minha vida.

— O que quer dizer com "voltar para a torre"? — quis saber Magius. — O Alto Clérigo não permite que kender entrem na torre, então como você poderia ter estado lá dentro?

A voz estridente do kender e o tom agudo de Magius devem ter despertado Destina de seu cochilo.

— Ele está apenas contando histórias… — ela começou a justificar. Magius levantou a mão.

— Por favor, deixe-o terminar, senhora. Acho as histórias dele fascinantes. Prossiga, Mestre Pés-Ligeiros.

— Ainda não estive na torre — explicou Tas. — Fui lá no passado que é no futuro e foi muito triste. Encontrei o orbe de dragão e os dragões voaram para as armadilhas e havia sangue nas paredes, no chão e no teto e então Sturm…

Tas piscou os olhos e limpou o nariz na manga.

— Foi muito triste. Eu não quero ir.

— Você é meu guarda-costas, Tas — Destina disse gentilmente. — Tem que vir comigo.

— Mas Magius acabou de dizer que os kender não eram permitidos na torre — disse Tas. — Não quero ter problemas por ir a algum lugar onde não tenho permissão.

— Desde quando? — perguntou Raistlin. — Você tem que vir conosco, Tas. Por mais que queiramos, não podemos ir para casa sem você.

Tas suspirou. Ele havia amarrado as alças de sua bolsa e agora começava a juntar suas coisas.

— Preciso encontrar um lugar para lançar meu feitiço — declarou Magius. — Venha me ajudar a procurar, meu amigo.

— Não sei em que vou ajudar — disse Huma, mas pegou seu aforje e os dois se afastaram, voltando para a estrada, conversando baixinho. Raistlin perguntou-se o que eles estavam discutindo e torceu para que não fosse sobre Tasslehoff.

— Temos que fazer alguma coisa para manter o kender quieto! — disse Sturm, ecoando os pensamentos de Raistlin.

— Exceto por assassinato, não tenho certeza do quê — Raistlin respondeu. — Vou falar com ele. Sturm, você e Destina mantenham Huma e Magius ocupados. Tas e eu nos juntaremos a você em um momento.

Sturm e Destina se juntaram a Huma e Magius. A um gesto de Destina, os quatro se dirigiram para um local na colina de onde podiam avistar a torre. Enquanto Destina conversava com Huma, Raistlin notou que, embora Magius parecia estar ouvindo a resposta de Huma, sua cabeça estava ligeiramente virada, vigiando-os.

Raistlin estava de pé, cercando Tas.

— Você e eu precisamos conversar.

— Eu não fiz nada! — declarou Tas, prontamente, e começou a recitar uma ladainha de inocência. — Não é minha culpa. Não sei de onde isso veio. Você deve ter deixado cair. Eu nunca vi isso antes. Acho que caiu na minha bolsa.

— Fique quieto e ouça. Você não está em apuros. — Raistlin pôs as duas mãos nos ombros de Tas e encarou-o nos olhos. — Você viajou no tempo usando o Dispositivo de Viagem no Tempo. Você sabe que sempre que viaja de volta ao passado, corre o risco de mudar o que acontece no presente.

— Você quer dizer o futuro — retrucou Tas. — O passado era o passado quando estávamos no presente, mas agora que estamos no passado, o passado é o presente e isso significa que o que vai acontecer vai acontecer no futuro. Portanto, não devo falar sobre o futuro, mesmo que seja o passado.

Raistlin fechou a cara.

— Passado, presente ou futuro, não fale sobre nada disso! Não fale sobre orbes de dragão. Não fale sobre a Torre do Alto Clérigo ou lanças de dragão ou dragões de prata. Não fale sobre a morte de Sturm!

— Eu acho que entendi. E acho que não devo falar sobre a...

Tas espirrou.

— Porcaria!

— Especialmente não sobre isso — concordou Raistlin.

Tas suspirou.

— Vou tentar me lembrar.

— Deve vigiar sua língua e pensar sobre o que está dizendo antes de dizê-lo — advertiu Raistlin. — No futuro, você salvará a vida de Caramon. Se fizer algo para mudar o tempo, pode não estar no futuro de Caramon e ele pode morrer.

— Por sua causa — disse Tas acusadoramente. — Foi você quem quase o matou.

— Não estamos falando de mim... — Raistlin parou. Ele podia sentir a conhecida sensação dolorosa de aperto em seu peito, como se o ar estivesse sendo espremido de seus pulmões como a água de uma esponja. Reconheceu a sensação, pois já lhe havia acontecido diversas vezes antes.

Começou a tossir, procurou o lenço e pressionou-o sobre a boca. O acesso de tosse foi um dos ruins. Raistlin conhecia o terror repugnante que os acompanhava, imaginando se seria o último. Se este o mataria.

Estava sufocando lentamente. Ele se dobrou, tossindo, tentando desesperadamente respirar.

— Caramon ainda fala de você, mesmo depois de você morrer — contou-lhe Tas. — Tika o repreende quando ele faz isso e diz que você não vale que ele se sinta infeliz. Mas Caramon apenas balança a cabeça, fica muito quieto e se afasta.

— Caramon era um tolo por se importar! — Raistlin queria gritar, mas as palavras saíram em um sussurro manchado de sangue.

— Você podia dizer para ele que sente muito — comentou Tas. — Eu poderia transmitir a mensagem para ele quando voltar.

Raistlin respirou fundo.

— Suma daqui! Vá embora apenas! — ofegou, tossindo.

Tas olhou para ele por um momento, então pegou seu hoopak e se afastou, indo ficar, com postura protetora, ao lado de Destina, cumprindo seu papel de guarda-costas.

Raistlin fechou os olhos, deixou-se cair sentado no tronco e esperou que o acesso de tosse passasse ou que a morte o levasse. Estava com tanta dor que não se importava com qual acontecesse.

— Não há nada que possa fazer quanto a isso?

Raistlin abriu os olhos para encontrar Magius parado nas sombras, apoiado em seu cajado. Raistlin puxou o ar trêmulo uma vez e mais outra. Cada respiração foi ficando mais fácil. Os espasmos de tosse não o matariam desta vez.

— Eu tenho ervas — respondeu debilmente, imaginando há quanto tempo Magius estava parado ali, o que ele havia escutado. — Posso preparar um chá... — Tossiu novamente. — Não tenho uma doença, se é isso que teme. A enfermidade foi... meu sacrifício.

— Um sacrifício por sua magia. O Teste? — perguntou Magius.

Raistlin assentiu, incapaz de falar. Magius sentou-se ao seu lado e apoiou o cajado no tronco.

— Arriscamos nossas vidas quando fazemos o Teste, pois sabemos que, se falharmos, morreremos. Mas o medo da morte não é a pior parte. O pior é ser confrontado com os recessos escuros de nossa alma. O Teste nos obriga a enxergar o que tememos ver, o que nos esforçamos para esconder até de nós mesmos. Não sei ao certo, mas sempre me perguntei se aqueles que se recusam a olhar para a escuridão são aqueles que falham. O mestre devolve seus mantos vazios, lavados e cuidadosamente dobrados, para seus entes queridos, com um pequeno cartão de condolências com bordas pretas.

Ele fez uma pausa, pensativo, e então disse abruptamente:

— Já se perguntou por que corremos o risco?

— A maioria acredita que fazemos isso pelo poder — respondeu Raistlin.

— Cometi o mesmo erro quando era jovem — admitiu Magius. — Antes de fazer o Teste, eu me deleitava com o pensamento do poder que a magia me concederia. Depois, eu fiquei mais sábio. Considere o que a magia exige de nós. Devemos passar horas todos os dias estudando e memorizando feitiços. Quando os lançamos, eles drenam nossos corpos e mentes a ponto de desmaiarmos. E no dia seguinte, devemos fazer tudo de novo. E que poder obtemos? O poder de lançar um feitiço sobre um punhado de goblins que não faz nada além de lhes proporcionar uma noite de sono tranquila.

Raistlin não pôde deixar de sorrir.

— Então, por que faz isso?

— Pela mesma razão que você. Pelo bem da magia — respondeu Magius. Ele havia abandonado o tom cínico, o sarcasmo loquaz, a zombaria. Falava com o coração e Raistlin supôs que esse homem não abria o coração com frequência. — Para sentir a magia dançar em meu sangue e cantar em minha alma.

— Sim — concordou Raistlin baixinho. — É por essa razão que fazemos isso.

— Eu nunca disse isso a ninguém — revelou Magius. — Nem mesmo para Huma. Ele me ama como um irmão, mas não entenderia.

— Meu irmão também não entendeu — admitiu Raistlin, mais para si mesmo do que para seu colega.

Magius olhou para ele.

— Meu nome não é Magius, como deve ter imaginado. Eu me rebatizei. Nunca falo meu nome verdadeiro. E nem minha família. Eles me deserdaram.

— Sinto muito — disse Raistlin.

Magius deu de ombros.

— Não foi uma grande perda. — Ele pegou seu cajado e se levantou. — Sente-se bem o suficiente para me ajudar com o feitiço?

— Estou bem recuperado — respondeu Raistlin, colocando o lenço manchado de sangue de volta no bolso do manto. — Mas não conheço esse feitiço.

— Então vou ensiná-lo — ofereceu Magius. — Caminhe comigo. Pretendo lançar o feitiço ali.

Ele indicou um espaço aberto, onde as árvores davam lugar a uma clareira. Enquanto se dirigiam para lá, podiam ouvir Huma a alguma distância, recitando as maravilhas da Torre do Alto Clérigo para Sturm e Destina. Tasslehoff estava mudando o peso de um pé para o outro, um sinal de que estava entediado. Mas pelo menos não estava tão entediado a ponto de sair andando.

— Dizem que a torre é uma das maravilhas do mundo — dizia Huma. — Foi projetada por Vinas Solamnus para proteger o Passo do Portão do Oeste e a cidade de Palanthas. A estrutura principal consiste em uma torre central octogonal com trezentos metros de altura e dezesseis diferentes níveis. O Alto Clérigo anterior ao atual decidiu que as defesas da torre não eram suficientes e ordenou que construíssem uma muralha em torno dela.

A torre central é cercada por oito torres menores localizadas em cada um dos oito pontos do octógono, conectadas por uma muralha. Dentro da muralha, oito torres de escada adicionais se elevam do nível principal, fornecendo acesso aos níveis internos. A torre é guardada pelas falésias das Montanhas Vingaard em três lados, bloqueando completamente o acesso ao Passo. Demorou muitos anos para ser construída. Vinas Solamnus não viveu para vê-la concluída.

— Ele teve sorte de não ter visto — comentou Magius, o sarcasmo retornando. — Cada arquiteto que o sucedeu acrescentou algum floreio, de modo que agora a torre é uma mistura confusa, não uma maravilha. Aqui estamos.

Entraram na clareira. Levantando o olhar, Raistlin pode ver as estrelas e a lua vermelha, Lunitari, deusa dos Mantos Vermelhos. Magius sorriu e a saudou.

— Ela sempre foi boa comigo. E agora diga-me, Irmão, como o kender sabe sobre orbes de dragão?

Raistlin congelou, incapaz de se mover. Por um momento, não conseguiu respirar. A pergunta o pegara completamente de surpresa.

— Até mesmo poucos magos sabem sobre eles — acrescentou Magius —, pois são o segredo mais bem guardado de nossa ordem. E, no entanto, este kender fala deles com deveras leviandade.

Raistlin esforçou-se para pensar em uma explicação, mas não conseguiu nem imaginar uma mentira plausível.

— E depois há a questão da estranha joia que a dama usa. — Magius pousou a mão levemente no braço de Raistlin. — Você e eu precisamos ter uma longa conversa, Irmão. Mas não aqui. Em algum lugar privado.

Ele sorriu quando disse as palavras, mas Raistlin não viu nenhum sorriso correspondente nos olhos azuis do mago.

CAPÍTULO OITO

Banhado pela luz vermelha de Lunitari, Magius apoiou seu cajado contra uma árvore, então ele e Raistlin começaram a limpar o terreno, recolhendo gravetos e galhos e afastando as folhas mortas que sobraram do último outono.

A luz da lua estava extraordinariamente brilhante. Raistlin se perguntou se a deusa estava ciente de seu retorno repentino e inesperado ao mundo e, caso soubesse, o que ela pensava disso. Ele também se perguntou se os próprios deuses estavam cientes do retorno da Gema Cinzenta ao mundo e o que eles planejavam fazer quanto a isso — se é que planejavam alguma coisa. Poderiam ser tão indefesos quanto os mortais diante do Caos. Não era um pensamento tranquilizador.

— Acredito que o terreno esteja limpo o suficiente agora — declarou Magius.

Ele tomou seu cajado e proferiu a palavra de comando, "*Shirak*". O globo de cristal começou a brilhar e ele estendeu o cajado para Raistlin.

— Segure a luz para que eu possa ver o que estou fazendo — instruiu Magius. — Preciso desenhar um círculo.

Raistlin hesitou, desejando segurar o cajado novamente, mas temendo despertar lembranças dolorosas.

Magius sorriu para ele.

— Não tem medo de tocá-lo, não é, Irmão? Afinal, de acordo com o kender, você já o possuiu.

Raistlin segurou o cajado com firmeza. Conhecia cada falha, cada minúscula rachadura, cada rebarba, cada nó. Ele passou a mão pelo cajado, tocando novamente a textura lisa da madeira, e segurou a luz para que Magius pudesse ver. Ele usou a ponta da bota para fazer um círculo na terra.

— Vejo que você admira meu trabalho manual — comentou Magius, referindo-se ao cajado.

— O trabalho é realmente muito bom — disse Raistlin. — Como conseguiu o cajado?

— Cortei o galho e o esculpi eu mesmo. Eu tenho as cicatrizes na mão para provar isso — acrescentou Magius, em tom lamentoso. — Mas derramar um pouco de sangue valeu a pena. O cajado me serviu bem no passado e estou continuamente adicionando novos poderes mágicos.

Raistlin ansiava por perguntar sobre esses poderes. Quando Par-Salian lhe dera o cajado após o Teste, contou que pertencera ao grande mago Magius e que era mágico, mas não lhe disse nada sobre seus poderes.

Livros sobre artefatos eram inúteis, então a maior parte do que Raistlin aprendeu sobre o cajado foi por tentativa e erro. Sempre supôs que o cajado poderia fazer muito mais do que havia descoberto e ansiara por perguntar a Magius. Contudo, Raistlin não ousou parecer curioso demais quanto ao cajado. Demonstrar interesse demais nas posses de outro mago não era apenas grosseiro e indelicado, mas também poderia parecer suspeito.

— Pronto — declarou Magius, erguendo-se após terminar sua tarefa. — O feitiço especifica um raio de três metros. Acredito que cinco de nós vamos caber dentro dele. Fique aqui, enquanto eu busco os outros.

Ele estendeu a mão para pegar seu cajado, e Raistlin o devolveu com relutância, sentindo como se estivesse deixando um amigo muito querido ir embora.

Ele ficou parado na escuridão enluarada depois que Magius par-tiu. Tas havia desenterrado lembranças indesejadas que ainda tentavam alcançá-lo do passado, como as mãos esqueléticas do Bosque Shoikan, agarrando-o, tentando arrastá-lo para a dor, a escuridão e o arrependimento. Raistlin reprimiu-as com firmeza e tinha recuperado a compostura quando Magius voltou com os outros.

Magius indicou o círculo e explicou que tinham de ficar dentro dele.

— Nem um dedo do pé, nem mesmo a bainha da saia da Senhora Destina pode ficar fora do círculo — advertiu-os Magius.

Ele ocupou seu lugar no centro do círculo e ergueu o cajado bem alto para que todos pudessem ver o desenho grosseiro à luz.

Tas aparentemente havia se recuperado de sua relutância em voltar para a Torre do Alto Clérigo, pois saltou para dentro do círculo e se aproximou de Magius. Destina entrou com apreensão, como se o círculo fosse engoli-la. Raistlin a viu buscar involuntariamente a Gema Cinzenta, escondida sob sua camisa, mas ela se deteve e uniu as mãos. Sturm entrou, com expressão sombria, o maxilar cerrado, a mão agarrando o punho da espada. Huma tomou seu lugar ao lado dele e disse-lhe algo tranquilizador em voz baixa. Raistlin entrou por último e ocupou seu lugar ao lado de Destina.

Magius baixou o cajado e, de repente, virou-se para agarrar o kender.

— Largue! — ordenou.

— Largar o quê? — perguntou Tas.

— O que você tem na mão — disse Magius.

Tas abriu a palma da mão e observou com espanto uma pequena barra de ferro.

— Você deve ter perdido. O que é?

— Um dos meus componentes de feitiço — respondeu Magius.

Ele o recuperou e o devolveu a uma bolsa, depois se abaixou para encarar os olhos do kender.

— O sucesso deste feitiço mágico depende de você, Tasslehoff Pés-Ligeiros.

— É mesmo? — questionou Tas, de olhos arregalados. — Mas eu não sou um mago. Gostaria de ser, mas Raistlin diz que as três luas cairiam do céu no dia em que os kender se tornassem magos.

— Eis o que deve fazer para o feitiço funcionar — prosseguiu Magius. — Você deve colocar as mãos nos bolsos e mantê-las neles até que eu lhe diga para tirá-las. Se você retirá-las enquanto eu estiver lançando a magia, o feitiço pode falhar e a culpa será sua.

— Não vou decepcioná-lo — prometeu Tas. Ele entregou seu hoopak para Destina segurar, então cerrou os punhos e os enfiou nos bolsos. — Assim?

— Excelente — confirmou Magius com uma piscadela para Raistlin. — Algum de vocês tem perguntas antes de eu começar?

Tas tirou a mão do bolso e a ergueu.

— Qualquer um que não seja o kender — completou Magius.

Tas suspirou e enfiou a mão de volta no bolso.

— Tenho uma pergunta — disse Sturm. — A Torre do Alto Clérigo é imensa. Onde seu feitiço nos levará?

— Estou mirando na adega — respondeu Magius com seriedade.

— Ele está brincando — Huma apressou-se em explicar, vendo Sturm franzir a testa.

— Não tenho certeza se estou — protestou Magius. — Uma taça de vinho de maçã gelado me parece realmente refrescante. Mas já que se opõe à adega, vou nos levar até a entrada principal na frente da torre, que é chamada de Portão Nobre. Vamos nos identificar para os guardas do portão para que não nos confundam com o inimigo e nos perfurem com suas espadas. Está de acordo?

Sturm deu um aceno relutante.

— E agora, se todos estiverem prontos, devo pedir que fiquem em silêncio para que eu consiga me concentrar.

Ele olhou incisivamente para Tas, que ainda estava com as mãos nos bolsos. Tas apertou os lábios com força para que nada de inesperado saísse.

Magius sussurrou um comando baixo demais para ser ouvido, e a luz do cajado se apagou.

Ele olhou por uma abertura entre as árvores para o céu que escurecia. Algumas estrelas estavam visíveis. Solinari, a lua prateada, estava nascendo, quase invisível no leste. Lunitari brilhava acima deles, cheia e esplendorosa.

Magius sacudiu os longos cabelos loiros para que caíssem soltos sobre os ombros e olhou para a lua vermelha.

Ela deve amá-lo, pensou Raistlin, pois parecia sorrir para ele.

Magius abriu os lábios como se fosse beber da luz e ergueu as mãos para rogar-lhe.

— Lunitari, peço sua bênção esta noite enquanto viajamos pelos caminhos da magia. Caminhe conosco enquanto buscamos a segurança e a santidade da Torre do Alto Clérigo.

Ele se voltou para Raistlin para ensinar-lhe o feitiço, como havia prometido.

— Agora devo visualizar o local preciso para onde pretendo nos transportar. Entende?

Raistlin assentiu, surpreso. Poucos magos teriam se dado ao trabalho de ensinar um novo feitiço a um novato. A maioria guardava seus feitiços com ciúmes, mantendo-os em segredo. Magius, no entanto, era generoso com seu tempo e seu conhecimento. Seu herói não o desapontara.

Magius fechou os olhos e começou a recitar as palavras do feitiço.

— *Triga bulan ber satuan/Seluran asil...*

Ele pronunciou as palavras lenta e sucintamente, em voz baixa. Raistlin ouviu atentamente e as repetiu em silêncio para si mesmo, esperando poder se lembrar delas para depois registrá-las em seu livro de feitiços. Se estavam presos aqui, tal feitiço poderia ser útil. Notou que Magius não usou nenhum componente de feitiço nem fez qualquer gesto. O feitiço devia exigir apenas as palavras mágicas.

A luz vermelha de Lunitari envolveu Magius e iluminou o círculo, brilhando tanto que todos conseguiam se ver claramente. Os olhos de Tas estavam arregalados de admiração e ele parecia estar fazendo todo o possível para manter as mãos nos bolsos.

Destina estava com a mão na garganta, segurando a Gema Cinzenta. Raistlin não conseguia ver nem mesmo um leve vislumbre de luz cinza. Talvez a Gema Cinzenta relutasse em se revelar na presença de Lunitari. De acordo com algumas lendas, Reorx criara a Gema Cinzenta como um presente para a deusa. Talvez o Caos temesse que, se os deuses a recapturassem, garantiriam que nunca mais escapasse.

O brilho vermelho ficou tão ofuscante que foram forçados a fechar os olhos por causa da intensidade. Raistlin não queria perder um único gesto que Magius pudesse fazer e manteve os olhos abertos até que se enchessem de lágrimas e a dor fosse demais para suportar.

— *Tempat samah terus-menarus/Walktun jalanil!*

Quando Magius pronunciou a última palavra do feitiço, Raistlin sentiu a magia arrancá-lo do círculo, arrastá-lo pela noite com o vento em suas costas e, em seguida, depositá-lo com suavidade em terra firme. A luz vermelha de Lunitari desapareceu. Raistlin abriu os olhos, mas a escuridão era tão profunda que não conseguia enxergar nada.

— Ninguém se mova — advertiu Magius. — *Shirak.*

O globo no cajado se acendeu iluminando um grande salão de entrada retangular. Diante deles havia portas duplas feitas de pau-ferro preto, emolduradas por placas de aço. As portas eram enormes. Cinco cavaleiros cavalgando lado a lado poderiam ter passado por elas com facilidade. O salão não tinha janelas. Eles podiam ver tochas penduradas nas paredes, mas ninguém as havia acendido.

A grande porta principal estava trancada. Duas portas menores de pau-ferro davam para o leste e para o oeste, e também estavam fechadas e trancadas. O salão era guardado por estátuas de mármore, em tamanho real, de cavaleiros que ostentavam o símbolo dos Cavaleiros da Coroa em seus escudos, posicionados nos cantos, observando em silêncio.

Mas as estátuas eram as únicas de vigia. Nenhum guarda patrulhava os portões.

— Bem-vindos à Torre do Alto Clérigo — declarou Magius debilmente e desabou. Ficou estatelado no chão, com os olhos fechados. O cajado caiu ao seu lado, sua luz mágica ainda brilhando.

— O que o derrubou? — exigiu saber Sturm, desembainhando sua espada e procurando por inimigos.

— Guarde sua espada — orientou Raistlin. Ajoelhou-se ao lado de Magius e colocou a mão no pescoço do mago. — A magia cobra seu preço.

— Como ele está? — perguntou Huma, preocupado. Ele colocou a bolsa que carregava no chão e se ajoelhou ao lado do amigo.

— O pulsar de sua vida está forte. Ele está esgotado por todos os feitiços que lançou hoje — respondeu Raistlin.

Magius já estava começando a voltar à consciência, suas pálpebras tremulando.

— Ele precisa descansar, mas vai ficar bem — disse Raistlin. — Eu fico com ele. Deveria cuidar dos outros.

Tranquilizado, Huma levantou-se.

— Todo mundo está bem? Senhora Destina?

Ela conseguiu dar um leve sorriso. Sturm deu um breve aceno de cabeça.

Huma olhou em volta.

— Onde está o kender? Nós o deixamos para trás?

— Isso seria esperar demais — comentou Magius com voz fraca.

— Estou aqui! — chamou Tas, correndo para o salão. — Estive explorando e sei onde estamos! Se descer este corredor e subir aquelas três escadas, chegará a…

— O que nós combinamos? — perguntou Raistlin.

— Uh… foi… O que eu quis dizer é que *saberia* onde estamos se já tivesse estado na Torre do Alto Clérigo antes. Coisa que não aconteceu — acrescentou Tas. — Pelo menos não no presente, que é na verdade o passado. Eu sei que devia estar controlando minha língua, Raistlin. Já tentei, mas toda vez que controlo, fico vesgo. — Ele mostrou a língua e tentou olhar para ela. — Está vendo?

Os corredores estavam escuros e silenciosos. A voz estridente do kender ecoou alto e ricocheteou nas paredes.

— Está tão quieto — comentou Destina, tremendo. — Onde está todo mundo?

— Pensei que haveria cavaleiros — disse Tas. — E comida. Principalmente comida.

— Estou me perguntando isso — disse Huma, perplexo. — Estamos no Portão Nobre, o principal salão de entrada no primeiro andar. Os cavaleiros sempre colocam sentinelas nessas portas; pelo menos faziam isso no passado. Considerando nossa chegada pouco ortodoxa, os guardas deveriam ter nos abordado imediatamente. No entanto, não vemos ninguém.

Magius estendeu a mão para Raistlin.

— Ajude-me a ficar de pé.

— Está forte o suficiente? — questionou Raistlin.

— Parece que é melhor eu estar — retrucou Magius secamente.

Raistlin ajudou o mago a se levantar e entregou-lhe o cajado.

Magius caminhou devagar, usando o cajado como apoio. Não estava fingindo desta vez. Ele estava fraco e seus passos, instáveis. Raistlin permaneceu perto dele caso precisasse de ajuda.

— Como está se sentindo? — perguntou Huma ao amigo.

— Como se eu tivesse carregado quatro humanos e um kender nas costas por trinta quilômetros — respondeu Magius, irritado.

Ele focou a luz do cajado no chão e apontou.

— Olhem ali. Pegadas enlameadas de botas, indo e vindo. Alguém perdeu sua manopla ali, e vejo uma fivela quebrada perto do pé de Montante Luzente. Quanto ao motivo de não haver guardas, a julgar pelos sinais, eu diria que os cavaleiros fizeram as malas e foram embora.

— Os cavaleiros nunca abandonariam a Torre do Alto Clérigo! — afirmou Sturm, irritado com a acusação.

— Silêncio! — avisou Destina. — Alguém está vindo.

Todos podiam ouvir o som de passos ressoando pelo corredor, aproximando-se. Huma e Sturm desembainharam as espadas. Tas agarrou a Matadora de Goblins e correu para ficar ao lado de Destina.

Três cavaleiros entraram no salão, acompanhados por soldados carregando tochas. Dois dos cavaleiros eram jovens e tinham os bigodes tradicionais da cavalaria; seus peitorais traziam o emblema dos Cavaleiros da Espada. O terceiro homem não tinha barba e seus longos cabelos eram grisalhos. Ele usava o peitoral dos Cavaleiros da Coroa e era o mais velho dos três, talvez com quase sessenta anos. Sua expressão era severa e grave. Sulcos profundos de tristeza e preocupação erodiram qualquer traço de simpatia de seu rosto.

Todos os três cavaleiros carregavam espadas e claramente esperavam problemas. O cavaleiro mais velho ficou visivelmente surpreso quando os viu; em particular, ao reparar em Destina e Tasslehoff. Sua perplexidade aumentou quando notou Sturm vestindo a armadura de um cavaleiro solâmnico. Então, seu olhar se fixou em Raistlin e Magius, e a expressão do cavaleiro endureceu. Gesticulou para os soldados. O cavaleiro mais velho inspecionou as portas e descobriu que estavam trancadas.

— Os portões estão trancados! Como chegaram aqui?

Tasslehoff ergueu a mão.

— Eu sei!

— Fique quieto! — sussurrou Destina.

Tas suspirou e abaixou a mão.

O cavaleiro lançou um olhar ameaçador para os estranhos e fez um gesto para seus soldados.

— Levem-nos sob custódia! E tenham cuidado com esses magos! Especialmente aquele com a pele de metal. — Ele olhou para Raistlin, atônito. — A coisa mais horrorosa que já vi.

Raistlin dificilmente poderia culpar o cavaleiro por desconfiar deles. Não apenas tinha uma aparência estranha, mas todos estavam desgastados da viagem, desgrenhados e salpicados de sangue de goblin. Bandos itinerantes de bandidos teriam parecido mais apresentáveis.

— Espere um momento, senhor! — solicitou Huma. — Acho que o reconheço. É Sir Titus Belgrave. Eu sou Huma Feigaard. Nos conhecemos há dois anos no Conselho dos Cavaleiros.

Titus piscou para ele, com perplexidade.

— Agora que vejo você na luz, eu me lembro. — Ele abaixou sua espada aos poucos. Olhando por cima do ombro, dispensou os soldados, mas manteve os dois cavaleiros e disse-lhes para embainharem as armas.

— Estes são meus companheiros — explicou Huma. — Meu amigo, Magius, um mago de guerra. Ele e eu recentemente conhecemos a Senhora Destina Rosethorn e seus acompanhantes, Sturm Montante Luzente, Cavaleiro da Coroa, e Raistlin Majere, que também é um mago de guerra.

97

— Permita-me apresentar Sir Richard Valthas e Sir Reginald Homesweld, ambos Cavaleiros da Espada — disse Titus. Ele franziu a testa para Raistlin e Magius. — Magos de guerra. Nunca ouvi falar de tal coisa. O que os magos de guerra fazem exatamente?

— Enfiam as pessoas em torres trancadas — respondeu Magius.

Titus franziu a testa e Huma lançou ao amigo um olhar exasperado.

— Magos de guerra lutam com magia em vez de espadas, comandante.

— As sentinelas relataram ter ouvido vozes no Portão Nobre — disse Titus. — Não acreditei neles a princípio. Como romperam nossas defesas?

— Magius falou para você — disse Tas ansiosamente. — Ele e eu fizemos magia para nos trazer aqui. Eu ajudei e as luas não caíram do céu. Pelo menos, da última vez que olhei, elas ainda estavam lá.

Titus ignorou o kender e virou-se para Raistlin e Magius.

— Ele está falando a verdade? Vocês usaram magia para invadir a torre?

— Um feitiço de teletransporte simples, senhor — explicou Magius modestamente. — Meus companheiros e eu ficamos presos na floresta com o exército do dragão vermelho entre nós e a segurança. Usei minha magia para nos carregar até aqui, evitando assim perturbar o dragão.

Titus o encarou com severidade.

— Está me dizendo que esse feitiço que lançou carregou todos vocês através de sólidas paredes de pedra e portas trancadas?

— Nós trilhamos os caminhos da magia, senhor — explicou Magius. — Nesses caminhos, não há paredes, nem portas, nem fechaduras.

— Os magos inimigos poderiam lançar este feitiço? — exigiu saber Titus.

— Seria arriscado — respondeu Magius. — Se os magos nunca tiverem entrado na torre e não souberem para onde estão indo, podem acabar se afogando no fundo de um poço ou se materializando dentro de uma parede. Dito isso, se os magos inimigos tivessem a intenção de entrar, você não poderia fazer nada para detê-los, então eu não perderia meu tempo me preocupando.

— Não pretendo — afirmou Titus, em tom austero. — Tenho todas as preocupações com as quais consigo lidar no momento. E qual de vocês trouxe o kender?

— Não fomos apresentados. Sou Tasslehoff Pés-Ligeiros — disse Tas, estendendo a mão.

Titus deu um passo para trás.

— Mantenha distância, kender.

— Tasslehoff é meu amigo, comandante — interveio Destina.

— E guarda-costas — acrescentou Tas.

Titus o olhou com hesitação.

— Normalmente, kender não são permitidos na torre, mas suponho que terei de abrir uma exceção, já que o reivindica, Senhora Destina. Mas espero que se encarregue dele. Não quero que ele fique solto por aí.

— Farei isso, senhor — declarou Destina, colocando a mão no ombro de Tas.

— Ele é muito rude para um cavaleiro — comentou Tas para ela em um sussurro alto.

— Como você e seus amigos vieram parar aqui, Senhora Destina? — questionou Titus.

Ela ia responder, mas Sturm se adiantou para intervir.

— Compreendo que não confia em nós, Comandante Belgrave, e isso é seu direito, pois é responsável pela defesa da torre. Mas nós respondemos às suas perguntas. A Senhora Destina é filha de um cavaleiro. Ela foi atacada por goblins e mal escapou com vida. Está exausta e precisa descansar.

— Eu preciso de comida — intrometeu-se Tas.

— E se puder direcionar Magius e eu para os aposentos do Alto Clérigo, senhor, devemos nos apresentar para o serviço — acrescentou Huma.

— O Alto Clérigo não está aqui — informou Titus. — Se tem que se reportar a alguém, suponho que seja eu. Estou no comando. Montamos nossos aposentos na pequena fortaleza adjacente à torre conhecida como Espora do Cavaleiro. Não temos espaço para abrigar todos vocês lá, mas darei ordens para levá-los aos aposentos no sexto andar da torre. Os quartos foram recentemente ocupados pelos refugiados que fugiram de Palanthas. A cozinha da torre não está funcionando. Podem fazer suas refeições no salão de jantar da fortaleza conosco. Aparentemente, já sabem sobre o dragão. Apenas para que estejam avisados, a torre pode ser atacada a qualquer momento.

Ele falava com calma, mas parecia a calma de quem perdera toda a esperança. Os dois cavaleiros mais jovens que o flanqueavam tentavam ser corajosos, mas estavam exaustos e claramente nervosos. Não é uma supressa, refletiu Raistlin, considerando que Immolatus estava voando acima, atormentando-os, enchendo seus dias de terror.

— Obrigado, senhor, esses arranjos devem nos servir. Como Sturm disse, sou filha de um cavaleiro. Não tenho medo — disse Destina. — Mas o que aconteceu com os refugiados? Há ainda algum aqui?

Titus não pareceu ouvir a pergunta dela, pois continuou.

— Quanto ao kender, ele pode dormir nas masmorras.

— Tenho certeza de que suas masmorras são muito boas, comandante — respondeu Tas. — Em qualquer outro momento, ficaria feliz em visitá-las, em especial porque não as vi da última vez que estive aqui. Mas estou viajando com a Senhora Destina e ela precisa de mim. Eu sou o guarda-costas dela.

— Meus amigos e eu ficaremos de olho em Tas, senhor — assegurou Destina.

— E nós, magos, ficaremos de olho um no outro, então também não precisa nos trancar — afirmou Magius.

— Bom saber — retrucou Titus secamente. — E, agora, eu estava indo jantar. Querem se juntar a mim ou preferem ir direto para seus quartos?

— Agradeço, senhor, mas estou cansada demais para comer — respondeu Destina. — Eu gostaria de ir para o meu quarto.

— Eu também vou me recolher — declarou Magius. — Preciso memorizar meus feitiços para amanhã e depois pretendo dormir pelos próximos cem anos.

Raistlin também devia ir para seu quarto para memorizar seus feitiços, mas precisava de informações, então aceitou o convite do comandante para jantar, assim como Sturm e Huma.

— Também irei com vocês — anunciou Tas. — Estou com muita fome. Vai ter linguiças?

Titus enviou Sir Valthas para escoltar Destina e Magius até o sexto nível da torre. Antes de sair, Destina estendeu a mão para Sturm.

— Obrigado por seu cuidado e gentileza, senhor — disse ela suavemente. — Tratou-me muito melhor do que mereço.

Sturm curvou-se sobre a mão dela, mas não disse nada. O guia deles acompanhou Magius e Destina até uma escada que levava aos níveis superiores da torre. Titus conduziu os outros atravessando a Torre do Alto Clérigo até o forte adjacente. Huma caminhava ao lado do comandante.

Sturm estava prestes a se juntar a eles quando Raistlin o cutucou e apontou para Tas, que tinha desviado para um corredor escuro.

Sturm, parecendo enfezado, agarrou o kender e o levou de volta.

— Mas eu achei que tinha visto um fantasma — justificou Tas.

— Não viu nada — retrucou Sturm.

— Você não tem certeza disso — falou Tas. — Reconhece esta parte da torre?

Sturm negou com um gesto de cabeça.

— Eu não estava neste nível.

— Foi perto de onde encontrei o orbe de dragão — explicou Tas. — Voltar aqui deve ser difícil para você, Sturm. É difícil para mim e eu não morri aqui.

— Morrer foi difícil. Mas comecei uma nova vida na morte — comentou Sturm.

— Está triste por ter voltado a esta vida? — questionou Tas.

— Os deuses me trouxeram aqui — declarou Sturm. — Não questiono sua sabedoria.

— Não foram os deuses que o trouxeram — interveio Raistlin, ácido. — O Caos o trouxe.

— Gostaria que o Caos me trouxesse algumas linguiças — comentou Tas com um suspiro melancólico.

Titus conduziu-os por um amplo corredor que contornava o interior da torre, passando por diversas portas e levando a outro salão. Tapeçarias retratando cenas de batalha cobriam as paredes. Bandeiras e estandartes pendiam do teto. As estátuas de mármore pareciam fantasmagóricas à luz das tochas. Seguiram o corredor até que terminou em um portão de ferro guardado por dois soldados. Saudaram Titus e abriram o portão, permitindo a entrada deles, então rapidamente o fecharam e o trancaram atrás deles.

Raistlin notou que os soldados usavam o mesmo uniforme que Tully. Recordando suas suspeitas, ele falou com Titus.

— Encontramos goblins invadindo um vilarejo não muito longe daqui, comandante — comentou Raistlin. — Encontrei um de seus soldados que foi ferido no ataque, Mullen Tully. Ele disse que o senhor o enviou ao vilarejo para avisá-los sobre o dragão.

Titus grunhiu.

— Eu dificilmente precisava avisar alguém sobre o dragão. A besta deixou bem clara sua presença. Onde está Tully agora?

— Os aldeões o acolheram. Cuidarão de seus ferimentos. Achei difícil de acreditar na história dele.

— Ele desertou. Não seria o primeiro, e é provável que não seja o último — declarou Titus. — Embora pareça que ele teve mais sorte do que a maioria dos que fugiram. Eles provavelmente acabaram na barriga do dragão.

Parando, ele se virou para encarar os outros.

— Se estão se perguntando onde estão, estamos na fortaleza conhecida como Espora do Cavaleiro — informou Titus.

A fortaleza era um edifício muito menor, muito menos imponente que a torre. Nenhuma tapeçaria pendia das paredes de pedra. Nenhuma estátua os observava dos cantos. Titus os conduziu por uma larga ponte de pedra que se curvava sobre um riacho caudaloso bem abaixo.

— A fortaleza foi construída depois que a torre estava terminada, a fim de fortalecer o Passo do Portão Oeste — explicou Titus. — O aqueduto que acabamos de atravessar passa por baixo da fortaleza e fornece água tanto para a Espora do Cavaleiro quanto para a torre.

Eles entraram em uma grande câmara com um teto alto no qual estavam pendurados estandartes; estava iluminada por tochas e braseiros de carvão. O salão estava tomado por catres alinhados em fileiras organizadas. Os soldados estavam sentados nos leitos, conversando em voz baixa, ou deitados enrolados em cobertores, dormindo.

— Este já foi o salão do Conselho dos Cavaleiros — explicou Titus. — Transformamos em quartel. Estão vendo aqui os defensores da Torre do Alto Clérigo.

Huma encarou-o, consternado.

— Defensores! Mas… não deve haver mais do que quarenta homens aqui, comandante!

— Quarenta e cinco soldados e três cavaleiros, dois dos quais acabaram de ganhar suas esporas — declarou Titus. — No entanto, devemos proteger a torre contra a Rainha das Trevas, seus dragões e um exército de milhares.

— Mas onde está o Alto Clérigo? — perguntou Huma. — Onde estão os outros cavaleiros e soldados?

— O Alto Clérigo está morto, bem como os homens que cavalgaram com ele e todos os refugiados — respondeu Titus. Ele fez uma pausa e acrescentou gravemente: — Considere-se afortunado, Sir Huma, porque você e seu mago de guerra chegaram atrasados, ou teriam morrido com eles.

— Que Paladine nos salve! — rogou Huma, abalado. — O que aconteceu?

— Essa história, é melhor contá-la após o jantar, senhor — afirmou Titus sombriamente. — Caso contrário, perderá o apetite.

CAPÍTULO NOVE

A Espora do Cavaleiro era escassamente mobiliada. Uma grande mesa de madeira no salão de jantar tinha função dupla, pois travessas, canecas e tigelas tinham sido empurradas para o lado para dar espaço a vários mapas grandes. Algumas cadeiras estavam espalhadas ao redor da mesa de maneira desordenada. Um castiçal de ferro forjado suspenso acima da mesa fornecia iluminação.

Titus limpou a mesa, enrolando os mapas e colocando-os em uma tina que tinha sido designada como porta-mapas. Em seguida, apontou para as cadeiras e convidou os recém-chegados a se sentarem.

Quando eles se sentaram ao redor da mesa, Tas correu para contemplar com prazer a tina cheia de mapas. Ele estendeu a mão, então aparentemente se lembrou de suas boas maneiras.

— Posso ver seus mapas? — perguntou a Titus. — Eu coleciono mapas. Ou melhor, costumava colecionar no passado que agora é o futuro. Tanis sempre pedia para ver meus mapas quando tentava descobrir para onde ir. Estavam certos na maior parte, embora um dissesse que Tarsis ficava à beira-mar, que, na verdade, não ficava.

— Os mapas vão mantê-lo longe de confusão, senhor — acrescentou Sturm, vendo Titus franzir a testa. — Vou revistá-lo antes de partirmos.

Titus deu um aceno relutante. Tas encostou seu hoopak na parede e pegou um dos mapas. Estendeu-o no chão e se sentou alegremente para estudá-lo, os cotovelos sobre os joelhos, o queixo apoiado nas mãos.

Um criado idoso apareceu, emergindo das sombras. Examinou-os atentamente por baixo das sobrancelhas brancas desgrenhadas e franziu a testa ao ver Raistlin. Sua carranca se aprofundou quando ele notou Tasslehoff no chão.

— Temos visitantes, Will — declarou Titus.

— Posso ver isso por mim mesmo, senhor — disse Will. — Suponho que eles vão querer comida e bebida?

— Se fizer a gentileza de informar o cozinheiro — pediu Titus.

— Até o kender? — perguntou Will.

— Até o kender — respondeu Titus em tom grave.

Will bufou, então marchou para as sombras.

— Will está com minha família há anos — comentou Titus. — Insisti para que ele voltasse para casa quando a guerra irrompeu, mas ele se recusou a partir.

— Considerando o pequeno número de soldados, presumo que retirou suas forças da torre para concentrá-las aqui — comentou Sturm.

— Eu dificilmente poderia fazer outra coisa, já que a torre tem dezesseis andares. Não tenho forças suficientes para guarnecer as ameias nem mesmo em um nível — admitiu Titus. — Os próprios deuses devem defender a Torre do Alto Clérigo, se quiserem fazê-lo.

— Quanto ao Alto Clérigo... — começou a dizer Huma.

— Depois de comermos — determinou Titus. — Preciso de uma caneca de licor de anão para acompanhar.

Will voltou pouco tempo depois com um homem que, a julgar pelo avental, devia ser o cozinheiro. Trouxe pão recém-assado e uma panela de ensopado de carne de veado, que colocou sobre a mesa. Will largou as bandejas de madeira e distribuiu canecas de estanho, quase caindo por cima de Tas no processo. Ele olhou feio para o kender, bufou e saiu. Voltou carregando uma jarra de cerveja gelada e uma jarra de licor de anão, que entregou a Titus.

— Temos mais hóspedes. Peça a Sir Reginald para levar comida para a dama e para o mago — informou Titus. — Dei-lhes quartos no sexto andar da torre.

Will balançou a cabeça e saiu em sua missão, resmungando consigo mesmo.

— Pelo menos os homens comem bem — comentou Titus. — Exércitos marcham pelos estômagos, como diz a Medida.

Ele serviu cerveja para Sturm e Huma. Raistlin não tomou nada além de água. Tinha que memorizar seus feitiços esta noite e precisava estar com a cabeça no lugar.

— Nós tínhamos estocado comida para centenas — Titus continuou. — Comam, senhores, e depois eu explico tudo.

Raistlin não tinha percebido como estava faminto até sentir o cheiro do ensopado. Em sua vida passada, não tinha prazer na comida. Comia apenas para se nutrir. Frequentemente, ele se perguntava se sua falta de apetite se devia à sua saúde precária ou ao asco que tinha do irmão, Caramon, que comia com os modos de um lobo faminto. Agora Raistlin ficou surpreso ao descobrir-se apreciando o sabor do ensopado e até embebendo o pão no molho.

Tas fez uma pausa em sua observação do mapa para voltar à mesa para comer.

— Este ensopado é ainda melhor do que linguiças — anunciou ele. — O mapa que encontrei é muito interessante. Foi desenhado muito antes de os deuses derrubarem a montanha de fogo e separarem Ansalon. Eu vi mapas como este quando estava em Istar, antes do Cataclismo.

Ele terminou uma tigela, serviu-se de outra e voltou para o chão com o mapa.

— Do que ele está falando? — perguntou Titus. — Que montanha de fogo?

— Aprendemos a não fazer perguntas — respondeu Raistlin. — Ele pode respondê-las.

Titus sorriu e empurrou para longe sua bandeja. Will removeu os pratos e serviu o licor de anão para Titus. Os outros recusaram educadamente o forte licor.

Titus tomou um grande gole, enxugou os lábios e soltou um suspiro.

— Sabem da queda de Palanthas?

— Aquele soldado, Tully, me contou — respondeu Raistlin. — Não sabíamos se acreditávamos nele ou não.

— Acreditem nele — declarou Titus sombriamente. — Navios de minotauros chegaram a Baía de Branchala. Os minotauros subjugaram a guarda da cidade, que baixou as armas, então tomaram o controle de todos os portões e invadiram o palácio do Senhor de Palanthas. Atearam fogo no Templo de Paladine e expulsaram ou mataram os clérigos. Tentaram entrar na Grande Biblioteca para incendiá-la também, mas parece que o deus Gilean se ergueu contra eles. Segundo os refugiados, as janelas e portas da Grande Biblioteca desapareceram, deixando os minotauros sem meios de entrar. Eles até tentaram quebrar as paredes de mármore, sem sucesso. Depois de algum tempo, desistiram.

— Também não deixam kender entrarem na biblioteca — comentou Tas, erguendo os olhos do mapa. — Eu encontrei uma entrada através de uma janela uma vez, mas acho que se não há janelas, não funcionaria.

— E quanto à Torre da Alta Feitiçaria? — quis saber Raistlin.

— A última notícia que tive era que ainda estava de pé — respondeu Titus. — Não me surpreende. Duvido que mesmo os guerreiros minotauros pudessem reunir a coragem necessária para entrar no bosque assombrado que a cerca. Não sei qual é a situação dos que estão dentro da torre, embora tenha tentado descobrir.

Raistlin achou estranho esse interesse pela torre vindo de um homem que tinha tanto desdém por usuários de magia. Também duvidava que os minotauros fossem capazes de entrar, então se perguntou inquieto se o Bosque Shoikan permitiria que ele chegasse até a torre.

Todas as Torres da Alta Feitiçaria em Ansalon eram guardadas por florestas mágicas, mas o Bosque Shoikan era a mais poderosa. Medo irradiava do bosque, o terror era tão intenso que a maioria das pessoas não conseguia nem se aventurar perto dele. Se um minotauro conseguisse superar seu medo e entrar, seria atacado por árvores pingando sangue, mãos esqueléticas saindo do chão e guardiões espectrais cujas garras eram capazes de arrancar cabeças.

A magia do bosque reconhecia apenas os magos que haviam passado no Teste e permitia que entrassem. Raistlin havia passado no Teste, mas em uma vida diferente. Houve um tempo em que era o mestre da torre. Houve um tempo em que as árvores horrendas se curvavam para ele. Agora, o bosque poderia tentar matá-lo.

— O Senhor de Palanthas, os membros do Senado e suas famílias, e uma multidão de outros refugiados conseguiram escapar — Titus estava dizendo. — Cavalgaram pelo Passo do Portão Oeste e chegaram aqui para nos trazer a notícia. Havia aqui mil cavaleiros e soldados, que tinham respondido à convocação do Alto Clérigo para defender sua Torre. Mas, em vez disso, o Senhor de Palanthas implorou ao Alto Clérigo que enviasse suas forças a Palanthas para retomar a cidade.

Alguns de nós se manifestaram contra tal ação imprudente, inclusive eu, dizendo que deixaria a torre indefesa. Mas erámos a minoria — prosseguiu Titus com um encolher de ombros. — O Alto Clérigo e o conselho ficaram furiosos ao ouvir sobre o incêndio do templo de Paladine. Tal sacrilégio não deveria ficar impune, disseram.

Titus serviu-se de outra caneca de licor de anão. Raistlin se perguntou se a história havia ocorrido dessa maneira. Nunca tinha ouvido esse relato de Palanthas sucumbindo para os minotauros, mas não era de se surpreender, dado quanto conhecimento havia sido perdido durante o Cataclismo.

— Na verdade, o orgulho deles foi ferido — comentou Titus, retomando sua narração. — Eles consideravam os minotauros nada além de feras estúpidas, e essas "feras estúpidas" tinham tomando a cidade de suas mãos. O Alto Clérigo me nomeou Mestre Guerreiro e me deixou aqui com dois jovens cavaleiros e um punhado de soldados para proteger a torre. Eles cavalgaram em peso, junto com os refugiados que haviam sido expulsos de suas casas, e estavam determinados a retornar. Um pequeno exército de homens, mulheres e crianças partiu com destino a Palanthas.

Titus tomou outro gole do licor ardente.

— Para ser justo, nem o Alto Clérigo nem nenhum de nós sabia sobre o dragão vermelho. Todos os dragões haviam sido banidos para o Abismo no fim da Segunda Guerra dos Dragões e não tínhamos como saber que algum havia escapado. O dragão vermelho estava esperando por eles no Passo do Portão Oeste.

— Que Paladine os salve — murmurou Huma.

Titus assentiu e tomou outro gole.

— Suponho que ele tentou. O Alto Clérigo, suas forças e os refugiados tinham partido há cerca de três dias quando as sentinelas viram o céu noturno no leste arder com fogo. Subi as escadas até o Alto Mirante no décimo quinto andar. Observei as chamas se elevarem entre os picos das montanhas e vi um dragão enorme, recortado contra as chamas. Entendi então o que tinha acontecido.

Titus ficou em silêncio, segurando a caneca entre as mãos. Os licores dos anões eram extremamente fortes e ele tinha bebido uma boa quantidade. No entanto, não parecia estar bêbado. O licor parecia apenas ter intensificado sua tristeza.

— Isso foi há quinze dias — declarou Titus, por fim. — Preparamos a enfermaria para receber os sobreviventes. — Ele tomou outro gole. — Ninguém retornou.

Huma o encarou, horrorizado.

— Todas aquelas pessoas? Dizimadas?

— Vimos o dragão vermelho pela primeira vez quando ele apareceu no céu acima da torre naquela noite — contou Titus. — Ele voou impunemente, alardeando seu triunfo e espalhando seu pavor de dragão. A maioria dos meus homens é corajosa e conseguiu resistir, mas o medo cobrou seu preço. Vários soldados, como Tully, desertaram. Não posso dizer que os culpo. Desde então, o dragão nos vigia, lembrando-nos de sua presença. Como se fôssemos esquecer.

Titus afastou a caneca e recolocou a rolha na jarra de licor de anão.

— E agora somos o último bastião. Quando a Torre do Alto Clérigo cair, Takhisis governará toda Solâmnia. Hoje, Solâmnia. Amanhã, o mundo.

— Eu não tinha ouvido falar que a situação era tão terrível — comentou Huma, chocado.

— No início da guerra, a Rainha das Trevas concentrou suas forças nas cidades do sul — explicou Titus. — Ela convocou os outros deuses do mal para se juntarem à luta. Thelgaard foi a primeira a cair. O consorte de Takhisis, o deus minotauro Sargonnas, e suas forças tomaram Palanthas. Os exércitos fantasmagóricos de Chemosh, deus dos mortos-vivos, invadiram Solanthas e o povo sucumbiu ao terror.

— E o Forte de Vingaard? — perguntou Huma. — Os cavaleiros têm uma forte guarnição lá.

— O deus da praga, Morgion, trouxe a morte para o Forte de Vingaard — revelou Titus. — Corpos empilhados nas ruas. Diz-se que até os soldados da Rainha das Trevas se recusaram a se aproximar do local. Ela espalhou seus exércitos no início, mas agora teve tempo de consolidá-los e lançar todas as suas forças contra a Torre do Alto Clérigo. E eu tenho apenas um punhado de homens para defendê-la.

Titus se levantou.

— A hora é tardia e a manhã vem cedo, como dizem. Devo fazer as rondas antes de dormir. Desejo-lhes uma boa…

Um grito veio da direção da cozinha, seguido de um estrondo, como de panelas batendo no chão de pedra, e acompanhado de um grito de "Pare, ladra!".

— Não fui eu! — declarou Tas depressa.

Titus já estava correndo em direção à cozinha, acompanhado por Sturm e Huma. Tas agarrou seu hoopak e correu atrás deles, enquanto Raistlin os seguiu mais devagar. Quando avistaram uma porta, ela se abriu e uma mulher irrompeu correndo. Ela não estava olhando para onde estava indo e avançou direto para Huma, quase derrubando-o.

Ele a agarrou pelos ombros. Ela gritou de dor e Huma a soltou, assustado. A mulher caiu no chão, segurando o ombro e gemendo.

— Gwyneth! — gritou Tas animado. — Encontrei você!

— *É você*! — sussurrou Huma baixinho, maravilhado.

A mulher balançou a cabeça violentamente. Sua trança estava desfeita e seus cabelos derramavam-se sobre os ombros em uma brilhante cascata prateada.

— Eu conheço você! Eu a vi na floresta e estou procurando por você desde então — declarou Huma. — Procuro por você por toda a minha vida... Perdoe-me, senhora. Não tive a intenção de machucá-la!

A mulher manteve a cabeça baixa, então não conseguiam ver seu rosto. Ela estava vestida com uma túnica verde com cinto com calças também verdes e sapatos marrons. Uma mancha escura de sangue se espalhava pela túnica, sob sua mão.

— Ela foi ferida — disse Huma, indicando o sangue. — Precisa de cuidados.

— Não temos nenhum clérigo — respondeu Titus.

— Raistlin é um curandeiro — informou Sturm.

Raistlin estava desconcertado demais com o que estava vendo enquanto olhava para a mulher para perceber que Sturm havia dito algo bom sobre ele. Quando olhava esta mulher, ele via dois rostos. Um deles era o rosto de uma elfa com cabelos prateados. O outro era o rosto de um dragão com escamas de prata. As duas faces se misturavam, fundiam-se, separavam-se e voltavam a se misturar. Ambos os rostos tinham os mesmos olhos radiantes.

Raistlin recordou, abalado, da última vez que olhara para um rosto assim. Ou melhor, como diria Tas, recordou do tempo no futuro em que olharia para o rosto de um mago humano e veria o rosto do dragão Immolatus.

— Então tem que ajudá-la! — declarou Huma insistentemente.

Raistlin piscou, despertando de seu devaneio, e os dois rostos da mulher se transformaram no de uma elfa. Cobrindo sua hesitação com uma tosse, começou a se aproximar dela. Ao vê-lo chegando, ela se levantou e cambaleou para trás, apoiando as costas contra a parede e encarando-os desafiadoramente.

— Posso ajudá-la — disse Raistlin. — Por favor, deixe-me examinar o ferimento.

— Não me toque! — gritou a mulher, falando solâmnico, embora com sotaque. — Não chegue perto de mim.

— Só quero cuidar do seu ferimento — respondeu Raistlin. Ele ergueu as mãos para mostrar a ela que não segurava uma arma.

A mulher sacudiu a cabeça.

— Não preciso da sua ajuda. Deixe-me em paz.

Will saiu da cozinha, acompanhado pelo cozinheiro irado.

— Vejo que a pegou, senhor. O cozinheiro e eu ouvimos um farfalhar vindo da despensa. Ele pensou que era um rato e foi atrás. No instante seguinte esse demônio apareceu. Ela derrubou o cozinheiro e me acertou no peito. Caí sobre meu traseiro com força e, quando consegui me levantar, corri atrás dela. Quase a alcancei, mas ela derrubou a panela, espalhando ensopado quente por toda parte, e correu para a porta.

Will aproximou-se com um lampião e iluminou o rosto dela, fazendo-a semicerrar os olhos contra a luz.

— É ela. Essa é a ladra.

— Ela não é uma ladra! — contestou Tas, irado. — Ela é Gwyneth! Minha elfa!

A mulher levantou a cabeça, piscando sob a luz forte. Sua beleza delicada pareceu comover todos os reunidos ao seu redor. Ela olhou para Huma, e seu olhar se demorou nele enquanto ela pressionava a mão contra o ombro que sangrava.

Quanto a Huma, ele não conseguia tirar os olhos dela. Claramente, como dissera, ele a conhecia. Raistlin lembrou-se da insistência do cavaleiro em tentar encontrá-la quando se conheceram, dizendo que já havia conhecido uma elfa antes, e Magius contestando-o, alegando que tinha sonhado. Raistlin fez uma anotação mental para questionar Magius.

A expressão de Titus se fechou.

— Uma elfa! Parece que pegamos outro espião da Rainha das Trevas.

— Gwyneth não é uma espiã! — Tas ficou indignado. — Eu a conheço e Destina também. Ela nos ajudou a lutar contra os goblins e limpou meu rosto com cuspe de elfo e me deu uma garrafa de água mágica que nunca seca, embora a água tenha um leve sabor de tartaruga.

— A Senhora Destina de fato nos disse que uma elfa os salvou — comentou Sturm, confirmando a história do kender.

Titus estava sombrio.

— Então o que ela estava fazendo escondida na despensa?

— Provavelmente procurando por linguiças — disse Tas.

Gwyneth estava de costas para a parede, com a mão pressionada contra o ferimento. Seus olhos verde-prateados cintilavam à luz das tochas.

Huma a encarava, em transe.

— Eu realmente sinto muito por tê-la machucado, Gwyneth. Não tive a intenção. Por favor, perdoe-me!

Ao ouvir a angústia na voz dele, Gwyneth pareceu colocar de lado a dúvida e o medo. Encontrou o olhar dele, assim como ele encontrou o dela, e ela sorriu como se em reconhecimento.

— Você se tornou um cavaleiro — observou ela.

— Tornei-me — respondeu ele. — Por sua causa.

Gwyneth fez um gesto de negativa com a cabeça.

— Eu segurei o espelho para que você pudesse se ver. Apenas isso.

Ela fez uma careta e mordeu o lábio. Lágrimas brilharam em seus cílios.

— Parece que conhece esta elfa, Sir Huma? — questionou Titus, franzindo a testa.

Huma hesitou.

— A história é longa e complicada, senhor.

— Não tenho tempo para histórias longas e complicadas — declarou Titus concisamente. — Ela vai passar a noite na masmorra. Resolveremos esta confusão pela manhã, depois que eu conseguir conversar com a Senhora Destina. Agora é melhor eu ir inspecionar os estragos na cozinha.

— Preciso de uma bacia de água e pano para curativos — solicitou Raistlin para ele.

Titus assentiu e se afastou, acompanhado por Will e o cozinheiro, que praguejava energicamente pela perda de suas tortas de carne moída.

Raistlin mais uma vez se aproximou de Gwyneth, e desta vez ela permitiu que ele chegasse perto.

— Você está fraca devido à perda de sangue — disse Raistlin. — Deveria se sentar.

Ele começou a ajudá-la, mas Huma se adiantou. Pegando a mão de Gwyneth com delicadeza, conduziu-a até uma cadeira à mesa.

— O sangue fez sua túnica grudar na ferida e preciso removê-la — explicou Raistlin assim que Gwyneth se sentou. — Temo que vá doer.

— Segure minha mão — ofereceu Huma.

Gwyneth apertou a mão do cavaleiro com força e segurou com firmeza, enquanto Raistlin separava aos poucos o pano manchado de sangue do ferimento com a maior delicadeza possível.

Raistlin inspecionou o ferimento.

— Ela foi ferida por uma flecha.

— Um dos nossos soldados fez isso com você? — perguntou Huma.

Gwyneth balançou a cabeça.

— Goblins. — Ela lançou um olhar súbito e desafiador para todos os reunidos ao seu redor. — *Não* estou espionando para a Rainha das Trevas! Vim aqui para saber se vocês, cavaleiros, vão lutar contra o dragão ou fugir.

— Lutaremos para proteger nossa terra natal, assim como você lutaria para proteger a sua — respondeu Huma. — Mas deve saber disso. Pois você *me conhece*, não é, Gwyneth? Você veio a mim em minha hora de desespero. Apaixonei-me por você naquela época e esperei que voltasse por toda a minha vida.

— Deixe-me em paz, eu imploro — pediu Gwyneth com tristeza. — Não pode haver nada entre nós.

— Você diz "Não pode haver nada entre nós"! — retrucou Huma, pronto para se agarrar à menor esperança. — O que não pode haver? Amor? Você e eu? Rezei para Paladine para encontrá-la, e ele me conduziu até você.

Gwyneth balançou a cabeça, mas continuou segurando a mão dele.

Tas sentou-se ao lado dela.

— Você é o cervo branco, Gwyneth? Foi assim que se feriu, não foi? Eu estava me perguntando…

— Parem de incomodar minha paciente! — ordenou Raistlin. Estava pensando a mesma coisa sobre o cervo branco e, pela expressão séria de Sturm, ele também.

— Eu não estava incomodando — disse Tas. — Só estava me perguntando por que o cervo branco estava escondido em uma despensa. Isso não estava na canção, pelo menos não que eu me lembre.

Felizmente, Will voltou naquele momento, carregando uma bacia com água e várias toalhas limpas e colocando-as sobre a mesa. Raistlin mergulhou um pano na água e o pressionou contra o ferimento de Gwyneth, limpando o sangue seco.

Will observou os procedimentos.

— Tenho ordens de escoltar a prisioneira até a masmorra.

— Isso é realmente necessário? — perguntou Huma com raiva.

— Ouviu o comandante, senhor — disse Will.

— Poderá levar sua prisioneira depois que eu terminar de tratá-la — informou-lhe Raistlin.

Ele amarrou o pano ao redor do ferimento e ajudou Gwyneth a colocar a túnica sobre o ombro.

— Vou preparar uma poção para aliviar a dor e evitar que a ferida fique pútrida — avisou Raistlin para ela.

— Obrigada — disse Gwyneth, enquanto Huma a ajudava a se levantar. — Espero que a Senhora Destina não tenha sofrido nenhum efeito nocivo da luta contra os goblins?

— Ela está bem — respondeu Raistlin. — Apenas muito cansada.

Will deu um passo em direção a Gwyneth e começou a amarrar seus pulsos com um pedaço de corda.

— Não há necessidade disso — declarou Gwyneth. — Não sou uma ameaça para você ou qualquer cavaleiro verdadeiro. É a Rainha Dragão quem coloca essas barreiras entre nós.

Will parecia indeciso, mas não insistiu no assunto.

— Onde ficam as masmorras? — perguntou Huma. — Eu mesmo a levarei.

— As masmorras ficam na torre, no térreo — informou Will. Ele sacudiu um molho de chaves. — Tenho ordens para trancá-la a salvo em uma cela.

— Eu irei com vocês — declarou Huma.

Ele galantemente ofereceu o braço a Gwyneth e, após um momento de hesitação, ela passou o braço pelo dele.

Tas tentou ser útil.

— Nunca estive nessas masmorras, Gwyneth, mas tenho certeza de que são muito agradáveis.

Ela sorriu para Tas por cima do ombro, por trás de uma cortina brilhante de cabelos prateados. Olhou para Huma e disse em voz baixa:

— Deveria saber que rezei para Paladine mantê-lo longe.

— Então fico feliz que o deus me ouviu — respondeu Huma.

Will pegou uma tocha na parede e os conduziu até a ponte que os levaria de volta ao aqueduto e à torre. Raistlin, Sturm e Tas permaneceram no salão de jantar. Raistlin imaginou que todos estavam pensando a mesma coisa.

— Ela é o dragão de prata da canção, não é? — perguntou Tas. — Aquela que era uma mulher e depois se transforma em um cervo branco. Eu sabia que ela me lembrava Silvara.

— Lembre-me da música — pediu Raistlin.

— "O fim desta jornada não era nada além de verde e da promessa de verde que perdurava nos olhos da mulher diante de si" — recitou Sturm. — Embora a *Canção de Huma* não explique como Huma pensa que a conhece, nem por que ela pensa que o conhece.

— O que vê com esses seus olhos amaldiçoados? — perguntou a Raistlin. — Você vê todas as coisas envelhecendo e morrendo, ou pelo menos é o que afirma. Você viu uma elfa ou um dragão?

— Vi ambos — respondeu Raistlin. — Acredito que o kender está certo, por mais que eu deteste admitir isso. Gwyneth é um dragão de prata que assumiu a forma de uma elfa. A magia dos dragões é muito poderosa.

Quando Raistlin encontrou Immolatus pela primeira vez, o dragão vermelho também estava em forma mortal. Immolatus disfarçava-se durante o dia e voltava à sua verdadeira forma à noite, quando os dragões caçavam.

— Então, como ela é o dragão de prata, ela e Huma devem se apaixonar — disse Tas.

— Ambos parecem estar inclinados nessa direção — comentou Raistlin, seco.

— Acabei de lembrar de uma coisa — disse Sturm. — Silvara nos contou uma história sobre Huma e o dragão de prata. Ele se apaixonou por ela em sua forma élfica. Ela temia contar a ele seu segredo: que era um dragão. Ela pensava que ele não a amaria mais se soubesse a verdade. Partindo do princípio de que Gwyneth é um dragão de prata disfarçado, ela agora conheceu Huma. Ele está claramente apaixonado por ela como elfa, embora não tenhamos como saber o que ela sente por ele ou como ele se sentirá por ela caso descubra que ela é um dragão.

Sturm franziu a testa.

— Mas se isso for verdade, por que ela arriscaria vir até a torre, sabendo que certamente encontraria Huma?

— Immolatus — respondeu Raistlin. — Um dragão de prata saberia que os cavaleiros não podem lutar contra um dragão tão poderoso sem a ajuda dela e das lanças de dragão.

— E Gwyneth sabe onde encontrá-las — completou Sturm. — O que significa que, até este momento, não alteramos a história.

— O Rio do Tempo parece estar fluindo placidamente em seu leito. A história está acontecendo como deveria, com base no pouco que sabemos — Raistlin concordou.

Tasslehoff estivera pensando em tudo isso, ao que parecia, porque de repente encarou-os consternado.

— Mas o pouco que sabemos é terrível! — exclamou Tas.

— Por que está chateado? — questionou Raistlin. — Não mudamos a história.

— Esse é o ponto! — retrucou Tas, perturbado. — Huma e Gwyneth morrem no fim da canção!

— O sacrifício deles é heroico — declarou Sturm. — Eles morrem lutando contra a Rainha das Trevas e levando-a de volta para o Abismo.

— Eles não são os únicos que morrerão nesta guerra — argumentou Raistlin. — Magius também está condenado à morte. De acordo com a tradição entre magos, ele foi capturado pelas forças do dragão vermelho quando não tinha mais magia para lançar. Torturaram-no para obter informações sobre as defesas da torre. Quando ele se recusou a contar, mataram-no.

Tas encarou-o com aflição.

— Magius morre também? Mas eu não quero que a canção termine assim!

— Você nunca se importou antes — retrucou Raistlin.

— Antes, a canção era apenas uma música sobre pessoas que eu não conhecia — disse Tas com tristeza. — Mas agora eu conheço Huma, Gwyneth e Magius, e não quero que morram! Já vi muitos amigos meus morrerem. Flint e Sturm…

Seu rosto se contorceu. Duas lágrimas traçaram trilhas através da sujeira em suas bochechas.

— Não me sinto muito bem. Estou com dor de estômago aqui. — Ele colocou a mão sobre o coração. — Acho que vou para a cama.

— Sturm e eu iremos com você — ofereceu Raistlin, lembrando-se da promessa a Titus de ficarem de olho nele.

Sturm pegou uma tocha na parede para iluminar o caminho e eles cruzaram a ponte que levava à Torre do Alto Clérigo. Uma vez lá, ele e Raistlin subiram as escadas para seus aposentos no sexto andar, enquanto Tas vinha desconsolado atrás deles, arrastando seu hoopak de forma que batia na escada.

— Até agora, não alteramos o tempo, pelo menos até onde consigo determinar — disse Sturm. — Infelizmente, sabemos pouco sobre a Terceira Guerra dos Dragões. Nunca ouvi falar do desastroso ataque aos cavaleiros e refugiados no Passo do Portão Oeste. Você não acha que isso poderia ter sido causado pela Gema Cinzenta, acha?

Raistlin balançou a cabeça.

— O ataque aconteceu antes de nós chegarmos. Precisamos nos preocupar apenas com o que acontece depois de nossa chegada nesta época. Mas a cada momento que passa, colocamos o passado em risco. Precisamos tirar a Gema Cinzenta daqui. Amanhã conversarei com Magius. Vou precisar da ajuda dele se quiser obter o Dispositivo de Viagem no Tempo.

— O que vai dizer a ele? — quis saber Sturm.

— Ainda não sei — admitiu Raistlin.

A essa altura, tinham alcançado o sexto nível. O cavaleiro, Valthas, estava parado na entrada do andar, colocado ali para protegê-los, vigiá-los ou ambos. Ele os guiou até seus aposentos.

— O quarto da Senhora Destina é ali — informou Valthas, conduzindo-os por um corredor. — E o quarto do outro mago é lá. Sir Huma dormirá aqui quando voltar depois de escoltar a elfa para a prisão. Devo trancar o kender nesta câmara e entregar-lhe a chave, senhor.

Ele acompanhou Tas até o quarto, fechou a porta, trancou-a e voltou ao seu posto. Nem Sturm nem Raistlin tiveram coragem de dizer ao jovem cavaleiro que uma fechadura não seria barreira para Tasslehoff Pés-Ligeiros.

— Vamos esperar que Tas esteja desanimado demais para causar qualquer dano irreparável antes do amanhecer — observou Raistlin.

Sturm estava prestes a entrar em seu quarto quando Raistlin o deteve.

— Sei o que aconteceu com você em sua vida. Não se pergunta o que aconteceu comigo?

— Não, particularmente — respondeu Sturm. — Eu não me importo.

Ele começou a abrir a porta.

— O mal que sempre acreditou que havia em mim se concretizou — continuou Raistlin implacavelmente, determinado a fazer sua confissão e acabar com isso.

Sturm fez uma pausa e encarou-o.

— Voltei-me para a escuridão — prosseguiu Raistlin. — Busquei poder e o alcancei à custa de minha alma. Cometi crimes indescritíveis. Caramon tentou me salvar e, quando não conseguiu, sofreu do fundo do coração e tentou afogar sua dor em licor de anão. Eu quase o destruí. Ele provou ser mais forte do que eu, no entanto. Foi capaz de vencer a tentação e construir uma vida boa para si e sua família. No entanto, mesmo agora, de acordo com Tas, ele permanece leal a mim, seu irmão indigno.

— Por que está me contando isso? — perguntou Sturm. — Eu nunca gostei de você, e isso não está ajudando.

Raistlin ia responder, mas começou a tossir. Sturm esperou até que o ataque terminasse.

— Tas sabe a verdade — explicou Raistlin, limpando o sangue dos lábios. — Ele teria deixado escapar mais cedo ou mais tarde. Melhor que eu mesmo contasse. Preciso que você confie em mim. Ou pelo menos faça um esforço para confiar em mim.

A expressão de Sturm era severa.

— Sente algum arrependimento?

Raistlin refletiu. Sentia algum arrependimento? Ou faria de novo o que tinha feito? Quando ele não respondeu, Sturm balançou a cabeça, entrou em seu quarto e fechou a porta sem dizer mais nada.

Raistlin estava indo para seu quarto para estudar seus feitiços quando notou uma luz brilhando sob a porta de Magius. Começou a bater e encontrou a porta aberta. O quarto era pequeno, mas confortável, com uma cama de dossel, tapetes no chão e duas cadeiras de madeira com almofadas.

Magius havia adormecido sentado em uma cadeira, a luz do cristal no topo do cajado ainda brilhando. O livro de feitiços em seu colo estava aberto na página que ele estivera estudando.

Raistlin fechou o livro, recusando-se a se permitir olhar para os feitiços, e colocou-o de volta na maleta. Encontrando um cobertor, cobriu Magius; em seguida, tocando o cajado, disse baixinho, *"Dulak"*. A luz do cristal se apagou.

Raistlin voltou para o próprio quarto, mobiliado exatamente como o de Magius, e fechou a porta. Preparou uma poção para tratar o ferimento de Gwyneth com as ervas em suas bolsas e a deixou de lado para dar aos ingredientes a noite para produzir seu efeito. Sentando-se na cama com o próprio livro de feitiços, abriu-o e copiou as palavras do feitiço de teletransporte.

Ele não tinha tantos feitiços para memorizar e logo terminou. Fechando o livro, lembrou a época em sua vida após o Teste em que se orgulhava excessivamente desses poucos feitiços simples.

Raistlin apagou a vela. Enrolando-se no cobertor, deitou-se na cama e encarou a escuridão vazia que conhecia tão bem.

CAPÍTULO DEZ

Raistlin acordou mais tarde do que pretendia e sentindo como se sua cabeça estivesse cheia de lã. Um jarro de água e uma bacia estavam no aparador. Tirou o manto, derramou água fria na bacia, mergulhou o rosto e a cabeça na água e banhou-se o melhor que pôde. Enquanto se lavava, tentou recordar os feitiços que havia memorizado na noite anterior. Ficou satisfeito ao ver as palavras tomarem forma em sua mente e sentir a magia aquecer seu sangue.

Ele se vestiu e saiu do quarto, encontrando tudo quieto e Sir Reginald de guarda.

— Onde está todo mundo? — perguntou Raistlin.

— O comandante levou os dois cavaleiros para inspecionar as defesas da torre — respondeu Sir Reginald. — A Senhora Destina está em seu quarto.

— Ela está bem? — questionou Raistlin.

— Acredito que sim. Ela pediu água quente para o banho. E o outro mago, Magius, disse algo sobre conseguir café da manhã.

— E o kender? — quis saber Raistlin.

— Eu não o vi — informou Sir Reginald. — Suponho que ele ainda esteja no quarto.

— Você não conhece muitos kender, não é? — comentou Raistlin.

— Ele é o único que conheci, graças a Paladine — admitiu Sir Reginald. De repente, ele parecia preocupado. — Devo verificar se ele ainda está lá?

— Seria aconselhável — disse Raistlin secamente. — Embora você provavelmente esteja muito atrasado.

O jovem cavaleiro foi destrancar a porta e a encontrou já destrancada. Ele a abriu, parecendo alarmado, e olhou para dentro.

— Ele se foi!

— Eu vou encontrá-lo — declarou Raistlin.

Ele cruzou a ponte para Espora do Cavaleiro, mas não localizou Tas. Só os deuses sabiam onde ele estava. Raistlin encontrou Magius no salão de jantar, comendo restos de ensopado.

— Bom dia, Irmão — cumprimentou Magius em tom alegre. — Quer ensopado no café da manhã?

Raistlin sentiu seu estômago se revirar com a ideia. Recusou educadamente e foi até a cozinha pegar uma panela de água fervente e ver se Tasslehoff estava na despensa. O cozinheiro declarou que não tinha visto o kender durante toda a manhã, pelo que agradecia aos deuses. Raistlin levou a água quente de volta para a mesa. Tirando o saco de ervas do cinto, espalhou-as na água para preparar uma infusão, como Caramon sempre fazia. Raistlin rapidamente afastou a lembrança.

Magius franziu o nariz.

— O que é essa mistura que você está bebendo? Que fedorenta. Espero que tenha um gosto melhor do que o cheiro.

— Pelo contrário — disse Raistlin, tomando o chá com uma careta. — Tenho uma pergunta para você. Como Huma acha que conhece a elfa, Gwyneth?

— Ele está falando sobre ela de novo, não é? — Magius balançou a cabeça.

— Ele a encontrou ontem à noite — declarou Raistlin, e descreveu as aventuras da noite anterior. — Ele afirma que a conhece, e ela parecia conhecê-lo. Ela está atualmente sendo mantida na masmorra.

— Não pode ser! — exclamou Magius, espantado.

— Qual é a história? — questionou Raistlin.

— Não consigo acreditar nisso — comentou Magius. — Na noite antes de Huma ser sagrado cavaleiro, ele manteve vigília na capela da família. Permaneceu acordado a noite toda, de joelhos, em oração a Paladine. Durante sua vigília, Huma confessou ao deus que tinha dúvidas. Não se considerava digno de se tornar um cavaleiro. Ele temia que fosse hesitar em batalha ou fugir vilmente. Uma elfa veio até ele. Ela tinha cabelos prateados e olhos verdes e usava vestes prateadas. Ela segurou as mãos dele e disse que o estivera observando-o à distância e que o conhecia melhor do

121

que ele próprio. Ela declarou que ele era honrado, corajoso e nobre. Ele conheceria o medo, afirmou ela, mas o superaria. Ele lutaria bravamente em batalha justa e conquistaria glória e renome para a cavalaria. Ela o beijou na testa, deu-lhe a bênção de Paladine e desapareceu.

Magius terminou o ensopado e empurrou a tigela para o lado.

— A mulher era muito real para ele, como certamente seria, visto que ele não dormia nem comia nada fazia dois dias. Tentei explicar que ele sonhou, mas ele não queria dar ouvidos à razão. Huma tem procurado por ela desde então. E agora parece que a encontrou.

Magius balançou a cabeça.

— Suponho que se poderia dizer que, tendo procurado por anos por uma elfa, ele se agarraria à primeira que encontrasse. Ainda assim... ela se encaixa na descrição.

— "Ela estivera observando-o à distância..." — repetiu Raistlin, pensativo.

— Quero conhecê-la — disse Magius.

— Vamos pedir permissão para visitá-la — disse Raistlin no momento em que Tasslehoff entrou na sala.

— Onde esteve, kender? — perguntou Magius. — Saqueando a fortaleza?

— Eu não estava saqueando — respondeu Tas. — Eu não estava fazendo nada com sacos. — Ele pegou a tigela vazia, observou-a com interesse e distraidamente começou a colocá-la em sua bolsa. Magius a resgatou e colocou de volta na mesa.

— Eu estava em uma Missão Importante — continuou Tas. — Estava pensando em Gwyneth e ela me fez pensar em Silvara e ela me fez pensar no orbe de dragão...

— O que combinamos, Tas? — Raistlin disse severamente.

— Nós combinamos que... é... algo sobre o qual não devo falar — disse Tas. — Então, fui ver se *estava* onde *estava* quando encontrei da última vez que ainda não aconteceu. Se *estivesse* lá, entende, eu teria que dizer a Titus como usar *aquilo* para lutar contra o dragão vermelho e não quero fazer isso porque havia todo aquele sangue e gritos. Mas *aquilo não* estava lá. Então não preciso.

Tas soltou um suspiro satisfeito e pegou uma colher.

— Ouvi o cozinheiro dizer que estava preparando linguiças — disse Magius, tomando a colher.

— Ah, que bom! Estou com muito mais fome agora que sei que *aquilo* não está aqui.

Tas disparou em direção à cozinha. Magius observou-o pensativamente, então se virou para Raistlin.

— Acredito que este seria um bom momento para nossa conversa, Irmão.

— Concordo — assentiu Raistlin. — Mas não aqui.

Magius pegou seu cajado e os dois subiram para as ameias no último andar da Espora do Cavaleiro. Um soldado andava de um lado para o outro, vigiando. Com a chegada dos dois magos, ele recuou para o outro lado das muralhas, por cortesia ou desconfiança.

O telhado da fortaleza era plano e comum, cercado por um muro de pedra cinza que chegava à cintura. A parede oeste tocava a encosta de uma montanha. A parede leste estava passando por reformas para encerrá-la dentro da nova muralha que estava sendo construída ao redor da torre. Raistlin olhou por cima da muralha ao sul. O número de inimigos havia crescido durante a noite e mais tropas estavam chegando. Não viu nenhum sinal de Immolatus esta manhã.

Magius apoiou o cajado na parede e se virou para Raistlin.

— As pessoas racionais geralmente prestam pouca atenção às histórias dos kender, e normalmente eu sou uma delas — comentou Magius. — Mas as histórias de seu kender são as mais intrigantes que já ouvi. Como ele sabe sobre orbes de dragão? Eles foram criados por magos durante a Segunda Guerra dos Dragões para defender as Torres da Alta Feitiçaria contra o ataque de dragões, e têm sido um segredo guardado a sete chaves desde então. Poucos magos sabem sobre eles. Um kender certamente não saberia!

— Responderei às suas perguntas, embora você possa achar difícil acreditar em minhas respostas — disse Raistlin.

— Sou todo ouvidos — declarou Magius, cruzando os braços sobre o peito.

— No futuro, daqui a séculos, Tasslehoff encontrará um orbe de dragão na Torre do Alto Clérigo. Ele e uma elfa chamada Laurana usarão o orbe para derrotar os dragões da Rainha das Trevas no que será conhecida como a Guerra da Lança. Tas sabe disso porque ele é do futuro. Sturm, Destina e eu também somos do futuro.

Magius riu em zombaria.

— Você disse que eu acharia sua história difícil de acreditar, não absurda! Não espera de verdade que eu acredite que viajou no tempo, não é? Tente novamente, Irmão.

— E ainda assim você mesmo cogitou tal jornada — Raistlin disse calmamente. — Você planejou usar o Dispositivo de Viagem no Tempo para voltar no tempo.

Magius teve um sobressalto perceptível. Sua risada cessou. Seus olhos azuis escureceram para cinza.

— Continue seu conto, Irmão. Ao menos, sua história é divertida.

— A Senhora Destina usou o Dispositivo para nos trazer até este momento, embora essa não fosse sua intenção. Ela planejava transportar Sturm para a Torre do Alto Clérigo durante nosso próprio tempo, mas quando tentou partir, poderosas forças mágicas colidiram. O Dispositivo de Viagem no Tempo não suportou a tensão e explodiu. Agora, estamos presos aqui, sem saída, a menos que encontremos o Dispositivo.

— Você disse que ele explodiu — afirmou Magius.

— Foi destruído no futuro, mas acredito que exista aqui nesta época. E você sabe onde está.

— Posso saber ou não — respondeu Magius com frieza. — Essa força mágica destrutiva de que fala, ela tem algo a ver com aquela joia estranha que a Senhora Destina usa em volta do pescoço?

— Vou contar tudo o que sei — declarou Raistlin —, mas apenas com uma condição. Não pode revelar o que eu lhe disser a Huma ou a qualquer outra pessoa.

— Huma e eu não temos segredos um com o outro — declarou Magius.

— Bobagem — retrucou Raistlin bruscamente. — Todo mundo tem segredos. Por exemplo, contou a ele o que lhe aconteceu durante seu Teste na Torre da Alta Feitiçaria?

Uma expressão sombria tomou Magius.

— Sabe que não. Ele nunca entenderia. Muito bem. Prometo não revelar seu segredo. Tem minha palavra de irmão mago.

Raistlin estava satisfeito.

— A joia que Destina usa é a Gema Cinzenta de Gargath.

Raistlin esperava que ele zombasse com escárnio, mas Magius estava sério.

— A Gema Cinzenta... — repetiu Magius em tom pensativo. — Agora eu começo a acreditar em você, Irmão.

— Fico contente — respondeu Raistlin, aliviado. — A maioria das pessoas pensa que a Gema Cinzenta é um mito.

— Eu não sou uma delas. Em minha juventude selvagem e desperdiçada, pensei em partir em uma busca para encontrá-la. Viajei para a Biblioteca de Palanthas para estudá-la e percebi então que encontrar a Gema Cinzenta seria inútil a menos que ela quisesse ser encontrada. A senhora tenta escondê-la, mas eu a vi de relance e a reconheci pelo relato do livro. "A joia é de cor cinza, mudando de forma constantemente, nunca parecendo a mesma a cada momento." Eu devia ter percebido a verdade. Como ela a obteve?

— A história dela pertence a ela e é a ela que deve perguntar — afirmou Raistlin. — Sturm e eu caímos no meio dela. Mas mesmo sem a presença do Caos, existe o perigo de que aqueles de nós que não pertencem a este lugar possam mudar a história. A Gema Cinzenta aumenta o perigo dez vezes ou mais. É imperativo que eu encontre o Dispositivo de Viagem no Tempo e nos leve de volta ao nosso próprio tempo o mais rápido possível.

— E como descobriu que eu pretendia usar o Dispositivo? — quis saber Magius.

— De acordo com Destina, o pai dela encontrou um relato seu e de Huma escrito por algum soldado que serviu com vocês dois. Destina soube sobre o dispositivo por meio deste relato.

Magius estava cético.

— Por que alguém escreveria sobre Huma e eu?

Raistlin ficou em silêncio. A manhã de verão estava fria por causa do vento que descia das montanhas. Ele estremeceu e colocou as mãos nas mangas do manto.

— Não posso lhe contar — disse, por fim.

— Quer dizer que *não vai* me contar — retrucou Magius, sua voz endurecendo.

— Sabe que não posso lhe revelar o futuro — afirmou Raistlin.

— Porque, se eu não gostar do que ouvir, posso tentar mudá-lo — concluiu Magius. — Aconteceu alguma coisa com Huma? Se ele sofrer algum destino terrível e eu puder evitá-lo, eu o farei. E o futuro que se dane!

— A Gema Cinzenta contém a essência do Caos — explicou Raistlin. — Temos apenas um conhecimento imperfeito do passado, baseado em canções e lendas. Considere o seguinte: ao tentar salvar Huma de algum destino terrível, pode inadvertidamente provocá-lo.

Magius ficou em silêncio contemplativo, então assentiu lentamente.

— Acho que estou começando a entender. Mas se não pode revelar o futuro, pelo menos me conte sobre esse relato que Destina mencionou. Você disse que estava relacionado ao meu passado, que já passou. Nenhum mal pode vir de me contar isso. E serviria para provar sua veracidade.

— O soldado escreveu que entreouviu você e Huma conversando uma noite. Você contou para Huma que descobriu a existência de um dispositivo que poderia levá-lo de volta no tempo. Você queria usar o dispositivo para retornar para salvar a irmã de Huma, que havia morrido.

Magius afastou-se de Raistlin. Ele apoiou os cotovelos na parede e olhou para as planícies. Não estava vendo o presente, estava vendo seu passado.

— Greta — disse ele finalmente, a dor da perda em sua voz. — O nome dela era Greta. Ela era a irmã mais nova de Huma. Tinha apenas dezessete anos quando morreu em uma pequena escaramuça com hobgoblins errantes na casa senhorial. Um hob rasgou o braço de Greta com uma lança. O ferimento não era profundo. Nós até a provocamos por isso. Mas à noite ela estava gritando de dor e ardendo em febre. A família mandou chamar um clérigo de Kiri-Jolith, mas o sujeito era inútil, assim como o deus. O clérigo determinou que a ponta da lança estava envenenada. Na manhã seguinte, Greta estava morta.

— Sinto muito — disse Raistlin, em tom conciliatório, embora soubesse que as palavras eram inadequadas.

— Eu a amava muito — declarou Magius. Ele acariciou o anel de prata em seu dedo. — Nós estávamos apaixonados desde crianças. Eu teria feito qualquer coisa para salvá-la. Eu teria alterado o tempo para salvá-la.

— E dane-se o futuro — comentou Raistlin.

Magius assentiu.

— Lembro-me dessa conversa que você diz que o soldado registrou, pois foi a única vez que Huma e eu brigamos. Estávamos no acampamento tarde da noite, depois de uma ou outra batalha. Eu havia tomado conhecimento sobre o Dispositivo durante uma de minhas visitas à Torre da Alta Feitiçaria em Palanthas. Estava lá e eu sabia que poderia roubá-lo facilmente porque o mestre da torre era um idiota. Ele ainda é um idiota, a propósito. De qualquer forma, Huma recusou-se a permitir que eu o usasse. Ele disse que o perigo de eu alterar o tempo era grande demais. Ele não arriscaria, nem mesmo para salvar a própria irmã. Fiquei furioso, mas ele estava certo, é claro. Percebi isso quando me acalmei.

— O Dispositivo de Viagem no Tempo ainda está na torre de Palanthas?

— Estava lá há cinco anos — respondeu Magius. — Desde então, não voltei lá. Evito a torre, se puder. O mestre não gosta de mim.

Raistlin compreendia. Par-Salian, o mestre de seu tempo, também não gostava dele.

— Devo encontrar o Dispositivo e levar a nós quatro, e à Gema Cinzenta, de volta ao nosso próprio tempo antes que o Caos cause danos a este ou ao nosso — declarou Raistlin. — Mas como você e eu sabemos, os minotauros controlam a cidade de Palanthas. Os portais mágicos nos levariam até lá. Sei como usá-los no meu tempo, mas cada mestre os regula de maneira diferente.

— Eu viajei até a torre usando-os, e posso levá-lo até lá — sugeriu Magius. — Mas primeiro me conte mais sobre a Gema Cinzenta. É um poderoso artefato mágico, talvez o mais poderoso do mundo. Um prêmio valioso para qualquer mago. Você já pensou em pegá-la para si?

— A Gema Cinzenta escolheu Destina e não vai deixá-la. Um goblin tentou roubá-la dela e a Gema Cinzenta quase queimou a mão da criatura.

— A tomaria se pudesse? — persistiu Magius.

— Não — respondeu Raistlin enfaticamente. — Eu não conseguiria suportar a ideia de que o Caos poderia estar ditando minhas ações. E você?

Magius deu de ombros.

— Já me interessei por ela quando jovem, mas agora que sou mais velho, como você diz, prefiro controlar meu próprio destino. A senhora pode ficar com sua joia amaldiçoada.

— Então, vai nos ajudar?

— Vou levá-lo para a torre com uma condição. Os magos que criaram os orbes planejaram usá-los para convocar os dragões para a Torre da Alta Feitiçaria e depois matá-los com feitiços fatais. Foi assim que seu amigo kender usou o orbe de dragão durante a batalha que mencionou?

— Não sei, porque não estava presente — respondeu Raistlin. — Eu estava lutando minhas próprias batalhas na época. Por que a pergunta?

— Porque estou pensando em usar o orbe de dragão para lutar contra o dragão vermelho — informou Magius com frieza.

— O Comandante Belgrave é igual a Sturm. Ele não confia em magia — disse Raistlin. — Ele nunca permitiria que você trouxesse um artefato tão poderoso e letal para o local mais sagrado de Solâmnia.

— O que o Comandante Belgrave não sabe não vai machucá-lo — afirmou Magius. — Estou desenvolvendo esse plano há muito tempo. Seria fácil contrabandear o orbe de dragão para dentro da torre. Afinal, parece que seu kender encontrará um no futuro.

É claro! Raistlin de repente soube a resposta para uma pergunta que há muito deixava os sábios perplexos: Tas havia encontrado um orbe de dragão na Torre do Alto Clérigo durante a Guerra da Lança. Segundo todos os relatos, a Medida instava os solâmnicos fortemente a se absterem de confiar em feiticeiros. Então, como o orbe de dragão veio parar na torre?

Magius trouxe o orbe de dragão para a Torre do Alto Clérigo durante a Terceira Guerra dos Dragões. Ele pretendia usá-lo para lutar contra dragões, porém, morreria antes de ter uma chance. Séculos depois, Tas o encontraria, e o orbe ajudaria a salvar Solâmnia.

O bem realmente redime os seus, como diz o ditado, Raistlin refletiu.

— Vai me ajudar a encontrar o Dispositivo de Viagem no Tempo? — perguntou.

— Se me ajudar a obter um orbe de dragão — declarou Magius.

— Temos um acordo — concordou Raistlin, e os dois apertaram as mãos.

Magius pegou seu cajado e eles voltaram para a escada.

— Tive um sonho estranho — contou Magius. — Sonhei que estava dormindo em meu quarto quando você entrou. Adormeci durante meus estudos e você gentilmente me cobriu com um cobertor e apagou a luz do cristal no cajado. Você usou a palavra "*Dulak*". A palavra mágica que eu atribuí a ela. Ninguém saberia disso, exceto alguém que fosse dono do cajado. O kender estava certo sobre isso, não estava?

— No futuro, depois que eu fizer o Teste na torre, o mestre me dará seu cajado — admitiu Raistlin. — Ele é… era… meu bem mais precioso.

— Fico feliz em saber que algo de mim continua vivo — disse Magius. — Mais uma pergunta. Você carrega uma adaga escondida sob a manga. Os deuses da magia não permitem que os magos carreguem armas brancas. Isso também mudou no futuro?

Raistlin colocou a mão, constrangido, no braço, sentindo a adaga escondida sob a manga.

— Uma lenda diz que um mago, lutando em uma batalha, usou todos os seus feitiços e ficou indefeso. Ele foi capturado, torturado e morto. Em sua memória, os deuses da magia agora permitem que os magos carreguem uma pequena arma branca.

— Uma história bastante trágica — comentou Magius. — Os bardos devem fazer todos chorarem quando a cantam.

— Ninguém chora — disse Raistlin. — Poucas pessoas se importam com o que acontece com magos.

— Acho que algumas coisas nunca mudam — observou Magius.

CAPÍTULO ONZE

Magius e Raistlin estavam descendo as escadas da torre, voltando das ameias, quando encontraram Titus Belgrave subindo. Ele pareceu surpreso ao vê-los.

— Espero que a agitação da noite não tenha atrapalhado seu sono.

— Que agitação? — perguntou Magius. — Não ouvi nada.

— Pegamos outro espião ontem à noite e ele lutou como um kobold encurralado. Havia roubado um uniforme e tentou se passar por um dos soldados. Poderíamos não o ter detectado se nosso exército estivesse com força total, mas agora somos tão poucos que os soldados perceberam que ele não era um dos nossos. Derrubaram-no e o prenderam com grilhões.

— Suponho que o interrogou — disse Raistlin. — Que informações ele forneceu?

— Nenhuma — respondeu Titus. — Ele não nos diz nem o próprio nome. Um dia ou dois definhando na masmorra soltará sua língua.

— A informação que este homem sabe pode ser de vital importância, comandante — declarou Magius. — Meu amigo e eu ficaríamos felizes em fazer uma visita a ele. Tenho certeza de que podemos persuadi-lo a falar.

— Estou certo de que poderiam — comentou Titus em tom sombrio. — Mas a Medida proíbe o uso de tortura.

Magius exaltou-se com raiva.

— Eu não falei nada sobre tortura!

Titus passou por eles, continuando a subir as escadas para as ameias.

— Se quer fazer algo de útil, encontre o kender.

Magius encarou-o com uma expressão severa.

— Ele é como qualquer outro cavaleiro cabeça-dura que eu já conheci. Sempre supõem que usuários de magia se deleitam em infligir dor.

— Huma sendo a exceção — disse Raistlin.

— Eu o criei direito — brincou Magius, sorrindo. — Titus mencionou que eles capturaram um segundo espião. Ele quis dizer que Gywneth foi a primeira?

— Suponho que sim — respondeu Raistlin.

— Eu gostaria de conhecê-la — disse Magius.

Os dois continuaram descendo até o fim da escada e pararam na ponte que levava da fortaleza à Torre do Alto Clérigo.

— Como mago de guerra solâmnico, é obrigado a seguir as ordens de Titus? — perguntou Raistlin abruptamente.

— Sou obrigado a seguir a Medida — explicou Magius. — Embora geralmente não o faça.

— Então talvez você e eu devêssemos fazer uma visita às masmorras — sugeriu Raistlin. — Tenho uma desculpa. Gwyneth foi ferida em uma luta com goblins, e prometi que levaria um bálsamo curativo para ela. Você poderia conhecê-la. E poderíamos questionar esse espião.

— E se formos descobertos — disse Magius com um sorriso conspiratório —, sempre podemos dizer que íamos à adega.

Raistlin pegou o pote de bálsamo de seu quarto na torre e os dois procuraram as masmorras, localizadas no primeiro andar, no lado norte. Essa parte da torre não tinha janelas, deixando-a às escuras mesmo durante o dia, então Magius usou o cajado para iluminar o caminho.

— Huma e eu passamos muito tempo aqui quando os pais dele faziam sua peregrinação anual. Como pode imaginar, as masmorras exerciam uma poderosa atração sobre nós quando éramos meninos — contou Magius. — Sempre esperávamos que os cavaleiros capturassem um ogro e o prendessem. Ele escaparia, é claro, e Huma e eu seríamos os heróis que o capturariam. Infelizmente, a maioria dos prisioneiros na masmorra eram peregrinos dominados pelo excesso de vinho ou êxtase.

Ele conduziu Raistlin escada abaixo. Viraram à direita por um corredor estreito que os levou a outro corredor que se inclinava para o leste e, finalmente, para as masmorras.

As celas da Torre do Alto Clérigo eram limpas e bem conservadas. O carcereiro estava sentado a uma escrivaninha em frente ao portão trancado de uma ala de celas feito de barras de ferro. Um lampião de ferro e vidro pendia de um gancho na parede acima dele. Lampiões adicionais iluminavam o bloco de celas e eles podiam vê-las através das barras, alinhadas contra a parede.

— Tas aprovaria — observou Raistlin. — Ele é um conhecedor de masmorras, e esta atende aos seus padrões.

O carcereiro havia apoiado sua cadeira em um ângulo precário contra a parede e estava recostado com os olhos fechados. Ao ouvi-los falar, balançou a cadeira para frente, abriu os olhos e encarou-os acusadoramente.

— Eu não estava dormindo, se é isso que estão pensando. O que vocês dois querem? — perguntou, em tom imperativo. — Com todos vocês indo e vindo, não consigo descansar um minuto.

— Eu não teria pensado que as masmorras fossem tão populares — disse Magius.

O carcereiro bufou.

— Ontem tive que prender uma espiã elfa. Depois, o comandante me acorda no meio da noite para prender um espião humano. Esta manhã encontrei um kender conversando com a elfa. Não faço ideia de como ele entrou no bloco de celas. Quando perguntei, ele tagarelou sobre como gazuas são seu direito de primogenitura ou algo assim. Tive de expulsá-lo e agora Sir Huma está lá dentro, conversando com a elfa.

— Huma está aqui? — perguntou Magius, surpreso.

— Ele está com a elfa agora — confirmou o carcereiro, parecendo desaprovar, desaprovação que estendeu a eles com uma carranca. — O que vocês dois usuários de magia querem?

— Viemos descobrir se aquele espião humano que você mencionou é um mago a serviço da Rainha das Trevas — afirmou Magius. — Tememos que ele possa estar planejando usar magias malignas para nos destruir.

— Ele não parece um feiticeiro — disse o carcereiro, franzindo a testa. — Não está usando túnicas como vocês dois.

— Ele não usaria — retrucou Raistlin. — Estaria disfarçado, vestido com roupas comuns.

O carcereiro ficou chocado.

— Está me dizendo que os magos podem parecer pessoas normais? Eu pensei que vocês tinham que usar mantos para... para anunciar às pessoas a presença de vocês!

— Como um guizo em um gato? — sugeriu Magius, piscando para Raistlin.

O carcereiro assentiu.

— Algo parecido. Então, como vão conseguir saber se ele é um mago?

— Ele vai ter um cheiro estranho para outro mago — Magius afirmou, em tom grave. — Ele pode ser extremamente perigoso. Deve ficar com meu colega enquanto eu investigo. Ele vai protegê-lo se o mago atacar.

O carcereiro escondeu-se atrás de Raistlin e espiou por cima do ombro dele, enquanto Magius avançou até o portão do bloco de celas.

Magius andou de um lado para o outro, farejando alto, enquanto o carcereiro o observava atentamente. Raistlin deslizou a mão para dentro de uma das bolsas e tirou uma pitada de areia. Magius fungou de novo, e Raistlin jogou a areia no carcereiro e pronunciou as palavras do feitiço do sono.

— *Ast tasarak sinuralan krynawi.*

Os joelhos do carcereiro se dobraram e ele começou a cair. Raistlin o pegou e o colocou no chão, enquanto Magius removia as chaves de seu cinto. Ele abriu o portão do bloco de celas e os dois magos entraram. O bloco de celas consistia em seis celas de prisão. Cada uma tinha uma porta de ferro com uma pequena grade que o carcereiro podia usar para vigiar os prisioneiros lá dentro.

Raistlin abriu as grades, procurando por Gwyneth, e a encontrou na quarta cela, sentada em sua cama, enrolada em um cobertor. Ela conversava com Huma, que também estava sentado na cama, embora a uma distância decorosa. O carcereiro os havia trancado lá dentro, o que provavelmente era desnecessário. Os dois só tinham olhos um para o outro. Não iam a lugar algum.

Raistlin fez menção de bater na porta para anunciar sua presença. Magius o deteve.

— Sem pressa — disse baixinho.

Huma falava, animado, descrevendo um incidente engraçado que acontecera em uma justa, quando seu cavalo empacou de repente, enquanto ele cavalgava em direção ao oponente, e o atirou pelos ares.

— Caí de costas no chão — contou Huma, rindo. — Minha lança foi para um lado, meu escudo para o outro. Eu era um enorme hematoma e estava envolto em minha armadura de forma tão pesada que não conseguia me levantar. Rolei, indefeso como uma tartaruga virada.

Os olhos dele se enrugaram de tanto rir com a lembrança de sua situação, e Gwyneth riu com ele. Seus olhos faiscavam com chamas prateadas;

sua risada era como o repicar de um sino de prata. Impulsivamente, sem de fato perceberem o que faziam, um se aproximou do outro.

— Ferro com magnetita — murmurou Magius. — Lembro-me dessa sensação. Greta e eu podíamos falar sem falar.

— O que aconteceu? — Gwyneth estava perguntando a Huma.

— Meu escudeiro teve que vir me resgatar e precisou pedir a ajuda de um cavalariço para me levantar — respondeu Huma. — Saí mancando do campo coberto de vergonha, ignomínia e esterco de cavalo.

Gwyneth riu até as lágrimas escorrerem pelo rosto, e Huma se juntou a ela, sua própria risada profunda e estrondosa. Os dois pararam, sem fôlego, embora talvez não por causa do riso. Inclinaram-se um para o outro, com os lábios entreabertos.

Magius pigarreou ruidosamente e Raistlin bateu à porta.

— Perdoem-me a interrupção. Estou aqui com o bálsamo — justificou.

— Seu curandeiro veio tratar de seu ferimento — disse Huma, levantando-se. — Vou me retirar para lhe dar um pouco de privacidade. Vou falar com o Comandante Belgrave para ver se consigo convencê-lo a libertá-la.

— Gostei da nossa conversa — disse Gwyneth, levantando-se com ele. Ela lhe estendeu a mão. Huma curvou-se para ela e chamou o carcereiro para que o soltasse.

— Eu estou com as chaves — avisou Magius. — O carcereiro está indisposto no momento.

Huma saiu da cela, deixando a porta aberta para Raistlin entrar.

Magius parou seu amigo quando ele passou.

— Admito que estava errado — declarou Magius. — Não foi um sonho. Estou feliz por você.

Huma sorriu e olhou para Gwyneth.

— Eu a encontrei. Ela me encontrou.

Ele seguiu seu caminho e o ouviram subindo as escadas, cantando como um rapazinho. Magius permaneceu parado à porta enquanto Raistlin entrava.

Ele ergueu o frasco de barro.

— Eu trouxe o bálsamo para sua ferida, conforme prometi. Como está nesta manhã? Seu visitante parece ter feito mais por você do que qualquer remédio.

— Ele veio ver como estavam me tratando. Ele estava apenas sendo educado — respondeu Gwyneth, corando.

Raistlin não disse mais nada e removeu as bandagens. O ferimento de flecha estava inflamado e devia doer, embora ela parecesse muito longe de sentir dor no momento. Raistlin espalhou suavemente o bálsamo sobre a ferida.

Gwyneth o encarou maravilhada.

— Isso realmente ajuda. É mágico?

— Uma mistura de confrei e milefólio, que são padrão para o tratamento de ferimentos, e alguns ingredientes meus, nenhum dos quais é mágico — explicou Raistlin. — Há mais alguma coisa que eu possa fazer por você enquanto estiver aqui?

— Não, obrigada — respondeu Gwyneth.

Ela se recostou na parede e sorriu melancolicamente, então deu um suspiro profundo. Uma lágrima brilhou em sua bochecha. Ela a afastou depressa.

Raistlin fechou a porta da cela e Magius a trancou.

— Ela de fato é linda — comentou ele quando estavam fora do alcance da voz. — Seu cabelo brilha como prata derretida. Eu nunca conheci um elfo antes. Todos eles se parecem com ela?

— Não — respondeu Raistlin. — Ela é especial.

— Huma com certeza pensa assim — comentou Magius. — Como acha que ela se sente quanto a ele?

— Ela o ama — revelou Raistlin. — Mas, por algum motivo, parece ter medo de amá-lo.

— São os bigodes — brincou Magius. — Vivo dizendo para ele que as mulheres os acham assustadores.

Eles encontraram o outro prisioneiro dormindo em seu catre. Magius abriu a porta da cela e entrou.

— *Shirak* — disse Magius e o globo de cristal no bastão começou a brilhar.

O rosto do homem tinha hematomas e machucados, seus dedos estavam ensanguentados da luta. Mas o carcereiro o tratara bem, aparentemente, pois ele tinha água fresca para beber e o haviam alimentado, a julgar pela tigela vazia do lado de fora da porta da cela. Magius sacudiu o homem pelo ombro. Sobressaltado, o prisioneiro acordou assustado. Olhou alarmado para Magius e começou a gritar pelo carcereiro.

— *Tan-tago, musalah.* — Magius passou a mão na bochecha do homem. — Você e eu agora somos melhores amigos e você ficará feliz em compartilhar comigo tudo o que sabe. Qual é o seu nome?

— Calaf — respondeu o homem prontamente.

— De onde você é?

— Sanction.

— Essa cidade fica nas Montanhas Khalkist — disse Magius. — Não muito longe de Neraka. Sanction agora está sob o controle da Rainha das Trevas?

— A maior parte do oeste de Ansalon está agora sob o controle dela — declarou Calaf com um sorriso malicioso. — Apenas Istar resiste, e a hora deles chegará.

— Quem o enviou para nos espionar? Quem é o seu comandante?

— Immolatus — respondeu Calaf.

— Quem é esse? — perguntou Magius.

— O dragão vermelho. Ele está pensando em lançar ele mesmo um ataque à torre. Ordenou que eu descobrisse quantos cavaleiros e soldados restavam para protegê-la. O dragão não achava que restariam muitos vivos após a matança no Passo do Portão Oeste. Ele os eliminou até o último homem, ou mulher. Tentaram proteger os filhos com os próprios corpos quando o dragão cuspiu seu fogo sobre eles. Desnecessário dizer que não funcionou.

Magius apertou seu cajado com mais força. Os nós de seus dedos ficaram brancos com o esforço para se conter. Ele conseguiu falar com calma, no entanto.

— Quando Immolatus planeja lançar este ataque contra a torre?

— Ele poderia atacá-la hoje se quisesse — gabou-se Calaf. — Nenhuma das armas insignificantes dos cavaleiros foi capaz de atingi-lo. Atiraram lanças nele, mas elas se despedaçaram como gravetos e ele queimou os cavaleiros vivos em suas armaduras. Precisavam ter ouvido eles gritarem! Mas ele tem ordens para esperar por Takhisis. Ela quer estar aqui para testemunhar a queda dos cavaleiros. Sua Majestade das Trevas estará aqui em breve, muito mais cedo do que você deseja. E então, eu vou ouvir seus gritos!

— Você primeiro, amigo — retrucou Magius.

Erguendo o cajado, cravou-o na virilha do homem. Calaf desabou e caiu no chão, agarrando-se e gemendo.

Magius olhou para ele com repulsa.

— Termine de interrogar o desgraçado se quiser, Irmão. Não suporto olhar para ele. Vou esperar por você na entrada.

Depois que ele se foi, Raistlin ajoelhou-se ao lado de Calaf, que ainda se balançava de um lado para o outro, com dor.

— Quem mais está espionando para Immolatus? — perguntou Raistlin. — Sei que você não é o único espião que ele colocou no forte. O dragão é mais eficiente do que isso.

Calaf balançou levemente a cabeça.

— Não sei.

— Mas eu estou certo — persistiu Raistlin. — Ele colocou outros espiões.

Calaf assentiu.

Raistlin aproximou-se.

— Diga-me os nomes! Um seria Mullen Tully?

— Não sei! — choramingou Calaf. — Deixe-me em paz!

Raistlin fechou a mão sobre o pulso de Calaf em um aperto esmagador.

— Eu não sou um cavaleiro. Não jurei seguir as leis da Medida contra a tortura. Conheço muitas maneiras de infligir dor muito pior do que a que está sentindo agora! Uma vez coloquei meus dedos no peito de um homem e queimei cinco buracos em sua carne. Diga-me os nomes desses espiões!

Calaf olhou para ele aterrorizado.

— Não sei! Juro para você que é verdade. Acha que o dragão me contaria?

Lentamente, Raistlin afrouxou seu aperto e se levantou. Calaf estava falando a verdade. Immolatus provavelmente não lhe contaria. Ele não confiava em ninguém, nem mesmo em sua própria Rainha das Trevas.

Raistlin fechou a porta da cela. Ao sair, viu o rosto de Gwyneth emoldurado na grade.

— Mago, espere um momento.

— Há algo errado? — perguntou Raistlin. — Ainda está com dor?

Gwyneth ignorou a pergunta dele como se não tivesse importância.

— Ouvi o que aquele prisioneiro disse sobre os cavaleiros e os refugiados humanos, como eles não tinham armas que pudessem ferir o dragão, e eles morreram horrivelmente. Isso é verdade?

Raistlin entendeu a importância de sua pergunta e a razão pela qual ela a fez e, a princípio, não sabia como responder. Gwyneth sabia onde encontrar lanças que não se *despedaçariam como gravetos* contra as escamas do dragão. Lanças mágicas feitas de metal de dragão, forjadas por dragões de prata, abençoadas por Paladine, estavam sob seus cuidados. Mas se ela as trouxesse para os cavaleiros, teria que revelar sua verdadeira natureza para Huma, o homem que passou a amar, que poderia muito bem deixar de amá-la quando soubesse a verdade.

Raistlin poderia ter lhe dado uma cutucada, dito a ela que os cavaleiros estavam desesperados, que sua única esperança residia em encontrar armas mais adequadas para lutar contra dragões. Mas ele podia ver a agonia em seus olhos e decidiu contra isso. A decisão tinha que ser dela.

— Eu não sei, senhora — respondeu. — Eu não estava lá.

— Mas pode ser verdade — insistiu Gwyneth.

— O comandante nos disse que viu o dragão, que viu chamas na montanha. Ele esperou para tratar os sobreviventes, mas nenhum retornou — contou Raistlin.

Gwyneth se virou. Quando Raistlin saiu, ouviu-a andando de um lado para o outro em sua cela.

Magius estava esperando por ele do lado de fora do bloco de celas. Ele fechou o portão, trancou-o e recolocou as chaves no cinto do carcereiro adormecido. Raistlin cutucou o homem com a ponta da bota, acordando-o. O carcereiro sentou-se, assustado.

— Você estava dormindo em serviço — disse Magius, severo. — Não vou denunciá-lo desta vez, mas que isso não aconteça de novo.

Eles deixaram o carcereiro piscando para eles, confuso.

— Descobriu mais alguma coisa? — perguntou Magius enquanto subiam as escadas.

— Perguntei se o dragão havia colocado mais espiões e se Calaf sabia seus nomes — respondeu Raistlin. — Ele disse que não.

— Acredita nele?

— Ele estava com dor demais para mentir — explicou Raistlin.

Magius sorriu.

— Admito que gostei disso. Talvez o Comandante Belgrave esteja certo sobre nós, magos, afinal de contas. E agora proponho que passemos na adega. Preciso tirar o gosto ruim da minha boca. Depois disso, falarei com o kender sobre o orbe de dragão.

— Entende que Tas vai contar doze histórias diferentes para você? — resmungou Raistlin. — Seis das quais envolvem o tio Trapspringer e as outras seis, um mamute lanoso.

Magius riu.

— Sabe onde encontrá-lo?

— Duvido que até mesmo os deuses saibam onde encontrar Tasslehoff — disse Raistlin. — Mas eu começaria pela cozinha.

CAPÍTULO DOZE

Destina estava em seu quarto naquela manhã, penteando os cabelos molhados após o banho. Will resmungara sobre o trabalho envolvido, mas trouxera uma banheira de metal, baldes de água quente e fornecera sabão. Ela havia agradecido e depois lançado um olhar triste para suas roupas manchadas de sangue.

— Não sei se vou suportar colocar isso de novo — comentara ela.

— Deixe isso comigo — dissera Will.

Destina tinha se deleitado com o banho e lavado todos os vestígios do ataque dos goblins, embora o sabão de lixívia quase tenha arrancado sua pele junto. Sentia-se imensamente melhor e estava tentando esfregar o sangue goblin de sua jaqueta quando foi interrompida por uma batida na porta.

Ela se enrolou em um cobertor, segurando-o em volta do pescoço para esconder a Gema Cinzenta, e abriu a porta para encontrar Will parado ali, segurando um grande baú de madeira amarrado com tiras de couro.

— O que é isso? — perguntou Destina.

— Uma muda de roupa — informou Will. Ele não lhe pediu permissão, mas arrastou o baú para dentro do quarto dela. — Pertenciam à senhora esposa do Senhor Prefeito de Palanthas. Você tem quase o mesmo tamanho. Provavelmente vão servir.

Ele desamarrou as tiras de couro e abriu o baú para revelar roupas de lã fina, túnicas de linho e outras roupas íntimas, todas adornadas com rendas, junto com meias e camisolas. As roupas haviam sido visivelmente embaladas às pressas, provavelmente por alguma criada agitada.

— A antiga senhora não precisará mais delas — acrescentou Will rispidamente. — Seria uma pena desperdiçá-las.

Destina recuou, segurando o cobertor apertado em volta do pescoço, consciente da Gema Cinzenta.

— Ela morreu… — Destina engoliu em seco e não conseguiu terminar a frase.

— No Passo do Portão Oeste — completou Will. — Pelo menos temos razão para acreditar nisso.

— Não posso — declarou Destina, balançando a cabeça.

— São apenas roupas, minha senhora — disse Will, sua voz áspera suavizando. — A Senhora Olivia era generosa e amorosa, uma amiga para todos os necessitados. Se estivesse aqui, ela mesma as teria dado a você. Foi por isso que pensei nisso.

Ele encolheu os ombros.

— Mas fique à vontade. É melhor encontrar algumas roupas, no entanto. O comandante quer vê-la em seu escritório imediatamente. O assunto é urgente. Duvido que queira usar um cobertor.

Will saiu, fechando a porta atrás de si.

Destina olhou para as próprias roupas, sujas da viagem, manchadas de sangue. A bainha de sua saia estava rígida de sujeira e lama. Suas meias estavam rasgadas. Uma leve e reconfortante fragrância de lavanda emanava do baú. Ela quase conseguia ouvir a dama dizendo em tom vigoroso: "Eu segui em frente, minha querida. Não preciso mais de tais ornamentos. Seja prática".

Destina ajoelhou-se ao lado do baú e tirou uma saia de lã de carneiro tingida de azul-celeste e uma jaqueta combinando, bem cortada. A jaqueta tinha botões de estanho na frente e um fecho de estanho conhecido como sapo na gola, que a prendia firmemente em volta do pescoço.

Destina a admirava quando bateram à porta.

— O comandante está esperando, minha senhora — chamou Will.

Destina suspirou. Como Will havia dito, ela não podia usar um cobertor.

Agradeceu baixinho à desconhecida, estendeu as roupas na cama e vestiu-se apressadamente.

Will olhou com ar de aprovação quando ela saiu. Ela o acompanhou, descendo as escadas e atravessando a ponte até a Espora do Cavaleiro.

O escritório do comandante estava localizado no térreo. Will bateu e abriu a porta.

— A Senhora Destina, senhor — anunciou ele.

O escritório do comandante era pequeno e mobiliado apenas com o necessário, simples e prático. As paredes eram adornadas com mapas e nada mais. Titus estava parado diante de uma única janela recuada com grades de ferro, olhando melancolicamente para as planícies ao sul.

Ele se virou quando ela entrou.

— Agradeço por vir, Senhora Destina — disse Titus, apontando para uma cadeira. — Will me disse que trouxe uma muda de roupa para a senhora.

— Sou muita grata a ele — declarou Destina.

Titus assentiu e foi direto ao assunto.

— Entendo que conhece uma elfa que atende pelo nome de Gwyneth.

— Eu a conheço — confirmou Destina, perplexa. — Ela veio em nosso socorro quando Tas e eu fomos atacados por goblins. Por que a pergunta?

— Nós a pegamos escondida em uma despensa ontem à noite — respondeu Titus. — O que sabe sobre ela? É possível que ela esteja trabalhando para o dragão?

— Gwyneth salvou nossas vidas. Não acredito que ela seja uma espiã do dragão ou de qualquer outra pessoa — respondeu Destina, depressa. — Onde ela está? Quero falar com ela!

— Estou mantendo-a nas masmorras, que ficam na torre. Não tenho ninguém disponível para acompanhá-la — explicou Titus. — E por falar em masmorras, precisa ficar de olho no seu kender. Ele estava no bloco de celas, conversando com a elfa. Se não o fizer, não terei escolha a não ser trancá-lo também.

— Vou cuidar de Tas — prometeu Destina. — Mas sobre Gwyneth…

— Vou avaliar a situação dela. Vai me dar licença, minha senhora, mas tenho trabalho a fazer — acrescentou Titus, pegando um maço de papéis. — Deveria ir procurar seu kender.

Destina não gostou de ser dispensada tão sumariamente, mas refletiu que talvez Tas soubesse algo sobre Gwyneth, já que falara com ela. Destina saiu em busca dele e o encontrou no salão de jantar, comendo um mingau que ela esperava pelos deuses que ele não tivesse roubado.

— Aí está você! — disse Tas. — Eu estava procurando por você. Tem roupas novas. São muito bonitas. Onde as conseguiu?

Mas ele não esperou que ela respondesse.

— Ontem à noite foi muito emocionante! O cozinheiro encontrou Gwyneth na despensa e começou a persegui-la. Ela saiu correndo da cozinha, enquanto Huma corria para a cozinha e ela voou direto para os braços dele. Ele a pegou e ela gritou e caiu no chão. Ela tinha um ferimento de flecha no ombro assim como o cervo branco! Huma não conseguia fazer outra coisa senão olhar para ela. Acho que ele está aparvalhado com ela.

— Apaixonado — corrigiu Destina.

Tas assentiu.

— Foi o que eu disse. De qualquer forma, eu estava visitando ela nas masmorras esta manhã, quando o carcereiro me pegou e perguntou se eu queria uma cela só minha. Agradeci a oferta, mas disse que talvez outra hora. Tenho muito Trabalho Importante a fazer para consertar a canção. Eu estava pensando em subir até o topo da torre e talvez conversar com o dragão. Eu poderia avisá-lo de que, se ele não for embora, será espetado por uma lança de dragão.

— Acho que não seria uma boa ideia — disse Destina, alarmada. Ela tentou pensar em alguma forma de distraí-lo. — Eu estava imaginando se você poderia me mostrar o mapa que encontrou ontem à noite. Aquele de antes do Cataclismo.

Tas alegremente remexeu na tina de mapas e puxou um. Abriu-o sobre a mesa e, como tinha uma forte propensão a se enrolar, prendeu-o nos cantos com uma caneca vazia de chá de tarbean, um saleiro e dois castiçais de estanho.

— Viu algum dos outros hoje? — perguntou Destina.

— Eu vi Raistlin e Magius subirem para as ameias — disse Tas. — Sturm e Huma atravessaram a ponte até a torre. Primeiro pensei em ir com Raistlin e Magius, em especial se eles fossem fazer algum feitiço, então comecei a subir as escadas para as ameias, mas então pensei que seria mais divertido ir com Huma e Sturm e, então, comecei a ir para a torre. Mas àquela altura eu estava com fome de novo, então fui para a cozinha.

— Meu pai tinha mapas antigos como este — comentou Destina, curvando-se sobre ele.

— Foi desenhado antes que os deuses derrubassem a montanha de fogo em Krynn e a esmagassem em estilhaços. Sabe o que é um estilhaço?

Muitas vezes me perguntei. Achei que poderiam ser pessoas que moravam em Estilhacina, então procurei, mas não está no mapa. A parte mais interessante deste mapa é Qualinesti. Pode ver que antes do Cataclismo é bem aqui ao lado de Solâmnia. Não é de se admirar que Gwyneth esteja preocupada com o dragão atacando seu povo. E olhe isso!

Ele indicou entusiasmado um ponto nomeado *Gnomos*.

— Essa é provavelmente a vila que o tio Trapspringer visitou quando ajudou os gnomos a forjar as lanças de dragão. Eu realmente gostaria de visitá-la.

— Fale baixo! — advertiu Destina. — Não devemos falar sobre lanças de dragão. Diz apenas "Gnomos". A aldeia não tem nome?

— Os cartógrafos não colocam os nomes gnomos nos mapas porque os nomes são tão longos que ocupariam o mapa inteiro e provavelmente se espalhariam para o verso — explicou Tas. — A maioria dos gnomos vive na Montanha Deixapralá, que fica aqui a oeste, mas existem gnomos por todo o mundo. Eles se espalharam quando os gnomos foram para o Castelo de Gargath e o derrubaram e perseguiram a... — Tas espirrou. — Porcaria! Eu pensei que tinha me livrado disso!

Tas ergueu os olhos do mapa quando Magius e Raistlin entraram na sala.

— Olá, Magius! Olá, Raistlin! Gostariam de observar este mapa interessante?

— Na verdade, viemos procurá-lo, Mestre Pés-Ligeiros — informou Magius.

— Tem certeza? — perguntou Tas, desconfiado. — Porque ninguém nunca me procura. Exceto aquela vez em que os Buscadores pensaram que eu havia roubado aquela estátua de ouro de Belzor. Eu não tinha roubado, sabem. Acho que Belzor deve ter pulado na minha bolsa quando eu não estava olhando. Falei isso para eles, mas eles não acreditaram em mim. Disseram que a estátua não era capaz de pular. Eu argumentei que se eles pensavam que Belzor era um deus, ele seria capaz de fazer o que quisesse, como pular na minha bolsa. Mas acho que eles não tinham muita fé nele porque iam me prender...

Magius olhou em volta.

— Onde está o comandante?

— Ele estava em seu escritório, da última vez que o vi — informou Destina.

— Ótimo. Quero ouvir algumas das histórias do kender e não quero ser interrompido.

— Que história? — quis saber Tas, ansioso. — Quer ouvir sobre a vez que fui ao Abismo para ver a Rainha Takhisis e fui perseguido por um demônio furioso? Ou a vez que coloquei um anel e acidentalmente me transformei em um camundongo? Ou como encontrei um mamute lanoso?

— Quero ouvir sua história sobre o orbe de dragão. Como o usou para derrotar os dragões do mal na Torre do Alto Clérigo?

Destina lançou um olhar assustado para Raistlin.

— Magius sabe a verdade — contou-lhe Raistlin. — Ele prometeu me ajudar a encontrar o Dispositivo.

Destina perguntou-se por que, então, estavam falando sobre orbes de dragão. Não gostaria de perguntar, no entanto. E Tas, aparentemente, não queria responder.

Ele estava sentado em silêncio, olhando para o mapa.

— Pode contar para ele, Tas — insistiu Raistlin. — Não vou transformá-lo em um grilo.

— Prefiro ser transformado em grilo — disse Tas em voz baixa. — Acho que todos vocês deveriam sair agora. Estou ocupado salvando a canção.

Ele tirou a caneca, os castiçais e o saleiro do mapa e começou a enrolá-lo vigorosamente.

— Por favor, Mestre Pés-Ligeiros — pediu Magius. — Eu gostaria de ouvir.

Tas fez uma pausa no ato de enrolar o mapa.

— Vou lhe contar sobre a vez em que eu era um camundongo. Havia um mago chamado Par-Salian. Raistlin o conhece. O conhecia. O conhecerá. Enfim...

— Eu quero ouvir sobre o orbe de dragão — insistiu Magius.

— Vou lhe contar sobre a vez que quebrei um orbe de dragão — ofereceu Tas.

— Você quebrou um orbe de dragão? — perguntou Magius, horrorizado. —Isso é verdade? Por que fez uma coisa tão terrível?

— Várias pessoas, elfos e humanos, estavam discutindo sobre o orbe de dragão que encontraram e eu achei que eles iam se matar quando deveríamos estar do mesmo lado para lutar contra a Rainha das Trevas, então eu o peguei e quebrei. E eu gostaria de ter destruído o que encontrei na Torre do Alto Clérigo!

Tas largou o mapa no chão e se afundou em uma cadeira. Ele deu um suspiro triste.

— Eu sei que o que Laurana e eu fizemos foi bom porque usamos o orbe de dragão para matar os dragões da Rainha das Trevas que iam nos matar. Mas foi horrível com todo o sangue e os gritos dos dragões quando os cavaleiros os golpearam até a morte. E então, parte da torre desabou e Laurana e eu quase morremos e Sturm *morreu...*

Tas ficou tão chateado que tirou o saleiro de sua bolsa e o colocou de volta na mesa.

— Por que parte da torre desabou? — quis saber Magius.

— Os dragões nas armadilhas estavam se debatendo e se chocando contra as paredes e a torre começou a desmoronar — explicou Tas.

— Armadilhas? — Magius ficou intrigado. — Que armadilhas?

— As armadilhas de dragão na Torre do Alto Clérigo — explicou Tas.

Magius franziu a testa e olhou para Raistlin.

— Ele está falando a verdade?

— Está — respondeu Destina. — A Batalha da Torre do Alto Clérigo é famosa.

— Será famosa — corrigiu Tas. — Ainda não aconteceu.

Magius balançou a cabeça.

— Estive em todas as partes da torre e nunca vi uma armadilha para dragões. Pode mostrá-las para mim?

— Não — respondeu Tas. — Sinto muito, Magius. Não queria desapontá-lo, porque você me trouxe aqui com magia e me deixou ajudar a lançar o feitiço, o que foi uma experiência verdadeiramente maravilhosa, mas nunca vou conseguir voltar àquele lugar horrível onde os dragões morreram. Não tenho medo. São as lembranças. Elas fazem que eu me sinta mal por dentro.

Magius percebeu que o kender estava realmente aflito e pousou a mão com delicadeza no ombro de Tas.

— Tenho minhas próprias lembranças infelizes nas quais não gosto de pensar. Lamento muito ter que pedir para você lembrar o que deve ter sido uma experiência terrível, mas o dragão vermelho vai nos atacar e precisamos saber como derrotá-lo. Nossas vidas dependem de você. Você será um herói.

— Serei? — Tas o encarou com olhos arregalados. — Quer dizer que posso estar em uma canção? Seria chamada de *Canção de Tasslehoff*?

— Tenho certeza de que os bardos cantarão sobre você — afirmou Magius, escondendo seu sorriso.

— Então acho que vou lhe mostrar as armadilhas para dragões — declarou Tas heroicamente.

— Mostre o caminho, Mestre Pés-Ligeiros — pediu Magius.

— Você pode me chamar de Tas — ofereceu Tas. — Todo mundo chama. Vem comigo, Destina?

— Claro que vou — respondeu ela.

Tas pegou seu hoopak, colocou um dos castiçais em sua bolsa e caminhou devagar na direção da torre, com passos arrastados. Magius o acompanhou, ficando ao seu lado para garantir que ele não se desviasse.

Raistlin acertou o passo ao lado de Destina, os dois seguindo atrás.

— Por que contou a verdade a Magius? — perguntou ela.

— Eu tive pouca escolha — respondeu Raistlin. — Ele já tinha adivinhado a maior parte ouvindo Tas.

— Mas não é perigoso? Ele sabe o que vai acontecer nesta batalha?

— Acha que sou tolo? — retrucou Raistlin. — Eu não disse nada a ele sobre o futuro. Além disso, nenhum de nós sabe ao certo *o que* acontecerá na batalha, não é, senhora? Considerando que o Caos entrou em cena.

Raistlin puxou o capuz sobre a cabeça e enfiou as mãos nas mangas do manto. Destina apertou a mão ao redor da Gema Cinzenta e acelerou o passo para andar ao lado de Tas, mantendo distância de Raistlin.

Tasslehoff conduziu-os pela ponte até a Torre do Alto Clérigo. Os salões estavam escuros e desertos, exatamente como na noite em que chegaram, e Magius pronunciou a palavra mágica "*Shirak*".

O cristal em seu cajado brilhou.

— Tem certeza de que quer luz? — perguntou Tas. — Não preferiria ver as armadilhas no escuro?

— Não — disse Magius.

Tas suspirou.

— As armadilhas para dragões estão no primeiro andar. Acho que nunca as notou porque não parecem armadilhas. Parecem paredes com dentes. As armadilhas estão localizadas bem na entrada da frente, perto de onde você nos conjurou.

— O Portão Nobre — disse Magius.

— Lembra da escada que vimos? — continuou Tas. — Se tivéssemos subido aquelas escadas em vez de descer o corredor, teríamos dado direto nas armadilhas.

Tas parou e apontou.

— Subimos estes degraus e atravessamos aquelas portas.

— Espere um minuto, kender — interrompeu Magius, segurando o cajado de forma que a luz brilhasse diretamente nos olhos de Tas. — Está me dizendo que essas armadilhas mortais para dragões estão atrás daquela porta?

Tas semicerrou os olhos sob a luz forte.

— Isso é o que eu queria dizer. As palavras saíram erradas?

— Pare de brincar! — retrucou Magius friamente. — Acha que isso é uma brincadeira? Não há armadilhas mortais para dragões ou qualquer outro tipo de armadilha neste nível! Esteve mentindo para nós todo esse tempo.

— Eu não minto! — declarou Tas indignado. — Tika diz que mentir é tão ruim quanto roubar. Diga a ele que estou falando a verdade, Destina!

— Ele está dizendo a verdade, senhor — respondeu Destina. — Eu não estava presente, mas ouvi os relatos, e Raistlin pode confirmar, assim como Sturm. A magia do orbe de dragão atraiu os dragões para as armadilhas mortais onde os cavaleiros os mataram.

Magius estava sombrio.

— Não sei o que está acontecendo, mas vejam por si mesmos.

Ele os conduziu pelos três largos degraus de mármore até um corredor com paredes de mármore branco. Duas grandes portas de pau-ferro com faixas de ferro ficavam no fim do corredor. O emblema dourado do martim-pescador estava estampado em cada porta. Estátuas de mármore de cavaleiros flanqueavam as portas, como em outros lugares da Torre do Alto Clérigo. Mas ao contrário dos outros, esses cavaleiros não estavam armados. Suas mãos de mármore estavam cruzadas em oração.

— Mas isso está tudo errado! — ofegou Tas, sua voz estridente ecoando assustadoramente pela câmara. — Esta porta não estava aqui! Era uma ponte levadiça que caiu, esmagando a cabeça do dragão. E esta parede tinha pontas afiadas como dentes para que os dragões não pudessem se virar ou recuar. Só podiam se debater e gritar enquanto os cavaleiros os matavam, e o chão era um rio de sangue e as paredes tremiam e... e...

Tas soluçou e escondeu o rosto nas mãos. Seus ombros esbeltos oscilaram.

— Deixe-o em paz! — Destina ordenou a Magius com raiva, colocando o braço em volta de Tas. — Ele está dizendo a verdade!

Magius estava perplexo.

— Ele com certeza parece estar, e você confirma isso. Mas não pode ser.

Ele caminhou até as portas duplas e as empurrou. As portas se abriram silenciosamente em dobradiças bem lubrificadas. Magius entrou e ergueu o cajado. Os outros seguiram e olharam em volta com espanto.

Estavam sob uma vasta cúpula. Um teto abobadado, sustentado por finas colunas de mármore, brilhava com estrelas cristalinas que cintilavam à luz mágica do cajado. Bancos de madeira dispostos em fileiras sucessivas conduziam a quatro altares iluminados por velas. O leve perfume de rosas trazia consigo uma sensação de paz e tranquilidade.

— Como veem, este não é um salão da morte — declarou Magius. — Este é um salão da vida. O sagrado Templo do Alto Clérigo.

CAPÍTULO TREZE

Um silêncio abafado e reverente os envolveu quando Destina e os outros entraram no templo. Havia palavras esculpidas em solâmnico acima da entrada e Destina as leu em voz alta.

O amor e a compreensão dos deuses o envolvem em um abraço acolhedor. Saiba que quaisquer que sejam os erros que cometeu, os deuses o amam e perdoam.

Destina sentiu o tumulto em sua alma se acalmar, como se braços amorosos a envolvessem, abençoassem e acalentassem. Os deuses estavam com ela, abraçando-a e envolvendo-a, perdoando-a, compreendendo-a.

— O Templo do Alto Clérigo é dedicado aos deuses patronos dos Cavaleiros de Solâmnia: Paladine, Kiri-Jolith e Habakkuk, e à deusa Mishakal — estava dizendo Magius. — Estão vendo as estátuas na extremidade do templo? Paladine fica no centro na forma de um dragão de platina com asas estendidas, atacando ou protegendo. As chamas das quatro velas queimando em seu altar nunca se extinguem e nunca precisam ser trocadas.

À sua esquerda, sua consorte, Mishakal, é retratada como uma mulher segurando uma criança nos braços, pois ela é a deusa da cura e a protetora das crianças. Os peregrinos costumam deixar brinquedos como oferenda em seu altar, que os sacerdotes distribuem aos pobres.

Kiri-Jolith fica à direita de Paladine. O deus é representado como um bisão, forte e poderoso, o deus da unidade e da guerra honrosa. Seu irmão gêmeo, Habakkuk, está à esquerda de Mishakal. Sua estátua é uma fênix surgindo das chamas, renascida. Ele representa a promessa do espírito ressuscitando da morte para embarcar em uma nova jornada.

Ele olhou para Raistlin.

— O deus da magia Solinari *não está* representado neste templo, apesar de ser irmão de Kiri-Jolith e Habakkuk.

— Não é de se surpreender — observou Raistlin.

Tas estava perambulando pelos bancos, batendo no chão com seu hoopak e olhando para o teto. Voltou até eles, coçando a cabeça.

— Isso tudo é muito estranho. Juro pelo meu topete que, quando eu estava aqui com Laurana, só havia paredes com dentes!

A voz do kender ecoou entre as estrelas. Duas figuras que não haviam notado anteriormente estavam de pé no altar de Kiri-Jolith e se viraram para olhá-los. A luz da vela brilhou em suas armaduras e Raistlin reconheceu Huma e Sturm.

Huma disse algo a Sturm, que se virou e avançou para cumprimentá-los. Huma permaneceu de pé no altar, de cabeça baixa.

— Magius, Huma gostaria que se juntasse a ele no altar — informou Sturm, quando se aproximou.

— Suponho que ele não planeja tratar de minha reclamação sobre Solinari — disse Magius.

— Acho que não — respondeu Sturm.

— Uma pena — disse Magius, e caminhou pelo corredor para se juntar ao amigo.

Sturm esperou até Magius sair do alcance da voz antes de falar.

— Eu ouvi o que Tas disse. Ele está certo. Quando eu estive aqui, esta câmara era uma armadilha mortal, não um templo!

— Estão vendo? — disse Tas. — Eu estava falando a verdade! Acho que Magius não acreditou em mim.

— Magius sabe a verdade? — perguntou Sturm, franzindo a testa.

— Tanto quanto precisa saber — explicou Raistlin. — Eu falei para você que teria de contar a ele.

Sturm balançou a cabeça e continuou a olhar ao redor do templo.

— Por que acha que os cavaleiros derrubariam um templo tão belo e o substituiriam por armadilhas mortais?

— Talvez o ataque do dragão no Passo do Portão Oeste tenha algo a ver com isso — sugeriu Raistlin. — Os cavaleiros descobriram que os deuses não poderiam protegê-los dos dragões, e que seria melhor confiarem em armadilhas mortais.

Sturm começou a repreender Raistlin pelo comentário blasfemo, mas foi interrompido pela chegada do Comandante Belgrave e Will.

O comandante parou. Ele pareceu surpreso ao vê-los.

— Olá, comandante! — disse Tas, estendendo a mão.

Titus grunhiu para ele e colocou a mão sobre o punho da espada. Sua expressão era severa.

— Estão todos aqui. Ótimo. Preciso falar com todos vocês.

Ele olhou para o altar onde Huma e Magius conversavam.

— Não quero interromper as orações deles, mas é uma questão de urgência.

— Você não nos perturba, comandante — declarou Huma, subindo a série de escadas que levavam até onde eles estavam. — Como podemos ajudá-lo?

— Venham para fora — pediu Titus. — Não vejo necessidade de incomodar os deuses com este assunto.

Titus havia entrado pelo Portão do Cavaleiro, que levava da fortaleza ao templo. Ele os conduziu para fora da entrada da frente, o Portão Nobre, para um pátio cercado pela muralha inacabada coberta de andaimes. O dia estava fresco e nublado. Nuvens cinzentas cobriam o topo da Torre do Alto Clérigo.

Titus voltou seu olhar severo para Magius e Raistlin.

— Will me disse que, de acordo com o carcereiro, vocês dois falaram com o espião que capturamos, apesar do fato de eu explicitamente ter ordenado que não o fizessem. O prisioneiro reclamou que vocês o maltrataram.

— Nós apenas lhe fizemos uma ou outra pergunta — retrucou Magius. — Ele respondeu prontamente, o que me decepcionou bastante. Eu estava ansioso para arrancar seus olhos com um atiçador em brasa.

— Ele está brincando — disse Huma.

Titus não achou graça.

— Algum de vocês, magos, conversou com a elfa?

— Eu não — respondeu Magius. — Embora agora desejasse ter falado, já que evidentemente o irrita.

— Tratei do ferimento dela — disse Raistlin. — Naturalmente, perguntei como ela estava se sentindo. Acredito que isso não é contra a Medida.

Tasslehoff acenou com a mão.

— Fui ao calabouço para ver Gwyneth. Eu tive que perguntar a ela sobre a canção, porque não está saindo do jeito que deveria. Falei para ela como consertar.

— De fato. O que disse a ela, kender? — perguntou Titus.

— Pode me chamar de Tas — ofereceu Tas. — Todo mundo chama. Os cavaleiros precisam de armas para lutar contra a Rainha das Trevas e eu disse a Gwyneth que eles poderiam encontrá-las na vila dos gnomos onde o tio Trapspringer e os gnomos estão forjando as lanças de dragão mágicas. Eu disse a ela que ela precisava ir buscá-las.

— Eu também a visitei. Por que estamos sendo interrogados como criminosos comuns, comandante? — questionou Huma, ficando com raiva.

Titus esfregou o queixo.

— A elfa escapou. Ela se foi. Desci para libertá-la e encontrei o carcereiro trancado em sua cela.

— Escapou? — repetiu Huma, incrédulo. — Mas isso não é possível! Como ela conseguiu?

— O comandante suspeita que um de nós a ajudou — apontou Magius.

— É verdade, comandante? — perguntou Huma.

— Não creio que ela criou asas e saiu voando — retrucou Titus secamente.

— Gwyneth não precisaria criar asas, porque ela já as tem — acrescentou Tas, prestativo.

Titus lhe lançou um olhar sinistro e balançou a cabeça.

— Fui visitá-la, comandante — declarou Huma. — Abri a cela dela e entrei para ter certeza de que estava bem. O carcereiro me trancou. Gwyneth e eu conversamos... por muito tempo. Ela estava lá quando eu saí.

Huma fez uma pausa.

— E agora, o senhor diz, ela se foi.

Titus o estudou com atenção. Huma estava visivelmente chateado. Magius viu a aflição do amigo e chamou a atenção de Titus para si.

— Se duvida dele, comandante, pode confirmar sua história com o carcereiro ou com o outro prisioneiro.

— A palavra de Sir Huma é toda a garantia de que preciso — declarou Titus. — Mas alguém deve ter ajudado a elfa a escapar.

— Gwyneth não precisaria de nenhuma ajuda — afirmou Tas, feliz por poder ajudar. — Ela é um dragão de prata, o que significa que ela pode voar para longe.

— Sinto muito, Senhora Destina — lamentou Titus. — Dei uma chance ao seu kender, mas ele é o único que poderia tê-la libertado. Leve-o para a masmorra, Will, e diga ao carcereiro para vigiá-lo.

— Não pode prendê-lo! Você está enganado. Tas está dizendo a verdade! — protestou Destina.

— Que a mulher é um dragão de prata? — zombou Titus.

— O que eu quis dizer, senhor, é que Tas está dizendo a verdade sobre não libertá-la — disse Destina teimosamente. — Deve haver outra explicação.

— Minha decisão permanece — declarou Titus.

Ele fez uma reverência para ela e se afastou, rumando para o oeste, de volta na direção da fortaleza. Will arrastou Tas para fora, ainda protestando sobre ser inocente.

Magius pousou a mão no braço de Huma.

— Sinto muito, meu amigo.

— Não acredito que Gwyneth fugiu — lamentou Huma, angustiado. — Talvez seja minha culpa. Talvez eu tenha dito ou feito algo que a assustou. Vou falar com o carcereiro. Descobrir o que ele sabe.

Huma correu para alcançar Will e Tasslehoff. Magius apoiou-se em seu cajado, olhando pensativamente para o amigo.

— Ele está sofrendo, mas talvez seja melhor assim. Não há como um romance entre um humano e uma elfa ter um futuro. Há? Vocês são do futuro. Talvez possam me dizer?

Sturm parecia sério. Destina tocou o fecho de estanho de seu colarinho e deixou cair a mão.

— Você sabe que não podemos — respondeu Raistlin.

— Bem, eu tentei — disse Magius, sorrindo. — Quando devemos partir para a torre, Irmão? Tenho que pegar meus componentes de feitiço, mas estarei pronto depois disso.

— Tenho que falar com meus amigos e depois reunir meus próprios componentes de feitiço — informou Raistlin.

— Encontre-me no meu quarto quando estiver pronto. Espero por você lá.

Magius atravessou o pátio, caminhando depressa, seu cajado batendo nas pedras do pavimento.

— O lugar de Tas não é em uma cela — afirmou Destina. — Ele está dizendo a verdade!

— É uma bela ironia, já que provavelmente é uma das poucas vezes na vida que ele fez isso — comentou Raistlin. — Deixe-o lá, senhora. Uma masmorra é o melhor lugar para Tasslehoff. Sabemos onde ele está, pelo menos até que a novidade de estar preso passe. Espero ter retornado até lá. Estou viajando para Palanthas com Magius para obter o Dispositivo.

— A cidade está nas mãos dos minotauros — ressaltou Sturm. — Você e Magius estão correndo um grande risco.

— Estaremos seguros o suficiente — assegurou-lhe Raistlin. — Portais mágicos nos levarão diretamente para a torre. No momento em que eu estiver com o Dispositivo, retornarei, então esteja preparado para partir, talvez dentro de uma hora.

— Mas o que dizemos a Huma e ao Comandante Belgrave? — perguntou Sturm. — Não podemos simplesmente desaparecer. Isso pode causar mais danos!

— Vamos contar a verdade, para variar — respondeu Raistlin. — Estamos indo para casa.

CAPÍTULO QUATORZE

Magius e Raistlin voltaram para seus quartos na Torre do Alto Clérigo, a fim de coletar componentes de feitiços e outros equipamentos de que precisariam em sua jornada.

— Onde vamos lançar o feitiço do portal? — perguntou Raistlin. — Precisamos de um lugar onde não seremos perturbados.

— Eu estava pensando que poderíamos usar a biblioteca — disse Magius. — Quando Huma e eu visitávamos a torre, eu ia até lá para estudar meus livros de feitiços. Posso garantir que não seremos incomodados. Está localizada no décimo quarto andar.

— Décimo quarto! — repetiu Raistlin, horrorizado, pensando na longa subida.

Magius riu.

— Não acha que vou subir quatorze lances de escada, acha? Sou preguiçoso demais. Segure meu cajado. Ele vai carregar nós dois.

Enquanto Raistlin segurava o bastão, Magius pronunciou a palavra "*Bankat*".

Com o comando, o cajado os levantou do chão. Eles flutuaram escada acima com tanta facilidade como se fossem feitos de fumaça.

Raistlin suspirou profundamente. Sabia que o bastão permitia que caísse com tanta leveza quanto uma pena, mas não sabia que era capaz de lhe dar o poder de voar. Desejou para os deuses que houvesse alguma forma de transmitir esse conhecimento ao seu futuro eu. Mas caso escapassem sem alterar o tempo, quando ele voltasse ao Raistlin na Estalagem do Último Lar naquela noite de outono, não teria nenhuma lembrança desse encontro.

Chegando ao décimo quarto nível, Magius falou com o cajado — *Aki* — e eles pousaram suavemente no chão. Chegaram na escuridão total e em um silêncio sinistro. Magius acendeu o cristal no cajado.

— Os andares superiores da torre são consideravelmente menores do que os de baixo — explicou Magius, iluminando os arredores. — Este andar tem poucos cômodos, mas, como pode ver, são suntuosos. Os sacerdotes de alto escalão viviam neste nível, incluindo o Alto Clérigo. Eles têm seu próprio salão de jantar e aposentos particulares. A biblioteca é por aqui.

Eles entraram em uma pequena rotunda adornada com um afresco que mostrava um cavaleiro flanqueado por dois martins-pescadores voando pelos céus. O cavaleiro segurava o sol nas mãos, iluminando Solâmnia, representada por um mapa feito em mosaico no chão.

Quando Raistlin começou a atravessá-lo, Magius de repente o deteve.

— Olhe para o mapa!

Os ladrilhos que formavam o mapa eram pretos, exceto por um pedaço de prata brilhante localizado no centro. Magius tocou os ladrilhos de prata com o cajado.

— A Torre do Alto Clérigo — explicou Magius. — Este mapa foi abençoado por Kiri-Jolith. Ouvi dizer que em tempos de guerra, o deus revelava as posições das forças inimigas. De acordo com isso, os ladrilhos escuros representam a Rainha das Trevas. Como pode ver, as forças dela ocupam toda Solâmnia, exceto este pedaço de terreno. E não podemos resistir ao seu poder.

Ele olhou para Raistlin.

— Tem razão. Você e seus amigos precisam ir embora.

A porta da biblioteca estava aberta. A sala era semicircular, seguindo a curva da parede. A luz do sol brilhava através das janelas gradeadas no lado norte. A biblioteca cheirava agradavelmente a couro e pergaminho. Estantes cobriam as paredes, estendendo-se do chão ao teto. Os alunos podiam sentar-se em mesas ou em carteiras salpicadas de tinta com orifícios redondos para acomodar os tinteiros. Aqueles que apenas queriam se perder em um livro podiam relaxar em confortáveis poltronas de couro.

Raistlin fechou a porta e lançou um feitiço para trancá-la, enquanto Magius empurrava a mobília para o lado para criar um espaço vazio em uma das paredes. O nível estava deserto, mas, como se faz instintivamente em uma biblioteca, os dois falavam baixinho.

— Eu sempre adorei este lugar — comentou Magius, olhando ao redor com prazer. — Sentia-me em casa aqui, entre os livros e o silêncio.

A luz do cajado iluminava fileiras e mais fileiras de livros encadernados em diferentes cores de couro ou tecido; alguns estampados com folha de ouro, outros simplesmente lisos.

— Os cavaleiros incentivavam todos que viviam e trabalhavam na torre a usar a biblioteca para aprimorar seus conhecimentos — explicou Magius. — O bibliotecário-chefe mantinha tudo limpo e organizado. Ele conhecia cada volume e a que lugar pertencia... e que os deuses o ajudassem se você retornasse um livro à estante errada.

Magius suspirou.

— Não gosto de pensar no que acontecerá com a biblioteca se a torre cair. A Rainha das Trevas prefere que seus súditos vivam na ignorância. O conhecimento é seu inimigo.

— O tempo também é nosso inimigo — declarou Raistlin, ignorando a tentativa de Magius de obter informações. — Devemos prosseguir com o feitiço.

Magius sorriu e tirou uma chave ornamentada de um molho que trazia no cinto. Ele a segurou contra a luz.

— Para que serve a chave? — perguntou Raistlin, curioso. — Nunca ouvi falar que uma chave fazia parte do feitiço do portal.

— Pode-se dizer que esta é a chave para a porta da frente da Torre da Alta Feitiçaria em Palanthas — respondeu Magius. — A mestre anterior deu chaves para todos nós que passamos no Teste. Ela nos encorajava a voltar à torre para estudar ou apenas passar um tempo na companhia de nossos companheiros magos. Infelizmente, ela morreu logo depois isso.

O mestre atual, um Manto Branco chamado Snagsby, acabou com o costume. Ele deu chaves apenas para os membros do Conclave; um dos muitos pequenos favores que ele fez para que o elegessem mestre. Tenho que dar o crédito a ele — acrescentou Magius com um curvar dos lábios.

— Snagsby é um político habilidoso, mesmo sendo um mago medíocre. Já que eu não era um membro do Conclave, nem quero ser, Snagsby ordenou que eu devolvesse minha chave. Quando me recusei a abrir mão dela, ele me proibiu de entrar na torre sem sua permissão. Eu lhe disse em detalhes bastante gráficos o que ele podia fazer com sua permissão e depois fui embora. Não voltei desde então.

— E como vamos persuadir esse homem que o odeia a nos dar um orbe de dragão *e* o Dispositivo de Viagem no Tempo? — questionou Raistlin, alarmado. — Você tem um plano?

— Tenho algo melhor do que um plano — afirmou Magius com serenidade. — Eu tenho sorte.

Ele colocou a chave na palma da mão esquerda, passou a mão direita sobre ela enquanto sussurrava palavras mágicas em voz baixa. Um portal abriu-se como uma janela na parede, permitindo-lhes ver o interior de uma câmara sem móveis; austera, mas elegante, com piso de ladrilhos de mármore vermelho, preto e branco.

— O saguão de entrada — disse Magius, satisfeito. — Você disse que morava nesta torre. Reconhece-o?

Raistlin balançou a cabeça, negando.

— Eu vivi na torre anos depois que um mago Manto Negro a amaldiçoou e em seguida saltou do topo e se transpassou nas pontas afiadas da cerca de ferro abaixo. O sangue dele transformou a mais bela das cinco Torres da Alta Feitiçaria na mais hedionda.

— Por que o homem faria tal loucura? — questionou Magius, chocado.

— É uma longa história — comentou Raistlin. — Estou ansioso para ver a torre como era antes.

— Eu entrarei primeiro e manterei o portal aberto para você. Seja rápido!

Quando ele começou a dar um passo para dentro do portal, este se fechou e desapareceu, fazendo-o dar de cara com a parede. Magius esfregou o nariz e praguejou.

— Maldito Snagsby!

— O que aconteceu? — perguntou Raistlin. — O feitiço falhou?

— O tolo do Snagsby fechou os portais! — explicou Magius. — Agora ninguém pode entrar. Eu devia saber que aquele desgraçado covarde faria algo estúpido assim!

— Como entramos? — perguntou Raistlin, consternado.

— À moda antiga — disse Magius severamente. — Temos que caminhar.

— Mas isso significa que teremos que viajar para uma cidade ocupada pelo inimigo. E se escaparmos de sermos capturados por minotauros, devemos passar pelo terrível Bosque Shoikan — comentou Raistlin.

— Não é a experiência mais agradável, mas não temos escolha se quisermos atingir nossos objetivos — declarou Magius. — Não se preocupe. O bosque nos deixará passar.

— O bosque vai deixar *você* passar — retrucou Raistlin em tom sombrio. — Eu fiz o Teste, mas isso foi no meu passado, que está no futuro e, portanto, ainda não aconteceu.

— Um ponto interessante — observou Magius. — Considere isto: Lunitari sabe que você está aqui neste momento. Ela deve saber, pois lhe concedeu a habilidade de lançar feitiços. Aos olhos dela, você passou no Teste.

— É verdade — admitiu Raistlin, refletindo. — Eu não tinha pensado nisso.

— Já que tem a sanção da deusa, o bosque deve permitir que entre — concluiu Magius.

— E caso não permita, o bosque vai me matar — disse Raistlin.

— O mestre devolverá seus pertences aos seus entes queridos — declarou Magius em tom consolador. — Ele até dobrará cuidadosamente seu manto e limpará o sangue.

Raistlin não conseguiu deixar de sorrir.

— Então, como procedemos? Um feitiço de teletransporte?

— Acho que seria a melhor opção — concordou Magius. — Não nos levará ao bosque, pois sua magia bloquearia minha magia. Mas conheço uma taverna que não fica longe da torre. A taverna é chamada de Noite do Olmo. Inteligente, não acha?

Raistlin assentiu, apreciando o trocadilho com Noite do Olho: a noite em que todas as três luas se juntam para formar um olho no céu. A magia era mais poderosa nesse período.

— Como pode adivinhar pelo nome, a taverna costumava ser frequentada por usuários de magia — prosseguiu Magius, usando o cajado para desenhar um círculo na poeira do chão. — Agora provavelmente foi tomada por minotauros, mas o beco do outro lado da rua está geralmente deserto. Ainda assim, devemos estar preparados para fugir caso algum minotauro nos veja.

— Devo colocar as mãos nos bolsos? — perguntou Raistlin, entrando no círculo.

Magius riu e juntou-se a ele. Recompondo-se, falou suavemente com a deusa.

— Lunitari, os tempos são sombrios, mas espero que possa nos ouvir e nos ver e nos conceder sua bênção. — Magius pronunciou as palavras do feitiço. — *Triga bulan ber satuan/Seluran asil/Tempat samah terus-menarus/ Walktun jalanil!*

A mão da deusa os levou rapidamente por cima das montanhas, através das planícies, e com delicadeza os pousou em um beco cheio de lixo. O sol brilhava forte no céu, mas as construções ao redor bloqueavam a luz, mergulhando em sombras o beco. Magius e Raistlin ficaram parados, sem ousar se mover até que pudessem observar os arredores. Esperaram tensos que alguém gritasse ou ofegasse ou berrasse ao ver dois magos surgindo do nada. Quando ninguém o fez, relaxaram. O beco estava deserto, exceto pelos ratos vasculhando entre montes de lixo.

— Essa é a taverna — disse Magius, apontando.

Eles tinham uma boa visão, pois a taverna ficava bem em frente ao beco do outro lado da rua. O lugar parecia acolhedor com suas paredes cobertas de hera, telhado de palha e janelas com vidros de chumbo. Uma placa pintada de forma berrante pendurada na entrada dizia *Noite do Olmo* e apresentava as três luas formando um olho fixo. O pintor do letreiro acrescentara um feixe de olmo no centro da pupila preta, caso alguém não entendesse o trocadilho.

A taverna era um típico bar de bairro, onde amigos se reuniam todas as noites para tomar cerveja e contar as novidades. Mas, como temiam, os únicos que estavam bebendo cerveja e trocando notícias eram os inimigos.

Minotauros tinham cabeça de touro e corpo de humano. Tinham três metros e meio de altura, com ombros, peitos, braços e torsos enormes. Eram a raça favorita do deus Sargonnas, consorte da Rainha das Trevas, que os amava tanto que escolheu um minotauro como seu avatar.

Eles podiam ouvir gritos roucos e berros vindos de dentro da taverna. Um punho gigantesco atravessou uma das vidraças e, no momento seguinte, a porta da taverna se abriu e os minotauros inundaram a rua, agitando canecas de cerveja, gritando e zombando.

Raistlin e Magius estavam perto da torre. Raistlin podia ver as árvores do bosque e a torre erguendo-se acima delas. O destino deles estava a apenas um quarteirão de distância, mas entre eles e a torre, a rua estava cheia de minotauros bêbados.

— Eu me pergunto do que se trata toda essa gritaria — comentou Raistlin. — Talvez eles estejam indo embora.

— Infelizmente, não. Eles estão prestes a iniciar algum tipo de competição. — respondeu Magius. — E parece que vamos assistir da primeira fileira.

Os minotauros começaram a formar um círculo em torno de dois brutamontes que grunhiam e rosnavam um para o outro. Um terceiro minotauro entrou no círculo e parecia estar estabelecendo as regras da disputa, ordenando aos combatentes que retirassem os longos sabres de lâmina curva que ambos usavam em seus arreios. Ele então apontou para seus chifres e fez uma careta e balançou a cabeça.

— Eles não estão autorizados a lutar com armas ou usar seus chifres — explicou Magius em voz baixa. — Os minotauros observam um rígido código de honra. Se acreditarem que foram insultados, têm o direito de desafiar seu inimigo para uma luta, de modo a vingar sua honra. Em muitos aspectos, parecem com os cavaleiros. Eles até adoram Kiri-Jolith, como nós, e honram os cavaleiros de Solâmnia. Eles não hesitarão em matar um cavaleiro se encontrarem um, mas darão a ele uma chance de lutar por sua vida. O que é mais do que eles farão com qualquer outro ser humano.

— Como nós — disse Raistlin. — Você sabe muito sobre minotauros.

— Encontrei um em meu Teste — respondeu Magius. — Desde então, eu os estudei.

Ele não disse mais nada. De súbito, Raistlin se perguntou se Huma fizera parte do Teste de Magius, como Caramon fizera parte do seu.

Os dois minotauros cerraram os punhos e começaram um a rondar o outro, lançando socos e fintas, fazendo caretas e batendo os pés. Os outros minotauros gritavam encorajamentos e começavam a fazer apostas. Moedas de prata reluziam à luz do sol.

Os combatentes começaram a se esmurrar, agarrar-se e socar o focinho um do outro. Um único golpe dos punhos imensos parecia ser capaz de derrubar um prédio pequeno, mas nenhum parecia estar sofrendo muitos danos.

A luta estava, infelizmente, atraindo atenção. A notícia se espalhou e minotauros começaram a convergir para a cena para testemunhá-la.

— Não podemos ficar aqui — apontou Raistlin. — Se um deles nos vir, vão parar de lutar entre si para nos atacar.

— Talvez possamos participar da ação — disse Magius com frieza. — Gosto do sujeito com o chifre torcido. — Ele tirou uma moeda de prata da bolsa. — Vamos fazer uma aposta.

— Você está louco? Vai nos matar! — protestou Raistlin.

— Você tem um feitiço à mão? — perguntou Magius. — É melhor que seja bom.

Raistlin trouxe à mente as palavras de um feitiço e lembrou-se do gesto que o acompanhava.

— Preparado? — confirmou Magius.

Raistlin assentiu.

Segurando seu cajado com firmeza, Magius caminhou calmamente para fora do beco. Os minotauros estavam de costas para ele, observando a luta. Magius aproximou-se de um e deu-lhe um tapinha no ombro. O minotauro olhou em volta.

Magius ergueu a moeda de prata.

— Coloque isso no focinho daquele cara feio com o chifre curvo.

O minotauro piscou perplexo para a moeda, então deu um rugido que fez os outros minotauros virarem as cabeças.

— Corra! — gritou Magius para Raistlin. — Vá para o bosque!

Raistlin ergueu a barra do manto e disparou pela rua. Correu o mais rápido que pôde, pois imaginou o que estava por vir. Quando considerou que estava longe o suficiente, ele parou de correr e se virou, não querendo perder essa visão, embora pudesse lhe custar a vida.

Magius levantou o cajado no ar, gritando palavras mágicas. Múltiplos raios saíram da bola de cristal, atingindo o minotauro, que uivou e berrou de dor. O ar estava impregnado com o cheiro fétido de pele queimada.

Com seu feitiço lançado, Magius começou a correr, com vários minotauros indignados perseguindo-o.

— Sua vez! — gritou ele.

Raistlin preparou seu feitiço. A magia encheu sua mente e corpo, formigando em seu sangue. Quando Magius passou correndo por ele, Raistlin gritou as palavras e abriu as mãos espalmadas.

— *Kalith karan, tobaniskar!*

Dardos flamejantes projetaram-se das pontas de seus dedos na direção dos minotauros. Ele não esperou para ver os resultados, mas virou as costas e correu. Ouvindo gritos, presumiu que pelo menos alguns dos dardos haviam atingido o alvo.

Ele disparou atrás de Magius, que olhou para ele por cima do ombro e sorriu.

— Divertindo-se? — gritou ele.

Raistlin não teve fôlego para responder, mas percebeu que estava se divertindo. Não podia acreditar que estava gostando dessa aventura maluca, mesmo enquanto corria para salvar sua vida com uma hoste de minotauros furiosos perseguindo-o.

As sombras escuras das árvores do amaldiçoado Bosque Shoikan surgiram diante deles. Magius atirou-se para dentro do bosque e Raistlin foi logo atrás, sussurrando uma oração apressada para Lunitari. Havia dado apenas alguns passos quando uma escuridão densa e incômoda quase o cegou e a primeira onda nauseante de medo o invadiu. Raistlin tropeçou e quase caiu. Lembrando-se das mãos esqueléticas que se erguiam do chão para agarrar os intrusos e arrastá-los para sua condenação, segurou-se desesperadamente a uma árvore para não cair. Um galho da árvore se abaixou e tentou pegá-lo.

Raistlin puxou a mão para trás. A luz do cristal no cajado ainda queimava desafiadoramente. Ele cambaleou em direção a ela e viu Magius abaixado sobre as mãos e os joelhos.

— Assim que o bosque nos reconhecer, o medo passará — disse ele com a voz tensa.

Ou isso, ou eu vou morrer por causa dele!, pensou Raistlin.

O medo o dominara, arrancando cada gota de coragem de seu coração. Quase poderia desejar a morte. De repente, felizmente, o bosque aliviou suas garras. Ele caiu de joelhos, fechou os olhos e respirou fundo.

Magius ficou de pé e o ajudou a se levantar. Raistlin conseguiu dar um sorriso fraco e enxugou o rosto com a manga.

— Os minotauros ainda estão nos perseguindo? — ofegou.

— Estão parados na margem do bosque. Vamos assistir. Isso deve ser divertido — comentou Magius. Ele falou com leveza, mas ainda estava nitidamente abalado.

Os minotauros conheciam a má reputação do bosque e aparentemente estavam discutindo o que fazer. A maioria balançou a cabeça chifruda, encolheu os ombros e foi embora. Três permaneceram, olhando para a floresta e gesticulando, talvez tentando incitar um ao outro a entrar. Por fim, um deles — mais ousado ou mais bêbado do que os outros — sacou o sabre e avançou para as sombras.

Ele havia andado apenas alguns metros quando um galho de árvore abaixou e o atingiu na cabeça. O minotauro rosnou de raiva e golpeou o tronco da árvore, cortando-o com seu sabre.

— Ah, isso foi um erro — observou Magius.

Um galho pesado caiu da árvore e aterrissou com força esmagadora em cima do minotauro, enterrando-o completamente em folhas e galhos. Imaginando que era o fim de seu perseguidor, Raistlin e Magius estavam prestes a se virar quando viram o minotauro rastejar para fora dos destroços. Ele havia perdido um chifre e estava coberto de sangue, mas conseguiu voltar mancando para seus companheiros antes de desmaiar. Eles o pegaram e o arrastaram. Nenhum outro minotauro ousou entrar no bosque depois disso.

Raistlin e Magius avançaram mais fundo na floresta. O emaranhado de galhos e folhas encobria a luz do sol, transformando o dia em uma noite medonha. Eles perderam a torre de vista e não faziam ideia para onde estavam indo. O ar era fétido e cheirava a sangue e folhas apodrecidas. Até a luz mágica do cajado enfraqueceu e diminuiu, como se estivesse sufocando. Eles conseguiam ver apenas cerca de meio metro à frente. Uma raiz de árvore de repente serpenteou e tentou se enrolar no tornozelo de Magius.

— Pare com isso, maldita! — gritou Magius. — Nós pertencemos a este lugar!

Ele bateu com o cajado na raiz e ela o soltou. O bosque cedeu. Os galhos dos carvalhos retorcidos se separaram. O sol brilhava em uma cerca fechada feita de prata e ouro entrelaçados. O portão se abriu e eles puderam ver a torre além: um grande minarete flanqueado por dois menores. As paredes dos três minaretes eram feitas de mármore branco estriado de vermelho. As torres no topo eram de mármore preto.

A torre era horrível de se olhar quando Raistlin entrou pelos portões. O sol não brilhara sobre ele, mas ele acolheu a escuridão, abraçou-a. Enquanto contemplava as paredes brancas reluzentes, ele se perguntou se alguma parte sua se lembraria deste momento de luz do sol quando ele trilhasse seu caminho escuro.

Eles chegaram a uma imensa porta feita de pau-ferro. Ela não tinha maçaneta nem fechadura. O pau-ferro estava coberto de runas de proteção poderosas e mortais, visíveis apenas para aqueles que tinham o dom da magia. Os símbolos das três luas haviam sido esculpidos no centro: um círculo branco para Solinari, um círculo vermelho para Lunitari e um círculo escuro para Nuitari.

Magius colocou sua mão espalmada sobre o símbolo de Lunitari.

— Eu sou o Magius. Peço permissão à abençoada deusa Lunitari para entrar.

Raistlin aproximou-se da porta. Ele serviu a todos os três deuses durante sua vida, mas se sentia mais próximo de Lunitari. Colocou a palma da mão no símbolo da lua vermelha.

— Eu sou Raistlin Majere. Peço permissão à abençoada deusa Lunitari para entrar.

As runas na porta faiscaram com uma luz vermelha ofuscante. A porta se abriu, girando silenciosamente para dentro.

Raistlin refletiu sobre a última vez que entrara como mestre.

Desta vez, ele era ninguém.

CAPÍTULO QUINZE

O vestíbulo da torre era pequeno, austero e escuro. Magius ergueu o cajado, e sua luz brilhou no chão feito de blocos de mármore branco, vermelho e preto com o símbolo do Olho em ouro. Uma escada em espiral levava aos aposentos superiores. Eles ouviram o toque distante de um sino anunciando sua chegada.

— Não temos permissão para avançar sem um acompanhante — explicou Magius. — Devemos esperar até que um aprendiz venha nos buscar.

Eles logo ouviram passos de alguém descendo as escadas. Um mago ofegante e de aparência assustada estava agachado no fim do corredor.

— Parem onde estão! — O mago segurava uma varinha de cristal, apontada diretamente para eles. — Quem são vocês e o que querem?

Raistlin não tinha ideia do que a varinha fazia, mas não queria correr riscos. Ele ergueu as mãos, com as palmas abertas, para mostrar que não era uma ameaça. Magius olhou para o mago com desgosto.

— Rodolfo, sou eu, Magius! O que está fazendo apontando essa varinha para mim? Você poderia explodir minha cabeça!

Rodolfo olhou atentamente para Magius, depois abaixou a varinha, embora continuasse a olhá-los com desconfiança.

— Lamento não tê-lo reconhecido imediatamente, Magius, mas já se passaram dez anos — desculpou-se Rodolfo, rígido. — Estamos todos nervosos desde que os minotauros chegaram. Quem é seu companheiro?

— Raistlin Majere, escolta da filha de um cavaleiro que foi forçada a fugir de sua casa pelos exércitos da Rainha das Trevas.

— Sinto muito por sua senhora, Irmão — solidarizou-se Rodolfo, em tom seco —, mas muitos de nós compartilhamos destino semelhante hoje em dia. Por que veio até aqui, Magius? Se está procurando um porto seguro, não o encontrará aqui. A torre está sitiada.

Magius o encarou incrédulo.

— Sob cerco? Quem está sitiando vocês? Acabamos de ver o bosque derrubar um galho de árvore do tamanho de uma casa em cima de um minotauro. Eles não chegarão perto deste lugar enquanto o mestre permanecer aqui para defendê-lo.

— Eu pergunto de novo, o que você quer? — Rodolfo perguntou, imperativo e carrancudo.

— Precisamos falar com Snagsby — explicou Magius. — O assunto é extremamente urgente.

— *Mestre* Snagsby não está recebendo visitas — declarou Rodolfo.

— Eu imaginei isso quando tentei viajar pelos portais apenas para descobrir que ele os havia fechado — comentou Magius.

— Então você deveria ter entendido o recado e ficado longe. Do jeito que as coisas estão, perdeu seu tempo. Desejo-lhe uma boa viagem de retorno para casa.

Rodolfo deu meia-volta e começou a subir as escadas.

Magius apontou para o Olho no chão, pisou nele e fez sinal para que Raistlin se juntasse a ele. Magius bateu no Olho com o cajado e, no instante seguinte, Raistlin se viu parado ao lado de Magius no centro de uma câmara grande e elegantemente decorada, ocupada por vários aprendizes em mantos brancos, que se agitavam em atividade frenética. Alguns estendiam panos sobre os móveis, enquanto outros enrolavam os tapetes ou empacotavam objetos em baús, caixotes e cofres. Havia aqueles, ainda, que tiravam os livros das prateleiras às pressas e os guardavam em caixotes de madeira.

Eles estavam tão concentrados em seu trabalho que ninguém pareceu notar a chegada dos dois.

— O que, pelo Abismo, está acontecendo? —perguntou-se Magius em voz alta.

Enquanto ele e Raistlin observavam perplexos, dois aprendizes entraram correndo na câmara, um carregando o que parecia ser um par de óculos e o outro, uma capa.

— Começo a entender. São artefatos mágicos — explicou Magius em voz baixa para Raistlin. — Aqueles dois são os Óculos de Identificação de Inimigos e a Capa de Desaparecimento.

Os dois aprendizes entregaram os artefatos a um terceiro, que com cuidado os acondicionou dentro de um grande baú reforçado com ferro. Eles foram seguidos por um homem alto de manto branco que começou a inspecionar os baús e criticar a embalagem.

— Aquele é Snagsby — indicou Magius.

Ao som de sua voz, uma das aprendizes finalmente os viu. Ela arquejou.

— Temos visitas, mestre.

Snagsby virou-se depressa. Raistlin o reconheceu como uma pessoa com rosto de político, do tipo que pode ser todas as coisas para todos e não ser sincero em nenhuma delas. Nesse caso, o rosto estava carrancudo.

— Magius! O que você está fazendo aqui? Não é bem-vindo.

— Mestre Snagsby — cumprimentou Magius em tom doce, fazendo uma reverência respeitosa. — Faz muito tempo desde que nos vimos.

Snagsby tinha uma expressão severa.

— Não o bastante no que me diz respeito. Selei os portais para impedir a entrada de visitantes. Estou muito ocupado para lidar com você ou seu companheiro. Ele olhou para Raistlin. — Eu não o conheço. Quem é você?

Raistlin ia responder quando foi interrompido por Rodolfo, que entrou correndo na sala, ofegante.

— Sinto muito, mestre! Eu tentei detê-los!

— Fique aqui para escoltá-los para fora — ordenou Snagsby.

— Sim, mestre — assentiu Rodolfo. — Por aqui, Irmãos.

— Vejo que está fazendo as malas, mestre — disse Magius, ignorando Rodolfo. — Está indo a algum lugar?

— Devido à crise atual, meus alunos e eu estamos nos mudando para a Torre da Alta Feitiçaria em Istar — respondeu Snagsby. — Estamos levando os artefatos mais valiosos conosco.

— Quem vai ficar para defender a torre? — questionou Magius.

— Ninguém — declarou Snagsby. — É perigoso demais.

— Não pode fazer isso, mestre! — esbravejou Magius. — Se você abandonar a torre e não deixar ninguém para defendê-la, Takhisis a tomará!

— Rodolfo, leve esses dois para fora e certifique-se de que eles fiquem fora!

Snagsby virou-se para gritar com um aprendiz.

— Cuidado com essas manoplas de cristal!

Magius estava respirando com dificuldade, mal contendo seu temperamento.

— O Conclave sabe que você está abandonando seu posto?

— Já que você não é um membro, isso não é da sua conta — retrucou Snagsby, seco. Ele se aproximou para pegar um frasco de vidro do aprendiz. — Nós não empacotamos as poções com os pergaminhos! Elas podem vazar. As poções vão no cesto forrado de palha. Devo fazer tudo sozinho?

Rodolfo puxou a manga de Magius.

Magius virou-se para ele.

— Toque-me de novo e eu o transformarei no sapo que você é!

Rodolfo olhou para Magius com inimizade, mas recuou um passo.

Durante todo esse tempo, Raistlin observou os artefatos, esperando ver o Dispositivo de Viagem no Tempo entre eles. Como o Dispositivo poderia estar na forma de pingente, ele manteve uma vigilância especial sobre as joias, mas não conseguiu localizá-lo.

Ele notou uma das aprendizas manuseando cuidadosamente um globo de cristal e cutucou Magius com o cotovelo para chamar sua atenção para ela. Magius a observou atentamente.

— É ele — disse ele baixinho. — O orbe de dragão! Está vendo o Dispositivo?

Raistlin balançou a cabeça.

Ficaram vendo a aprendiz colocar com cuidado o orbe de dragão em uma bolsa de veludo branco e depositá-lo suavemente em um baú. Mestre Snagsby endireitou-se de seu trabalho com as poções. Ao avistar Magius, fechou a cara.

— Por que ainda está aqui? — perguntou ele com amargor.

— Acabamos de chegar da Torre do Alto Clérigo, onde os cavaleiros pretendem resistir aos exércitos da Rainha das Trevas. Como deve estar ciente, mestre, os cavaleiros enfrentam um poderoso dragão vermelho conhecido como Immolatus e eles não têm armas que possam detê-lo. Estou aqui para pedir emprestado o Orbe dos Dragões para nos auxiliar na batalha.

Raistlin estava observando a aprendiz com a bolsa de veludo. Ela não estava prestando muita atenção à conversa até aquele momento, mas com a menção da Torre do Alto Clérigo, levantou a cabeça em choque e preocupação. Era uma jovem de cerca de dezoito anos, com cabelos longos, lisos e escuros. Suas feições o lembravam de alguém, embora ele não pudesse determinar quem.

— Está fora de questão — respondeu Snagsby. — Estamos levando o orbe para Istar, onde estará seguro.

— O orbe não foi criado para ser mantido seguro — retrucou Magius. — Ele foi criado para lutar contra dragões!

— Para ajudar *os magos* a lutar contra dragões, não cavaleiros — afirmou Snagsby. — Onde estavam os cavaleiros quando Palanthas foi atacada? Escondidos em sua torre, é onde estavam.

— Eles estavam cavalgando para libertar Palanthas quando foram atacados pelo dragão vermelho — argumentou Magius em voz baixa. Ele cerrou os punhos. — Muitas centenas de cavaleiros e refugiados morreram por suas chamas.

A jovem aprendiz levou a mão à boca. A cor sumiu de seu rosto e ela rapidamente se levantou.

— Não posso fazer nada por você — declarou Snagsby friamente. — Tem minha permissão para abordar o assunto na próxima reunião do Conclave. Adeus. Rodolfo, eu dei uma ordem. Escolte esses cavalheiros para fora.

— Eu tenho uma pergunta, mestre — declarou Raistlin. — Estou procurando o Dispositivo de Viagem no Tempo. Sabe onde está?

— Nunca ouvi falar disso — disse Snagsby.

— Deve saber alguma coisa do Dispositivo, Mestre Snagsby — replicou Raistlin. — É um artefato raro e antigo.

— Não tenho como saber de todos os artefatos em Krynn — respondeu Snagsby, sarcástico.

— Eu sei que está familiarizado com o Dispositivo de Viagem no Tempo, mestre — interveio Magius. — Você o mostrou para mim da última vez que estive aqui. Estava tentando me impressionar, naquela época, pelo que me lembro, pensando em cair nas boas graças de minha família rica até descobrir que me deserdaram.

— Não sei do que você está falando — retrucou Snagsby bruscamente. — Quanto ao Dispositivo, se estava aqui naquela época, não está aqui agora. Eu não sei nada sobre ele. Vou para o meu laboratório arrumar meus papéis. Espero que já tenham ido embora quando eu retornar.

Snagsby saiu da sala. Raistlin viu dois dos aprendizes se entreolharem. Uma delas era a moça que reagira com tanta veemência à notícia do ataque na passagem. O outro era um rapaz. Eles confabularam baixinho um com o outro e então ambos se voltaram para Raistlin.

— Eu sou Anitra e este é Kelly. Sabemos do Dispositivo — declarou a mulher. — O mestre está certo, senhor. Não está aqui. Cerca de um ano atrás, ele o despachou para a torre de Wayreth, dizendo que o mestre daquela torre precisava dele. Kelly pode confirmar, pois ele o levou.

— Tem certeza de que era o Dispositivo de Viagem no Tempo, senhor? — perguntou Raistlin, saboreando a amargura do desespero.

— Sinto muito, Irmão, pois posso notar que sua necessidade é desesperada — disse Kely. — Mas sei que o Dispositivo não está aqui. Eu mesmo o levei para Wayreth. Que Solinari seja minha testemunha.

— Nós poderíamos viajar para Wayreth nos caminhos da magia — sugeriu Magius, apenas para ver Anitra balançar a cabeça.

— O mestre de Wayreth também selou aquela torre por medo de ataque. Não conseguiriam entrar.

— Além disso, a torre só pode ser encontrada por aqueles que o mestre convida a buscá-la — declarou Raistlin. — Caso contrário, o Bosque de Wayreth impede a entrada.

Rodolfo os confrontou.

— Já que não tem mais assuntos a tratar aqui, Magius, deve ir embora e levar seu amigo com você. Se não partir imediatamente, serei forçado a convocar os espectros.

— Volte ao seu trabalho, Rodolfo. Esses Irmãos não precisam de escolta — disse Anitra. — Eles sabem o caminho, e eu preciso de seu conselho sobre onde guardar o Bracelete de Nutrição.

Rodolfo pareceu indeciso, visivelmente não confiando neles.

— Por favor, Rodolfo — pediu Anitra. — Não quero colocá-lo no lugar errado.

— Cuidado para não tropeçar na escada e quebrar o pescoço — disse Rodolfo a Magius.

Ele se afastou, indo inspecionar o baú. Anitra deu a Magius um olhar intenso.

— Vá — balbuciou, em seguida acrescentou: — Confie em mim! — Ela se virou e foi falar com Rodolfo.

Magius a encarou, ponderando, então disse em voz alta:

— Vamos embora, Irmão. Não há mais nada que possamos fazer aqui.

Ele e Raistlin desceram as escadas que contornavam o eixo central da torre. Parecia infinita. Magius fez o globo em seu cajado brilhar no trajeto escuro, e eles continuaram a longa descida.

— Lamento que não tenha encontrado o Dispositivo, Irmão — disse ele.

Raistlin assentiu, não confiando em si mesmo para falar.

— Quando a guerra terminar, faremos uma petição ao mestre em seu nome, obteremos um convite e viajaremos para Wayreth.

— Isso pode levar meses ou mais — comentou Raistlin. — Seria tarde demais. Sem o Dispositivo de Viagem no Tempo, estamos presos aqui e a Gema Cinzenta também. Nossa própria presença já mudou a história até certo ponto. Quanto mais tempo permanecermos, maiores serão as chances de que a Gema Cinzenta cause danos irreparáveis. E se o pior acontecer? E se Takhisis descobrir que a Gema Cinzenta está aqui? Ela não mediria esforços para colocar as mãos nela.

— Você poderia levar a Senhora Destina e a Gema Cinzenta para um lugar seguro — sugeriu Magius.

— E que lugar em Krynn é seguro? — questionou Raistlin. — Se a Torre do Alto Clérigo cair, Takhisis governará toda a Solâmnia e, depois, o mundo.

— Eu notei que você diz "se", Irmão, e não "quando" — observou Magius friamente. — Estou certo em presumir que a Torre do Alto Clérigo *não* cairá? Que Solâmnia está a salvo?

Raistlin amaldiçoou a si mesmo. Estava tão chateado que não prestou atenção ao que estava dizendo.

— Pode presumir o que quiser — respondeu Raistlin secamente. — Destina carrega o Caos em volta do pescoço. Se os cavaleiros mantiveram a torre daquela vez, podem perdê-la agora. Uma coisa eu sei. Ganhando *ou* perdendo, se Takhisis puser as mãos na Gema Cinzenta, ela se tornará tão poderosa que nem mesmo os outros deuses serão capazes de detê-la. Não podemos deixar que isso aconteça.

— Então temos um objetivo claro, Irmão — respondeu Magius. — Devemos impedir que a Rainha das Trevas ponha as mãos nela.

Eles continuaram descendo as escadas em silêncio, cada um absorto nos próprios pensamentos sombrios, e ambos ficaram intensamente surpresos ao ver Anitra se materializar na escada bem na frente deles. Raistlin tinha as palavras para um feitiço em seus lábios e Magius ergueu o cajado.

— Não quero lhes fazer mal! — exclamou Anitra.

Magius suspirou de alívio.

— Você me assustou demais, Irmã! Achei que fosse um dos espectros de Snagsby.

— Não queria assustá-los — disse Anitra, sorrindo. Ela estendeu uma bolsa de veludo branco. — Queria lhe entregar o Orbe dos Dragões. Ouvi você dizer que precisava dele para defender a Torre do Alto Clérigo.

— Foi isso que quis dizer quando falou comigo! — disse Magius. — Mas temo que esteja arriscando muito, Irmã. O mestre ficará furioso.

Anitra deu de ombros.

— Ele não vai perceber que está faltando até chegar a Istar.

— Estou em dívida com você, Irmã — declarou Magius, aceitando a bolsa.

Anitra o fitou ansiosamente.

— Sabe que deve primeiro obter o controle do orbe antes de poder usá-lo, e isso é extremamente perigoso. O dragão dentro do orbe tentará controlar você.

— Foi o que ouvi falar — admitiu Magius. — Estou preparado para correr o risco.

— Admiro sua coragem. — Anitra sorriu. — Aqui está um livro que contém informações que você precisará sobre o orbe.

Raistlin pegou o livro, enquanto Magius abria a bolsa de veludo e espiava seu interior.

— Não vejo nada além de uma bola de gude de criança.

— O orbe encolhe para se proteger — esclareceu Anitra. — O livro explica. Preciso lhe fazer uma pergunta, Irmão, antes de você partir. Você disse que os cavaleiros estavam cavalgando para retomar Palanthas quando o dragão vermelho os atacou e os matou.

— Isso infelizmente é verdade, Irmã. Eles escoltavam centenas de refugiados de volta para Palanthas quando o dragão atacou. Até onde sabemos, não houve sobreviventes.

Anitra tentou falar e teve que fazer uma pausa para limpar a garganta.

— Sabe se... um cavaleiro chamado Titus Belgrave estava entre os que morreram? Pergunto porque ele é meu pai.

— O Comandante Belgrave é seu pai! — repetiu Magius, atônito.

— Eu sou Anitra Belgrave. Por quê? Você o conhece? Ele ainda está vivo?

— Muito — respondeu Magius, seco. — Agora está no comando da Torre do Alto Clérigo. Meu amigo e eu somos magos de guerra servindo com ele.

— Fico tão contente! — disse Anitra, aliviada. — Embora eu deduza pela sua expressão que meu pai está dificultando a vida para vocês. Ele não gosta muito de magos.

— Isso é verdade — concedeu Magius. — Acho estranha a desconfiança dele, considerando que a própria filha é uma aprendiz de maga.

— Papai não aprovou minha escolha de profissão, mas me respeitou o suficiente para permitir que eu a seguisse — explicou Anitra.

— Deve saber que seu pai está preocupado com você — disse Raistlin. — O comandante mencionou que fez esforços para descobrir se a torre e os que estavam dentro dela estavam seguros.

A expressão de Anitra se iluminou.

— Ele fez? Fico feliz. — Ela olhou de volta para as escadas. — E agora devo retornar ao meu trabalho antes que o mestre sinta minha falta.

— Por favor, Irmã, sabe alguma coisa sobre o Dispositivo de Viagem no Tempo? — Raistlin perguntou, desesperado. — É possível que seu colega aprendiz esteja enganado?

Anitra balançou a cabeça.

— Sinto muito, Irmão, mas não há dúvida.

— E você tem certeza de que o mestre trancou a torre? — perguntou Raistlin.

— Takhisis ameaça o mundo, Irmão — declarou Anitra em tom grave. — Não apenas a nossa pequena porção dele.

Antes de sair, ela entregou a cada um deles um amuleto em forma de borboleta feito de prata.

— Esses amuletos os levarão com segurança pelo bosque. O mestre geralmente os fornece aos visitantes, mas ele está tão chateado que deve ter esquecido de entregá-los a vocês.

— Tenho certeza de que deve ser o caso — concordou Magius, seus lábios se curvando.

Anitra notou o desprezo em sua voz.

— Mestre Snagsby não é um homem mau, apenas fraco. E não temam que Takhisis tome conta da Torre da Alta Feitiçaria, Irmãos. Ainda não contamos ao mestre, mas meus colegas aprendizes e eu não planejamos viajar para Istar com ele. Permaneceremos para defender a torre.

— Eu honro sua coragem, Irmã — disse Magius, olhando para ela com admiração. — Que os deuses da magia lutem ao seu lado.

— E que eles abençoem vocês e meu pai, quer ele goste ou não — respondeu Anitra. — Diga a ele que envio meu amor e que, conforme ele me ensinou, não abandonarei meu dever.

Ela desapareceu tão depressa quanto surgira. Magius ficou olhando para o lugar onde ela estivera por um momento antes de continuar descendo as escadas.

— Por Lunitari, eu ficaria e lutaria ao seu lado se não tivesse que combater este maldito dragão. Um punhado de magos aprendizes deixados para trás para enfrentar a Rainha das Trevas. Como acha que eles vão se sair? Poucas criaturas vivas podem enfrentar o terror do bosque, mas isso não vai parar Chemosh e seus mortos-vivos.

— Nuitari é mais do que páreo para Chemosh — respondeu Raistlin.

Ele conhecia um pouco do poder do deus da lua escura, tendo lhe servido por algum tempo.

— Os deuses da magia manterão a torre segura enquanto puderem.

— Takhisis primeiro concentrará todos os seus esforços na Torre do Alto Clérigo — observou Magius, taciturno. — Mas se ela cair, temo que esta também cairá.

Raistlin sentiu seus pulmões começarem a queimar. Começou a tossir e teve que se apoiar na parede para não cair. Magius esperou com ele, observando-o com grande aflição. Quando o som de sua tosse ecoou pela escada, Raistlin pensou ter visto olhos encarando-o na escuridão. Provavelmente os espectros de Snagsby. Por fim, o espasmo cedeu e ele conseguiu respirar de forma trêmula.

— Está bem o bastante para continuar? — perguntou Magius, preocupado.

— Estou tão bem quanto jamais estarei — disse Raistlin, enxugando os lábios. — Embora eu admita que não tenho pressa em voltar para meus amigos. Como posso dizer a eles que não consegui encontrar o Dispositivo e que estamos presos aqui para nos afogar no Rio do Tempo?

Chegaram ao pé da escada. A porta se abriu por conta própria, como se estivesse ansiosa para conduzi-los para fora. Eles não tiveram que enfrentar os terrores do bosque, pois o amuleto de Anitra os transportou magicamente pela floresta e os depositou em segurança na rua.

O sol estava deslizando para o oeste. Era fim de tarde e as árvores do bosque projetavam longas sombras na rua deserta. Os cidadãos de Palanthas estariam trancados em suas casas, com medo de se arriscar do lado de fora, e os minotauros provavelmente não se aproximariam do bosque por um bom tempo. Raistlin e Magius caminharam pela rua deserta, mantendo-se nas sombras.

— Os magos levam vidas solitárias, como você bem sabe — comentou Magius. — Em especial, aqui em Solâmnia, onde somos vistos com suspeita e desconfiança. Quando comecei a mostrar alguma inclinação para a magia, minha mãe convocou um clérigo de Mishakal para me "curar". Quando economizei meu dinheiro para comprar meu primeiro livro de feitiços, meu pai o encontrou e me bateu. Huma foi a única pessoa que me defendeu. Ele lutou minhas batalhas, mas nunca entendeu de verdade. Ele me perguntou, antes de eu fazer o Teste, como eu poderia arriscar minha vida pela magia.

Magius sorriu para Raistlin.

— Essa é minha maneira de dizer que sinto prazer em conversar com alguém que me entende. Isso é muito egoísta de minha parte, Irmão, mas eu sou uma pessoa egoísta. Fico feliz por você ficar.

Raistlin ficou satisfeito e emocionado. Assim como Magius, nunca tivera um amigo que conhecesse o calor da chama dos deuses.

— Tive mais sorte enquanto crescia — revelou Raistlin. — Quando meus pais morreram, minha irmã mais velha, Kitiara, passou a cuidar da nossa criação. Ela percebeu que meu irmão gêmeo, Caramon, e eu precisaríamos de uma forma de ganhar a vida. Ela ensinou Caramon a manejar uma espada e encontrou um mago que dirigia uma escola de magia e o convenceu a me aceitar como aluno.

— Sua irmã parece ser uma pessoa extraordinária — disse Magius.

— Ela era — concordou Raistlin. — Ela acabou servindo à Rainha das Trevas.

Magius ergueu uma sobrancelha.

— E quanto ao seu irmão?

— Caramon é um homem bom, honesto e leal. Ele me amou mais do que eu merecia. Mas, como você disse, ele nunca entendeu. — Raistlin fez uma pausa e acrescentou baixinho: — Não tenho certeza se queria que ele entendesse.

Magius assentiu, compreendendo. Ambos enfiaram as mãos nas mangas dos mantos e continuaram a descer a rua. Avistaram a taverna, a Noite do Olmo, e pararam à sombra de um prédio perto do beco para examinar a situação.

A disputa na rua devia ter acabado, pois não havia minotauros por perto e via-se uma grande quantidade de sangue nas pedras do calçamento. Podiam ouvir uma festa barulhenta acontecendo dentro da taverna, talvez o vencedor comemorando.

— Pergunto-me se ganhei algum dinheiro? — comentou Magius. — Eu devia entrar para perguntar.

— Acho que você é louco o suficiente para fazer isso — comentou Raistlin.

Magius riu.

— Eu o faria se não tivesse este orbe de dragão sob meus cuidados.

Eles estavam prestes a continuar quando avistaram um minotauro descendo a rua, vindo em sua direção. Por um momento, temeram que ele estivesse vindo atrás deles, mas ele passou pelos dois sem olhá-los e entrou na taverna, quase arrancando a porta das dobradiças. Berrou um alerta e, no momento seguinte, vinte ou mais minotauros bêbados irromperam da taverna, aos empurrões. Aqueles que ainda eram capazes de andar cambaleavam o mais rápido que conseguiam. Outros tentaram, mas não foram muito longe antes de desmaiar na rua. Alguns foram auxiliados pelos amigos a se levantar. Outros foram deixados onde haviam caído.

— O que está acontecendo? — quis saber Raistlin.

— Aquele brutamontes os avisou de que uma patrulha costeira de minotauros está chegando — explicou Magius. — Não se preocupe. Não estão aqui para nos prender, mas o farão se nos virem, então é melhor nos retirarmos para o beco.

Seis minotauros vieram marchando pela rua. Tinham sabres em seus arreios e carregavam porretes e maças. Dois entraram na taverna e arrastaram um humano, provavelmente o dono, acorrentado. Os outros quatro perseguiram os minotauros que estavam bêbados demais ou muito lentos para escapar. Quando os capturaram, bateram neles com seus porretes e então os levaram arrastados. Antes de partir, os minotauros fecharam a taverna, rabiscaram um X na porta, trancaram-na com cadeados e continuaram suas rondas.

— Minotauros não toleram embriaguez — explicou Magius. — Sargonnas ensina que ela é uma demonstração de falta de autodisciplina. Sorte a nossa, pois agora podemos escapar sem ser observados e nos despedir agradecidos de Palanthas.

Magius afastou o lixo de uma área do beco, desenhou um círculo na lama no chão e ele e Raistlin entraram. Ele lançou o feitiço de teletransporte, e eles se encontraram mais uma vez na silenciosa e deserta biblioteca da Torre do Alto Clérigo.

— Está cansado depois de nossas aventuras? — perguntou Magius.

— Não muito — disse Raistlin.

— Ótimo. Venha comigo até o Alto Mirante. A vista é espetacular.

Ele estendeu o cajado. Raistlin o segurou e eles subiram uma estreita escada em espiral até o último andar da Torre do Alto Clérigo. De formato circular, o Alto Mirante era aberto para os céus. Um muro projetado para se assemelhar a uma coroa formava uma barreira decorativa e protetora. Uma torre menor, conhecida como Ninho do Martin-pescador, erguia-se do centro.

— Quando eu estive aqui, sentinelas guarneciam o Alto Mirante — comentou Magius. — Suponho que o comandante não tem homens suficientes para designá-los ao posto.

Magius e Raistlin apoiaram os cotovelos no muro e observaram as planícies e as montanhas além. Magius não parecia inclinado a falar e, de sua parte, Raistlin ficou contente em permanecer em silêncio, pensando em como ia dar a notícia a seus companheiros.

Assistiram ao sol se pôr atrás das montanhas, deixando para trás apenas o arrebol. O céu acima deles estava limpo e pontilhado de estrelas fracas. Nas planícies abaixo, podiam ver o que pareciam incontáveis estrelas alaranjadas brilhando sinistramente na escuridão, fogueiras inimigas.

— Há muito mais esta noite do que na anterior — observou Magius.

— E haverá o dobro desse número amanhã à noite e mais na próxima. Pelo menos temos o orbe de dragão. Tenho pensado em como usá-lo. Os magos que criaram os orbes convocaram dragões malignos para a torre e os mataram com magias letais. Pretendo fazer o mesmo. Ficarei aqui no Alto Mirante, depois comandarei o orbe para invocar Immolatus e o restante dos dragões da Rainha das Trevas, e os matarei com minha magia.

— Está deixando de fora uma questão importante — apontou Raistlin. — Legiões de conjuradores poderosos usaram os orbes de dragão quando os dragões atacaram a Torre da Alta Feitiçaria. Somos apenas dois... e sabe-se lá quantos dragões.

—Apenas dois. Está me dizendo que lutará ao meu lado? — perguntou Magius, satisfeito.

— Lutarei, contanto que uns bons seis metros nos separem — Raistlin disse. — Não quero estar no alcance do seu "Goblin Escaldado".

Magius riu.

— Aposto cinquenta pratas que acerto o dragão com meu primeiro feitiço.

— Uma aposta segura, já que você sabe que não temos esperança de sobreviver a este confronto — retorquiu Raistlin. — Como eu disse, estamos em grande desvantagem numérica.

—Talvez você esteja certo — admitiu Magius, calmo, olhando para as estrelas. — Mas imagine como será invocar o raio das nuvens e lançar relâmpagos flamejantes contra nosso inimigo. E se morrermos, morreremos com a glória de Lunitari brilhando sobre nós e a chama da magia em nossos corações. Morreremos com a magia ardendo em nosso sangue!

Raistlin não confiava em si mesmo para responder. Pois, de acordo com a história, Magius não morreria da forma gloriosa que imaginava. Ele teria uma morte terrível por tortura no acampamento do dragão. Raistlin perguntou-se o que aconteceria com a história se Magius não morresse. Ele era, afinal, apenas uma gota no Rio do Tempo. A história celebrava Huma, mas apenas os magos se lembravam de Magius. Entretanto, o mundo poderia se lembrar dele de pé no topo do Alto Mirante, lançando raios em um dragão.

— Mas primeiro preciso obter o controle do orbe de dragão — Magius estava dizendo. — Voltarei para meu quarto com ele, pois provavelmente não serei perturbado lá. Sabe alguma coisa sobre como controlar um orbe de dragão?

Raistlin sabia muito sobre o assunto. As lembranças horríveis de sua batalha para controlar um orbe de dragão eram envoltas em névoa, e ele as deixou enterradas, encobertas pelo tempo.

— Mesmo se soubesse, minha experiência não o ajudaria — respondeu Raistlin. — Cada mago deve lutar esta batalha sozinho.

— Não estou ansioso por isso — admitiu Magius. — Como Anitra nos falou, dizem que é uma provação terrível. Enquanto isso, devemos manter o orbe de dragão em segredo. Não contaremos nada a ninguém.

— No que diz respeito aos meus amigos, eu fui para a Torre da Alta Feitiçaria para buscar o Dispositivo de Viagem no Tempo e falhei — disse Raistlin.

Magius repousou a mão no ombro de Raistlin em silenciosa comiseração. Eles deixaram o Alto Mirante. A magia do cajado os fez flutuar escada abaixo até o sexto andar.

— Obrigado por me acompanhar — disse Magius. — Lamento que não tenha encontrado o que procurava, mas gostei de nossa aventura. Aqueles minotauros que tentaram entrar no bosque provavelmente ainda estão correndo.

— Devem estar a meio caminho de Mithas agora — concordou Raistlin, sorrindo.

— Boa noite, Irmão.

Magius apertou a mão de Raistlin, depois entrou em seus aposentos e fechou a porta.

Raistlin foi para seu quarto e acendeu o lampião. Tinha consciência de que deveria ir dar a má notícia para os amigos, que deviam estar esperando impacientemente para saber. Já estariam preocupados, pois ele tinha ficado fora muito mais tempo do que lhes dissera. Mas estava cansado demais para lidar com o desespero deles.

Primeiro, precisava superar o próprio.

— Afinal — refletiu com tristeza —, não é como se eu precisasse me apressar. Nenhum de nós vai a lugar algum.

Alguém, provavelmente Destina, foi atencioso o bastante para lhe deixar uma bandeja de comida. Ele se alimentou de leve e bebeu um pouco de vinho, depois sentou-se para memorizar seus feitiços.

Mas as únicas palavras que conseguia ouvir eram aquelas ditas por Magius. Podia imaginar os dois parados no topo da Torre do Alto Clérigo banhados na luz abençoada de Lunitari, lançando chamas e relâmpagos enquanto os dragões os atacavam.

— Morrer com a magia ardendo em nosso sangue... — murmurou Raistlin.

CAPÍTULO DEZESSEIS

Tasslehoff estava acostumado a passar a noite em celas de prisão e ficou feliz por ter a chance de ver as celas da prisão na Torre do Alto Clérigo, já que não as tinha visto da última vez que estivera nela. Teria gostado mais delas se as tivesse visto de fora, no entanto, não de dentro.

As masmorras com certeza eram tudo o que ele esperava. As celas eram arrumadas e limpas. Ele tinha um colchão de palha fresco em um catre, não no chão, e um cobertor que não cheirava a xixi de gato. Mas logo descobriu que, embora essa masmorra fosse certamente mais confortável do que a maioria, também era mais entediante.

Quando estava preso com seus companheiros kender, eles se divertiam muito esvaziando suas bolsas, comparando tesouros interessantes e ouvindo sobre as aventuras uns dos outros. Nesta cela, ele estava sozinho. A porta de ferro tinha uma grade no topo, mas ele era tão baixo que, para ver pela grade, teve que arrastar o catre até a porta e subir nele, apenas para descobrir que não havia nada para ver, exceto mais portas de ferro com grades.

Tentou conversar com o carcereiro, mas o homem estava de mau humor. Ele tinha sido severamente repreendido por Will por deixar a elfa escapar.

— Pelo menos ela escapou desta armadilha mortal — dissera o carcereiro. — Quando o dragão chegar, o restante de nós vai morrer neste maldito lugar.

— Se vocês simplesmente falassem com os gnomos — Tas gritou de sua cela. — Eles têm lanças de dragão!

Mas nenhum dos dois homens havia prestado atenção nele, ou talvez não pudessem escutá-lo. Então, ele ouviu Will ir embora, e tudo ficou quieto.

Tas suspirou profundamente. O carcereiro tinha tirado suas algibeiras, então ele não tinha nada com o que ocupar a mente, e começou a pensar que era hora de ir embora. A cela não era apenas entediante, mas também o impedia de salvar a canção. Alguém tinha que encontrar as lanças de dragão e, embora ele repetidamente dissesse às pessoas onde procurar, nenhuma delas parecia estar interessada em ir atrás delas.

A tarefa recaia sobre ele.

Um dos ditados favoritos dos kender é: "Quando as celas se tornam entediantes, os entediados vão embora".

Tas previu que talvez precisasse de uma saída e, enquanto o carcereiro tentava desembaraçar as alças das bolsas do kender e pegar aquelas que Tas havia deixado cair e tomar as bolsas que Tas ficava pegando de volta, Tas conseguiu tirar seus instrumentos de arrombar fechaduras de uma bolsa e enfiá-los nas meias.

Pegando os instrumentos, selecionou um, inseriu-o na fechadura e ouviu o som mais satisfatório do mundo: o clique de uma fechadura abrindo.

Tas aguardou para sair até ver o carcereiro passando por sua cela, carregando uma bandeja de comida. Enquanto o carcereiro abria a porta da cela do outro prisioneiro, Tas escapou. Ficou tentado a pegar pelo menos algumas de suas bolsas, que estavam penduradas em ganchos na parede, mas então ouviu o carcereiro retornando.

Para economizar o tempo de longas explicações sobre por que não podia ficar trancado quando tinha que salvar a canção, Tas pegou seu hoopak e sua garrafa de água mágica de tartaruga, pegou emprestado o lampião do carcereiro e saiu correndo. Não precisava se preocupar em recuperar a Matadora de Goblins, que o carcereiro havia trancado em um armário, pois sabia que a faca voltaria a ele.

Tas acendeu o lampião e subiu correndo as escadas até o primeiro andar da Torre do Alto Clérigo. Passou vários momentos se perdendo, então finalmente localizou o caminho por onde tinham entrado, que Magius chamara de Portão Nobre. As enormes portas de pau-ferro na entrada da torre estavam trancadas. Isso não deveria ser um problema, e Tas estava ligeiramente animado com a perspectiva de arrombar a fechadura até que percebeu com um suspiro que era um ferrolho, e nenhuma gazua kender jamais feita poderia forçá-lo a abrir. Precisava encontrar outra saída.

Ele vagou com o lampião e se deparou com uma sala em algum lugar entre o Portão Nobre e outra chamada Portão Mercador, que parecia promissora. Letras douradas na porta diziam que se chamava *Sacristia*.

A porta do cômodo estava trancada, mas a fechadura era tão simples que era quase um insulto. Tas abriu a porta e entrou. Ele havia perdido a noção do tempo, enquanto estivera na cela, e ficou desapontado quando olhou pela janela e descobriu que a noite tinha chegado quando não estava prestando atenção.

As noites eram bons momentos para aventuras, mas também tendiam a ser escuras, o que tornava difícil se orientar. Tas teve sorte esta noite, no entanto, porque tinha o lampião e Solinari estava brilhando intensamente, de modo que, assim que conseguisse escapar, seria capaz de ver para onde estava indo.

A sala era extremamente interessante, pois continha belas túnicas penduradas em cabides, muitos volumes de livros, elmos e outras peças de armaduras e armas, baús de madeira fechados e trancados, uma escrivaninha e uma porta que dava para fora. Esta porta não estava trancada, para sua decepção, então tudo o que teve que fazer foi abri-la. Ele lamentou não ter tempo para ver que coisas interessantes havia dentro dos baús, mas precisava salvar a canção.

Ele tinha seu novo hoopak para a estrada e, batendo no cinto, ficou feliz ao descobrir que a Matadora de Goblins não o havia abandonado. Não estava particularmente preocupado em ser atacado por goblins, kobolds ou hobgoblins. Estava muito mais apreensivo para se defender dos gnomos.

Pois, embora os gnomos fossem o povo mais manso e tranquilo da face de Krynn, não havia como negar o fato de que — com a possível exceção dos dragões — os gnomos também estavam entre os mais perigosos. Os gnomos não pretendiam representar um perigo à vida e aos membros do corpo. Eles não feriam intencionalmente as pessoas. Apenas tinham uma infeliz tendência a sofrer acidentes, sem falar em desastres, desgraças, catástrofes e calamidades. Caso você estivesse por perto durante um desses incidentes, isso não conduziria a uma vida longa, como diria Tanis.

Segundo a lenda, os gnomos eram um povo originalmente chamado de Ferreiros, cujas habilidades de forjar e inventar os levaram à adoração do deus da forja, Reorx. O deus amava os Ferreiros e os cobriu de bênçãos. Infelizmente, os Ferreiros se tornaram orgulhosos e mandaram Reorx ir pastar. Isso, compreensivelmente, irritou o deus. Ele amaldiçoou todos os gnomos com um desejo insaciável de inventar coisas e, em seguida, aumentou a maldição ao decretar que nenhuma das invenções deles jamais, sob quaisquer circunstâncias, funcionaria.

Diante disso, Tas talvez tivesse se perguntado sobre a capacidade dos gnomos de inventar as primeiras lanças de dragão. Mas como o tio Trapspringer estava envolvido, Tas tinha confiança de que a genialidade de Trapspringer superaria quaisquer deficiências gnômicas.

Tas gostou de estar do lado de fora. A noite estava boa e a estrada que atravessava os contrafortes, cruzando as planícies, estava deserta. Ele conseguia ver as fogueiras do exército do dragão vermelho, mas estavam a leste, e ele estava viajando para o oeste. A Torre do Alto Clérigo estava atrás dele e parecia muito bonita com a luz de Solinari iluminando-a, como se fosse feita de prata.

Continuou andando, e quando calculou que estava longe o suficiente da torre para que o comandante não fosse atrás dele, Tas sentou-se sob uma árvore para descansar os olhos. Como sempre acontecia quando descansava os olhos, adormeceu.

Quando acordou, era manhã. O sol estava alto. Os pássaros cantavam. A luz do sol se filtrava pelos galhos das árvores e uma brisa suave agitava as folhas. Tas tomou um gole de sua garrafa de água mágica e comeu um pouco de pão e carne que encontrou na mesa do carcereiro; achou que o carcereiro não ia dar falta; em seguida, continuou seu caminho.

Logo deparou-se com um dilema desconcertante. Chegando ao topo de uma colina, viu que a estrada se bifurcava em duas diferentes direções. Não tinha o mapa consigo e não fazia ideia de qual caminho tomar para encontrar a vila dos gnomos. Sentou-se para descansar e tentar descobrir que caminho seguir.

Ele havia acabado de decidir pegar a estrada para o noroeste quando ouviu um burburinho de vozes vindo do outro lado da colina. O primeiro instinto de Tas foi correr para o topo da colina para ver o que havia do outro lado. O segundo foi lembrar que Tanis sempre o alertara para olhar antes de pular. Tendo descoberto que este era um bom conselho no passado, Tas deslizou furtivamente pelos arbustos até chegar ao topo da colina e conseguir ver o que estava acontecendo.

As vozes não soavam como vozes de goblins, embora fosse difícil dizer, pois eram muitos e todos falavam ao mesmo tempo. Ele conseguia ouvir outros sons: estrépitos, roncos, tilintares, clangores, zumbidos, arrotos, chiados e assobios ocasionais.

Alcançando o topo da colina, ele olhou para baixo e teve uma visão surpreendente. Um verdadeiro exército de gnomos estava agrupado ao redor do que parecia ser uma enorme engenhoca. Uma balista gigantesca, feita de aço e do tamanho de uma árvore, estava aparafusada em uma gigantesca caixa também feita de aço e do tamanho de uma pequena casa.

A engenhoca aparentemente deveria ser impulsionada sobre o solo por numerosas rodas, que estavam alinhadas em fileiras embaixo. Pelo menos, Tas podia ver que era esse o plano, mas as rodas não estavam girando e a engenhoca não estava se movendo, apesar das nuvens de vapor saindo de um grande tanque afixado na parte de trás.

Alguns dos gnomos estavam parados ao redor da engenhoca, chutando as rodas, enquanto vários outros gnomos os observavam da janela de uma torre semelhante a um castelo montada na parte da frente da engenhoca. Estes gnomos estavam gritando com os gnomos que estavam chutando as rodas.

Tas pegou seu hoopak e desceu a colina correndo para ver mais de perto.

— Olá! — gritou ele, acenando com seu hoopak.

Os gnomos pararam de chutar as rodas da engenhoca e se viraram para encará-lo. Então, começaram uma longa discussão sobre se ele era amigo ou inimigo, e caso fosse um inimigo o que deveriam fazer com ele, e caso não fosse, se isso importava. Isso foi seguido por uma votação com erguer de mãos, após a qual um gnomo usando um longo avental de couro por cima da camisa e das calças veio falar com ele.

— Nós decidimos que você é amigo — declarou o gnomo.

Ele era baixo e atarracado, com cabelos alvos e uma barba macia, branca e encaracolada. Tinha a expressão de intensidade atormentada comum aos gnomos.

— Eu *sou* amigo — disse Tas, satisfeito. — Meu nome é Tasslehoff Pés-Ligeiros.

O gnomo fez uma reverência e lançou-se a dizer o próprio nome, e Tas percebeu imediatamente que havia cometido um erro terrível. O nome de um gnomo é um registro da história da família desse gnomo em particular, que remonta à Era dos Sonhos e poderia com facilidade preencher vários grandes volumes encadernados em couro. Era provável que esse gnomo levasse um dia e meio para terminar.

— A versão curta — Tas apressou-se em pedir.

O gnomo começou de novo e Tas lembrou-se que cada gnomo tinha três nomes: a versão longa, a versão abreviada da versão longa e a versão curta da versão curta.

— O mais curto nome curto — especificou Tas.

— Knopple — informou o gnomo.

Eles apertaram as mãos. Tas observou a engenhoca com admiração.

— É uma balista maravilhosa, Knopple. Nunca vi uma balista tão grande ou feita de aço com todas essas engrenagens e alavancas e aquelas coisas grandes e pontiagudas no topo.

— Vocênuncaviuumabalistacomoessaporquenãoéumabalista — respondeu Knopple, parecendo irritado.

Fazia muito tempo que Tas não convivia com gnomos e havia esquecido que eles falavam extremamente rápido, em especial quando estavam animados.

— Não quero magoar seus sentimentos, Knopple, mas precisa falar mais devagar — pediu Tas. — Não consigo entendê-lo quando junta todas as palavras.

Knopple soltou um suspiro exasperado. Seu rosto era enrugado como uma noz, mas isso não era necessariamente um sinal de velhice. Quase todos os rostos dos gnomos eram enrugados. Os gnomos alegavam que as rugas vinham de pensamentos profundos, mas Tas considerava mais provável que as rugas viessem de encolherem seus rostos para evitar serem feridos pelas explosões.

— Eu disse que você nunca viu uma balista como essa porque não é uma balista — repetiu Knopple.

— O que é? — perguntou Tas e no mesmo instante soube que havia cometido outro erro, porque Knopple orgulhosamente falou o nome da engenhoca.

— Orevolucionáriobangbangboomcanhãolançadordelançasmata--dorasdedragõeseexibiçãopirotécnicaaéreaavapor...

— Pare! — pediu Tas.

Knopple parou.

— O que isso faz? — perguntou Tas.

— Eu estava lhe dizendo — retrucou Knopple.

— Não tenho muito tempo — explicou Tas. — Alguns dos meus amigos estão presos dentro da Torre do Alto Clérigo prestes a serem atacados por um dragão muito feroz e eu preciso salvá-los, e a canção.

— Então esta arma é exatamente o que está procurando — declarou Knopple, e todos os gnomos ao redor deles aplaudiram. — Estamos a caminho daquela mesma torre para salvar os cavaleiros.

— Com uma balista? — questionou Tas, incerto.

— Não é uma balista! — gritou Knopple.

— Desculpe-me — disse Tas, contrito. — O que é?

— Alançapiquedardobaionetaarpãosetasacarolhasdedragão... — começou a explicar Knopple.

— Uma lança de dragão! — gritou Tas, entusiasmado, compreendendo a primeira e a última palavra. — Sempre ouvi dizer que vocês, gnomos, as inventaram, e eu estava a caminho de sua aldeia para dizer que os cavaleiros realmente precisam delas.

— Lança de dragão — repetiu Knopple várias vezes, rolando as palavras em sua língua.

Ele olhou para seus companheiros gnomos. Vários acenaram com a cabeça e começaram a discutir o novo nome. Isso levou algum tempo e deu-se outra votação com erguer de mãos. Knopple virou-se para Tas.

— Consideramos que o termo "lança de dragão" é simplista, mas soa bem. Portanto, concordamos em encaminhar o novo nome ao comitê de Títulos, Honoríficos, Epítetos, Rótulos e Apelidos. Você receberá um memorando.

Tas olhou para a engenhoca em dúvida. A lança de dragão que era uma balista que não era uma balista era de fato uma arma de aparência assustadora. O cabo de madeira que era quase do tamanho de uma árvore ostentava uma variedade de lâminas de aparência brutal.

— As lâminas giram — revelou Knopple, vendo Tas estudando-as.

— É realmente uma arma notável — comentou Tas. — Mas, e não quero ferir seus sentimentos, não é uma lança de dragão.

Knopple se ofendeu.

— Como você sabe o que é ou não uma lança de dragão, já que fomos nós que a inventamos e ninguém nunca viu uma antes? — Ele acrescentou com um bufo: — Todo mundo é crítico.

Tas começou a dizer que *já tinha* visto uma lança de dragão antes. Ele tinha visto muitas lanças de dragão. Mas então lhe ocorreu que as lanças de dragão que ele tinha visto estavam no futuro durante a Guerra da Lança. Talvez fosse assim que as lanças de dragão eram na época de Huma.

— Como funciona? — perguntou Tas, para acalmar o gnomo irado.

— Esse é o problema — explicou Knopple, com os ombros caídos. — No momento, não funciona.

Os outros gnomos balançaram a cabeça e voltaram a discutir e chutar as rodas.

— O que ela *não* está fazendo? — perguntou Tas.

— Nada — disse Knopple, o que não ajudou muito.

Tas tentou novamente.

— O que deveria estar fazendo?

Knopple iluminou-se e apresentou a engenhoca para Tas, exibindo com orgulho os pontos mais interessantes.

— Tornamos a lança de dragão muito mais eficiente do que uma balista, removendo a necessidade de aguilhões de torção e molas de tensão e substituindo-os por detonadores e pólvora.

Tas fez o possível para parecer impressionado, embora não tivesse a menor ideia do que era um aguilhão de torção, ou uma mola de tensão, ou até mesmo um detonador.

— Como você vê aqui — continuou Knopple —, a lança de dragão tem várias pontas de lança que são intercambiáveis dependendo do tipo de dragão. Nós as codificamos por cores para fácil referência com base no tipo de dragão: fúcsia, lavanda, roxo, lilás e mostarda.

— Nunca ouvi falar de um dragão mostarda — comentou Tas.

Knopple o encarou.

— Eles são extremamente ferozes, embora não tão ferozes quanto os lilás. Quer saber como isso funciona ou não?

Tas gostaria de ter ouvido mais sobre os dragões roxo e fúcsia, mas não queria irritar o gnomo.

— Por favor, prossiga. O que essa chaleira grande faz?

— Essa é a caldeira. Gera o vapor que gira as engrenagens que acionam as rodas que impulsionam a máquina pelo solo. Pelo menos — acrescentou, dando um suspiro — a teoria é essa.

Tas agora podia ver o problema. A caldeira fervia furiosamente e soltava vapor, mas as rodas não giravam. E ele não achava que chutá-las ajudaria.

— Por que vocês não a empurram? — perguntou Tas.

Os olhos de Knopple se arregalaram tanto que suas sobrancelhas quase voaram.

— *Empurrar!?* — repetiu ele, horrorizado. — Você disse *empurrar?*

Os outros gnomos ficaram igualmente horrorizados, e um desmaiou de choque com a simples ideia.

— A lança de dragão viaja por conta própria — declarou Knopple. — Não é para ser *empurrada!* — Ele pronunciou a palavra com uma ênfase explosiva.

— Mas há mais do que o suficiente de vocês — apontou Tas. — E ficarei feliz em ajudar. Se todos ficarmos atrás dela e nos esforçamos…

Mais dois gnomos desmaiaram de choque, e Knopple teve que se sentar e abaixar a cabeça entre os joelhos. Tas compartilhou um pouco da água de seu casco mágico de tartaruga e deu um tapinha nas costas de Knopple, e eventualmente ele se recuperou.

— Não podemos empurrá-la — disse ele fracamente. — De acordo com o professor Trapspringer…

— Quem? — interrompeu Tas.

— Professor Trapspringer — repetiu Knopple. — O professor foi fundamental na concepção e desenvolvimento desta arma, com particular destaque para a parte pirotécnica da invenção. Nossa arma não apenas matará dragões, mas também fará uma exibição aérea espetacular no processo. Ele foi bastante inflexível ao orientar que, de forma alguma, deveríamos empurrá-la. Ou puxá-la, por falar nisso.

Tas não tinha ideia do que era pirotecnia, mas sabia que não devia perguntar. Tinha preocupações mais importantes.

— Conte-me sobre o Professor Trapspringer. Ele ainda está na sua aldeia? Eu poderia conhecê-lo? Somos parentes, sabe. Ele é meu tio.

Os gnomos o encararam com profunda e imensa tristeza. Todos tiraram os chapéus e Tas ouviu murmúrios de "Sinto muito pela sua perda", "Incidente lamentável", "Acidente infeliz" e "Uma pena que ele estava tão perto…".

Tudo isso era reconfortante, mas não ajudava.

— Onde está o tio… Quero dizer, o Professor Trapspringer? — perguntou Tas.

— Ah, essa é a questão — explicou Knopple com tristeza. — Alguns dias atrás apenas, ele estava naquela mesma plataforma prestes a lançar o que agora chamaremos de lança de dragão, pelo menos até recebermos uma resposta do comitê, e no seguinte ele não estava.

— Não estava o quê? — Tas estava confuso.

— De pé na plataforma — disse Knopple. — Acreditamos que a explosão teve algo a ver com seu súbito desaparecimento e, portanto, encaminhamos o assunto ao comitê de Segurança no Ambiente de Trabalho. Sua avaliação inicial foi que ele havia sido atingido pelo próprio petardo.

— O que é um petardo? — questionou Tas.

— Não fazemos ideia. O assunto voltou para o comitê — informou Knopple.

Tas ficou triste ao pensar que chegara tão perto de conhecer o Tio Trapspringer e, aparentemente, perdera a oportunidade por causa de apenas alguns dias. Ainda assim, orgulhava-se de pensar que o Tio Trapspringer havia desempenhado um papel importante na invenção da lança de dragão, da maneira como a história kender havia registrado. Ansiava por informar Sturm e Raistlin, que costumavam insultar o Tio Trapspringer. Mas primeiro, tinha que descobrir como transportar a lança de dragão para a Torre do Alto Clérigo.

Tas não ousou falar de novo em empurrar a engenhoca, pois eles haviam acabado de reanimar os gnomos que tinham desmaiado. Enquanto ele pensava, Knopple e os gnomos voltaram ao trabalho.

Eles rastejaram para debaixo do dispositivo e para dentro dele e para cima dele. Desenrolaram grandes esquemas e diagramas e os espalharam no chão e começaram a discutir acaloradamente, enquanto outros martelavam, cutucavam e examinavam a engenhoca.

— Posso ajudar? — ofereceu Tas.

— Você sabe alguma coisa sobre motores de combustão interna? — perguntou Knopple.

— Não — admitiu Tas.

— E sobre carburadores?

— Sinto muito — disse Tas.

— Então, de que você serve? — exigiu Knopple com um bufo. Ele olhou para a engenhoca. — Acho que devemos desmontá-la e começar de novo.

— Não! — gritou Tas, alarmado. — Quero dizer, não podem. Todo esse trabalho para nada? Vamos erguer as mãos e votar! Quem não quer desmontar a lança de dragão?

Os gnomos estavam prestes a votar quando um apito soou.

— Café da manhã! — gritou Knopple, e todos os gnomos saltaram da engenhoca e pararam de chutar as rodas.

Pareceu haver considerável consternação entre eles. Depois de alguma discussão, um veio até Knopple para relatar.

— Não conseguimos encontrar a comida. Parece que a deixamos para trás. Eu culpo os membros do Comitê de Culinária e Amolação de Facas, mas eles afirmam que não é culpa deles. Eles deixaram para um subcomitê, os Sous-Chefs e Confeiteiros, que negam qualquer responsabilidade. Portanto, sugerimos que um grupo seja destacado para caçar um cervo.

Isso recebeu apoio unânime. Os gnomos convidaram Tas para ir caçar com eles, mas enquanto os observava se munirem de armas de aparência sinistra que chamavam de "bastões de trovão", ele decidiu que conduziria a uma vida longa recusar educadamente o convite.

Vários gnomos saíram pela floresta, e sua partida foi logo seguida por sons de explosões e alguns gritos de dor. Os gnomos retornaram com o que chamavam de cervo, mas que Tas podia ver claramente que era uma vaca leiteira com um sino em volta do pescoço.

A vaca, por sorte, ainda estava viva e em melhor forma do que muitos dos gnomos, que sangravam profusamente. Knopple convocou o Comitê de Açougueiros, Padeiros e Fabricantes de Velas e os instruiu a trinchar o cervo. Tas sentiu-se na obrigação de apontar o erro deles.

— Isso não é um cervo. É uma vaca.

— Não! — exclamou Knopple, chocado. — Você tem certeza?

— Está mugindo — argumentou Tas.

— É um cervo sim! — gritaram vários dos caçadores.

Isso resultou em uma discussão acalorada. Os açougueiros estavam se preparando para trabalhar na vaca quando o fazendeiro irado chegou carregando um forcado. Ele apontou de forma ameaçadora para os gnomos e os acusou de roubar sua vaca.

— Você afirma que é sua vaca e nós afirmamos que é nosso cervo — retrucou Knopple. — Somos muito justos, e encaminharemos este assunto ao Tribunal de Justiça assim que o encontrarmos. O tribunal desapareceu após a Grande Explosão de 33, e nenhum de nós viu um advogado desde então, embora continuemos procurando. Enquanto isso, reteremos o animal contestado como prova.

O fazendeiro ficou com o rosto vermelho e começou a golpear Knopple com o forcado. Os outros gnomos se dispersaram, enquanto Knopple buscava refúgio sob as rodas da lança de dragão.

— Saia daí de baixo! — gritou o fazendeiro, tentando espetar Knopple com o forcado.

Knopple rolava para um lado e para o outro, mas Tas percebeu que, mais cedo ou mais tarde, o forcado venceria. Ele pulou na engenhoca e, sem saber mais o que fazer, apertou um botão.

A lança de dragão deu um grande arroto de vapor. Apitos soaram, engrenagens retiniram, pistões mergulharam, manivelas giraram e as rodas começavam a se mover.

A lança de dragão estava em movimento.

No minuto em que tanto a vaca quanto o fazendeiro viram a engenhoca em funcionamento, correram na direção oposta. Tas saltou de cima dela e conseguiu tirar Knopple de debaixo das rodas poucos segundos antes que a lança de dragão passasse por cima dele.

— Você conseguiu! — gritou Tas, abraçando o gnomo. — Funciona!

— Bem, é claro que funciona — retorquiu Knopple irritado. — O que mais esperava?

A essa altura, a lança de dragão havia ganhado velocidade e estava rolando em um bom ritmo. Knopple saltou para a plataforma e Tas subiu ao lado dele, então ele e Knopple ajudaram o restante dos gnomos a subir a bordo.

Knopple ocupou seu lugar na torre e chamou Tas para se juntar a ele.

— A vista daqui é maravilhosa!

Tas subiu na torre e olhou ao redor.

— Aquela grande construção que você vê ali é a Torre do Alto Clérigo! — informou Tas, forçado a gritar para ser ouvido por cima da parafernália sonora. — É onde os cavaleiros estão presos. Precisa conduzir a lança de dragão naquela direção.

Knopple de repente pareceu preocupado.

Tas viu as sobrancelhas do gnomo tremerem e teve a sensação de afundar em algum lugar perto dos joelhos.

— Você *sabe* como conduzir esta coisa, não sabe? — perguntou.

— Ah, quanto a isso — disse Knopple. — Acho que recebi um memorando do Comitê de Volantes, Eixos de Transmissão e Cintos de Segurança um pouco antes de começarmos.

O gnomo remexeu na camisa, tirou um pedaço de papel do bolso, desdobrou, leu, dobrou e guardou no bolso.

— Não — respondeu ele.

— Não o quê? — perguntou Tas, inquieto. — Como assim "não"?

— Quero dizer, não, não sabemos conduzi-la — respondeu Knopple, com um encolher de ombros. — O comitê analisou e não achou o plano inicial viável e encaminhou o assunto de volta ao comitê para ser mais desenvolvido. Esperamos um memorando atualizado a qualquer momento.

Tas olhou para as planícies e viu colinas, barrancos e ravinas e, muito ao longe, as fogueiras dos exércitos do dragão. Eles estavam se afastando da Torre do Alto Clérigo e rumando direto para o inimigo. Até Tas conseguia entender que isso não conduziria a uma vida longa.

— Como se para essa coisa? — gritou Tas.

— Parar!? — Knopple encarou-o, indignado. — Acabamos de fazê-la andar! Por que íamos querer pará-la?

Tas não tinha uma boa resposta para isso sem explicar sobre Tanis e conduzividade — se é que essa palavra existia. Knopple estava de pé na torre da lança de dragão com o vento soprando em seus esparsos fios de cabelo, sorrindo de uma orelha grande a outra. Os outros gnomos andavam alegremente na lança de dragão, gritando e aplaudindo, exceto pelos três que haviam caído quando as rodas toparam com uma rocha e agora corriam freneticamente atrás, tentando alcançá-los.

A lança de dragão avançou trovejando, arrotando e assobiando.

Tas decidiu apenas aproveitar o passeio.

— Para onde estamos indo? — gritou.

— Encontrar um dragão — berrou Knopple em resposta.

CAPÍTULO DEZESSETE

A localização da Montanha do Dragão de Prata era um segredo conhecido apenas pelos dragões metálicos. Situava-se na cordilheira Última Gaard em Ergoth, envolta por névoas espessas que se erguiam das fontes termais ferventes do Vale Refúgio das Brumas abaixo.

A tradição dos dragões afirmava que Paladine havia criado os dragões metálicos no início dos tempos, concebendo-os com amor a partir dos veios do raro metal de dragão que fluíam sob a montanha. O deus havia produzido dragões de ouro, prata, latão, bronze e cobre e os abençoou quando emergiram reluzindo das poças brilhantes de metal de dragão para caminhar pelo mundo e gerar outros de sua espécie.

Todos os dragões fazem peregrinações à Montanha do Dragão de Prata durante suas vidas. Gwyneth havia voado para lá quando era um filhote em companhia de sua irmã, Silvara, e sabia como encontrar a montanha que, de outra forma, estaria escondida nas brumas.

Ela havia deixado a Torre do Alto Clérigo no dia anterior, tendo escapado de sua cela com facilidade. Abrira a porta com um toque, então lançara um feitiço sobre o carcereiro e trancara o homem adormecido em sua cela.

Em seguida, escondera-se dentro do templo deserto até que Solinari se pôs, então, ainda em sua forma élfica, esgueirara-se pelo portão leste e subira no sopé das colinas. Ela precisava garantir que Immolatus não a veria mudar para sua forma de dragão. Escolhera esse horário, bem depois da meia-noite, porque ele caçava à noite e ela sabia que ele estaria dormindo em seu covil depois de se empanturrar.

Ela encontrou um terreno amplo e ergueu a cabeça para as estrelas e liberou a magia que a fazia parecer uma elfa. Abriu os braços, e eles se transformaram em asas. Libertou-se do corpo mortal fraco e frágil e emergiu em sua forma de dragão, com seis metros de comprimento, forte e poderosa, esbelta e graciosa, coberta por escamas que resplandeciam prateadas à luz cintilante das estrelas.

Gwyneth não teve tempo para se deleitar por retornar à sua verdadeira forma, pois estava cercada de perigo. Escutou atentamente e farejou o ar, mas ouviu apenas os sons dos animais noturnos vivendo suas vidas. Erguendo as asas, ela voou para o céu.

O voo até a Montanha do Dragão de Prata era longo, mas ela tinha muito em que pensar, muito a considerar, para mantê-la ocupada durante a jornada.

Gwyneth ficou satisfeita quando o comandante ordenou que ela fosse trancada em uma cela de prisão bem abaixo do solo. Ficou grata por estar longe do homem cujas mãos fortes foram tão gentis, cujos olhos foram bondosos e cheios de compaixão, quando ele ajudou o que pensava ser um cervo branco.

Ficara feliz por escapar do homem que vira no sonho. Quando dragões sonhavam, seus espíritos vagavam pelas estrelas como faziam antes de nascerem. Eles eram livres, sem as restrições do corpo físico. Podiam comungar com o deus que os criou: o Pai Dragão, Paladine.

Uma noite, poucos anos antes, Gwyneth estivera vagando entre as estrelas, quando recebeu uma convocação de Paladine. O deus a levou até uma pequena capela particular. Um homem humano estava ajoelhado ali, rezando para Paladine.

— O nome dele é Huma e será sagrado cavaleiro amanhã, caso ele queira — contara-lhe Paladine. — Ele é digno em todos os sentidos. É nobre e bom, valoroso e corajoso. No entanto, não consegue encontrar essas qualidades dentro de si mesmo. Ele carrega dúvidas. Teme que vá hesitar e falhar.

— Por que me trouxe aqui, Pai Dragão? — perguntara Gwyneth.

— Ele precisa de ajuda. Está à beira de um precipício e o mundo com ele — dissera Paladine.

— Mas o que devo fazer? — questionara Gwyneth, confusa.

— Já que você tem seus próprios medos e dúvidas, Filha, pensei que entenderia os dele — respondera Paladine. — Se não quer ir até ele, eu entendo.

— Pensa que eu temo a profecia — dissera Gwyneth. — Eu não acredito em algo que uma velha babá dragão tola murmurou sobre minha irmã, Silvara, e eu quando estávamos deitadas enroladas em nosso ninho. "Cuidado com os homens mortais, Irmãs, pois eles serão sua ruína."

Gwyneth bufara com desdém.

— Silvara e eu escolhemos viver entre os mortais e ajudá-los quando pudermos, e nenhuma de nós encontrou nossa perdição.

— E ainda assim tomou cuidado para nunca ficar próxima de nenhum mortal — respondera Paladine. — Faça a si mesma esta pergunta, Filha. As profecias predizem nosso destino e, portanto, as cumprimos, ou será que as cumprimos porque agimos baseados nelas e, dessa forma, realizamos nosso destino?

Gwyneth não tivera resposta para este enigma e duvidava que o deus tivesse.

— Este mortal precisa de sua ajuda, Filha — afirmara Paladine antes de deixá-la. — Se você decidir concedê-la.

Gwyneth poderia ter deixado o cavaleiro com suas orações, mas as palavras do deus a irritaram. Talvez ela temesse a profecia, no fundo. Tinha observado o jovem, gostando do que viu. Escutara-o confessar suas dúvidas e sua tristeza. Ouvira sua angústia e sentira sua dor, e seu coração a traíra. Não deixaria o medo impedi-la de ajudar quando fosse necessário. Afinal, pensara, qual era o perigo? Provavelmente nunca se encontrariam neste mundo.

Gwyneth tinha ido até Huma na capela. Aparecera diante dele em forma mortal, como uma donzela elfa. Ajoelhara-se ao lado dele e segurara suas mãos, e o ajudara a ver o próprio coração, a conhecer o próprio valor. Muitas vezes, pegara-se pensando nele, imaginando o que lhe teria acontecido, se havia cumprido sua promessa. Ela não esperava saber a resposta, mas então o vira novamente na floresta perto da Torre do Alto Clérigo.

Ela o vira, contemplara a própria perdição. E também vira a perdição dele, pois os cavaleiros, com suas lanças e flechas, não tinham esperança de derrotar Immolatus e a Rainha das Trevas.

Após a Segunda Guerra dos Dragões, os dragões metálicos haviam banido Takhisis e seus dragões malignos para o Abismo. Em seguida, partido para um exílio autoimposto nas Ilhas dos Dragões, bem ao norte. Tendo sofrido muitas baixas na guerra, queriam apenas viver em paz, curar seus ferimentos e criar seus filhos. Os dragões metálicos se contentaram em deixar a luz de Krynn para os filhos dos deuses.

Mas esses dragões não eram ingênuos. Eles sabiam que Takhisis nunca desistiria de seu desejo de governar o mundo. Portanto, os anciãos pediram voluntários para caminhar entre os filhos dos deuses para vigiar e relatar os primeiros sinais de que Takhisis havia retornado. Gwyneth e sua irmã, Silvara, eram jovens e aventureiras e estavam entediadas com a vida nas Ilhas dos Dragões, onde seus anciãos descansavam e falavam sobre a glória do passado. Elas se ofereceram zelosamente.

Ao mesmo tempo, os dragões também decidiram, depois de muita discussão controversa, fornecer aos mortais as armas necessárias para se defenderem contra Takhisis e suas hordas. Um dragão de ouro militante chamado Presafiada concebeu a ideia de que lanças feitas com o sagrado metal de dragão poderiam ser usadas para lutar contra os dragões de Takhisis.

A tradição dos dragões afirma que o próprio Reorx forjou a primeira lança de dragão abaixo da Montanha do Dragão de Prata, usando um braço de prata e empunhando um martelo de prata. Ele presenteou Paladine com a lança. O deus as nomeou lanças de dragão e disse a Reorx para trazer ferreiros anões para a montanha para forjar o restante. As lanças de dragão deveriam permanecer escondidas e em segredo, para serem oferecidas aos mortais apenas se a necessidade fosse extrema — pois, embora Reorx garantisse aos dragões que as lanças abençoadas nunca poderiam ser usadas para ferir um dragão metálico, os próprios metálicos não tinham tanta certeza.

Gwyneth e Silvara resolveram morar entre os longevos elfos, pois a vida dos dragões também era longa e elas se encaixariam mais facilmente na sociedade élfica. Além disso, o povo élfico adorava Paladine. A Rainha das Trevas não era capaz de atraí-los facilmente para sua adoração como fazia com os humanos, que com frequência sucumbiam às suas falsas promessas.

As irmãs usaram sua magia de dragão para assumir corpos élficos. Gwyneth passou a residir entre os Qualinesti, enquanto Silvara foi morar com os Kagonesti em Ergoth.

Os anos se passaram. Gwyneth tinha ouvido rumores de que exércitos goblins estavam atacando Solâmnia, mas as guerras eram comuns entre os mortais, e ela não se preocupava muito com isso. Então, no último inverno, Gwyneth estava caçando com um grupo de elfos quando sentiu uma sombra fria de pavor fluir sobre ela. Olhou para o céu e ficou horrorizada ao ver um dragão vermelho voando impunemente entre as nuvens. Ela voou imediatamente para as Ilhas dos Dragões para se reportar ao Conselho dos Anciãos.

— O pacto com a Rainha das Trevas foi quebrado — informara-lhes Gwyneth. — Um dragão vermelho chamado Immolatus escapou do Abismo. Takhisis e os outros deuses malignos atacaram Solâmnia. Se ela estabelecer uma base lá, poderá enviar seus exércitos para o sul, para Qualinesti. Se a nação élfica cair, como temo que deva acontecer, a Rainha das Trevas governará o centro de Ansalon. Ela então poderá atacar Istar no noroeste e Ergoth no leste. Devemos agir agora para detê-la.

Os anciãos dragões se opuseram.

— Se entrássemos nesta guerra, ela se intensificaria rapidamente. Takhisis lançaria suas hordas sobre nós, e o sangue dos dragões mais uma vez se derramaria como chuva sobre Krynn.

Gwyneth esperava esse argumento e estava preparada.

— Então devemos providenciar para que os filhos dos deuses se defendam. Devemos dar aos cavaleiros solâmnicos as lanças de dragão para conduzir Takhisis e seus dragões de volta ao Abismo.

— Está nos pedindo para entregar aos humanos os meios para matar dragões — um dragão de ouro dissera severamente. — Isso coloca todos nós em perigo.

— Os Cavaleiros de Solâmnia não representam ameaça para nós — afirmara Gwyneth.

— Os humanos temem todos os dragões — retrucara um de prata. — Não fazem distinção entre nós e Immolatus.

— Então por que forjaram as lanças de dragão? — perguntara Gwyneth, enraivecida. — Para amenizar sua culpa por deixar os filhos dos deuses indefesos contra a Rainha das Trevas?

Os outros dragões ficaram ofendidos com a franqueza dela. Levantaram as cabeças e bateram as asas e a encararam irados.

— Confia nesses humanos com sua vida? — questionara uma de prata.

Gwyneth hesitara, depois disse, inquieta:

— Escolhi viver entre os elfos. Sei muito pouco sobre os humanos...

Os dragões haviam acenado com a cabeça sabiamente, como se tivessem provado seu argumento.

— Ela teme a profecia — acrescentara um de prata. — É perfeitamente compreensível.

— Não temo nenhuma previsão tola sobre um mortal ser minha perdição! — respondera Gwyneth enfurecida. — Se temesse, estaria me escondendo nesta ilha com o restante de vocês! A verdade é que não vivo com os humanos porque não entendo os humanos. Vivem vidas tão curtas e frenéticas. Nunca se contentam em sentar e observar, mas precisam estar explorando e fazendo. Eles não têm uma fé firme e permanente. Os seres humanos são erráticos e imprevisíveis. Não sei o que pensar deles.

Ao menos isso era verdade. Mas Gwyneth não havia contado aos anciãos sobre o sonho com o homem de porte nobre e olhos gentis, ou que ela secretamente achava de algum modo fascinantes os poucos humanos que conhecera. Passou a admirar relutantemente sua coragem teimosa e como se recusavam a desistir, lutando mesmo quando a derrota era inevitável, dispostos a sacrificar suas curtas vidas pelo bem dos outros.

Os dragões se retiraram para tomar sua decisão sobre as lanças de dragão. Gwyneth sempre soube qual seria a decisão, mas ainda assim ficou decepcionada quando a recebeu.

— Consideramos o perigo para nós mesmos grande demais — declarou um dragão dourado. — As lanças de dragão permanecerão escondidas na Montanha do Dragão de Prata. Os humanos têm muitos milhares de soldados e cavaleiros para lutar em suas batalhas. Eles têm outras armas. Lutamos na última guerra. Deixe os mortais lutarem nesta.

Gwyneth tinha sido forçada a aceitar a decisão deles, embora acreditasse que era a errada. Ela voltou para Solâmnia para descobrir que a situação era desesperadora. Immolatus e seus exércitos estavam acampados em frente à Torre do Alto Clérigo, esperando apenas que Takhisis completasse a derrubada de Solâmnia.

Gwyneth planejava retornar a Qualinesti para avisar os elfos e então fazer uma última tentativa de persuadir os anciãos a liberar as lanças de dragão. Seus planos desmoronaram quando ela encontrou uma humana carregando a Pedra Cinzenta, um kender que não conseguia ficar quieto e o cavaleiro que vira em seus sonhos.

Gwyneth ficou em dúvida sobre o que fazer. Seu primeiro impulso foi fugir. Ela tinha uma desculpa. Tinha que relatar aos dragões, contar-lhes sobre o retorno da Pedra Cinzenta, mas o voo até as Ilhas dos Dragões era longo e relutava em deixar a Pedra Cinzenta desprotegida. E então ela soube do massacre no Passo do Portão Oeste. Os humanos não tinham armas que pudessem combater um poderoso dragão vermelho como Immolatus.

Não podia permitir que Huma ou qualquer um dos outros humanos ousados, ilógicos e galantes que estavam corajosamente dispostos a lutar contra o dragão entregassem suas vidas por uma causa sem esperança. Não podia permitir que Solâmnia caísse. Acima de tudo, não podia deixar a Pedra Cinzenta cair nas mãos de Takhisis.

Gwyneth chegou a uma decisão. Voaria até a Montanha do Dragão de Prata e levaria ela mesma as lanças de dragão para os cavaleiros.

Quando chegou ao Vale do Refúgio da Bruma, a névoa se abriu para ela, e ela pôde ver a Montanha do Dragão de Prata e a enorme caverna onde as lanças de dragão estavam escondidas. Mas não entrou imediatamente. Ela se agachou no sopé da montanha, reunindo coragem.

Os dragões anciões ficariam indignados com ela por desafiar seu comando, e ela seria punida. Não sabia que forma a punição tomaria. Nunca tinha ouvido falar de um dragão desafiando os anciões. Ela pensou na profecia que uma velha e confusa dragão dourada havia proferido quando ela e sua irmã mal haviam saído de seus ovos. E embora não acreditasse nela, perguntou-se se era isso que a profecia queria dizer ao falar que os humanos seriam sua perdição.

Ela olhou para o pico da Montanha do Dragão de Prata e quase perdeu a coragem. Mas ainda podia escutar a risada de Calaf enquanto ele descrevia como Immolatus havia queimado os humanos vivos e zombado de suas armas "insignificantes". Ela ouviu as palavras de Huma.

Realmente não nos conhece, Gwyneth, se acha que fugiríamos do perigo. Lutaremos para proteger nossa terra natal, assim como você lutaria para proteger a sua.

A caverna ficava localizada na metade da montanha. Gwyneth se decidiu. Voou até a entrada, que era larga o bastante para que ela conseguisse pousar lá dentro. Para chegar à câmara principal, teve que atravessar uma passagem estreita e foi forçada a dobrar as asas perto do corpo, abaixar a cabeça e rastejar o restante do caminho.

A câmara principal continha uma grande poça de metal de dragão que cintilava com luz prateada. As estalactites e estalagmites que a cercavam reluziam com um brilho prateado.

Gwyneth entrou sorrateiramente. Assim que haviam concluído sua tarefa, os artesãos anões esconderam as lanças de dragão em uma pequena câmara perto da principal. Tinham envolvido as lanças de dragão em pele de carneiro macia para mantê-las protegidas. Foram bem pagos por seu trabalho. Os dragões os haviam enviado de volta ao reino dos anões com baús de ouro e joias, embora jamais soubessem como tinham conquistado sua riqueza, pois Reorx apagara todas as memórias de seu trabalho de suas mentes.

A pequena câmara estava escura como breu. Mesmo com sua visão noturna, Gwyneth teve dificuldade em localizar os fardos. Os anões haviam confeccionado dois tamanhos de lanças de dragão: lanças de infantaria e lanças de dragão para montaria. A lança de infantaria tinha dois metros e meio de comprimento, fora projetada para ser empunhada à mão. A lança para montaria tinha cerca de cinco metros e devia ser presa à sela de um cavalo de guerra.

Gwyneth selecionou um feixe de vinte lanças de infantaria. Pensou em pegar as lanças para montaria, mas os cavaleiros haviam perdido todos os cavalos em sua malfadada cavalgada para salvar Palanthas. Por fim, decidiu apanhar duas lanças para montaria, imaginando que seria melhor tê-las do que lamentar não as ter levado.

Depois de envolvê-las em pele de carneiro, ela retornou para a câmara principal, segurando as lanças em uma de suas patas dianteiras. O sol estava nascendo e Gwyneth não queria voltar para a torre durante o dia. Chegaria o dia em que teria que se revelar a Immolatus, mas por enquanto não.

— Pois, nesse dia, terei que me revelar a Huma — sussurrou Gwyneth.

CAPÍTULO DEZOITO

Embora Justarius e Dalamar estivessem longe dos viajantes perdidos no Rio do Tempo, os magos, no entanto, tinham Destina e os outros em suas mentes. Eles haviam contatado um membro do Conclave, o mago Bertold, que morava em Solanthas, e pedido que ele encontrasse uma mulher chamada Alice Ranniker.

Bertold ficara muito alarmado.

— O que querem com ela? — havia perguntado em um tom que parecia de pânico.

— Sabemos que ela mora em Solanthas. Só precisamos saber onde — respondera Justarius.

— Não preciso ir pessoalmente à casa dela, preciso? — perguntou Bertold.

— De jeito nenhum — respondeu Dalamar em tom apaziguador. — Nós preferiríamos que não o fizesse. Assim que nos informar sobre onde ela mora, cuidaremos do restante.

— Muito bem, mestres — disse Bertold em um tom inequívoco de que achava-os loucos.

Ele logo os contatara com a mensagem concisa: "Encontrei-a".

A antiga cidade solâmnica de Solanthas datava da época de Vinas Solamnus. Localizada perto do Rio Vingaard em algumas das terras mais férteis de Ansalon, a cidade começou como uma pequena comunidade agrícola e ainda tinha suas raízes na agricultura. O mercado de fazendeiros de Solanthas era o maior de Ansalon, e as pessoas se orgulhavam do fato de que sua comida alimentava uma nação.

Ao contrário de Palanthas, que havia sido projetada em círculos concêntricos por arquitetos renomados, Solanthas havia brotado como uma erva daninha. Prédios aleatórios surgiram ao longo de ruas que se espalhavam em todas as direções. Dizia-se que apenas os nascidos e criados em Solanthas conseguiam se orientar nela. Os visitantes eram encorajados a contratar guias, pois, sem eles, logo estariam irremediavelmente perdidos.

Bertold era um mago Manto Branco que morava em uma casa mais nova no distrito central da cidade. Como Justarius confidenciou a Dalamar, a única esperança que tinham de chegar à casa dele era viajando diretamente para lá pelos caminhos da magia.

Bertold estava terminando seu chá matinal de tarbean e lendo um livro quando se assustou ao ver os dois arquimagos se materializando em sua biblioteca. Deu-lhes as boas-vindas efusivas e convidou-os a sentar na cozinha para o desjejum.

— Acredito que você encontrou Alice Ranniker — comentou Justarius. — Como conhece ela?

— Alice foi minha aluna — explicou Bertold, preparando mais chá. — Você não a aceitou para o Teste, não é, Mestre?

— Não, não — Justarius apressou-se em negar. — Ela não se qualificou.

— Graças aos deuses! — exclamou Bertold. — Eu nunca deveria tê-la aceitado como aluna, mas o pai dela era meu amigo e eu a aceitei como um favor a ele. Alice tem um intenso interesse por magia e trabalha muito, mas tem dificuldade de concentração. Não consegue memorizar nem mesmo os feitiços mais simples. As palavras escapam de sua mente, escorregando como se estivessem cobertas de óleo. Dito isso, ela é uma mecânica notavelmente talentosa. Recalibrou minha balança, consertou todos os meus relógios e corrigiu a chaminé que fumegava há anos.

Dalamar e Justarius trocaram olhares.

— Gostaríamos de conhecer essa jovem — afirmou Dalamar. — Pode nos dizer onde ela mora?

— Posso lhes dizer o caminho — respondeu Bertold. — O que querem com Alice?

— Por favor, apenas nos diga o caminho — pediu Justarius.

Bertold pareceu desapontado, pois estava compreensivelmente curioso para saber por que dois poderosos arquimagos haviam viajado toda essa distância para falar com sua pupila fracassada. Entretanto, ele sabia que não devia insistir.

— A cabana de Alice não fica na cidade, mas ainda assim é difícil de encontrar. Está localizada em uma estrada a cerca de um quilômetro e meio ao sul da Estrada do Celeiro e é protegida por grossos abetos. Não vão conseguir vê-la até que estejam quase nela. Apenas continuem andando pelo caminho até acharem que nunca vão encontrá-la, e nesse ponto vocês a encontrarão. Vocês a reconhecerão pelo telhado de palha, a fornalha nos fundos, a perpétua nuvem de fumaça no ar e o poço de água mecânico no jardim da frente.

Dalamar e Justarius agradeceram e aceitaram a oferta dele para acompanhá-los até a Estrada do Celeiro. Ele indicou a estrada, que começava na periferia da cidade.

— Que os deuses os acompanhem — disse ele em tom agourento, como se insinuasse que os deuses não ajudariam, e se despediu às pressas.

A estrada era margeada por campos de trigo que pareciam nunca acabar, mas se estendiam até o céu. Dalamar e Justarius seguiram o caminho e, no momento em que começaram a pensar que Bertold havia lhes dado as instruções erradas e que encontrariam o Abismo antes da cabana, chegaram ao bosque de abetos e ouviram sons de clangor, marteladas e batidas.

Seguiram o barulho até a pequena cabana com telhado de palha conforme a descrição, e o poço de água mecânico, uma série de pequenos baldes presos a uma corrente que desciam para dentro de um buraco e emergiam cheios de água para encontrarem uma "mão" mecânica que virava cada balde, derramando seu conteúdo em um cocho. A água escorria do cocho por uma eclusa, que conduzia à forja. Fumaça e fuligem pairavam no ar. A grama estava preta. Justarius franziu a testa para a fuligem caindo em seu manto vermelho.

— Você tem sorte de os seus já serem negros — resmungou ele para Dalamar.

Eles caminharam em direção ao som de marteladas, que emanava de uma grande construção feita de pedra. Conscientes de que nunca seriam ouvidos se anunciassem sua chegada, eles entraram.

Uma jovem baixa e atarracada com os cabelos cobertos por um lenço e algum tipo de elmo na cabeça olhou para eles através de um painel de vidro no elmo e continuou seu trabalho. Dalamar presumiu que era Alice Ranniker.

Ela vestia uma camisa de chita áspera, calças e avental de couro, pesadas luvas também de couro e botas grossas. Estava de pé perto de uma bigorna, usando um grande martelo para bater um pedaço de metal em brasa até conferir-lhe forma. O elmo aparentemente protegia seu rosto do calor e das faíscas que voavam do martelo.

Alice mergulhou o metal em uma tina de água conectada a um barril que, por sua vez, estava conectado à eclusa que trazia a água do poço. A água sibilou, soltando nuvens de vapor. Ela tirou o metal resfriado da água, colocou-o de lado e removeu o elmo para observar seus dois visitantes com franca curiosidade.

— Olá — disse ela, sorrindo, completamente inconsciente da fuligem e sujeira em seu rosto. — Sou Alice Ranniker. Quem são vocês?

— Eu sou Justarius, mestre da torre de Wayreth — apresentou-se Justarius com dignidade. — Este é meu colega, Dalamar, mestre da torre de Palanthas.

— Por minhas engrenagens e ligas! — arquejou Alice. Tirando as luvas, ela correu para cumprimentá-los. — Luas misericordiosas da magia, que honra! Não, não. Não entrem na forja — advertiu-os apressadamente. — Vão sujar seus elegantes mantos. Conversaremos na casa. Que honra!

Ela tirou o avental de couro e, com cortesia afobada, conduziu-os para dentro da pequena cabana e os deixou em uma minúscula sala de estar. Todos os móveis estavam cobertos de fuligem. Justarius e Dalamar olharam de soslaio para as cadeiras e preferiram ficar de pé.

Alice pediu licença, dizendo que precisava ir se lavar e trocar de roupa. Retornou pouco tempo depois sem o lenço, parecendo limpa e arrumada em um vestido florido, com os cabelos castanhos presos em uma única trança enrolada ao redor da cabeça.

Ela tinha a constituição de um ferreiro, com ombros largos e braços musculosos. Dalamar julgou que ela provavelmente seria capaz de erguê-lo, colocá-lo sobre o ombro e sair andando com ele. Tinha olhos brilhantes e um sorriso contagiante.

— Vieram me convidar para fazer o Teste? — perguntou ela, animada.

— Receio que não, Senhora Ranniker — respondeu Justarius. — Estamos aqui em uma missão muito mais importante.

Alice pareceu arrasada a princípio, mas sua decepção desapareceu quando Dalamar puxou a bolsa de veludo preto e perguntou se havia algum lugar onde ele pudesse expor o conteúdo.

— Meu laboratório — Alice disse com orgulho.

Ela os conduziu para fora da sala e até o laboratório, que aparentemente também servia como cozinha, pois continha uma grande mesa de mármore coberta com runas mágicas e manchas de sopa. Pratos e talheres sujos amontoados com garrafas, tubos de ensaio e maços de papel com diagramas de várias máquinas fantásticas e de aparência bizarra. Um fogo ardia na lareira, onde uma mão mecânica girava lentamente um frango assado em um espeto mecânico.

— Gostariam de ficar para o jantar? — ofereceu Alice.

Justarius olhou para os tubos de ensaio e os pratos sujos.

— Não, obrigado, Senhora Alice, mas estou em uma dieta restrita.

— Como queira — disse Alice. — Fiquem à vontade. Sente-se naquele banquinho. Pode apoiar sua muleta contra a lareira.

Ela abriu um espaço na mesa com um movimento do braço, jogando pratos e tubos no chão. Dalamar esvaziou o conteúdo da sacola sobre a mesa. Não lhe revelou o que era, pois queria ver sua reação.

Alice abaixou-se para estudar os destroços.

— Posso ver que é mágico, ou pelo menos foi em algum momento. As peças têm armadilhas ou posso tocá-las com segurança?

— Pode tocá-las — respondeu Dalamar, dando-lhe crédito por ter o bom senso de perguntar.

Alice pegou a haste e a estudou de ambas as pontas. Segurou os globos nas palmas das mãos e pareceu pesá-los. Remexendo no restante do conteúdo sobre a mesa, localizou uma lupa de joalheiro e acoplou-a ao olho para examinar as joias. Pegou uma das placas que formavam o pingente e observou-a sob a luz do sol; em seguida, apanhou a corrente e a balançou para frente e para trás. Tirando a lupa do olho, disse: "Com licença", e desapareceu em outra sala. Retornou carregando um grande livro encadernado em couro e o jogou sobre a mesa.

— O *Livro de Artefatos* de meu tetravô Ranniker — explicou, orgulhosa.

Abrindo o livro, virou as páginas cuidadosamente, até encontrar o que procurava; então, virou o livro para que pudessem ver e apontou para um registro: *Dispositivo de Viagem no Tempo.*

— Este é ou foi o famoso Dispositivo — afirmou ela. — Forjado na Bigorna do Tempo durante a Era dos Sonhos por uma ou mais pessoas desconhecidas, é único. Nunca haverá outro.

Ela balançou a cabeça tristemente.

— O que os senhores fizeram com ele? Passaram por um moedor de carne?

Justarius encarou-a, furioso, e Dalamar interveio depressa.

— O que aconteceu com ele não é relevante, senhora. Como pode ver, não funciona mais. Sabemos que você não pode construir outro, mas esperávamos que pudesse consertar este para que voltasse a funcionar.

Alice olhou para o diagrama no livro, depois de volta para as peças sobre a mesa. Pegou a haste e rosqueou um dos globos na ponta, então ergueu a corrente e a prendeu. Ela colocou a placa sobre a mesa e começou a encaixar algumas das joias menores nos engastes. Dalamar notou que seu toque era surpreendentemente delicado ao manusear os objetos minúsculos.

— Já foi quebrado antes, não foi? — comentou ela, abruptamente.

Justarius confirmou que sim.

— Um gnomo o consertou? — perguntou ela.

— Foi o que me contaram — explicou Justarius.

— Eu já suspeitava. Alguns dos reparos são trabalho gnômico. Sempre dá para perceber.

— Consegue consertá-lo, Senhora Ranniker? — perguntou Dalamar.

— Não — respondeu Alice, endireitando-se. — Sinto muito.

— Tem certeza? — insistiu Justarius, consternado.

— Estão faltando muitos pedaços pequenos. Por exemplo, são necessários quatro pequenos parafusos para segurar a haste no lugar e há apenas um parafuso aqui. Essas quatro safiras vão aqui, aqui, aqui e aqui, mas, como veem, isso deixa dois espaços vazios. Eu poderia fazer peças de reposição, incluindo as joias, mas seu maior problema é que a magia foi totalmente drenada.

Justarius afundou em uma cadeira com um suspiro sombrio. Dalamar começou a juntar os pedaços para colocá-los de volta na sacola.

— Ora, cavalheiros, não fiquem tão abatidos — declarou Alice alegremente. — Não posso consertar este Dispositivo de Viagem no Tempo, mas posso fazer um novo usando as peças antigas e posso reabastecer o tanque, por assim dizer.

— O que isso dizer? — perguntou Dalamar.

— Adicionar a magia — explicou Alice.

— Você pode fazer um novo dispositivo que vai transportar as pessoas através do tempo? — perguntou Justarius, para esclarecer.

— Não seria muito um Dispositivo de Viagem no Tempo se não transportasse as pessoas através do tempo, não é mesmo? — retrucou Alice com um bufo. — Posso construir um mais novo e, não apenas isso, posso torná-lo melhor. Muito mais simples de operar.

Ela apontou para a página do livro e fez uma careta de desgosto.

— Olhem para este longo poema que é preciso memorizar. Nem rima! E observem como a corrente cai. A menos que se manipule o Dispositivo de uma certa maneira, a corrente pode se emaranhar e você já era. Além disso, a descrição diz que o número de pessoas que podem viajar é limitado. Posso contornar isso também.

— Não tenho dúvidas de que é capaz de construir tal dispositivo, senhora, mas quem forneceria a magia necessária para operá-lo? — questionou, Justarius, incerto.

— Eu, é claro — afirmou Alice, parecendo surpresa que estivessem perguntando.

— Perdoe-nos por duvidar de você, senhora — disse Dalamar com gentileza —, mas conversamos com seu mestre e ele disse que você tinha apenas as mais rudimentares habilidades em magia. No entanto, a magia do Dispositivo precisará ser extremamente poderosa. Seria necessário um mago que tivesse tanto conhecimento mecânico quanto arcano para infundi-la no Dispositivo. Nem mesmo eu seria capaz de conjurar tal magia.

Alice esfregou o nariz.

— É estranho. Não consigo lançar um feitiço de bola de fogo para salvar minha vida; as palavras que devo dizer se misturam na minha mente e saem invertidas, começando do lado errado. Mas quando se trata de forjar aço ou fazer novas peças para um relógio ou qualquer coisa que envolva trabalhar com as minhas mãos, a magia flui do meu cérebro para os meus dedos como a água através daquela eclusa.

Ela apontou para o jardim da frente.

— Meu poço lá fora é alimentado por magia. Os foles da forja são mágicos. Todas as luzes da casa são mágicas. Aquele espeto cozinhando o frango… magia.

Justarius trocou olhares com Dalamar, que assentiu.

— Muito bem, senhora — disse Justarius. — Quanto tempo levará para fazer um novo dispositivo? O tempo urge.

Alice sorriu.

— O tempo urge. Rá! Piada de viagem no tempo! Essa é boa.

— Isso não é motivo de piada, senhora — retrucou Justarius, com severidade.

— Eu percebi isso — disse Alice. — O que quer que tenha acontecido, os senhores devem estar em uma situação extremamente complicada. — Ela refletiu um pouco. — Voltem em cinco dias. Estejam aqui ao meio-dia em ponto. Terei o dispositivo para vocês até lá. Deixem essas peças aí. Vou precisar dos restos do antigo.

Justarius franziu a testa.

— Para quê?

— Para construir um novo, é claro — respondeu Alice. — Isto foi forjado na Bigorna do Tempo, não no ferreiro da esquina.

Justarius hesitou.

— O Dispositivo é tão raro…

— Que escolha temos? — perguntou Dalamar.

Justarius suspirou.

— Muito bem, Senhora Ranniker. Voltaremos em cinco dias ao meio-dia. Quanto cobra pelo trabalho?

— Vou precisar de dinheiro suficiente para cobrir o custo dos materiais. Acrescente uma visita à Torre da Alta Feitiçaria em Palanthas e estaremos quites.

Dalamar imaginou Alice Ranniker perambulando por sua torre e estremeceu.

— Receio que isso não seja possível…

— Que escolha temos? — Justarius o lembrou, cutucando-o com o cotovelo.

— Será muito bem-vinda — cedeu Dalamar.

Alice ficou radiante de alegria e bateu palmas.

— Raistlin era meu herói e sempre desejei ver o Bosque Shoikan! Esquivar-me das mãos esqueléticas saindo do chão. As árvores que sangram sangue de verdade. E os Mortos-Vivos que ele criou.

— Essas criaturas lamentáveis não estão mais lá — informou Dalamar, com frieza.

— Ah, poxa. — Alice pareceu desapontada por um momento, mas logo se animou. Pegou uma folha de papel em branco e uma pena e começou a fazer esboços. Acenou com a mão. — Os senhores conhecem a saída.

Os dois magos deixaram a casa. Na última visão que tiveram de Alice, ela estava curvada sobre a mesa, trabalhando em seu diagrama, alheia ao fato de que o frango estava queimando até ficar esturricado. Os dois passaram pelo poço com seus baldes que pingavam, tiniam e repicavam, e entraram na estrada ladeada por abetos. Caminharam em silêncio pela alameda até estarem fora de vista da casa, então pararam nas sombras das árvores para conferenciar.

— O que acha? — perguntou Dalamar.

— Que eu adoraria colocar minhas mãos no livro de artefatos de Ranniker — declarou Justarius melancolicamente. — Viu as páginas enquanto ela as folheava? Alguém fez anotações manuscritas e aposto que foi o próprio Ranniker!

— Eu quis dizer sobre Alice fazer um novo Dispositivo — retrucou Dalamar.

— Não sei o que pensar. Como você disse, que escolha temos? — Justarius balançou a cabeça. — Mas devemos estar preparados para agir, caso ela tenha sucesso. Precisamos escolher alguém para enviar de volta no tempo para resgatar os que estão presos lá.

— O candidato mais óbvio é o esteta, o Irmão Kairn. Ele conhece os envolvidos e está familiarizado com a Terceira Guerra dos Dragões, pois a estudou. E, o mais importante de tudo, ele já viajou no tempo antes e entende os perigos.

Justarius assentiu em aprovação.

— Uma escolha sábia. Fale com Astinus e obtenha sua permissão.

Ambos permaneceram em silêncio por um momento, então Justarius fez a pergunta em que ambos estavam pensando.

— Se esta jornada for bem-sucedida e o Irmão Kairn conseguir trazer a Senhora Destina e a Gema Cinzenta de volta no tempo, o que faremos com a maldita coisa?

— Teremos que consultar os deuses da magia — respondeu Dalamar.

— Eles sabem que está solta no mundo, mas eu não disse a eles onde está.

— Essa é uma conversa que eu temo ter — confessou Justarius.

Cada mago preparou-se para lançar os feitiços que os levariam instantaneamente de volta para suas respectivas torres.

— Encontrarei você e o Irmão Kairn aqui em cinco dias — avisou Justarius ao passar pelo portal que havia criado.

— Meio-dia em ponto — confirmou Dalamar.

CAPÍTULO DEZENOVE

Ao retornar a Palanthas, Dalamar ficou surpreso por encontrar Bertrem esperando no saguão de entrada de sua torre, mantendo-se o mais próximo possível da porta. Bertrem estava enxugando o rosto e olhando nervoso para os dois Mantos Negros que estavam presentes. Dalamar estava imensamente curioso para saber o que havia trazido o assistente de confiança de Astinus à sua torre, mas não negligenciaria as responsabilidades de um anfitrião.

— Ninguém tentou deixar nosso hóspede à vontade, ofereceu-lhe comida e bebida? — perguntou Dalamar, descontente.

— Fizemos isso, mas ele recusou, Mestre — respondeu um dos Mantos Negros. — Ele se recusa a sair daquele lugar.

Bertrem cumprimentou Dalamar com óbvio alívio.

— O mestre está à sua espera. Vou levá-lo imediatamente.

Dalamar teria preferido descansar, trocar de roupa, comer e beber alguma coisa e passar algum tempo refletindo calmamente sobre sua jornada. Mas o próprio fato de Bertrem ter feito a viagem até a Torre da Alta Feitiçaria, um lugar que ele temia acima de todos os outros, indicava que o assunto era urgente. Dalamar deixou a maioria dos componentes de feitiço que havia levado consigo aos cuidados de seus aprendizes e indicou a Bertrem que estava pronto.

Quando chegaram à Biblioteca de Palanthas, Bertrem levou-o à entrada privada. Ele o conduziu para dentro do escritório de Astinus, anunciou seu nome, então o deixou parado em frente à mesa do mestre. Astinus não levantou os olhos de seu trabalho, mas fez um leve gesto em direção a uma cadeira perto da porta.

Dalamar colocou a cadeira em frente à mesa e sentou-se. Astinus continuou a escrever. Dalamar enfiou as mãos nas mangas de seu manto e aguardou.

Elfos são um povo paciente. Sua expectativa de vida é longa, e eles não veem necessidade de se apressar até o inevitável fim. Dalamar observou a pena riscando o papel e, para se divertir, tentou distinguir as palavras, embora fosse forçado a lê-las de cabeça para baixo.

Astinus chegou ao fim de uma folha de papel e a acrescentou à pilha crescente em sua mesa. Puxou uma folha em branco, mergulhou a pena na tinta e escreveu enquanto falava.

— Você acredita, Dalamar Argent, que Alice Ranniker é capaz de consertar e melhorar o Dispositivo de Viagem no Tempo?

Dalamar não ficou surpreso ao descobrir que Astinus sabia sobre o encontro deles. Ficou consideravelmente surpreso, no entanto, que Astinus se dignasse a pedir sua opinião.

— Digamos que eu tenho mais esperança do que acredito — respondeu Dalamar.

Astinus deu um aceno quase imperceptível.

— Você gostaria falar com o Irmão Kairn, para ver se ele estaria disposto a viajar no tempo, contanto que a Senhora Ranniker tenha sucesso em seus esforços.

— O Irmão Kairn é a escolha óbvia, senhor — replicou Dalamar. — Ele está familiarizado com viagens no tempo. Conhece os riscos envolvidos e é um especialista na Terceira Guerra dos Dragões.

— Tenho certeza de que o Irmão Kairn estará ansioso para ajudar — afirmou Astinus. — Ele se culpa pela destruição do Dispositivo e está desesperado para encontrar uma forma de resgatar os que estão presos. Além disso, acredito que ele desenvolveu sentimentos pela jovem, Destina Rosethorn.

— Espero que os sentimentos dele por ela não compliquem as coisas — comentou Dalamar.

Astinus parou de escrever e, pela primeira vez, olhou diretamente para Dalamar.

— O Irmão Kairn é um dos *meus* estetas, mestre. Pode ter certeza de que ele cumprirá seu dever.

— Desculpe-me, senhor — disse Dalamar. — Não tive a intenção de menosprezá-lo.

Astinus grunhiu e voltou a escrever. Dalamar aguardou, mas depois de vários momentos sem ouvir nada além do arranhar da pena, concluiu que a reunião estava encerrada. Levantou-se, fez uma reverência respeitosa e partiu. Encontrou Bertrem esperando do lado de fora da porta. O esteta falou antes que Dalamar pudesse abrir a boca.

— Eu convoquei o Irmão Kairn. Ele vai encontrá-lo na sala comunal.

— Estava bisbilhotando, Bertrem? — perguntou Dalamar, fingindo estar ofendido.

— Claro que não, senhor! — retrucou Bertrem, chocado. — O mestre me disse antes de sua vinda que você gostaria de falar com ele.

— Estava brincando, Bertrem. Fale-me sobre o Irmão Kairn — pediu Dalamar, enquanto caminhavam.

— Não me meto em mexericos, Mestre — declarou Bertrem com ar altivo.

— Estou pensando em pedir ao Irmão Kairn que execute uma tarefa delicada — explicou Dalamar. — Preciso saber se ele está qualificado. De onde ele vem? Qual é o histórico dele?

Bertrem pareceu achar essa explicação suficiente.

— Kairn uth Tsartolhelm é filho de uma família solâmnica que orgulhosamente pode traçar seus ancestrais até antes do Cataclismo. Seu pai era um Cavaleiro da Coroa, assim como o pai e o avô dele. A família esperava que o Irmão Kairn entrasse na cavalaria, mas ele preferia os livros às espadas. Foi admitido na ordem dos estetas aos dezesseis anos. Seu campo de estudo escolhido é a Terceira Guerra dos Dragões.

— Obrigado, Irmão — disse Dalamar. — Isso é tudo que eu preciso saber.

A sala comunal da Grande Biblioteca era um dos poucos lugares onde as pessoas podiam falar acima de um sussurro sem medo de perturbar o trabalho dos estetas. Dalamar sentou-se à mesa, enquanto Bertrem foi buscar o monge. O aposento era agradável. A luz do sol do meio da tarde entrava pelas janelas abertas. Uma brisa fresca soprava para dentro.

Dalamar ficou grato ao notar que era o único visitante, pois queria manter a conversa privada. Bertrem voltou com o Irmão Kairn em um tempo tão curto que Dalamar quase presumiu que o jovem esteta estivera à sua espera. Bertrem deixou os dois juntos e disse que manteria todos fora.

Kairn era um jovem, talvez com vinte e poucos anos, e de aparência graciosa, com cabelos pretos encaracolados curtos e olhos castanhos

— embora aqueles olhos estivessem agora vermelhos de fadiga, seu belo rosto contraído e abatido.

Ele se sentou de frente para Dalamar.

— Encontrou uma forma de consertar o Dispositivo? — perguntou ele, ansiosamente.

— Fomos informados, por uma especialista, de que o Dispositivo está quebrado de forma irreversível... — começou a contar Dalamar.

Kairn afundou em sua cadeira e abaixou a cabeça nas mãos.

— É culpa minha! — declarou miseravelmente.

— A Senhora Destina Rosethorn é a culpada — retrucou Dalamar com rispidez. — Você estava tentando ajudá-la. Mas eu não vim para atribuir culpa. O que está feito está feito, e devemos determinar como desfazê-lo. Preciso de sua ajuda, Irmão.

Kairn levantou a cabeça.

— Qualquer coisa, senhor! Eu farei qualquer coisa!

— Estaria disposto a voltar no tempo para resgatar aqueles que estão presos lá?

— Eu partiria agora, neste instante, se pudesse! — declarou Kairn fervorosamente. — Mas você disse que o Dispositivo estava quebrado.

— Justarius e eu levamos os restos para uma jovem chamada Alice Ranniker, que é parente do famoso fabricante de artefatos mágicos. Ela não conseguiu consertar o dispositivo antigo. No entanto, ofereceu-se para criar um novo.

— Acha que é possível? — questionou Kairn, parecendo esperançoso e desconfiado.

— A Senhora Ranniker é meio excêntrica, mas Justarius e eu ficamos impressionados com ela — respondeu Dalamar. — Se ela conseguir fazer um novo Dispositivo de Viagem no Tempo, acreditamos que você deve voltar no tempo. Astinus concedeu sua permissão.

— Ficarei contente em ir, senhor! — afirmou Kairn, pulando de pé.

— Reflita por um momento, Irmão — admoestou Dalamar. — Esta jornada será repleta de perigos. Estará voltando para um tempo de guerra. Não tem ideia do que encontrará ou dos perigos que enfrentará. Você estará usando um dispositivo mágico não testado e extremamente poderoso.

Kairn voltou a se sentar.

— Eu entendo os riscos, senhor.

— Duvido que entenda o maior risco — disse Dalamar secamente. — A Gema Cinzenta de Gargath. A Senhora Destina ainda está com ela. Ou melhor, a Gema Cinzenta está com a Senhora Destina.

— Não me esqueci disso, senhor. Tenho feito pesquisas sobre a Gema Cinzenta, bem como sobre a Terceira Guerra dos Dragões. — Kairn fez um gesto impotente. — Senti que precisava fazer alguma coisa.

Dalamar olhou ao redor da sala comunal. Os dois eram as únicas pessoas ali, mas ainda assim baixou a voz.

— Vou lhe contar um segredo que não contei a ninguém, nem mesmo a Justarius. Quando descobri que a Senhora Destina havia obtido a Gema Cinzenta, informei aos deuses da magia. Eles suspeitaram que Reorx estava envolvido, já que ele era o deus que originalmente prendeu o Caos dentro da Gema Cinzenta. Lunitari arrancou uma confissão dele. Quando Reorx soube que a senhora havia encontrado a Gema Cinzenta, pretendia tomar a Gema Cinzenta dela e ficar com a joia. Atraiu-a para sua forja e ali fez um engaste para prendê-la. Mas, fosse por acidente ou por desígnio do Caos, Reorx tirou uma lasca da Gema Cinzenta com seu martelo. A rachadura era pequena, e ele afirma que conseguiu selá-la, mas existe a possibilidade de que o Caos esteja vazando por essa rachadura.

— O que isso significa, senhor? — perguntou Kairn, perplexo.

— O Caos pode mudar a história simplesmente para criar caos — respondeu Dalamar. — Quando perguntei aos deuses o que aconteceria se a Gema Cinzenta perturbasse o tempo, Lunitari respondeu que o desastre resultante faria o Cataclismo parecer uma suave chuva de verão. Seu conhecimento da história do período lhe será muito útil. Preste atenção a qualquer mudança ou perturbação.

— Farei o melhor possível, senhor — prometeu Kairn.

Dalamar estava satisfeito.

— Devemos nos encontrar com a Senhora Ranniker em sua casa em Solanthas dentro de cinco dias ao meio-dia. Você não tem nenhuma objeção em viajar pelos caminhos da magia, não é?

— Nenhuma, senhor — disse Kairn. — Continuarei meus estudos e estarei pronto.

Cinco dias depois, meia hora antes do meio-dia, Dalamar e Kairn emergiram do portal mágico no fim da estrada ladeada por abetos perto da cabana de Alice e encontraram Justarius aguardando-os. Dalamar apresentou Kairn.

— O que tem no seu alforje, Irmão? — perguntou Justarius, observando a bolsa que Kairn carregava nas costas.

— Uma muda de roupa, senhor — respondeu Kairn. — Trouxe túnicas de cor marrom e confeccionadas com o mesmo tecido usado pelos estetas da época. Também incluí vários pares de meias secas, sempre importantes nas viagens. Meus sapatos são semelhantes aos usados naquela época. Infelizmente, não consegui encontrar um par exatamente igual.

— Você não trouxe nenhum livro sobre a Terceira Guerra dos Dragões, trouxe? Não podemos arriscar que caíam em mãos erradas.

— Claro que não, senhor — respondeu Kairn, ofendido. — Eu carrego meu conhecimento na minha cabeça.

— Perdoe-me por duvidar de sua experiência nesta questão, Irmão, mas não ousamos deixar nada ao acaso — explicou Justarius.

Os três desceram o caminho até a cabana, andando devagar para acomodar Justarius. Quando chegaram à cabana, Dalamar notou que o fogo da forja não estava queimando. Não conseguia ouvir nenhum som de marteladas ou pancadas. A casa e o terreno estavam silenciosos, exceto pelo tilintar dos baldes e o som da água espirrando no barril. É verdade que estavam adiantados, o sol ainda não atingira o zênite, porém, todos estavam impacientes.

Justarius bateu à porta da frente, chamando o nome de Alice e anunciando sua presença.

— Entrem! — gritou ela. — Estou no laboratório!

Eles foram até o laboratório e encontraram Alice sentada à grande mesa de pedra quase exatamente no mesmo lugar em que a haviam deixado cinco dias antes. A mesa estava vazia, exceto por um único objeto que não podiam ver, pois ela o cobrira com um pano de prato.

— Eu imaginei que vocês, apressadinhos, poderiam chegar cedo — disse ela, sorrindo. Ela olhou para Kairn com curiosidade. — Vejo que trouxeram um monge junto. Veio orar por mim, Irmão? Não é necessário, eu garanto. Está tudo bem.

Dalamar apresentou Kairn, explicando:

— Pedimos ao Irmão Kairn para ser a pessoa a viajar no tempo.

— Prazer em conhecê-lo, Senhor Monge — cumprimentou Alice, apertando a mão de Kairn.

Enquanto Kairn olhava ao redor maravilhado, Dalamar notou que a mão mecânica que girava o espeto na lareira não estava trabalhando hoje, mas outra mão mecânica segurando uma colher grande estava mexendo algo em uma chaleira. Um forte cheiro de sabão de lixívia tomava a sala.

— Hoje é dia de lavar roupa — explicou Alice.

— Teve sucesso, senhora? — perguntou Justarius. — Fez um novo Dispositivo de Viagem no Tempo?

— Claro! — declarou Alice calmamente. — Eu nunca empreendo nada a menos que planeje ser bem-sucedida. Aproximem-se da mesa, senhores e monge.

Ela aguardou até que eles estivessem acomodados e ela tivesse certeza de que tinha toda a atenção deles. Tirou o pano de prato com um floreio, revelando um globo feito de prata incrustado com ouro e pontilhado com joias engastadas em padrões.

— Apresento-lhes o mais novo e melhorado Dispositivo de Viagem no Tempo — declarou Alice.

O globo era mais ou menos do tamanho de um pão e perfeitamente redondo. Ele descansava em um pequeno suporte de madeira que o impedia de rolar da mesa.

— É lindo — comentou Dalamar. — Uma obra de arte.

— Obrigada, senhor — respondeu Alice. — Eu derreti o original e usei um pouco do metal para fazer este.

Justarius olhou para ela horrorizado.

— Você *derreteu* o Dispositivo de Viagem no Tempo?

— Era inútil do jeito que estava — apontou Alice. — E eu não poderia fazer o novo Dispositivo sem o antigo. Precisei usar o metal do original, assim como usei as joias.

— Era uma antiguidade! — retrucou Justarius, furioso. — Um tesouro!

— Mas não funcionava — retorquiu Alice, parecendo confusa.

Justarius não conseguia falar por causa da fúria. Só conseguia encará-la em descrença ultrajada.

— Acho que tenho algumas engrenagens, rodas e parafusos que sobraram, se você quiser — ofereceu Alice. — Provavelmente estão na lata de lixo.

— Talvez possa nos explicar como esse novo Dispositivo funciona, senhora — sugeriu Dalamar, esperando que isso desse tempo para Justarius se acalmar.

Alice deu de ombros, visivelmente sem entender qual era o problema.

— Como podem ver, senhores, o novo Dispositivo tem um desenho bastante simples. Sem correntes, bastões ou esferas. Incluí um poema que o operador deve recitar como precaução de segurança, para que nenhuma pessoa não autorizada possa usá-lo. Um código simples teria funcionado tão bem quanto, mas achei que seria bom torná-lo um poema em homenagem ao original. Não é tão complicado, no entanto.

— Os padrões das joias parecem familiares — comentou Kairn, estudando-os.

— As constelações — explicou Alice. — Cada uma representa um dos deuses de Krynn. Esta é a constelação do dragão Paladine, e esta é a cabeça de bisão de Kiri-Jolith, e este é o dragão de cinco cabeças de Takhisis. Os deuses da magia também estão presentes na forma de três luas: uma de diamantes, uma de rubis e uma de obsidiana.

Dalamar fez menção de tocar no globo, mas Alice pegou o Dispositivo, tirou-o de seu alcance e balançou o dedo para ele.

— Quem sabe onde suas mãos estiveram? Não posso permitir que sua magia interfira na minha. Sem ofensa, claro, senhor.

— Não me ofende, senhora — afirmou Dalamar, sem ousar olhar para Justarius. — É perfeitamente razoável.

— Ótimo. Preciso fazer mais um teste, e pensei que vocês gostariam de estar presentes para testemunhar. Sentem-se e fiquem à vontade. Isso pode demorar um pouco.

Eles se sentaram. Justarius apoiou a muleta na mesa.

Alice colocou a mão manchada de fuligem no topo do globo, fechou os olhos, sussurrou algo e acrescentou:

— "E com um poema que quase rima, agora no tempo vou à deriva".

Ela e o Dispositivo desapareceram.

Kairn ofegou e saltou de pé. Justarius lançou um olhar sombrio para Dalamar.

— Agora fazemos o quê?

— Esperamos ela voltar — disse Dalamar.

Justarius bufou. Kairn sentou-se lentamente.

Os três aguardaram em silêncio, ouvindo vários objetos mecânicos chiando, zunindo, tinindo e tilintando. Um enorme relógio marcava os minutos. Um de seus ponteiros segurava um martelo e, quando chegou à hora, o relógio tocou um sino.

Alice retornou, materializando-se na cozinha.

— Voltei! — anunciou ela desnecessariamente.

— Funcionou? — perguntou Dalamar, tenso. — Você viajou no tempo?

— Claro que funcionou! — declarou Alice com um olhar indignado. — Eu disse que funcionaria, não disse?

Ela estava segurando o globo em uma mão e um grande livro na outra.

— Fui visitar meu tetravô Ranniker. Sempre quis conhecê-lo. Ele e eu tivemos uma boa conversa sobre artefatos. Sabiam que ele fez um relógio que podia dar às pessoas um vislumbre do futuro?

Dalamar e Justarius trocaram olhares assustados.

— Sabemos sobre o relógio — comentou Dalamar.

— Vocês estão com ele? Eu adoraria ver — disse Alice.

— Lamento dizer que foi destruído — respondeu Dalamar.

— Que pena — disse Alice. — Talvez eu faça outro. Ele me deu algumas dicas. Falando em artefatos, Ranniker enviou isto para você, Mestre.

Ela colocou o livro que estava segurando na mesa na frente de Justarius.

— O *Livro de Artefatos de Ranniker* — declarou ele, lendo o título.

— Não é *qualquer* livro de artefatos — explicou Alice, triunfante. — O próprio livro de Ranniker. Eu vi o quanto você admirou o que eu tinha. Esta é uma edição inicial, fique sabendo. Ele tinha acabado de escrever a versão atualizada, e foi por isso que disse que eu poderia ficar com esta.

Justarius olhou para o livro com admiração. Tocou a capa de couro com as mãos trêmulas e com delicadeza e reverência abriu-o na folha de rosto. Dalamar leu a assinatura: *Ranniker*.

Justarius virou lentamente as páginas.

— Esta é a caligrafia dele! Eu a reconheço. Ranniker sempre escreveu em letras de imprensa maiúsculas.

— Achei que precisaria de uma prova de que meu Dispositivo funciona — explicou Alice complacentemente. — Bem, aí está. Vocês dois cavalheiros podem ir embora agora. O Senhor Monge e eu temos trabalho a fazer. Tenho que ensiná-lo a usar o Dispositivo.

— Pretendemos ficar, senhora — informou Justarius.

— Como queiram — consentiu Alice. — Isso pode levar dias. Não vou deixar esse jovem ir, a menos que tenha certeza de que ele pode chegar lá e voltar com segurança. Vocês dois podem dormir na forja. E acho que tenho sobras de ensopado de frango...

— Talvez devêssemos ficar apenas por tempo suficiente para ouvir como funciona — sugeriu Dalamar para Justarius.

Aparentemente, a ideia de dormir na forja desagradou Justarius, pois ele concordou resmungando.

Alice colocou o globo na frente de Kairn.

— Aqui está, Senhor Monge. Isso agora é seu — disse Alice. — Ouça-me com atenção.

Kairn pareceu perceber de repente a enormidade da tarefa com a qual havia concordado, pois sua mandíbula ficou tensa e ele respirou fundo.

— Estou ouvindo, senhora.

Alice sentou-se ao lado dele.

— Você deve colocar a mão no globo, qualquer lugar está bom. E todos aqueles que pretendem viajar com você também devem tocar o globo. Deve dizer em voz alta o nome do lugar que deseja visitar e fornecer a data e a hora. Quanto mais específico melhor.

— Eu agradeceria, senhora, se pudesse esclarecer suas instruções — solicitou Kairn. — Considerando a importância da minha missão, quero ter certeza de que entendi completamente o que devo fazer.

Alice pareceu satisfeita e deu-lhe tapinhas elogiosos no ombro.

— Muito bem, Senhor Monge. Então, vamos supor que queira estudar a Guerra da Lança. Você poderia dizer: "Leve-me para a Guerra da Lança" e isso o levaria para a guerra. Mas se não especificar a data, o local e a hora, o Dispositivo pode levá-lo para qualquer lugar, desde o Mar de Sangue de Istar até o Templo da Rainha das Trevas em Neraka.

Kairn assentiu para indicar que entendia.

— Você deve, portanto, tentar limitá-lo. Por exemplo, você poderia dizer "Leve-me para Solâmnia durante a Guerra da Lança", mas isso ainda cobre um território bem grande. O que você deve dizer é "Leve-me à Torre do Alto Clérigo, Solâmnia, 352 DC, mês de Fierswelt, meio-dia do sétimo dia, Entrada do Cavaleiro".

— E depois o que eu faço? — perguntou Kairn.

— Depois de dizer para onde quer ir e quando, você recita o pequeno poema, que é simples o suficiente para uma criança lembrar, e lá vai você. *Voom!*

Kairn encarou-a com admiração.

— Seu trabalho é incrível, Senhora Ranniker!

Alice estava claramente satisfeita.

— Incluí um recurso do dispositivo original que considerei muito sensato. Não importa o que aconteça, se alguém o roubar ou você derrubá-lo em um poço, o globo sempre retornará para você. Não precisa se preocupar com ele. O globo é praticamente indestrutível. Pode carregá-lo em seu alforje sem medo de danos. Se uma joia cair, basta colocá-la de volta. Pode levar isso com você para fazer reparos.

Ela entregou a Kairn uma garrafa fechada por uma rolha, cheia de um líquido viscoso.

— O que é isso? — exigiu saber Justarius. — Um elixir mágico de algum tipo?

Alice lançou um olhar engraçado para ele.

— Cola.

Ela se levantou.

— É isso, senhores. O Senhor Monge e eu vamos passar um ou dois dias treinando para que ele pegue o jeito. Alguma pergunta?

— Ele vai conseguir trazer todos de volta? — perguntou Justarius.

— Todos aqueles que viajaram no tempo podem retornar com ele — confirmou ela. — Na verdade, eles devem. Ele não pode deixar ninguém para trás. Como é que sempre dizem? Nunca divida o grupo. É tudo ou nada.

— E se um deles morreu? — perguntou Dalamar.

— Então vocês estão ferrados — disse Alice. — É melhor torcerem para que eles tenham tido bom senso o bastante para cuidarem de si mesmos. Se os trouxer de volta para cá juntos, então eles nunca terão estado lá. Deixe-os lá atrás, então nunca estiveram aqui. — Ela deu de ombros. — De qualquer forma, o Rio continua fluindo. Mas se os dividir em pequenos grupos, deixe dois lá atrás e traga dois de volta para cá...

— Então corremos o risco de mudar a história — completou Dalamar.

— É possível dividir o grupo — disse Alice cautelosamente. — Mas apenas *in extremis,* como dizem seus estudiosos. Significa "à beira da morte". Caso for necessário, que assim seja, mas eu não aconselharia. Ah, e esqueci de mencionar que você tem a habilidade de voltar sozinho,

Senhor Monge. Na verdade, terá que retornar quer tenha sucesso ou não. Acho que Astinus não quer que você fique vagando pelo tempo.

— Todos nós que viajamos de volta ao passado juramos retornar ao nosso próprio tempo, senhora — informou Kairn.

— Então está tudo esclarecido — declarou Alice. — E agora, minha roupa está quase lavada. O Senhor Monge e eu temos trabalho a fazer, e tenho certeza de que vocês têm algum lugar importante para ir.

— Tenho mais uma pergunta, Senhora Alice — disse Dalamar, enquanto se levantavam para se despedir. — O que aconteceria se o Dispositivo entrasse em contato com outro artefato extraordinariamente poderoso?

— Que artefato tem em mente? — questionou Alice, lançando-lhe um olhar perspicaz.

— A Gema Cinzenta de Gargath.

Alice havia chamuscado a maior parte de suas sobrancelhas, mas ergueu o pouco que lhe restava.

— Ora, ora. Eu não esperava *isso* — comentou e esfregou o nariz. — Está dizendo que a Gema Cinzenta está envolvida nisso tudo?

— Acreditamos que sim — confirmou Dalamar.

— Isso pode mudar as coisas. Mas não sei muito sobre a Gema Cinzenta. Vamos ver o que o vovô Ranniker tem a dizer sobre isso.

Ela abriu o livro e, depois de alguma pesquisa, localizou a página.

— Ranniker registra as várias lendas que cercam a criação da Gema Cinzenta e inclui especulações acadêmicas sobre se ela realmente existe ou é um mito.

Ele escreve: "O fato de não ter sido vista em milhares de anos leva a maioria dos sábios a concluir que era um mito, mas não tenho tanta certeza. Lemos muitos relatos detalhados daqueles que afirmaram tê-la visto. Esses relatos vêm de diferentes raças e diferentes partes do mundo conhecido, mas todos concordam em suas descrições da gema. Todos afirmam que é difícil de estudar, pois brilha com uma luz cinza inquietante e está constantemente mudando de forma. Os sábios consideram a Gema Cinzenta o artefato mais perigoso conhecido pelo homem, pois contém o Caos. Mas não acredito que o Caos seja tão inteligente quanto ele pensa que é."

— Uma declaração estranha de se fazer — comentou Justarius, franzindo a testa.

— Ranniker era um cara estranho — declarou Alice. — Quanto à Gema Cinzenta, não tenho ideia de como pode afetar a magia do

Dispositivo. Em outras palavras, o Senhor Monge está sozinho. Mas se for tão perigosa quanto Ranniker diz, retiro meu comentário sobre separar o grupo. Não há como prever nada. Deve apenas esperar conseguir resgatar os sobreviventes.

— Que Gilean nos salve! — Kairn murmurou, abalado.

Alice deu tapinhas na mão dele.

— Não se preocupe, Senhor Monge. Mantenha a fé, como dizem vocês, religiosos. Alguma outra pergunta, senhores? Caso não tenham, o Senhor Monge e eu temos trabalho a fazer.

— Eu exijo ficar — declarou Justarius teimosamente.

— A decisão é sua — respondeu Alice. — Ali está o cesto de roupa suja. O varal está do lado de fora. Pode pendurar minhas ceroulas para secar enquanto espera.

Justarius a encarou com raiva. Então, apanhou o precioso livro de artefatos, murmurou seus agradecimentos e pegou sua muleta.

— Boa sorte, Irmão Kairn — desejou Dalamar, apertando a mão do monge.

— Aprecio sua confiança em mim, senhor — disse Kairn. Ele olhou com tristeza para Justarius, que mancava até a porta. — Temo tê-lo irritado.

— Ele está com medo — explicou Dalamar. — Ambos estamos. Leve o tempo que precisar para estudar, Irmão, mas não demore muito. O rio está se elevando. Entre em contato comigo assim que retornar.

Alice acompanhou Dalamar e Justarius até a porta e ficou na varanda para observá-los descer a alameda, sem dúvida certificando-se de que os dois magos estavam realmente indo embora.

— Eu poderia fazer uma perna mecânica para você, Senhor Mago — gritou ela para Justarius. — Demoraria um pouco para se acostumar, pois a perna pode ter a tendência a sair andando sozinha…

Justarius fingiu que não a ouviu e apressou o passo. Assim que passaram pelo poço com seus baldes giratórios e estavam fora de vista da cabana, exclamou agitado:

— Que os deuses ajudem aquele jovem!

— A Senhora Ranniker é um pouco estranha, mas estou impressionado com o Dispositivo que ela criou — comentou Dalamar.

— Estranho ela ter mencionado o Relógio de Ranniker — comentou Justarius.

— Eu estava pensando o mesmo — admitiu Dalamar. — Ainda me lembro do futuro terrível que vi quando entrei no relógio. Aquela criatura de pele azul quebrando a Gema Cinzenta e libertando o Caos. A magia extinta do mundo. Dragões estranhos dominando a humanidade sob as garras do terror.

— Ungar cometeu uma loucura criminosa quando enviou a Senhora Destina atrás da Gema Cinzenta em algum plano para lucrar com o que havia testemunhado — comentou Justarius. — Pelo que sabemos, em sua tentativa de impedir que o terrível futuro visto por ele aconteça, o miserável pode muito bem tê-lo provocado.

Os dois chegaram ao fim da alameda. Ambos olharam na direção da cabana. Tudo estava quieto, exceto pelo barulho distante da roda d'água mecânica mágica.

— Aprovo sua escolha do Irmão Kairn — declarou Justarius. — Ele parece sensato e corajoso. E pelo que você diz, conhece a história da época. Mas ele precisará de toda a sua sabedoria e coragem, pois não faz ideia do que o aguarda.

— É isso que me assusta — admitiu Dalamar.

CAPÍTULO VINTE

Destina esperou o dia todo que Raistlin e Magius voltassem da Torre da Alta Feitiçaria. Não tinha nada para fazer, exceto se preocupar. Ela pensou em visitar Tas nas masmorras da torre, mas não tinha ideia de onde ficavam e não queria perguntar, pois sabia como o comandante reagiria. Temia se perder procurando por elas sozinha.

Magius e Raistlin não haviam retornado até a hora do jantar e Destina sabia que algo estava errado. Ela voltou para o quarto e tentou ficar acordada, esperando notícias. Foi perdendo a esperança conforme a noite avançava sem nenhum sinal de Raistlin ou Magius. Por fim, exausta e desanimada, adormeceu.

Destina acordou cedo, na manhã seguinte, de um sonho com Kairn que ela nunca quis ter. O sonho parecia muito real. Ele estendia as mãos para ela, mas quando ela tentou pegá-las, ele desapareceu.

O sino soou às sete horas. Ela se vestiu rapidamente e atravessou a ponte para a Espora do Cavaleiro, esperando ouvir notícias.

A única pessoa à mesa era Will, tomando seu café da manhã.

— Viu Raistlin ou Magius esta manhã? — perguntou Destina.

— Graças aos deuses, não — respondeu Will, severo. — Quer um pouco de mingau, senhora? Posso pedir ao cozinheiro que traga outra tigela.

— Eu agradeço, mas não estou com fome — recusou Destina. — Não dormi bem. Vou dar um passeio pelas ameias para clarear a cabeça. Se Raistlin aparecer, pode dizer a ele onde me encontrar?

Will prometeu que faria isso.

Ela subiu as escadas até as ameias no topo do Espora do Cavaleiro e olhou para as planícies abaixo, onde as tendas do exército do dragão brotavam como horríveis cogumelos.

Mais tropas inimigas chegavam a cada dia, marchando do leste, oeste e sul. Toda Solâmnia estava agora sob o controle da Rainha das Trevas. Os cavaleiros podiam apenas observar os números aumentarem e esperar pelo dia em que as trombetas do inimigo soassem o ataque e trouxessem morte à Torre do Alto Clérigo. A visão era enervante, e Destina estava prestes a retornar para o refeitório quando o Comandante Belgrave se juntou a ela.

Ele se apoiou na parede e olhou para o inimigo.

— Olhe para eles, passeando pelo acampamento sem uma preocupação no mundo, sabendo muito bem que não podemos tocá-los. E seus números ainda são relativamente baixos.

Destina olhou para as tendas. A maioria era pequena, cinza ou marrom, mas ela viu duas fileiras de tendas vermelhas, cada uma com uma bandeira da cor do fogo.

— Aquelas vermelhas pertencem a uma força mercenária de elite — explicou Titus. — Acho que devemos nos sentir honrados por Immolatus tê-los contratado para lutar contra nós. Ele os trata bem, embora espere obter o valor de seu dinheiro. É melhor que estejam preparados para derramar o próprio sangue pela causa.

— Quem está alojado naquela grande tenda, aquela com listras vermelhas e pretas? — perguntou Destina.

— Aquela é a tenda de comando do dragão.

— Pensei que os dragões dormissem em covis — comentou Destina, tentando imaginar o enorme dragão em uma pequena tenda.

— Normalmente, dormem. Seu amigo Raistlin parece saber algo sobre esse dragão e, segundo ele, Immolatus só volta para seu covil à noite. Durante o dia, ele assume a forma humana para se encontrar com seus oficiais e vigiar suas tropas. Ou igual à elfa. De acordo com o seu kender, ela também é um dragão. — Titus deu um sorriso irônico.

— Quando acha que o dragão vermelho e seus exércitos atacarão? — perguntou Destina, tentando evitar que sua voz tremesse.

— Immolatus não atacará sozinho. Ele vai esperar até que Sua Majestade Sombria chegue, e ela aparentemente não está com pressa — explicou Titus. — De acordo com os relatórios das patrulhas, ela está a dois dias de cavalgada da torre. Suas tropas chegam aos milhares, e ela tem dragões azuis e mortos-vivos entre suas fileiras, bem como humanos, goblins, kobolds, ogros e quaisquer outros que a adorem. Sem mencionar os mercenários que estão nesta guerra apenas pelos despojos.

Titus virou-se para Destina, com expressão grave.

— Eu estava indo encontrá-la, senhora. Aqueles dois magos amigos seus devem usar a magia deles para transportar a senhora e o kender para um lugar seguro. E podem se transportar junto com vocês. Não preciso de magos de guerra. Quando se trata de batalhas, prefiro o aço frio e duro.

— Vou falar com eles — prometeu Destina.

— Só para que fique claro, Senhora Destina, isso não foi um pedido — declarou Titus. — Foi uma ordem. E agora é melhor eu voltar aos meus deveres. Desejo-lhe um bom dia.

Ele desceu as escadas, deixando-a sozinha.

A manhã estava fresca com um céu azul sem nuvens e uma brisa suave. Destina andava de um lado para o outro, imaginando o que fariam se estivessem presos aqui no tempo. Não estava tão preocupada consigo mesma quanto com a Gema Cinzenta. Não podia permitir que Takhisis a pegasse.

— Ela não pode pegá-la se não souber que está aqui — raciocinou Destina. — Talvez seja melhor partirmos antes que ela descubra.

Ela ouviu passos na escada e esperava que fosse Raistlin vindo procurá-la. Virou-se esperançosa, apenas para ficar desapontada ao ver um soldado emergir da escada.

— Disseram-me que a encontraria aqui, Senhora Destina — disse ele.

Ele falava com familiaridade, como se a conhecesse, mas Destina não conseguia reconhecê-lo.

— O Comandante Belgrave o enviou? — questionou ela.

— Não me reconhece? — perguntou o soldado. — Não é de se surpreender. Eu não estava em minha melhor forma da última vez que me viu. Eu sou o Soldado Mullen Tully. Fui ferido quando os goblins atacaram aquela vila. Você salvou minha vida.

— Ah, claro! — disse Destina, lembrando. — Mas fiz muito pouco. Foi Raistlin quem cuidou de seus ferimentos. Ouvi os aldeões falando que tinham um clérigo que poderia curá-lo. Estou feliz em vê-lo bem.

Ele sorriu para ela, e havia algo em seu sorriso que a deixou inquieta. Não queria ficar sozinha com ele. No entanto, ele estava entre ela e as escadas.

— É bom vê-lo, soldado — disse Destina, friamente. — O vento está começando a esfriar. Se me der licença, acho que vou entrar.

Destina estava tentando contorná-lo, quando de repente ele saltou sobre ela. Segurou a gola de sua jaqueta e abriu-a, e agarrou a Gema Cinzenta. A luz cinza faiscou. Tully deu um grito agudo e afastou a mão. Ele olhou para a mancha vermelha que surgia em sua palma e as bolhas nos dedos, e torceu a mão de dor. Franziu o cenho para ela, murmurou uma imprecação desagradável, então passou por ela e desceu as escadas correndo.

Destina ficou olhando para ele, horrorizada com a rapidez e o choque do ataque. Esperou nas ameias até que não conseguisse mais ouvir os passos dele, então correu de volta pela ponte até a torre e subiu as escadas para seu quarto. Trancou a porta, jogou água fria no rosto e tentou acalmar seu coração acelerado. Tinha que contar a alguém sobre Tully, que ele sabia sobre a Gema Cinzenta e tentou pegá-la. Deveria contar a Raistlin, mas ele não estava presente, pelo menos ela não o tinha visto. Decidiu procurar Sturm.

Uma batida na porta a assustou.

— Quem está aí? — gritou ela, bruscamente, sem fazer nenhum movimento para abri-la.

— O Comandante Belgrave gostaria de falar com você, minha senhora — avisou Will.

Destina suspirou profundamente. Certificou-se de que a Gema Cinzenta estava escondida sob a gola de sua jaqueta, então abriu a porta.

— Sabe onde posso encontrar Sturm Montante Luzente? — perguntou.

— Não sei, minha senhora, mas talvez o Comandante Belgrave saiba.

Will a acompanhou de volta à Espora do Cavaleiro e a levou ao escritório do comandante, onde a anunciou antes de conduzi-la para dentro.

— A Senhora Destina Rosethorn, senhor.

— Entre, minha senhora — chamou Titus.

Destina entrou no escritório e viu um homem de manto cinza e capuz de monge sentado em uma cadeira a um canto. Seus pulsos estavam algemados e um guarda estava ao lado dele, com a mão no punho da espada.

Havia um alforje a seus pés, junto com um bordão.

— Quem é? — perguntou Destina, assustada.

— Espero que possa me dizer, minha senhora — declarou Titus severamente.

O monge estava sentado de cabeça baixa, mas ao som da voz de Destina, ergueu a cabeça e se pôs de pé, assustando o soldado, que desembainhou a espada.

O monge não lhe deu atenção. Só tinha olhos para ela. Um raio de sol brilhando através da janela tocou seu rosto, e Destina encarou-o em estado de choque paralisante.

— Ele diz que seu nome é Kairn e afirma ser um monge da Grande Biblioteca — Titus continuou dizendo. — Afirma que a senhora o conhece e pode atestar por ele. Estou começando a achar que conhece todo mundo em Solâmnia, Senhora Destina.

Destina não conseguia se mexer. Não conseguia respirar. Não pôde responder. Tudo o que conseguia pensar era que Kairn não poderia estar ali. Ele estava longe, a séculos de distância!

Ela cambaleou e estendeu a mão para se firmar nas costas de uma cadeira.

— Destina! — exclamou Kairn, preocupado, e deu um passo em direção a ela, mas o guarda o arrastou para trás. Titus gritou por Will.

— A Senhora Destina está passando mal! Traga um pouco de vinho — ordenou Titus quando o criado apareceu. — Sente-se, minha senhora.

Destina não lhe deu atenção. Kairn era a única pessoa na sala que importava, e ele não podia estar na sala.

— Você é… real? — hesitou ela. — Ainda… estou sonhando?

— Sinto muito, Destina! — disse Kairn. — Não tive a intenção de lhe causar tamanha aflição. Mas devia saber que eu voltaria para buscá-la!

Ele estendeu as mãos algemadas para ela como havia feito no sonho. Destina o tocou, e ele era real. Era de carne e osso. Ela não tinha ideia de como ou por que ele estava ali. Isso não importava. Ela jogou os braços ao redor dele e o abraçou apertado, com algemas e tudo.

Kairn não pôde retribuir o abraço devido às algemas, mas sussurrou:

— Vim para levá-la para casa.

Destina agarrou-se a ele, sem querer soltá-lo. Olhou em seus olhos.

— Eu estou tão feliz! Mas como… O Dispositivo foi destruído…

— Silêncio! — sussurrou Kairn. Ele lançou um olhar para seu alforje. — Não diga mais nada!

— Vejo que conhece este homem — comentou Titus secamente.

Destina assentiu com a cabeça e relutantemente o soltou.

— Eu conheço o Irmão Kairn da Grande Biblioteca — explicou Destina, confusa, sentindo seu rosto esquentar.

— Eu ajudava a Senhora Destina com seus estudos — acrescentou Kairn.

Titus olhou de um para o outro.

— Bem, ele não é um espião, seja o que for. Remova as algemas.

Will sacou uma chave e abriu as algemas. Kairn esfregou os pulsos e sorriu inseguro para Destina, que de repente achou difícil olhar para ele depois de se atirar em seus braços.

— Sentem-se — ordenou Titus, apontando para duas cadeiras na frente de sua mesa. — Vocês dois.

Ele os olhou severamente.

— Quero saber a verdade sobre o que está acontecendo. Vi os olhares que você e seus companheiros trocam quando pensam que não estou vendo, Senhora Destina. Notei como todos vocês se esforçam para calar o kender.

— Tas fala… muita bobagem — murmurou Destina.

— Fala mesmo? — questionou Titus. — Ou vocês calam a boca dele porque ele está dizendo a verdade?

Destina baixou os olhos e ficou em silêncio.

Titus gesticulou para Kairn.

— E agora esse monge chega, contando uma história idiota sobre ter viajado até aqui sob as ordens de Astinus para registrar uma batalha à qual provavelmente nenhum de nós sobreviverá, incluindo ele. E é um pouco vago sobre como conseguiu passar com segurança pelas linhas inimigas. Segundo ele, os goblins não cortaram sua garganta porque ele é um bibliotecário!

Kairn remexeu-se desconfortavelmente em sua cadeira, e Destina olhou para as mãos. Não sabia o que dizer. Felizmente, ela foi salva de responder por alguém batendo na porta.

— Comandante, senhor!

— O que é agora? — murmurou Titus.

O carcereiro correu para dentro da sala.

— O kender, Pés-Ligeiros, escapou, senhor.

Titus esfregou a mão no queixo.

— Eu estava pensando que já estava demorando. Estou surpreso que tenha ficado tanto tempo. Vá encontrá-lo e prenda-o novamente. E, desta vez, acorrente-o à parede.

233

— Ele não está na torre, senhor — esclareceu o carcereiro. — Parece que se esgueirou por uma janela na sacristia. Nós a encontramos aberta com uma mesa embaixo dela.

Titus deu de ombros.

— Então ele é comida para goblins. Não posso ajudá-lo.

— Temos que encontrá-lo! — exclamou Kairn com urgência, e lançou um olhar significativo para Destina.

— Tas falou muito sobre ir ver os gnomos — comentou Destina, abalada.

— Gnomos? — repetiu Titus.

— Eu não fazia ideia de que ele ia fugir. Não voltarei para casa sem ele, senhor! — declarou Destina e se levantou da cadeira com determinação. — Vou procurá-lo.

— Não é seguro, Destina — argumentou Kairn, levantando-se de um salto. — Eu vou.

— Ninguém vai a lugar nenhum! — bradou Titus e bateu com o punho na mesa. — Não percebem que estamos cercados pelo inimigo no meio de uma maldita guerra? — Ele olhou para os dois. — Sentem-se!

Destina e Kairn afundaram em suas cadeiras.

Titus olhou para Destina.

— O que o kender quis dizer sobre ir ver os gnomos?

— Ele me mostrou a aldeia deles no mapa. Ele falou muito sobre os gnomos, mas... acho que não estava prestando atenção.

— *Existe* uma aldeia de gnomos a cerca de trinta quilômetros daqui, embora eu lamente dizer que provavelmente é uma aldeia de goblins agora — disse Titus.

— Não há algo que possamos fazer para encontrá-lo, senhor? — perguntou Kairn.

— Não posso dispensar nenhum dos meus homens. Peçam aos seus amigos magos — sugeriu Titus. — Eles podem ser de alguma ajuda. Talvez tenham um feitiço para localizar kender.

— Também não acredito que Raistlin e Magius estejam aqui, senhor — admitiu Destina. — Raistlin disse algo sobre os dois irem até Palanthas...

— Palanthas? — explodiu Titus. — Acham que estão todos com uma Ânsia de Viajar kender?

Ele se levantou, empurrando a cadeira para trás com tanta força que ela se chocou contra a parede.

— Will, venha comigo. — Titus olhou para Kairn e Destina. — Vocês dois fiquem aqui!

Ele saiu do escritório e eles ouviram seus passos raivosos no corredor. Destina e Kairn ficaram sentados imóveis, com medo de se mexer ou falar.

Quando tudo estava quieto, Kairn foi até a porta, abriu uma fresta e olhou para fora.

— Não há ninguém aqui — informou. — Podemos conversar livremente. — Ele veio se sentar ao lado de Destina. — Por que Magius e Raistlin foram para Palanthas?

— Para obter o Dispositivo de Viagem no Tempo — respondeu Destina. — Ele explodiu...

— Em minhas mãos — completou Kairn, fazendo uma careta. — Mas como o Dispositivo foi destruído, por que Raistlin pensou que poderia estar em Palanthas?

— Raistlin raciocinou que, embora tivesse sido destruído em nosso tempo, ainda existiria neste — explicou Destina. — Ele e Magius foram até a Torre da Alta Feitiçaria para encontrá-lo. Deveriam ter ficado fora por pouco tempo, mas não vi nenhum deles esta manhã e temo que algo tenha dado errado. Mas você disse que veio nos levar para casa! Conseguiu consertar o Dispositivo?

— Nem Justarius seria capaz de consertá-lo — respondeu Kairn. — Ele encontrou uma jovem habilidosa em confeccionar artefatos, e ela construiu um novo Dispositivo com os pedaços do antigo. Está comigo no alforje.

— Estou surpresa que o comandante não a tenha revistado — comentou Destina. — Ele obviamente não confia em você.

— Ele deu uma olhada — disse Kairn. — Felizmente, Dalamar lançou um feitiço no alforje, de modo que, se alguém olhar para dentro dele, verá apenas uma muda de roupa. Podemos partir, mas apenas se estivermos todos juntos. Alice especificou que "todos devem retornar ou nenhum". Precisamos encontrar Tasslehoff. Você disse que ele foi procurar gnomos?

— Ele ficou falando sobre como o Tio Trapspringer e os gnomos inventaram a lança de dragão. Temo que ele tenha ido descobrir se isso era verdade.

— Mas por que ele iria em busca de lanças de dragão? — perguntou Kairn, perplexo. — A história registra que a batalha começará em Bakukal, no décimo sexto dia do mês de Palesvelt. Pelos meus cálculos, é depois de amanhã. Huma pegará a lança de dragão e cavalgará o dragão de prata para lutar e salvar Solâmnia.

Destina balançou a cabeça.

— Ele não pode pegar a lança de dragão, porque elas não estão aqui. Ninguém nunca ouviu falar delas.

— Que Gilean nos salve! — Kairn levantou-se distraído e começou a andar pela sala. — Talvez seja por isso que as páginas do livro estavam em branco!

— Que livro? O que você quer dizer? — perguntou Destina, assustada.

— Depois que o Dispositivo explodiu, Astinus realizou uma reunião para discutir a possibilidade de que a Gema Cinzenta tivesse voltado no tempo para a Terceira Guerra dos Dragões. Ele me mandou buscar o registro que havia feito desse período, mas as páginas que havia escrito estavam em branco. Desde então, tenho estudado a história da Terceira Guerra dos Dragões para poder trazer você e os outros de volta, e a Gema Cinzenta.

Destina agarrou-a. A joia estava desconfortavelmente quente em sua mão.

— Como sabia que eu a possuo? — perguntou ela.

— Dalamar sabia que você estava com ela. Ele nos contou na reunião. Voltei para encontrar você e os outros e impedir que a Gema Cinzenta mude o tempo. Alguém mais sabe sobre ela?

— Tasslehoff e Sturm sabem — explicou Destina. — Raistlin viu a joia e descobriu o que era. E, agora há pouco, um homem chamado Mullen Tully tentou tomá-la de mim. A Gema Cinzenta o impediu; queimou sua mão quando ele a tocou.

— Quem é esse Tully? — perguntou Kairn.

— Supostamente é um soldado servindo na torre, mas não confio nele, e Raistlin também não confia. — Destina estremeceu. — Ele pensou que era um desertor, assim como o Comandante Belgrave quando o mencionamos.

— Onde está esse Tully agora? — perguntou Kairn, preocupado.

— Não sei — disse Destina. — Eu ia contar a Sturm e pedir-lhe para vigiá-lo. E Gwyneth também sabe sobre a Gema Cinzenta. Ela lançou um feitiço em Tas que o impede de falar sobre a joia. Ela me avisou que se Takhisis descobrisse, tentaria obtê-la. E se a Rainha das Trevas unir forças com o Caos…

Destina deu um suspiro desesperado.

— Que problema eu causei! Coloquei todos nós em perigo e não tenho ideia de como consertar, ou se sou capaz de fazê-lo!

Kairn sentou e apertou a mão dela, consolando-a. Ele ficou sentado em silêncio, pensando.

— Acredito que você pode ter mais ajuda do que imagina. Conte-me sobre Gwyneth.

— Ela afirma ser uma elfa, mas não se parece com nenhuma que já vi — contou Destina. — Tem cabelos prateados e uma tonalidade prateada em sua pele, e possui poderes extraordinários de magia. Tas diz que ela o lembra de Silvara, que aparentemente era um dragão de prata. Ele acredita que Gwyneth é o dragão de prata da canção que se apaixonou por Huma.

Kairn estava prestes a responder, mas Destina ouviu um ruído do lado de fora da porta, um som estranho, como se alguém estivesse se esforçando para respirar.

Ela apertou a mão dele em advertência.

Temendo que fosse Tully, Destina levantou-se depressa e abriu a porta. Não havia ninguém lá, mas ela ouviu passos se afastando. Fechou a porta e voltou a se sentar.

Ficaram de ouvidos atentos, mas o som não se repetiu.

— Estávamos falando de Gwyneth — continuou ela.

— Tas está certo. Gwyneth *é* o dragão de prata — declarou Kairn, mantendo a voz baixa. — Ela era irmã de Silvara. E como Gwyneth está aqui, isso é bom. Está tudo bem. Ela sabe onde encontrar as lanças de dragão. Ela ama Huma e lutará ao lado dele.

— Gwyneth desapareceu — revelou Destina, suspirando.

Kairn ficou pasmo.

— Mas ela tem que estar aqui! Ela e Huma derrotarão Takhisis!

— Ela se foi. — Destina balançou a cabeça. — O comandante pensou que ela era uma espiã e a trancou nas masmorras. Ela escapou e agora desapareceu. Se ela amava Huma, por que iria embora?

Kairn estava preocupado.

— Acho que talvez eu saiba. Gwyneth passou muitos anos entre os Qualinesti e eles a consideram uma delas. Uma lenda élfica diz que uma profecia foi feita quando Gwyneth e Silvara nasceram. A profecia dizia que os mortais seriam a causa de sua perdição. Talvez ela tenha fugido para escapar desse destino.

Destina suspirou.

—Tudo o que sei é que o dragão de prata se foi. Os cavaleiros estão em menor número, de milhares para um. Eles não têm lanças de dragão e, sem elas, não têm esperança de derrotar a Rainha das Trevas. Solâmnia cairá. A história vai mudar e a culpa é minha.

—Não perca a fé, Destina — pediu Kairn. — Paladine e os outros deuses ainda estão conosco.

—Estão? — questionou Destina em desespero, agarrando a Gema Cinzenta. — Ou eles também fugiram?

CAPÍTULO VINTE E UM

Magius estava exausto demais na noite de seu retorno da Torre da Alta Feitiçaria para tentar controlar o orbe de dragão. Memorizara seus feitiços, mas resistiu à tentação de espiar dentro da bolsa de veludo branco em sua mesa de cabeceira. Deitara-se em sua cama, embora achasse difícil dormir. Em seus sonhos, o orbe o chamava.

Levantou-se cedo depois de uma noite agitada. Ninguém mais estava acordado e ele estava com fome por ter perdido o jantar. Foi até a cozinha, vasculhou a despensa e encontrou uma torta de carne. Cortou um pedaço para si e levou para o quarto, junto com uma jarra cheia de vinho de maçã.

Enquanto comia a torta e bebia o vinho, lia o pequeno livro sobre o orbe que Anitra lhe dera. Tinha sido escrito por um dos magos que ajudara a criar os orbes de dragão. Haviam produzido cinco orbes, prendendo um dragão maligno diferente dentro de cada um. Magius pensou na assombrosa magia envolvida na sua criação e ainda estava chocado ao pensar que o kender destruíra um deliberadamente.

Ele esperava que o livro descrevesse o segredo de sua criação, mas o autor afirmava que, por respeito àqueles que deram suas vidas na tentativa, o Conclave decretou que o segredo nunca seria revelado. O livro, no entanto, descrevia como um mago poderia assumir o controle do orbe e forçar o dragão preso dentro dele a obedecer à vontade do mago.

O livro explicava que os orbes podiam assumir as características dos dragões presos dentro deles e alertava que o dragão aprisionado tentaria por todos os meios possíveis frustrar o mago. O livro terminava com a seguinte advertência severa: *se o mago falhar em dominar o dragão, o dragão dominará o mago.*

Magius estudou as palavras do feitiço, então deixou o livro de lado. Pegou o orbe do tamanho de uma bola de gude da sacola e o colocou no suporte de prata que o acompanhava. Afastou as mãos e aguardou.

O orbe brilhou à luz da lamparina, e Magius pôde ver um miasma vermelho movendo-se vagarosamente em seu interior. De acordo com o livro, a cor vermelha significava que um dragão vermelho estava preso no orbe. Magius estava cético. Não conseguia imaginar como aqueles magos haviam aprisionado um dragão vermelho dentro de um globo de cristal. A façanha parecia impossível. Mas então lembrou a si mesmo que podia lançar bolas de fogo e flutuar no ar.

— Eu faço o impossível todos os dias — murmurou.

Olhou atentamente para o orbe e viu o miasma vermelho dentro do globo começar a girar. O orbe começou a crescer de tamanho, embora Magius tivesse a incômoda impressão de que não estava crescendo. Ele é que estava encolhendo. Teve o cuidado de não tocá-lo, não até que estivesse pronto para tentar assumir o controle.

A cor vermelha girou um pouco mais rápido, o orbe ficou maior e agora ele podia ver olhos lá dentro. Os olhos o fitaram e ele percebeu a malevolência e o ódio neles. Compreendeu o terrível destino que o aguardava se o dragão se libertasse.

Magius sentiu o estômago se apertar. Sua boca estava seca e as palmas das mãos úmidas. O dragão invadiu sua mente, prometendo-lhe tudo o que ele sempre quis, caso ele apenas se rendesse.

— Entregue-se a mim — disse o dragão vermelho — e eu lhe contarei os segredos do universo. Todo o conhecimento será seu. Todo o poder. Toda a riqueza. O que desejar, poderá ter.

Os olhos do dragão se tornaram os olhos de Greta. Ela sorriu para ele, no miasma vermelho. Ela estendeu-lhe as mãos.

Pegue minhas mãos, meu amado, Greta implorou a ele. *Traga-me de volta do reino da morte.*

Greta estendeu-lhe as mãos. Magius sabia que era uma armadilha e ficou parado, mantendo as mãos espalmadas sobre a mesa. De repente, as mãos dela se transformaram em patas com escamas vermelhas, as garras manchadas de sangue. As garras pareceram saltar para fora do orbe e tentar agarrá-lo.

Magius pulou da cadeira e recuou. Estava tremendo, suando e com frio.

Ast bilak moiparalan/Suh akvlar tantangusar — as palavras do feitiço que ele usaria para dominar o orbe. Magius as repetiu várias vezes, recitando o feitiço em sua mente, sem proferi-las em voz alta. Sem lhes dar poder. Ainda não. Não até que estivesse pronto.

Ele olhou para o orbe. As garras haviam desaparecido. Os olhos estavam rindo dele.

— Lance seu feitiço insignificante — provocou o dragão. — Vou cravar minhas garras em sua carne, esmagar seus ossos, arrancar seu coração e devorá-lo. Então, consumirei sua alma!

Magius estava com raiva agora. Sentou-se à mesa e colocou a mão com firmeza sobre o orbe. Os olhos do dragão vermelho brilharam, como se estivessem ansiosos pela batalha. Magius respirou fundo, prestes a recitar as palavras mágicas.

Alguém bateu em sua porta, interrompendo sua concentração. Ele tentou se agarrar às palavras mágicas, mas elas escorregaram por entre seus dedos como mercúrio e ele as perdeu.

— Dei ordens para não ser incomodado! — gritou Magius, furioso. — Vá embora! Me deixe em paz!

— Sinto muito, Magius! — chamou Huma. — Sei que nunca devo interromper sua magia, mas preciso *falar* com você. Eu... estou desesperado.

Magius ouviu a angústia na voz do amigo e suspirou.

Havia, afinal, perdido mesmo a concentração. Ele tirou as mãos do orbe e jogou um pano sobre ele. Esperou um momento para recuperar o fôlego e parar de tremer, então se levantou e avançou para destrancar a porta e abri-la.

A princípio, Magius pensou que Huma tinha sido ferido. Seu rosto estava abatido, os olhos com olheiras. Ele cambaleou e precisou se apoiar contra a porta.

— Meu amigo! Qual é o problema? — perguntou Magius, alarmado. — Entre e sente-se antes que você caia.

Huma entrou no quarto e afundou em uma cadeira.

— Está machucado? — questionou Magius, procurando sinais de sangue em suas roupas. — A batalha começou? Eu não ouvi nada...

— Não, não! — disse Huma. — Não tenho nenhum ferimento físico. O machucado é mais profundo. Em minha alma. Gwyneth... — Ele engoliu em seco e baixou a cabeça nas mãos.

Magius serviu uma taça de vinho ao amigo, depois puxou uma cadeira e sentou-se ao lado dele.

— O que ela fez para lhe causar tanto sofrimento?

Huma tomou um gole de vinho parecendo não perceber o que bebia. Começou a colocar a taça na mesa e quase a deixou cair. Magius rapidamente tirou a taça dele.

— Tenho uma pergunta — começou a dizer Huma. — É possível que um dragão assuma a forma de um mortal?

— Aqueles que estudaram os dragões acreditam que os dragões vermelhos, assim como os dragões de ouro e de prata, têm essa habilidade — respondeu Magius.

— Dragões de prata… — repetiu Huma em voz baixa.

Subitamente, Magius adivinhou a verdade.

— Gwyneth é um dragão de prata!

— Como você sabe? — perguntou Huma, assustado.

— Estou surpreso por não ter percebido isso antes. A questão é: como você descobriu? — quis saber Magius.

— Um monge da Grande Biblioteca veio até a torre. Ele e a Senhora Destina estavam no gabinete do comandante…

— Espere! Pare. Um monge? De Palanthas? — Magius estava incrédulo. — Como ele chegou aqui?

— Deixe-me terminar! — pediu Huma desesperadamente. — Esqueça o monge. Ele não é importante. Ou pelo menos não para mim. Ouvi ele e a Senhora Destina conversando. Eu não tinha intenção de escutar. Montante Luzente e eu estávamos passando pelo escritório quando os ouvimos. Estavam falando sobre Gwyneth…

Huma balançou a cabeça.

— Admito que quando ouvi o que estavam dizendo, parei para escutar. Sei que agi de maneira desonrosa, mas não pude evitar.

— Dizem que bisbilhoteiros nunca ouvem coisas boas sobre si mesmos. Você foi devidamente punido. Então, o que os ouviu falarem? — perguntou Magius.

— Eles se referiram a ela como um dragão de prata. Eu teria achado graça e nem prestado atenção, mas pude ver pela expressão apavorada de Sturm que ele também os ouviu.

— Você o confrontou?

— Ele disse, e com razão, que se Gwyneth era um dragão de prata, cabia a ela me contar ou não, conforme ela escolhesse — respondeu Huma. — O segredo era dela, e ele não poderia revelá-lo por sua honra.

— O que vocês cavaleiros precisam é de menos honra e mais bom senso — comentou Magius, irritado. — Ele podia ver claramente que você estava se apaixonando por ela e devia tê-lo avisado. O que você fez?

— Primeiro diga-me a verdade, Magius — pediu Huma. — Acredita que Gwyneth é um dragão de prata?

— Isso explicaria muito sobre ela — admitiu Magius. — Suas habilidades extraordinárias em magia, por exemplo. Como ela apareceu para você durante sua vigília, embora não explique necessariamente por quê.

— Ela veio até mim para me tranquilizar — disse Huma. — E agora ela desapareceu e temo que tenha partido por minha causa. Não escondi meus sentimentos por ela. Ela percebeu que eu estava me apaixonando, e acredito que fugiu porque temia que, se eu soubesse a verdade, a odiaria, a insultaria...

— Bem, não odeia? — exigiu saber Magius. — E caso não odeie, por que não? Ela o iludiu, meu amigo! Ela enganou você.

Huma levantou-se e jogou a cadeira para trás. Seus olhos faiscaram com raro destemperamento. Cerrou os punhos e Magius pensou por um momento que ele ia socá-lo. Huma conteve-se com grande esforço. Girando nos calcanhares, ele abriu a porta e começou a sair.

Magius foi atrás dele e o agarrou.

— Huma, me desculpe! Perdoe minhas palavras precipitadas.

Huma parou, mas respirava pesadamente e não se virou. Magius puxou-o de volta para dentro da sala e fechou a porta.

— Venha, sente-se, meu amigo. Tome um pouco de vinho.

Huma voltou a se sentar, mas não tocou no vinho. Olhou para a taça como se não fizesse ideia do que era.

— Converse comigo — pediu Magius. — Você não seria humano se não sentisse uma sensação de traição!

— Quando ouvi pela primeira vez a Senhora Destina referir-se a Gwyneth como um dragão de prata, foi como se meu coração se estilhaçasse — admitiu Huma. — Embora não porque eu tivesse descoberto a verdade. Fiquei chateado ao pensar que ela não me amava e não confiava em mim o suficiente para me contar.

Magius deu um sorriso triste.

— Sinceramente, meu amigo, tem que deixar de ser tão nobre e honrado. Você faz com que o restante de nós pareçamos ruins.

Huma balançou a cabeça.

— E agora ela se foi. Talvez esteja em perigo por minha causa.

— Não sabemos por que Gwyneth fugiu — argumentou Magius. — Se ela é um dragão de prata, talvez tenha percebido que estava se apaixonando por você. Ela o conhece melhor do que eu, aparentemente. Sabe que você a aceitaria, perdoaria e amaria. Existe a possibilidade de que ela tenha partido para poupar vocês dois da dor.

Huma olhou para ele, atento.

— Prossiga. O que você quer dizer?

— Pense em como deve ser para um dragão se apaixonar por um mortal — explicou Magius. — Gwyneth sabe que não pode haver final feliz para vocês dois, apenas sofrimento e desespero. Vidas mortais são breves. Você morrerá e ela viverá pelos séculos sozinha com apenas a lembrança... e a dor. Confie em mim. Eu mesmo sei algo sobre isso.

Huma estendeu a mão para segurar a de Magius.

— Por Paladine, eu sou um miserável egoísta! Venho até você para aliviar minha tristeza, sem ao menos pensar na sua.

Magius sorriu.

— Greta espera por mim nos salões de mármore de Paladine e algum dia me juntarei a ela. Contudo, se Paladine impedir a entrada de magos, talvez eu tenha que me esgueirar pela porta dos fundos.

— Você vai fazer piada até em seu leito de morte! — repreendeu Huma.

— O que pode não estar muito distante — observou Magius.

— Sei que tenho poucas esperanças de sobreviver a esta batalha — declarou Huma com ar mais sombrio. — Estou preparado para enfrentar a morte. Mas eu gostaria muito de falar com Gwyneth, só mais uma vez. Quero dizer a ela que sei a verdade e assegurar-lhe de meu amor.

— Ela ainda pode voltar. Podemos estar errados sobre ela, e é sim uma elfa, e não um dragão, como você não o é. Embora alguns solâmnicos considerem melhor se apaixonar por um dragão do que por um elfo.

Magius hesitou, então acrescentou:

— Se ela voltar, há uma forma de você descobrir a verdade. De acordo com os sábios, um dragão disfarçado de mortal sempre lançará uma sombra de dragão. Olhe para ela sob a luz direta do sol e veja o que sua sombra revela.

— Não preciso — declarou Huma. — Seus sábios conselhos clarearam meus pensamentos. Se Gwyneth quiser que eu saiba seu segredo, ela me contará. Rezo apenas para que ela retorne para mim.

— Erga sua taça, então — disse Magius. — O poeta diz "O calor da lembrança do amor é melhor do que o frio de nunca ter amado". Não sei se concordo inteiramente com ele. Por isso, digo que brindamos ao enforcamento de todos os poetas.

Huma sorriu e tomou um gole de vinho. Ele olhou para os livros de feitiços sobre a mesa.

— Eu deveria me despedir e permitir que você estude.

Magius lembrou-se dos olhos terríveis no orbe de dragão.

— Não tenha pressa. Ajude-me a terminar este vinho de maçã. Este é o último e não pretendo deixar uma gota para Takhisis.

Magius engoliu o vinho e se serviu de outra taça.

— E não se desespere, meu amigo. Você é um ótimo partido. Qualquer dragão teria sorte de se casar com você.

CAPÍTULO VINTE E DOIS

Raistlin dormiu até tarde naquele dia, mais tarde do que pretendia. Perguntou-se imediatamente ao acordar se Magius tinha conseguido controlar o orbe de dragão e permaneceu no quarto, esperando que viesse lhe contar. Não teve notícia de seu amigo, no entanto, e finalmente saiu de seu quarto e se esgueirou até a porta de Magius. Raistlin fez menção de bater, então descobriu que estava destrancada, sem feitiços de proteção. Considerou isso perturbador e rapidamente abriu a porta e entrou.

Magius estava vestido, mas aparentemente tinha voltado para a cama, pois dormia de roupas. Raistlin viu duas taças e uma jarra vazia de sidra na mesa e presumiu que Magius devia ter recebido uma visita. O pequeno livro contendo informações sobre o orbe de dragão estava sobre a mesa.

Ele havia colocado o braço por cima dos olhos para bloquear a luz da manhã. Seu sono parecia tranquilo e calmo. Raistlin viu um calombo na mesa coberto com um pano e soube imediatamente que era o orbe de dragão.

Raistlin aproximou-se dele e pensou em como seria fácil pegá-lo.

Os magos haviam criado vários orbes de dragão, e ele se lembrava do seu próprio, a imagem brilhando através das névoas do tempo. Podia sentir o cristal frio sob as mãos e ver os olhos do dragão verde, Ciano Ruína Sangrenta, encarando-o com ódio. Podia ouvir a voz do dragão zombando dele. Mas da última vez, da vez derradeira, a voz no orbe pertencera a Takhisis, quando ela o agarrou e tentou enredá-lo.

A lembrança do medo, do pânico, do horror tomou conta dele.

Ele estremeceu; ainda assim, mesmo em meio ao terror, estendeu a mão para o orbe.

— Tente a sorte — sussurrou o dragão em seu ouvido. — Teste sua habilidade! Pense no poder que eu poderia lhe dar!

Habilidade! Raistlin zombou de si mesmo. Podia contar os feitiços que conhecia nos dedos de uma mão e estava pensando em tentar dominar um orbe de dragão!

Magius revirou-se em seu sono e rolou com um suspiro profundo. Raistlin enfiou as mãos nas mangas de seu manto para evitar a tentação e fugiu do quarto, fechando a porta suavemente para deixar seu amigo dormir.

Ele bateu na porta de Sturm, mas este não estava no quarto. Destina não estava no dela. Precisava dar a má notícia, que estavam presos naquele tempo, e não podia adiar mais. Estava entrando no salão de jantar na Espora do Cavaleiro, imaginando como lhes contar, quando sentiu a familiar dor ardente em seus pulmões. Esse acesso de tosse ia ser ruim.

Ele pressionou o lenço contra os lábios. Estava vagamente consciente de Sturm e Destina e outra pessoa, um estranho. Raistlin tirou o saco de ervas e colocou-o sobre a mesa, depois desabou em uma cadeira e dobrou-se, o lenço contra a boca.

Sturm sabia o que precisava ser feito. Foi à cozinha buscar água fervente e uma caneca. Ao voltar, pegou o saquinho de ervas, colocou um pouco na caneca e acrescentou a água quente.

— Não se acostume — disse ele, colocando a caneca na frente de Raistlin. — Eu não sou seu irmão.

Raistlin agarrou a caneca com as duas mãos e bebeu o chá quente, queimando a boca. A dor em seu peito começou a diminuir. Ele parou de tossir e finalmente conseguiu respirar.

Raistlin olhou para os que estavam sentados ao redor da mesa. Ficou surpreso por nenhum deles ter perguntado sobre o Dispositivo. Estava prestes a admitir seu fracasso quando notou com espanto que o estranho era um monge, um esteta da Grande Biblioteca.

Raistlin tomou um gole de chá e estudou o monge, pensando que já o tinha visto antes.

— De onde o conheço?

— Eu sou o Irmão Kairn. Eu estava com Destina e Tasslehoff na Estalagem do Último Lar naquela noite... — Ele olhou para Destina e não terminou.

Raistlin lembrou.

— A noite em que a senhora decidiu complicar nossas vidas. — De repente, ele percebeu o que estava dizendo. — Uma noite que está séculos no futuro. Como você chegou aqui? Conseguiu consertar o Dispositivo?

— Infelizmente, o dispositivo original sofreu muitos danos — explicou Kairn. — Eu estava contando a Sturm e Destina o que aconteceu. Alice Ranniker, descendente de um famoso fabricante de artefatos, construiu um novo Dispositivo de Viagem no Tempo a partir de fragmentos do antigo. Astinus me mandou de volta no tempo para encontrar você e os outros e levá-los para casa.

Raistlin ergueu uma sobrancelha.

— Perdoe-me por parecer duvidar de você, Irmão, mas como sabia onde e quando procurar?

— Eu sabia que vocês estavam aqui neste momento porque encontrei um registro da Terceira Guerra dos Dragões que identificava Sturm Montante Luzente entre os cavaleiros que lutaram na batalha. Você foi listado como mago de guerra, junto com Magius.

— Então, se Sturm e eu somos mencionados em registros anteriores, isso não quer dizer que alteramos o tempo? — perguntou Raistlin.

— Se vocês não fizeram nada para alterar drasticamente o tempo enquanto estão aqui, Astinus acredita que, quando eu levar vocês quatro de volta aos seus respectivos tempos, a linha do tempo original será restaurada. Seus nomes desaparecerão dos registros da Terceira Guerra dos Dragões e vocês retomarão suas vidas a partir da noite em que foram interrompidas. Você e Sturm vão voltar para a Estalagem do Último Lar sem nenhuma lembrança do que aconteceu aqui, porque nunca estiveram aqui. O Rio do Tempo voltará a fluir como deveria e lavará todos os vestígios de sua presença.

— Fico feliz em saber que Astinus corrobora minha teoria da viagem no tempo — comentou Raistlin. — O que Astinus diz sobre a Gema Cinzenta?

Kairn ficou com a expressão séria.

— Devemos removê-la deste ponto crucial no tempo o mais rápido possível.

— Não faço ideia do que vocês dois estão falando — interrompeu Sturm. — O que quer dizer com não vou me lembrar de estar aqui?

— Eu lhe explicaria, mas não temos tempo e você de qualquer maneira não vai se lembrar — disse Raistlin. — Sugiro que você nos leve de volta agora, neste momento, Irmão.

Kairn suspirou profundamente. Sturm parecia extremamente derrotado e Destina estava abatida e infeliz.

— Qual é o problema? — perguntou Raistlin bruscamente. — Temos a capacidade de voltar para casa. — Ele olhou para o grupo ao redor da mesa e respondeu à própria pergunta. — Onde está Tasslehoff?

— Ele escapou de sua cela — respondeu Sturm. — Achamos que foi encontrar os gnomos.

— Gnomos? — repetiu Raistlin, surpreso. — Por que ele iria em busca de gnomos?

— Tas queria consertar a *Canção de Huma* — explicou Destina. — Ele me disse que o Tio Trapspringer e os gnomos inventaram a lança de dragão. Ele ficou falando disso e me mostrou uma aldeia de gnomos que encontrou no mapa. Receio não tê-lo levado a sério. Mas nunca imaginei que ele fosse fugir!

— Não podemos voltar sem ele — declarou Kairn.

Raistlin suspirou.

— E onde fica esta aldeia?

— Cerca de trinta quilômetros a leste — respondeu Sturm. — O exército da Rainha das Trevas controla toda a terra a leste, então devemos supor que a vila está nas mãos do inimigo.

— Então também devemos presumir que Tas está morto — respondeu Raistlin. — Teremos que voltar sem ele. Ou, pelo menos, a senhora deve voltar.

— Tas não está morto! Não pode estar! E não vou embora sem ele — declarou Destina com firmeza. — Eu o trouxe para cá. Ele é minha responsabilidade.

— Tem uma responsabilidade muito maior, senhora: a Gema Cinzenta — retrucou Raistlin, amargo. — Deve partir agora, antes que alguém descubra que está com ela.

— Tarde demais — interveio Sturm. — Aquele soldado, Tully, já sabe. Ele tentou tomá-la dela.

— Ele deve ter nos ouvido falar sobre isso quando pensamos que ele estava inconsciente — disse Destina. — Mas ele não conseguiu. A Gema Cinzenta queimou a mão dele e ele fugiu.

Raistlin estava sério.

— No entanto, ele sabe disso e agora sabe onde está. O prisioneiro, Calaf, me disse que Immolatus plantou espiões. Tully deve ser um deles. Ele arriscou voltar aqui para encontrar a Gema Cinzenta. E se está espionando para Immolatus, então devemos presumir que o dragão agora sabe sobre a Gema Cinzenta. Você *tem* que voltar agora com o Irmão Kairn, Destina. O restante de nós ficará aqui para procurar por Tas. O monge pode voltar para nos buscar.

— Mas eu não posso ir! Não sem saber o que aconteceu com Tas — protestou Destina.

— Não tem escolha, Senhora Destina — respondeu Raistlin mordazmente. — Pode já ter mudado o futuro do mundo. Acredito que você não queira destruí-lo!

Destina se encolheu e baixou a cabeça.

— Não tem o direito de falar assim com ela! — disse Kairn com raiva. — Além disso, a discussão é desnecessária. Todos nós devemos voltar ou nenhum de nós pode voltar. A fabricante do dispositivo deixou isso claro para mim.

— Mas e se algo acontecesse com um de nós? — argumentou Sturm.

— Eu mesmo fiz a Alice a mesma pergunta. Para usar seu próprio linguajar interessante: Estamos "ferrados" — respondeu Kairn, infeliz. — Ela disse que, se for necessário, que assim seja, mas que não aconselha isso. Embora, quando eu lhe perguntei sobre a Gema Cinzenta, ela disse "não há como prever" e me disse que eu deveria "trazer de volta os sobreviventes".

Raistlin sorriu sombriamente.

— Temos que encontrar Tas — insistiu Destina.

Sturm deu de ombros, impotente.

— Eu nem saberia por onde começar a procurar. Ele pode estar em qualquer lugar.

— Para dar crédito ao kender, ele é bom em se meter em encrencas, mas também é bom em se livrar delas — comentou Raistlin a contragosto. — Se alguém é capaz de sobreviver sendo capturado atrás das linhas inimigas no meio de uma batalha épica, é Tasslehoff Pés-Ligeiros.

Sturm sorriu levemente.

— Ao menos nisso você e eu concordamos. E se Tas estiver vivo, ele fará o possível para retornar para buscar seus bens mais valiosos. Ele pegou o hoopak, mas deixou todas as suas algibeiras para trás.

— Então falarei com o Comandante Belgrave — disse Destina, levantando-se da mesa. — Devemos pelo menos alertar os guardas para ficarem atentos ao retorno dele. Vem comigo, Irmão Kairn? Posso precisar de sua ajuda para convencer o comandante a deixar Tas entrar de novo.

— Não tenho certeza de quanta ajuda serei — comentou Kairn, incerto. — O comandante ainda está bastante propenso a suspeitar que *eu* seja um espião. Mas terei prazer em acompanhá-la.

Ele e Destina se afastaram juntos, conversando baixinho, as mãos quase se tocando, mas não totalmente. Sturm e Raistlin ficaram sentados sozinhos à mesa.

— A dama tem sorte que os monges de Gilean não sejam obrigados a fazer votos de celibato — comentou Raistlin secamente, observando os dois. — Acredito que eles têm até permissão para se casar.

— Estamos muito longe de celebrar um casamento — respondeu Sturm.

Raistlin bebeu seu chá. A comida havia esfriado, mas, de qualquer modo, estava sem apetite. Embora o sol da manhã brilhasse intensamente fora da fortaleza, os aposentos internos eram escuros e frescos. Três velas no centro da mesa estavam ali para iluminar. Duas já haviam terminado de queimar e a terceira estava quase se extinguindo, piscando.

— Devo supor que você não encontrou o Dispositivo original? — perguntou Sturm de repente.

— Está na torre de Wayreth — respondeu Raistlin, cansado. — No entanto, nossa viagem a Palanthas não foi totalmente perdida. Magius trouxe de volta um orbe de dragão. Ele não viverá para usá-lo, mas pelo menos estará aqui no futuro para Tasslehoff encontrar.

— Se *houver* um futuro — disse Sturm. — Ou um que nós reconheceríamos. — Ele se levantou devagar. — Prometi ao comandante e a Huma que me juntaria a eles para discutir os planos de defesa da torre.

— Gwyneth voltou com as lanças de dragão? — perguntou Raistlin.

— Não que eu saiba — respondeu Sturm.

Raistlin deu um sorriso sarcástico.

— Então essa deve ser uma conversa breve. A propósito, eu estava querendo lhe perguntar. Dizem que nunca devemos conhecer nossos heróis, pois com certeza nos decepcionarão. Você conheceu e lutou ao lado de Huma, um homem que você reverencia há muito tempo. Como tem sido? Está desapontado?

Sturm parou para pensar.

— O que foi que Tas disse? "Antes, a canção era apenas uma música sobre pessoas que eu não conhecia." Huma não é o que eu imaginava que ele fosse. Ele é um homem, assim como eu, e seu melhor amigo é um usuário de magia.

— Repreensível — murmurou Raistlin.

— Huma faz pouco da honra e parece encarar a Medida mais como diretrizes do que como leis pelas quais se deve viver. No entanto, ele acredita no juramento. "Minha honra é minha vida." Na verdade, eu diria que esta frase o define.

— Então está decepcionado? — perguntou Raistlin.

— Não — respondeu Sturm. — Posso ter perdido um herói, mas conheci um amigo. E você? Magius era seu herói.

— Encontrei tanto um herói quanto um amigo — admitiu Raistlin.

— Deve achar difícil, sabendo que Magius está destinado a ter uma morte terrível — comentou Sturm.

Você não faz ideia, pensou Raistlin.

— A propósito — acrescentou, quando Sturm começou a sair —, quando encontrar Belgrave, diga a ele que Magius e eu conhecemos sua filha, Anitra.

Sturm ficou surpreso.

— Eu nem sabia que ele tinha uma filha. Como você a conheceu?

— Ela é uma aprendiz de maga, estudando magia na Torre da Alta Feitiçaria em Palanthas — explicou Raistlin. — O mestre fugiu da torre, o que a deixa vulnerável a ataques. Anitra e seus amigos planejam ficar para defendê-la contra Takhisis. Ela é uma jovem forte e corajosa. Diga ao Comandante Belgrave que ele pode ter muito orgulho dela. Ela envia seu amor para ele.

Sturm concordou em levar a mensagem e partiu para encontrar o Comandante Belgrave.

Raistlin ficou sentado sozinho no refeitório. A última vela ardeu, vacilou e se apagou.

CAPÍTULO VINTE E TRÊS

Gwyneth deixou a Montanha do Dragão de Prata quando o sol estava no zênite. Planejava chegar à Torre do Alto Clérigo após o pôr do sol para evitar ser vista. O resplendor do sol enchia o céu quando ela chegou, mas a própria torre estava envolta em escuridão. Ela pousou entre os contrafortes a oeste da torre, longe dos exércitos do dragão, que estavam acampados a leste. Deixando cair o feixe de lanças no chão, Gwyneth rapidamente mudou para sua forma élfica.

O comandante não tinha homens suficientes para guardar todas as entradas da torre e havia dado ordens para que todos os portões permanecessem fechados e trancados. Gwyneth usou sua magia para soltar o ferrolho e empurrou as portas de aço. Ela pegou o feixe de lanças de dragão, agora eram muito mais pesadas para a forma de elfa do que eram para a de dragão, e as arrastou para dentro. Fechou e trancou as portas, então carregou as lanças para dentro do Templo do Alto Clérigo.

O templo estava na penumbra, deserto, de uma tranquilidade repousante depois da jornada dela. Gwyneth baixou as lanças até o chão, depois afundou em um dos bancos de madeira, esperando que a paz e a serenidade aliviassem a dor em seu coração, assim como o bálsamo do mago aliviara a dor da carne.

Ela deixou seus pensamentos voltarem para o tempo que ela e Huma haviam passado juntos dentro de sua cela de prisão. Ouviu novamente cada palavra e viu as pequenas rugas ao redor dos olhos dele se formarem quando ria. Não conseguiu conter o riso com ele, e naquele momento, quando suas mãos se tocaram e eles quase se beijaram, admitiu para si mesma que havia se apaixonado por ele.

Ela se lembrou e se permitiu sonhar em ser mortal, em amá-lo, abraçá-lo à noite, envelhecer com ele, caminhar com ele rumo à eternidade. O sonho durou apenas um breve momento, então ela o afastou com firmeza.

Pois o sonho era tolo. Só tornava a realidade mais dolorosa. Como a profecia predissera, seu amor seria sua ruína. Huma nunca deveria saber a verdade, que se apaixonara por um dragão. Que ele pensasse que Gwyneth fugiu.

E que ela fosse a única a sofrer. Que ela vivesse os longos e vazios anos de sua vida com apenas a lembrança de seu rosto nobre e galante; o calor de seus olhos cinza-azulados; seu toque suave.

Gwyneth planejava deixar as lanças de dragão no altar de Paladine, o Pai Dragão, para Huma encontrar quando viesse orar. Ele pensaria que as lanças eram um milagre, um presente do deus. Jamais saberia que vieram de um dragão de prata que violou as leis de seu povo para trazê-las para ele.

Então Gwyneth, a elfa, partiria, para nunca mais retornar, e Gwyneth, o dragão de prata, apareceria. Ela lutaria ao lado dos cavaleiros, enquanto eles iam para a batalha portando as reluzentes lanças de dragão. O dragão de prata ia guardá-los, protegê-los e, com a ajuda dos deuses, ela e os cavaleiros mandariam Takhisis e seus dragões de volta ao Abismo.

Resoluta, ela pegou as lanças, ainda envoltas em pele de carneiro, e as carregou até o altar de Paladine. Depositando o feixe no chão, olhou para o rosto da estátua de mármore do dragão de platina. A luz das quatro velas queimava constante, inabalável como o amor do deus.

— Talvez eu tenha errado ao trazer as lanças de dragão para os cavaleiros, Pai. Meu povo se opôs, mas eu não podia deixar os cavaleiros lutarem esta batalha sozinhos, sem esperança de vitória.

O deus estava presente. Ela podia ver a luz das velas refletida nos olhos e suas asas abertas pareceram envolvê-la, abraçá-la.

— Você escolheu como eu esperava que escolhesse, Filha — disse o Pai Dragão. — Seu povo que vive isolado e sozinho nas Ilhas do Dragão é quem está errado. Eles abandonaram o mundo e os mortais por medo. E, porque seu povo falhou em sua vigilância, Takhisis e seus dragões malignos puderam retornar. Você e sua irmã tiveram a coragem de viver no mundo, fazer parte dele. Eu posso tornar o seu sonho realidade.

— Vai conceder meu desejo de me tornar uma mulher mortal? — questionou Gwyneth.

— Precisa apenas me pedir — declarou o Pai Dragão.

Gwyneth já sabia que resposta daria, embora as palavras saíssem úmidas de lágrimas.

— Huma não precisa do amor de uma mulher mortal, Pai Dragão — respondeu Gwyneth. — Ele precisa do poder de um dragão de prata.

— As lanças de dragão são armas mágicas e formidáveis. Mas lembre-se, Filha, a arma mais poderosa que possui contra o mal é o amor.

A luz nos olhos da estátua desapareceu. A luz das quatro velas no altar continuou ardendo.

Gwyneth enxugou as lágrimas. Ela apanhou o pesado feixe de lanças de dragão, com a intenção de colocá-las no altar, mas sua força falhou. As lanças de dragão caíram no chão com um estrondo que quebrou o silêncio e pareceu reverberar por todo o céu.

— Você voltou — disse Huma.

Ele devia estar sentado em silêncio nos bancos, no escuro, pois ela não sabia que ele estava ali. Um sussurro de ar, agitado pelas asas suaves de um deus, acariciou seu rosto, molhado de lágrimas.

— Pegue a vela do altar e segure-a de forma que a luz brilhe diretamente sobre mim — orientou Gwyneth. — Olhe para a sombra que a luz projeta sobre o altar e veja a verdade.

Huma fez o que ela mandou. Ele pegou uma das velas e a ergueu bem alto. Seu olhar se deslocou para o altar atrás dela. Ele veria sua sombra. A sombra de um dragão.

Ela se preparou para a raiva, o choque, a repulsa.

— Diga-me o que vê — pediu Gwyneth com voz áspera.

— Eu vejo meu verdadeiro amor — declarou Huma.

Ele jogou a vela no chão de pedra e a abraçou.

Ela tentou afastá-lo.

— Não pode me amar! — gritou com voz entrecortada.

Huma beijou-lhe os lábios e os olhos e, aos poucos, ela relaxou e repousou a cabeça no peito dele. Ele beijou suas lágrimas e então a soltou para se ajoelhar diante dela, no altar de Paladine. Ele segurou sua mão.

— Eu convoco os deuses para testemunharem meu voto — declarou Huma. — Assim como minha honra é minha vida, você é minha vida e minha honra. Diante de Paladine, prometo ambas a você.

Huma tirou um anel que usava no dedo mindinho da mão direita e o olhou com carinho.

— Este anel é meu bem mais precioso, pois minha irmã, Greta, o deu para mim. Peço-lhe que aceite este anel como símbolo do meu amor.

Ele beijou o anel e o estendeu para ela.

— Fiquei no Alto Mirante, esperando por você, rezando para Paladine para que você voltasse para mim. Vi o fogo do sol poente brilhar em suas asas de prata e fulgurar em suas escamas de prata.

Ele abriu a palma da mão para revelar uma escama de prata, brilhando como uma lágrima à luz das velas, aos olhos do deus.

— Eu a conheço, Gwyneth. E eu a amo.

Ela aceitou o anel dele e colocou-o no dedo, depois o abraçou. Os dois ficaram abraçados por longos e abençoados momentos e, de pé diante do altar de Paladine, juraram seu amor um pelo outro.

A profecia previa que ela se apaixonaria por um mortal e que ele seria sua perdição. Gwyneth sabia a verdade. O amor de Huma não era sua perdição. O amor dele era sua salvação.

Huma pegou o feixe e tirou as lanças de dragão. Observou-as com admiração, testou seu equilíbrio e peso, e sorriu com prazer, então colocou-as, uma de cada vez, no altar. As velas ardiam com um brilho sagrado. As lanças de dragão reluziam prateadas na luz santificada.

Gwyneth e Huma deixaram o templo juntos, abraçados um ao outro, e avançaram rumo à noite silenciosa e abençoada, cintilando com as estrelas.

CAPÍTULO VINTE E QUATRO

O dragão vermelho, Immolatus, estava sentado sozinho atrás de sua mesa em sua tenda de comando. Estava quase sempre sozinho, pois preferia a própria companhia à dos mortais. Detestava mortais. Ele os tolerava apenas porque os tolos sempre estavam dispostos a lutar e morrer por sua causa, ou pelo menos por seu ouro.

Estava de mau humor porque detestava ter que assumir a forma de um mortal, porque então o consideravam seu semelhante. Apareciam para conversar ou fazer perguntas estúpidas ou insistir para que ele bebesse um líquido nojento conhecido como licor de anão, que era como beber lava derretida.

Acima de tudo, odiava ter que encolher seu corpo magnífico, poderoso, resplandecente e com escamas vermelhas na carne fraca, macia e mole de um humano. Immolatus compensava fazendo-se o mais parecido possível com um dragão na forma humana. Immolatus, o humano, tinha pele vermelho-alaranjada e dentes afiados como presas. Usava uma armadura vermelha polida especialmente trabalhada e um elmo com uma crista vermelha. Esperava que, quando os mortais olhassem para ele, soubessem que estavam olhando para um dragão vermelho. Mas seus esforços eram em vão. Os mortais não tinham medo do humano como tinham do dragão.

Immolatus relembrou com prazer a batalha no Passo do Portão Oeste, quando emboscou os humanos que tentavam retornar a Palanthas. Ainda saboreava os gritos dos cavaleiros agonizantes, enquanto os assava vivos em suas armaduras e farejava sua carne fritando e seu sangue fervendo, sem mencionar os outros humanos que fugiam em pânico como se pensassem que tinham alguma esperança de escapar.

Ele se divertiu muito com as tentativas deles de matá-lo com espadas que quebraram e lanças que ricochetearam em sua pele escamosa. Os tolos teriam feito mais estragos atirando pedras nele, pois pelo menos uma pedra tinha alguma chance de arrancar um olho. No fim, ele matou os cavaleiros até o último homem e depois se banqueteou com suas mulas e cavalos de carga.

Após essa vitória, preparou-se para investir contra a torre. Havia feito seus planos. Ele voaria por cima da muralha, cuspindo fogo. Atacaria a torre mais alta com golpes de sua cauda e a faria desabar. Em seguida, destruiria a torre pedra por pedra, e quando os humanos fugissem dela aterrorizados, ele os pegaria conforme desejasse e os devoraria.

Pensamentos deliciosos, devaneios agradáveis, mas eram apenas devaneios. Seus planos haviam sido frustrados. Estava ansioso para destruir a torre, mas agora não podia derrubar nem mesmo um arcobotante.

Havia recebido ordens esta manhã de Takhisis, entregues por um mensageiro.

— Sua Majestade Sombria e Gloriosa ouviu rumores de que você pretende atacar a Torre do Alto Clérigo e destruí-la. A Rainha Takhisis decidiu fazer da torre sua base de operações enquanto estiver no mundo e não quer que ela seja danificada. Quando ela lançar seu ataque, você sobrevoará a torre e aterrorizará os humanos com um pavor de dragão debilitante. Mas você não desalojará uma única pedra.

Immolatus concordara a contragosto em obedecer ao comando. O gigantesco dragão vermelho era poderoso, mas a ideia de incorrer a ira da Rainha das Trevas provocava um aperto em seu estômago e apagava seu fogo.

Uma batida no poste de sua tenda despertou Immolatus de seus sonhos de destruição. Ele deu um rosnado áspero, que era sua maneira de alertar o visitante de que era melhor ele ter um bom motivo para incomodá-lo.

Um guarda espiou nervosamente para dentro da tenda.

— Aquele espião está aqui para vê-lo, senhor.

Immolatus rosnou novamente.

— Qual espião?

— Mullen Tully.

— O que ele quer?

— Ele diz que tem informações importantes que precisa ouvir, senhor — respondeu o guarda.

Immolatus rosnou pela terceira vez e Tully entrou. A tenda de comando era mobiliada com uma escrivaninha e uma única cadeira. Como Immolatus ocupava a única cadeira, Tully foi forçado a ficar de pé. O dragão encarou seu visitante.

— Por que me incomoda, seu monte inútil de esterco de goblin?

— Lembra-se, senhor, de que lhe contei sobre a conversa que ouvi entre o mago e a Senhora Destina? — respondeu Tully. — Como falavam da Gema Cinzenta de Gargath?

— Essa história ridícula de novo? — rugiu Immolatus. — Não tenho tempo a perder com essas bobagens. Saia!

Tully empalideceu, mas se manteve firme.

— Não é ridícula, senhor. A senhora carrega a Gema Cinzenta em uma corrente em volta do pescoço. Sei porque eu vi. Eu a toquei! Veja isso! — Ele estendeu a mão cheia de bolhas. — Quase queimou meus dedos! Juro por Sua Majestade Sombria que falo a verdade.

Immolatus olhou para ele. Tully era uma víbora gananciosa e rastejante que não hesitaria em mentir se pensasse que poderia lucrar com isso. Mas havia um tom de verdade na voz do miserável que interessava o dragão, embora ele não tivesse intenção de deixar Tully saber.

— Isso vindo de um homem que conseguiu ser espancado até virar polpa por goblins — comentou Immolatus com desdém. — Você estava delirando.

— A surra não foi minha culpa, senhor — justificou-se Tully, carrancudo. — Alguém deveria ter me avisado de que havia grupos de goblins na área. Mas eu ouvi o que ouvi.

— Bobagem! Você não diferenciaria a Gema Cinzenta de um cocô de cabra!

— Fiz algumas investigações, senhor. Conversei com uma clériga de Takhisis em nosso próprio exército e perguntei o que ela sabia sobre a Gema Cinzenta — declarou Tully. — Ela me disse que a gema é cinza. Assim como a joia que a senhora usa…

— Provavelmente apenas quartzo fumê — disse Immolatus com desdém. Ele gostava de tesouros e conhecia suas pedras preciosas.

— A gema é estranha de se olhar — continuou Tully. — Ela muda constantemente de forma; é arredondada em um momento, quadrada em outro, depois fica oval, e assim por diante. A clériga me contou isso, e foi exatamente o que eu vi. Eu garanto, é a Gema Cinzenta, senhor!

Immolatus considerou a informação. Tully não era tão inteligente e não tinha imaginação, então era improvável que inventasse uma história tão bizarra. Talvez Tully realmente tivesse encontrado a Gema Cinzenta de Gargath. Immolatus sentiu um arrepio percorrer sua carne humana.

— Na remota possibilidade de você saber do que está falando, não foi estúpido o suficiente para dizer à clériga que encontrou a Gema Cinzenta, não é? — perguntou Immolatus. — Se fez isso, ela provavelmente já falou para Takhisis.

— Eu vim direto até o senhor! — respondeu Tully. — É o único que sabe.

Immolatus tentou decidir o que fazer. Tully se saiu muito bem como espião, espreitando, espiando por janelas e ouvindo por fechaduras. Mas não seria páreo para a Gema Cinzenta — se é que era mesmo ela — ou esta formidável Senhora Destina, que aparentemente era ousada o suficiente para usar a joia amaldiçoada em volta do pescoço.

— Conte-me tudo o que sabe sobre a mulher, Destina — ordenou Immolatus. — Ela está morando na torre. Onde ela dorme? Quem são os companheiros dela?

Tully descreveu a conversa que entreouviu entre Destina e o mago de manto vermelho, concluindo com o que descobriu quando voltou para a torre.

— Seu quarto e os de seus companheiros ficam no sexto andar da torre.

Ele desenhou um mapa rudimentar e indicou a localização dos vários aposentos.

— Um guarda está postado aqui. Dia e noite.

Immolatus olhou para o mapa e acenou com a mão.

— Está dispensado. Permaneça no acampamento. Posso precisar de você.

— Mas e a Gema Cinzenta? — perguntou Tully, desapontado. — Quer que eu vá buscá-la para você?

— Você reclamou que quase queimou sua mão — retrucou Immolatus com um sorriso de escárnio.

— Eu poderia embrulhar a joia em um lenço — sugeriu Tully.

— Um lenço!? — zombou Immolatus. — Eu cuidarei da Gema Cinzenta. Você obedece ordens. Livre-me de sua presença odiosa.

Tully continuou ali.

— A Gema Cinzenta deve valer muito dinheiro, senhor. Eu deveria pelo menos receber algo por encontrá-la.

— Eu prometo que você receberá exatamente o que merece — declarou Immolatus.

Tully claramente não achou isso muito reconfortante, mas Immolatus rosnou para ele, que saiu da tenda.

Immolatus sentou-se atrás de sua mesa e se perguntou se realmente poderia ter a sorte de ter encontrado a joia mais valiosa, indescritível e poderosa que existia. Cada dragão digno de seu tesouro cobiçava a Gema Cinzenta de Gargath, e Immolatus não era exceção. Ele imaginou acrescentar a joia à sua coleção. Sua cor cinza faria um contraste agradável e surpreendente com os rubis, esmeraldas e diamantes brilhantes.

— Preciso ter cuidado — murmurou Immolatus. — Takhisis daria três de suas cinco cabeças para obter o poder do Caos. Com a Gema Cinzenta, ela poderia se livrar dos outros deuses e assumir o controle. Ao passo que, se eu tivesse a Gema Cinzenta, poderia me livrar de Takhisis.

O dragão sorriu afetuosamente.

— Nada de me dar ordens. Nada de rastejar. Se eu tivesse a Gema Cinzenta, Takhisis seria forçada a vir rastejando até mim!

Ele se entregou a essa fantasia até se lembrar da natureza volátil e vingativa da Rainha das Trevas. Se ela descobrisse que ele roubara a Gema Cinzenta e depois a guardara para si mesmo, suas cinco cabeças o despedaçariam. Immolatus foi salvo por um pensamento feliz.

— Se ela descobrir que estou com ela, sempre posso dizer que ia surpreendê-la com um presente!

Com o problema resolvido de forma satisfatória, ele gritou para o guarda.

— Diga ao Capitão que quero vê-lo — ordenou Immolatus.

O guarda hesitou.

— Qual capitão, Senhor? Há vários.

— *O* Capitão, seu idiota. O comandante da Gudlose. E diga a ele para trazer sua maga.

Os Gudlose eram um grupo de mercenários humanos que vinham de uma terra em algum lugar além das Montanhas Khalkist. Eles eram altamente habilidosos na guerra e vendiam suas espadas apenas para aqueles que podiam pagar pelo melhor. O nome da unidade, Gudlose, significava "os ímpios". Não adoravam nenhum deus nem juravam fidelidade a nenhuma nação. Não obedeciam a lei alguma, exceto a sua própria; juravam lealdade apenas uns aos outros.

Immolatus ouvira falar deles pela primeira vez pelo deus Sargonnas, que os trouxera para lutar ao lado de seu exército de minotauros em Palanthas. Immolatus os observara em ação na batalha contra os cavaleiros no Passo do Portão Oeste e ficara impressionado com sua habilidade e ferocidade implacável. Ele os contratou na hora.

O líder, conhecido apenas como Capitão, entrou na tenda. Capitão não fez continência nem se curvou, mas ficou com a mão no punho da espada, esperando para saber por que havia sido convocado. Immolatus não sabia o nome verdadeiro do homem ou os nomes verdadeiros de qualquer um que pertencesse aos Gudlose. Eles eram conhecidos por suas especialidades: Larápio, Quebrador de Pescoços, Açougueiro, Garrote e Adaga.

Eram os humanos mais altos que Immolatus já havia encontrado. Todos se pareciam, com olhos azul-gelo e cabelos loiros que usavam em longas tranças caídas às costas. Falavam uma língua própria, assim como a linguagem de acampamento, e eram reservados. Não permitiam que ninguém entrasse em seu acampamento sob pena de morte e cortaram a garganta de um soldado bêbado que havia invadido a área por engano. Eles haviam transpassado seu corpo em uma árvore no centro de seu acampamento para servir de aviso aos outros.

— Onde está a sua maga? — exigiu saber Immolatus.

— Ela está vindo — respondeu o Capitão.

Uma mulher entrou na tenda. Não usava o manto tradicional dos magos, mas estava vestida da mesma forma que os homens, com calças de couro, botas e uma longa túnica de couro com cinto sobre cota de malha. Era tão alta quanto o Capitão e era conhecida pelo nome improvável de Mãe.

Os dois Gudlose o fitaram em silêncio, aguardando.

— Preciso que vocês raptem uma pessoa — informou Immolatus. — Terão que entrar na torre. Tenho aqui um mapa...

— Guarde seu mapa, Dragão — declarou o Capitão. — Precisa que entremos na torre. Entraremos na torre. Quem é o alvo?

— Vou explicar em um momento, mas primeiro devo fazer uma pergunta a Mãe. O que sabe sobre a Gema Cinzenta de Gargath?

— Nada — respondeu Mãe, desdenhosa.

Immolatus ficou surpreso e também cético.

— Mas você deve saber alguma coisa. É uma maga e a Gema Cinzenta é o artefato mágico mais poderoso do mundo!

— Eu não preciso de artefatos mágicos — declarou Mãe com um franzir de lábio.

— Mas este é famoso — afirmou Immolatus. — O deus Reorx prendeu o Caos dentro dela!

— É exatamente por isso que não confio em artefatos — disse Mãe. E acrescentou em seguida: — E nem em deuses, por falar nisso.

Immolatus estava descontente.

— Você diz que não acredita em artefatos mágicos, mas eu preciso de um mago habilidoso! Aqueles que apenas brincam de ser magos não me servem.

— Está nos insultando, Dragão? — Capitão perguntou em um tom perigosamente baixo.

— Eu estou pagando as contas — retrucou Immolatus. — Quero ver o que estou recebendo pelo meu dinheiro.

Mãe apontou o dedo para a mesa do dragão e disse uma única palavra.

A mesa se desintegrou e Immolatus se viu sentado em uma pilha de gravetos.

— Precisa de mais alguma prova, Dragão? — perguntou Mãe.

Immolatus chutou os pedaços quebrados de sua mesa e se perguntou o que fazer. Precisava de um mago com conhecimento da Gema Cinzenta e particularmente de seus poderes, mas talvez não fosse uma boa ideia contar muito a esse grupo perigoso sobre ela. Eles poderiam cobiçá-la para si mesmos.

Immolatus lembrou-se de Tully mencionando que um mago Manto Vermelho era um dos companheiros da senhora. Presumivelmente, este mago saberia tudo o que havia para saber sobre a Gema Cinzenta.

Capitão interrompeu seus pensamentos.

— Estamos ficando cansados de ficar aqui, Dragão. Diga-nos o que quer ou deixe-nos ir.

— Quero que vocês raptem uma mulher chamada Destina Rosethorn, que atualmente reside na Torre do Alto Clérigo, e a tragam para mim. Eu a quero viva — enfatizou Immolatus. — Devem estar cientes de que esta mulher está de posse da Gema Cinzenta de Gargath.

— Feito — assentiu Capitão.

— Isso não é tudo — prosseguiu Immolatus. — Como Mãe não sabe nada sobre a Gema Cinzenta, preciso de um mago que saiba. Um mago

263

Manto Vermelho faz parte da escolta dessa mulher. Tragam-no para mim, vivo também. Todos eles residem no sexto andar da torre, mas passam a maior parte do tempo na fortaleza conhecida como Espora do Cavaleiro. Posso lhes mostrar no mapa...

— Nós a conhecemos — interrompeu Capitão. Ele olhou para Mãe e os dois conferenciaram em sua própria língua. Ele se voltou para Immolatus.

— Já que quer essas pessoas vivas, precisaremos de uma distração para afastar os cavaleiros e soldados de seus postos. Se tivermos que lutar contra eles, os prisioneiros podem ser feridos.

— Nada mais fácil. Terão sua distração — garantiu Immolatus.

— E você terá seus prisioneiros e esta Gema Cinzenta — disse Capitão.

— Ótimo. Estão dispensados — declarou Immolatus.

Mas Capitão não foi embora. Com os olhos azuis faiscando, apertou a mão sobre o punho da espada e se inclinou para perto de Immolatus, tão perto que sua respiração tocou a bochecha do dragão.

— Nunca mais nos insulte, Dragão! Você paga bem. Mas não tão bem assim.

Capitão se endireitou. Mãe estalou os dedos e os dois desapareceram.

Immolatus sentou-se no meio da pilha de gravetos enfurecido. Como ousavam? Ninguém falava com ele desse jeito! Ficou muito tentado a voltar a sua forma de dragão e assar todos eles, apenas para ensinar-lhes algumas boas maneiras. Mas já os havia pago e poderia muito bem receber o valor de seu dinheiro.

Depois que trouxessem a Gema Cinzenta para ele, podia assá-los.

CAPÍTULO VINTE E CINCO

Huma tinha adormecido com Gwyneth em seus braços. Ela ficou acordada ao seu lado, descansando a cabeça em seu ombro e cuidando dele, guardiã de seu sono. Protegeria seu sono tranquilo tanto quanto pudesse, pois sabia com tristeza dolorosa que, quando a Rainha das Trevas atacasse, ele não teria descanso a menos que fosse eterno.

O que quer que ele estivesse sonhando devia ser agradável, pois ele sorriu e a abraçou com mais força. Gwyneth estava feliz como nunca estivera em suas centenas de anos de vida. Teria se contentado em deitar ao lado dele, ouvir sua respiração tranquila e constante e sentir as batidas de seu coração por todos os seus anos.

Sua felicidade não durou além de alguns momentos. Ela estava cochilando quando foi acordada pelo som de imensas asas de couro subindo e descendo, e o cheiro acre de hálito sulfuroso.

— Immolatus! — sussurrou Gwyneth, chocada.

Huma mexeu-se inquieto em seu sono.

— O quê?

— Nada, meu amado, nada — disse Gwyneth.

Ele sorriu e murmurou o nome dela, e então caiu de volta em um sono profundo. Gwyneth beijou-o com delicadeza na testa, depois vestiu-se apressadamente e saiu do quarto para o corredor.

Tudo estava quieto na Torre do Alto Clérigo. O vigia fez soar as quatro horas, uma hora antes do amanhecer, e tudo parecia bem.

Gwyneth desceu correndo as escadas até o quarto nível e saiu para as ameias. Primeiro olhou para o sul, temendo ver que os exércitos da Rainha das Trevas estivessem lançando o ataque. Mas nenhuma corneta soou. As fogueiras queimavam baixo. O inimigo dormia.

Um movimento chamou sua atenção e, olhando para cima, viu Immolatus. Seu grande volume apagava a luz das estrelas. Chamas tremulavam dos dentes do dragão. Fumaça sulfurosa saia de suas ventas. Ele estava sozinho e voava diretamente para a Torre do Alto Clérigo.

Quando Gwyneth começou a correr de volta para dentro para soar o alarme, Immolatus deu um rugido que pareceu sacudir a torre. Ele sobrevoou a muralha externa e mergulhou no pátio em frente ao Portão Nobre. O dragão inspirou profundamente, então soprou um jato de chamas contra as portas duplas com faixas de aço e saiu de seu mergulho para evitar colidir com a torre.

As portas eram feitas de pau-ferro preto raro e eram imunes a flechas flamejantes, tições e outras armas incendiárias... incluindo o sopro de fogo de um dragão. O ataque inicial do dragão causou poucos danos.

Gwyneth aguardou tensamente que outros dragões o seguissem, juntando-se ao ataque. Mas nenhum veio e ela ficou perplexa. Immolatus parecia estar agindo por conta própria. Seu ataque ao portão faria sentido se os exércitos da Rainha das Trevas estivessem concentrados atrás dele. Immolatus destruiria o portão para permitir que milhares de ogros e goblins, hobgoblins e kobolds invadissem.

Mas nenhum goblin estava lá fora na noite, sedento de sangue, brandindo sua espada e uivando. Takhisis não estava aqui para assistir seu ataque e sorrir para ele.

O rugido do dragão acordou todos na torre e na fortaleza adjacente. Luzes se acenderam nas janelas. Tambores soaram o alarme.

Immolatus não deu atenção. Ele circulou no ar acima do pátio, então empreendeu outro mergulho e atacou as portas novamente. As faixas de aço começaram a brilhar, e o dragão pairou perto do portão e cuspiu chamas nas portas uma terceira vez, então atingiu as portas com uma enorme pata dianteira.

As portas estremeceram, mas resistiram. Frustrado, Immolatus soltou outro jato de chamas. O aço ardia em brasa, e Gwyneth podia sentir o cheiro da fumaça e ver o pau-ferro começar a arder.

Os homens gritavam que a batalha havia começado. Gwyneth sabia que Huma estaria acordado e preocupado com ela. Saiu correndo das ameias e se apressou de volta para o quarto, onde o encontrou se esforçando para puxar a cota de malha por cima da cabeça.

Ela o ajudou e ele sorriu aliviado ao vê-la segura.

— Finalmente a batalha! — exclamou ele, eufórico. — Ajude-me a afivelar meu peitoral.

Gwyneth balançou a cabeça enquanto puxava as tiras de couro.

— As tropas inimigas estão dormindo em suas tendas e Takhisis não está à vista. Immolatus está atacando sozinho.

O dragão uivou e eles puderam sentir as paredes da torre estremecerem, enquanto ele as golpeava com suas garras e sua cauda.

— O que poderia ser o objetivo dele? — perguntou-se Huma.

— Ele parece estar tentando destruir o Portão Nobre — explicou Gwyneth. — Entrar na torre.

Huma fez uma pausa no ato de prender a espada.

— Seu objetivo é destruir os deuses!

Gywneth entendeu e ficou espantada,

— Ele vai atacar o Templo!

Huma ria como uma criança abrindo presentes no Yule.

— E nós estaremos esperando por ele! A Medida diz: "O mal devora a si mesmo". Ele trouxe destruição para si mesmo. As lanças de dragão estão no templo. Nós vamos detê-lo lá!

Huma prendeu a espada na cintura e colocou o elmo.

— Devemos ver como estão nossos amigos, embora eu esteja surpreso por não ouvi-los acordando. O rugido do dragão é alto o suficiente para despertar os mortos.

Gwyneth pegou uma tocha da parede enquanto Huma batia à porta de Sturm e o chamava. Não houve resposta. Gwyneth foi ver Destina e encontrou seu quarto vazio, assim como o de Raistlin. Uma luz brilhava sob a porta de Magius. Gwyneth começou a bater, mas Huma a impediu.

— Ele pode estar se preparando para lançar alguma magia terrível e não nos agradeceria por interromper sua concentração. Os outros provavelmente já partiram para se juntar ao comandante e suas forças na Espora do Cavaleiro.

— Devemos nos juntar a eles? — perguntou Gwyneth. — Poderíamos dizer ao comandante que ele precisa trazer suas tropas para defender o templo.

Huma pensou no que fazer.

— Belgrave vai precisar de tempo para reunir suas forças. Estamos aqui. Não podemos esperar por ele. Venha comigo. Conheço um caminho alternativo para entrar no templo.

Ele a guiou por um corredor grande e escuro com colunas que levavam ao extremo norte do sexto andar. Gwyneth carregava a tocha e sua luz iluminava belas tapeçarias de parede com motivos de martins-pescadores, rosas, coroas e espadas. Quando chegaram ao fim do corredor, Huma puxou uma tapeçaria para revelar uma porta que dava para uma escada estreita.

— A escada exclusiva da Ordem dos Clérigos. Ela desce até o templo, para que possam chegar aos altares à vontade, sem ter que lidar com a ralé — explicou. — Ninguém mais tinha permissão para usá-las. Magius, Greta e eu viemos com meu pai em uma de suas peregrinações. Saímos para explorar uma noite, depois que ele foi dormir, e encontramos esta escada. Decidimos ver onde levava. Infelizmente, um dos clérigos nos pegou. Meu pai ficou furioso, e Magius, minha irmã e eu nos metemos em problemas sem fim!

Huma riu da lembrança. Estava corado; seus olhos brilhavam. Ele estava entusiasmado, eufórico, ansioso pela batalha.

A escada era estreita e íngreme. Tiveram que descer com cuidado. Ainda podiam ouvir a fúria do dragão, mas seus rugidos eram abafados pelas paredes de pedra. De vez em quando, sentiam as paredes estremecerem.

— Diga-me tudo o que sabe sobre Immolatus — pediu Huma. — Como ele luta?

— A primeira arma que ele usará contra você é o pavor de dragão, e é terrível — explicou Gwyneth. — Vi guerreiros valentes caírem de joelhos, tremendo de pânico. Reze a Paladine para lhe dar forças para superá-lo.

— *Você* vai me dar forças — declarou Huma, sorrindo para ela e apertando sua mão. — Quais são as outras armas dele?

— A mais letal é seu sopro de fogo — respondeu Gwyneth. — Eu o vi cuspir fogo nas faixas de aço da porta de pau-ferro, e o metal ardeu em brasa. Seu sopro é sua força, mas também sua fraqueza. Depois de soltar uma rajada de fogo, Immolatus deve esperar um pouco para que o fogo em sua barriga reacenda. Não muito tempo, talvez o intervalo de trinta batimentos cardíacos. Mas, durante esse tempo, você pode atacar.

— Trinta batimentos cardíacos — repetiu Huma. — Vou lembrar disso.

— Pare um momento — pediu Gwyneth. — Preciso falar com você.

Huma estava no degrau abaixo. Ergueu o olhar para ela.

— Precisarei mudar para minha verdadeira forma para lutar contra Immolatus — informou Gwyneth. — Precisarei me transformar em dragão.

Ela podia se ver refletida nos olhos dele; a luz da tocha brilhando em seus cabelos prateados. Seu amor por ela reluzia em seus olhos mais radiante que chamas. Huma pegou a mão dela que usava o anel dele e levou-a aos lábios.

— Vamos lutar juntos — declarou ele. — Aço e prata.

Gwyneth o beijou e sua última dúvida desapareceu.

CAPÍTULO VINTE E SEIS

Raistlin passara a noite acordado, esperando para saber o que havia acontecido com Tasslehoff. O Comandante Belgrave havia prometido a Destina que alertaria seus homens para que ficassem atentos caso vissem o kender. No momento em que retornasse, e estivessem todos juntos de novo, Kairn planejava levá-los de volta para seu próprio tempo. Mas a meia-noite já havia passado há muito. A aurora se aproximava e ainda nenhum sinal do kender.

— O comandante me perguntou novamente quando você e Magius farão sua magia para nos levar para um lugar seguro — comentou Destina. — Eu respondi para ele que não iria a lugar algum sem Tas.

— Aparentemente, nenhum de nós pode ir a lugar algum sem Tas — retrucou Raistlin sardônico.

Ele ouviu o vigia anunciar as quatro horas e se levantou.

— Vou me recolher. Avise-me caso tenha notícias.

— Eu irei com você — declarou Sturm, pegando uma tocha na parede. — Gostaria de falar com Huma. Ninguém o viu o dia todo.

— Kairn e eu vamos esperar mais um pouco — disse Destina. — Tas ainda pode aparecer e ele me procuraria aqui primeiro.

— Ele procuraria a despensa primeiro — declarou Raistlin para Sturm quando eles saíram.

Atravessaram a ponte para a Torre do Alto Clérigo, caminhando em silêncio, cada um absorto em seus próprios pensamentos. Chegando à torre, subiram as escadas que levavam aos seus quartos no sexto andar.

— O que você fará se Tas não voltar antes da batalha? — perguntou Sturm abruptamente.

— Temos dois dias para esperar por ele — respondeu Raistlin. — O Irmão Kairn diz que a batalha não vai começar até depois de amanhã.

— Mas e se ele não voltar? — insistiu Sturm.

— Vou lançar um feitiço de sono na Senhora Destina e dizer ao Irmão Kairn para levá-la com a Gema Cinzenta de volta para Astinus. Ficarei aqui para esperar pelo kender. Reluto em dizer isso, mas Tasslehoff Pés-Ligeiros é tão importante para o futuro quanto você — disse Raistlin. Naquele momento, eles ouviram um rugido feroz e as paredes da escada estremeceram. Sturm escorregou no degrau e quase deixou cair a tocha. Raistlin apoiou-se com as costas pressionadas contra a parede.

— O dragão está atacando a torre! — exclamou Sturm. — A batalha deve ter começado!

— Mas não é possível — argumentou Raistlin. — É o momento errado!

— Aparentemente, alguém esqueceu de contar para Immolatus — retrucou Sturm.

O dragão rugiu de novo e mais uma vez atacou a muralha.

— Vamos conseguir ver o que está acontecendo do parapeito no sexto andar — disse Sturm.

Eles subiram as escadas apressados e atravessaram o corredor escuro e deserto até o parapeito. Olhando para baixo da muralha, podiam ver o dragão incendiando o Portão Nobre. Chamas iluminavam a noite enquanto o dragão atacava o pau-ferro e fumaça flutuava pelo ar abafado.

O dragão estava sozinho. Nenhuma tropa se concentrava atrás dele, brandindo suas armas, ansiosa para entrar para matar.

— Está tudo errado! — declarou Raistlin sombriamente. — Conheço a história de Immolatus, pois o encontrarei no futuro. Ele ataca a torre com seu exército, pois ele mesmo quer tomá-la. Os cavaleiros o atacam com lanças de dragão durante a batalha e ele fica gravemente ferido. Acaba renunciando à Rainha das Trevas e foge da batalha. Ele nunca atacou a torre sozinho. A menos que…

Raistlin fez uma pausa, pensando.

— A menos que o quê? — exigiu saber Sturm.

— A menos que Magius tenha usado o orbe de dragão para invocá-lo — declarou Raistlin, com um calafrio.

— Mas você disse que Magius morreria antes de conseguir usar o orbe — argumentou Sturm.

— Desde que a história não mude! E não podemos ter certeza disso, pois agora mesmo Destina está sentada na fortaleza, usando a Gema Cinzenta em volta do pescoço —respondeu Raistlin.

Trompas berraram e eles ouviram tambores soando.

— O Comandante Belgrave convoca os cavaleiros para a batalha — disse Sturm. — Devo buscar meu elmo e minha espada.

— E eu devo encontrar Magius — afirmou Raistlin.

Eles deixaram o parapeito, voltando para o salão central. Sturm ia à frente, carregando a tocha. De repente, ele se deteve e ergueu a mão, em alerta, parando Raistlin.

— Não se mexa! — advertiu-o Sturm.

— O que foi? — questionou Raistlin, olhando por cima do ombro do cavaleiro.

Em resposta, Sturm apontou para um corpo no chão.

Raistlin aproximou-se e viu um homem deitado em uma poça de sangue que estava preta à luz das tochas. Ele usava armadura e Raistlin reconheceu o jovem cavaleiro Sir Richard. Seus olhos estavam arregalados na morte e sua boca aberta em um grito que ele nunca teve a chance de soltar.

Raistlin podia ver que o homem estava morto, mas sentiu-se compelido a abaixar-se ao lado dele para sentir a pulsação de vida no pescoço. Ao fazê-lo, a cabeça balançou de forma não natural.

— Ele foi garroteado — informou Raistlin, levantando-se. — O assassino sabia o que fazia. Enrolou um pedaço de arame em volta do pescoço e o torceu, exercendo tanta força que quase separou a cabeça do corpo. Isso aconteceu recentemente. O corpo ainda está quente.

Sturm apontou para pegadas ensanguentadas no chão.

— Havia mais de um intruso. As pegadas continuam pelo corredor, levando a nossos aposentos.

— Em direção a um quarto... o de Destina — analisou Raistlin, observando as pegadas. — Essas pessoas estão aqui para roubar a Gema Cinzenta! O ataque do dragão à torre pode ser uma distração. O sangue está fresco. Esses intrusos ainda estão aqui. Precisamos encontrar Destina antes que eles o façam!

— Deixamos ela e o Irmão Kairn no salão de jantar da fortaleza — disse Sturm. — Vou procurá-la lá.

— Vou verificar se há intrusos no quarto dela — declarou Raistlin.

Sturm desceu as escadas correndo. Raistlin tirou uma tocha da parede e correu para o quarto de Destina. Ela havia deixado a porta destrancada. Raistlin abriu e viu a câmara vazia. Virando-se, quase esbarrou em Magius.

— O que está acontecendo? — perguntou Magius, bocejando. — Eu estava dormindo quando ouvi um estrondo e senti as paredes tremerem. Quase me derrubou da cama. A batalha começou?

— O dragão está atacando a torre — respondeu Raistlin, estudando Magius atentamente. — Eu pensei que talvez você pudesse tê-lo convocado com o orbe de dragão.

Magius deu uma risada incrédula.

— Você está louco? Ou acha que eu estou?

— Não, mas eu precisava perguntar — respondeu Raistlin. — Parece que Immolatus enviou agentes para roubar a Gema Cinzenta. Eles mataram um dos cavaleiros. Felizmente, Destina não estava no quarto. Ela está com o Irmão Kairn na fortaleza. Sturm foi alertá-la.

O rugido do dragão ficou mais alto, e um estrondo súbito sacudiu a construção e lançou poeira e detritos em cascata ao redor deles.

— Que golpe de sorte! Vamos lutar contra Immolatus agora! — exclamou Magius, entusiasmadamente, seus olhos brilhando. — Que feitiços preparou, Irmão? Tenho vários em mente que são adequados para lutar contra um dragão. Preciso voltar para o meu quarto para buscar meus componentes de feitiço e um pergaminho muito especial.

Raistlin refletiu amargamente sobre seus poucos feitiços, nenhum deles muito poderoso e poucos deles mortais. Magius devia saber o que ele estava pensando, pois deu tapinhas no ombro de Raistlin.

— Você lançará o feitiço no pergaminho. É uma criação minha. O feitiço lhe dará o poder de erguer um objeto grande e pesado, como uma rocha, e arremessá-lo no dragão.

Magius estava tão empolgado que correu de volta para o quarto. Raistlin seguiu mais devagar. Estava tudo errado. Immolatus atacara a torre durante a Terceira Guerra dos Dragões, mas apenas na companhia da Rainha das Trevas, não sozinho. Havia sido derrotado por cavaleiros armados com lanças de dragão, não por Magius, que não lutara contra ele, porque havia sido capturado e morto. Raistlin lutaria contra Immolatus, mas não aqui, não agora. Eles se encontrariam em um futuro distante.

Immolatus atacara a torre nesta noite por causa da Gema Cinzenta. Os intrusos tinham vindo atrás da Gema Cinzenta. A história deu errado?

Era tarde demais para salvarem a canção? Se assim fosse, poderia ter a chance de ficar ao lado de Magius e lutar contra um dragão, uma chance de morrer com a magia ardendo em seu sangue.

— Uma chance de morrer como um herói — murmurou Raistlin. — Meu nome será celebrado, não execrado.

Ao entrar no quarto de Magius, o olhar de Raistlin foi atraído para o orbe de dragão em seu suporte. A esfera brilhava vermelha, girando suavemente. Os olhos no orbe o encararam, observando-o. Magius fez uma pausa no ato de retirar um pergaminho de uma caixa de pergaminhos ornamentada e viu para onde Raistlin estava olhando.

— Deveria esconder o orbe de dragão — comentou Raistlin.

— Uma boa ideia! — concordou Magius. — Esses ladrões podem estar aqui atrás da Gema Cinzenta, mas não se oporiam a roubar o orbe caso o encontrassem. Eu poderia lançar o feitiço de transporte. Não saberei para onde estou enviando-o, mas sempre posso recuperá-lo simplesmente invertendo o feitiço. O que acha?

— Eu acho… que deveria lhe contar a verdade — disse Raistlin devagar.

Magius ficou intrigado.

— A verdade? Que verdade?

— O mago de quem falei — prosseguiu Raistlin. — Aquele que não podia mais lançar feitiços e foi capturado e torturado até a morte. De acordo com a tradição, era você.

— Eu? — Magius ficou surpreso por um momento. Então, começou a rir. — Ah, entendo. Isso é algum tipo de brincadeira. Não é exatamente o momento…

— Não é brincadeira — interrompeu Raistlin. — Não sei quando você será capturado ou como ou onde. Neste momento, não sei nem se você *será* capturado. Não sei se o mito é verdadeiro ou falso e você envelhecerá e morrerá dormindo. Mas não poderia me olhar no espelho se não o avisasse.

Magius viu que ele estava falando sério.

— Mesmo que, ao me contar, você arrisque mudar o futuro?

Raistlin deu um leve sorriso.

— Como foi que você disse? Dane-se o futuro.

— Entendo — disse Magius. Ele acrescentou, franzindo a testa: — Então, o que quer que eu faça para evitar meu destino? Rastejar para debaixo da cama e me esconder? Quanto tempo devo me esconder lá? Um dia? Dois dias? Um ano?

Raistlin balançou a cabeça, incapaz de responder.

Magius notou a angústia do amigo e pousou a mão em seu ombro.

— Agradeço por me contar, Irmão, mas você sabe que não posso viver minha vida com medo. Se paramos de viver porque tememos a morte, então já morremos.

As palavras soaram familiares para Raistlin, mas ele não conseguia se lembrar onde as tinha ouvido. Sabia, é claro, que eram verdadeiras.

— Não diga uma palavra a Huma! — acrescentou Magius. — Entendo agora porque você estava tão relutante em revelar o que sabia sobre o futuro. Se Huma descobrisse que fui capturado, faria algo nobre e estúpido para me salvar. E agora, se você puder vigiar para garantir que eu não seja perturbado, enviarei o orbe de dragão para algum local desconhecido.

Magius enfiou o orbe de dragão na bolsa de veludo, depois passou a mão sobre ele, murmurando as palavras mágicas. Raistlin ficou na porta e olhou para a escuridão. O orbe permaneceria escondido, acumulando poeira, até o dia no futuro distante em que Tasslehoff o encontraria. A menos que esse futuro não existisse mais.

— O feitiço está lançado — declarou Magius. — O orbe está com os deuses.

— Verdade — disse Raistlin. — Muito mais verdadeiro do que você imagina. Onde devemos lutar contra o dragão?

— Vamos atacá-lo do Alto Mirante — informou Magius. — Teremos o terreno elevado, por assim dizer.

Ele pegou seu cajado e falou a palavra: "*Shirak*".

O globo explodiu em luz iluminando um estranho que se materializou na escuridão, quase na frente deles. Uma mulher estava ao seu lado. Raistlin piscou de surpresa, assustado.

— Acredito que encontramos nossos intrusos — afirmou Magius com frieza.

O homem e a mulher eram altos, pálidos e loiros. Ambos usavam armaduras de couro. O homem carregava uma espada. A mulher não tinha arma, apenas uma corda de mato trançado presa ao cinto. Um leve cheiro doce e repugnante a cercava, como de trevo misturado com o odor repugnante de ovos podres.

— Ela é uma usuária de magia! — advertiu Raistlin enquanto enfiava a mão na bolsa.

275

Antes que pudesse falar ou mesmo pensar nas palavras do feitiço, a mulher estendeu as mãos. Raios escuros projetaram-se das pontas de seus dedos. O raio atingiu Raistlin no peito e atravessou seu corpo como óleo fervendo. Ele caiu, contorcendo-se de dor.

Magius ficou parado, de forma protetora, acima dele. Ergueu o cajado e gritou um comando que enviou um feixe de luz incandescente disparando do cristal. O homem desviou o feixe com a espada; o raio atingiu a parede, explodindo um pedaço de pedra.

— O dragão nos disse para trazer um dos magos e nós temos dois — afirmou o homem. — Faça a sua escolha, Mãe.

— Gosto do mais velho, Capitão.

Ela removeu a corda de mato trançado de seu cinto e a jogou em Magius. A corda se desenrolou como uma cobra atacando e o envolveu com uma velocidade estonteante, prendendo seus braços e pernas. Espinhos afiados brotaram do mato trançado, rasgando seu manto, perfurando sua carne.

Raistlin podia apenas assistir impotente, enquanto Magius tentava se libertar. O aperto da corda ficava mais forte quanto mais ele lutava, os espinhos se cravando mais fundo em seu corpo. Ele caiu de joelhos. O sangue escorria de uma miríade de perfurações, manchando o mármore. Mas Magius ainda conseguia segurar seu cajado, embora agora estivesse escorregadio e encharcado com seu próprio sangue.

— E este aqui? — perguntou o homem, cutucando Raistlin com a ponta da bota.

— Ele é jovem e inútil — respondeu a mulher. — Não vale o esforço.

— Então, mate-o — ordenou o homem. — Vou confirmar que a mulher e esta joia não estão aqui.

Ele desceu pelo corredor, indo direto para o quarto de Destina.

A mulher agachou-se ao lado de Raistlin. Deslizou a mão por baixo da cabeça dele e cravou as unhas na base de seu crânio.

Raistlin sentiu os pés formigando e depois ficaram dormentes. Não podia movê-los. A paralisia se espalhou para as pernas e delas subiu pelo corpo, passando para os braços e o peito. Ele moveu a cabeça, tentando se libertar, mas ela colocou a mão em sua testa, segurando-o com força.

— Minha magia se alimenta de sua dor — explicou-lhe ela. — Eu fico mais forte quanto mais você luta para se manter vivo. Quando a paralisia atingir seu peito, você não conseguirá respirar e morrerá. A morte é muito mais fácil.

A mulher se levantou e gritou pelo corredor atrás do homem.

— Você a encontrou?

— Ela não está no quarto — relatou o homem.

Raistlin tentou respirar, mas seu corpo agora estava quase completamente paralisado. Lutou em busca de ar, então sentiu algo tocar sua mão. Ele desviou os olhos para ver Magius deslizando o cajado pelo chão em sua direção.

O movimento fez com que os espinhos penetrassem mais fundo nos braços de Magius. A dor devia ser insuportável, mas ele cerrou os dentes e não gritou. Tocou Raistlin com o cajado e sussurrou palavras mágicas. Seus dedos roçaram os de Raistlin. O globo no cajado brilhou brevemente, depois se apagou.

Raistlin sentiu a paralisia diminuir. Seus pulmões se expandiram, puxando o ar. Ele conseguia respirar, mexer os dedos e movimentar as pernas. Entretanto, não ousou se mover, pois então a mulher perceberia que ele tinha se libertado do feitiço.

Ao lado dele, Magius ofegava em agonia, pois o menor movimento enterrava os espinhos mais fundo. O chão de pedra estava manchado de vermelho com seu sangue, e Raistlin percebeu, em desespero de partir o coração, que não poderia fazer nada para salvá-lo. Não podia lutar contra esta mulher. Ela estava certa. Ele era jovem e inútil.

Capitão voltou. Caminhando até a escada, ele gritou para alguém abaixo.

— Tragam Garrote e Quebrador de Ossos com a padiola. Estamos com o mago.

Os dois falavam a linguagem de acampamento, a língua dos mercenários, mas com um sotaque estranho, que Raistlin não reconheceu. Não estavam prestando atenção nele e ele entreabriu os olhos para ver, embora tomasse cuidado para não se mexer e mantivesse a respiração suave e superficial.

Mais dois mercenários apareceram, carregando uma padiola tosca feita de peles esticadas sobre estacas de madeira. Um deles carregava arame enrolado no cinto e Raistlin adivinhou que era ele a quem chamavam de Garrote, baseando o nome em sua terrível habilidade. O outro, com braços gigantescos e mãos enormes, devia ser o Quebrador de Ossos.

— Encontramos a mulher, Capitão — relatou Garrote. — Ela está no salão de jantar da fortaleza junto com um monge. Deixamos Açougueiro para ficar de olho neles. Quais são suas ordens?

— Mãe e eu cuidaremos da mulher. Você e Quebrador de Ossos levem esse mago de volta ao acampamento. — Capitão lançou um olhar inexpressivo para Magius.

Os dois homens se abaixaram para pegá-lo, depois afastaram as mãos com gritos de dor.

— Está tentando nos matar, Mãe? — rosnou Quebrador de Ossos. — Tire os malditos espinhos, por favor?

Mãe sorriu e fez um gesto rápido. Os espinhos recuaram, mas a corda de mato trançado permaneceu, prendendo Magius com força. Ele estava suando e tremendo e coberto de sangue. Estremeceu. Seus olhos se fecharam; sua cabeça pendeu.

Capitão franziu a testa.

— O que há de errado com ele?

— Desmaiou de dor — respondeu Mãe.

— Morto ele é inútil para o dragão! — advertiu Capitão. — Immolatus quer que ele forneça informações sobre a tal joia.

— Vou mantê-lo vivo enquanto for útil — assegurou Mãe de forma complacente. — Embora eu duvide que ele vá me agradecer.

Enquanto os dois homens empurravam Magius para cima da padiola, um deles gesticulou para o cajado caído no chão com o sangue de Magius.

— Quer essa coisa? Parece ser mágico.

Capitão lançou um olhar questionador para Mãe.

— Não preciso disso — respondeu ela. — Mas podemos vendê-lo.

Ela estendeu a mão para o bastão e Raistlin torceu a mão; a adaga em seu pulso deslizou para sua palma. Ele a agarrou e esperou tenso que a magia do cajado quebrasse os ossos da mão dela ou a cegasse com uma luz ofuscante, então ele atacaria.

Mas o cajado poderia muito bem ser um cajado de madeira comum, pois não fez nada. Humildemente permitiu que Mãe o pegasse, e ela o jogou com desdém em cima do corpo de Magius.

Os dois mercenários carregaram a padiola escada abaixo. Magius estava inconsciente. Um braço pendia sobre a borda da padiola. O sangue escorria por seu braço e pingava de seus dedos. O cajado descansava de forma protetora em seu peito, e Raistlin de repente entendeu por que não havia atacado. Não deixaria Magius.

— O que fazemos com esse outro mago, Mãe? — perguntou Capitão.

Raistlin estava deitado com os olhos fechados, prendendo a respiração, sem se mexer.

— Ele está morto — respondeu Mãe.

Capitão franziu a testa e se aproximou.

— Tem certeza?

— Duvida de mim, Capitão? — exigiu saber Mãe, com irritação em sua voz.

Capitão se endireitou.

— Não, Mãe, claro que não. Se você diz que ele está morto, ele está morto.

Raistlin esperava que eles fossem embora, com os outros. Mas Capitão e Mãe aparentemente não estavam com pressa, pois ficaram falando da Gema Cinzenta.

— Estive pensando nesta joia — comentou Capitão. — O dragão dá grande importância a ela. Ocorreu-me que, se ele a quer tanto, outros também vão querer. Takhisis chega em breve. Proponho que fiquemos com esta joia e a vendamos pelo lance mais alto.

— Excelente ideia, Capitão — disse Mãe. — E agora, se estiver pronto, vou nos levar para a fortaleza.

Ela colocou a mão no ombro dele e os dois sumiram.

Raistlin respirou fundo e tentou acalmar seu coração acelerado e recuperar as forças. Podia ouvir o dragão berrando, quebrando pedras e cuspindo fogo. O Comandante Belgrave e suas tropas estariam correndo em direção à ameaça simulada e se afastando do verdadeiro perigo.

Raistlin recolocou a adaga na tira de couro e se levantou. Pegando uma tocha na parede, começou a descer as escadas. Conseguia ouvir, bem abaixo de si, os dois homens com a padiola xingando enquanto tentavam carregar seu fardo pela escada em espiral. Um sino distante soou cinco vezes, marcando a hora.

Raistlin olhou para as gotas de sangue brilhando à luz das tochas, e lágrimas de raiva e dor nublaram sua visão. Supôs que deveria estar agradecido. Aparentemente, não mudaram a história. Se o Rio do Tempo fluísse como deveria fluir, Magius teria uma morte agonizante.

— Eu não estava aqui daquela vez — refletiu Raistlin. — Mas estou aqui agora.

CAPÍTULO VINTE E SETE

Destina e Kairn permaneceram no salão de jantar depois que Raistlin e Sturm saíram, esperando por Tas. Will juntou-se a eles pouco tempo depois e resmungou quando Destina pediu que ele acendesse tochas e trouxesse velas novas.

— Quando Tas voltar, quero que ele veja a luz e saiba que estamos aqui — explicou Destina.

Will fez o que ela pediu, mas resmungou sobre ter todo esse trabalho "por um maldito kender". Ele se sentou na extremidade oposta da mesa, sem dúvida para ficar de olho em Kairn, pois o Comandante Belgrave havia deixado claro que não confiava no monge.

Já era tarde, quase meia-noite, e Destina estava ficando cada vez mais preocupada com Tas. Kairn estava tentando bravamente ficar acordado, mas Destina podia ver que ele estava cansado. Ela o pegou bocejando quando pensou que ela não estava olhando.

— Já é tarde, Kairn — comentou Destina para ele. — O comandante lhe cedeu um quarto na torre. Durma um pouco. Vou esperar Tas aqui.

— Só estou com um pouco de sono — respondeu Kairn. Ele olhou para Will e baixou a voz. — Eu tenho que permanecer aqui. Quando Tas voltar, precisaremos acordar os outros e retornar. Não devemos ficar nem um instante mais que o necessário.

Destina deu um sorriso fraco.

— Fico feliz por você falar "quando" ele voltar, não "se".

— Ele vai voltar — afirmou Kairn e colocou a mão sobre a dela, e sentiu algo pontiagudo espetar sua pele. — Ai! — Ele afastou a mão e viu uma pequena mancha de sangue.

— Qual é o problema? — perguntou Destina.

— Esse anel que você está usando no dedo mindinho — explicou Kairn, achando mais graça do que sentindo dor. — Acho que me mordeu.

— Mordeu? — repetiu Destina, intrigada.

— Olhe — indicou Kairn e mostrou seu machucado.

— Que estranho — disse Destina. — O anel foi um presente da minha mãe. Ela era clériga da deusa Chislev. Disse que a deusa tinha abençoado o anel e, se eu me perdesse, ela me guiaria.

O anel era muito simples, feito de ouro, adornado com uma única esmeralda. Destina levantou a mão e observou a pequena esmeralda faiscar e brilhar à luz das velas. O verde a fazia pensar em folhas recém-brotadas, brilhando sob o sol da primavera. A constante chama verde da esmeralda parecia calmante e reconfortante em comparação com a estranha luz ofuscante da Gema Cinzenta.

— Talvez Chislev esteja tentando chamar nossa atenção — sugeriu Kairn, sorrindo. — Conte-me sobre sua mãe.

— O nome dela é Atieno e ela me deixou sozinha depois que meu pai morreu — contou Destina, tocando o anel delicadamente. — Fiquei ressentida, no começo. Mas agora percebo que ela estava tentando me ajudar a encontrar meu próprio caminho. O que diz a Medida? "Crianças não conseguem aprender a andar sozinhas se você se agarrar às mãos delas."

— No meu caso, fui eu que saí para encontrar meu próprio caminho. Meu pai nunca conseguiu entender por que eu me contentava em ler sobre batalhas em vez de lutá-las — comentou Kairn.

Will bufou com desgosto, como se concordasse com o pai de Kairn. Então, de repente, o criado inclinou a cabeça e se levantou de um salto.

— Não ouviram isso? — perguntou.

— Eu ouço um trovão — respondeu Kairn. — Uma tempestade deve estar se formando.

— Tolice, o céu estava claro como os olhos brilhantes de Mishakal quando fiz minha ronda — retrucou Will. — Isso não é um trovão. Isso é o dragão!

A fortaleza não tinha janelas, então Destina não podia ver o que estava acontecendo. Mas agora conseguia ouvir tambores batendo e o som de soldados descendo as escadas dos quartos no terceiro andar onde dormiam.

— O que está acontecendo? — gritou Will para um, quando os soldados passaram correndo.

281

— O dragão está atacando a Torre do Alto Clérigo! — gritou o soldado em resposta e saiu correndo.

— A batalha deve ter começado! — disse Will ansiosamente.

Desembainhando sua espada, ele pegou uma tocha e começou a correr atrás do soldado. Então, parecendo se lembrar de seu dever, olhou para Destina e Kairn, que tinham se levantado, alarmados.

— Vocês dois fiquem aqui! — ordenou Will. — Estarão seguros o bastante.

As grossas paredes da fortaleza abafavam o som do rugido do dragão. Podiam ouvir homens gritando e as ordens berradas do Comandante Belgrave ecoando pelos corredores.

— Isso não pode estar acontecendo! — exclamou Kairn, abalado e confuso. — Está errado, tudo errado!

— O que quer dizer? — disse Destina, hesitante, embora temesse saber.

— De acordo com a história, a batalha só começa depois de amanhã — explicou Kairn.

— Então, a Gema Cinzenta mudou a história... — começou a dizer Destina.

— Se isso é verdade, Mãe — soou uma voz da escuridão —, então esta joia é mais valiosa do que pensávamos.

Três pessoas se materializaram na escuridão, dois homens e uma mulher, todos semelhantes em aparência, com cabelos louros presos em tranças e vestindo couro e cotas de malha. Os dois homens portavam espadas e usavam facas em seus cintos. Apenas a mulher não estava armada. Seus olhos eram de um azul surpreendente, tão frios que a luz das tochas não conseguia aquecê-los.

— Acredita neles, Mãe? — perguntou o homem.

— Uma mera bugiganga nunca poderia ser tão poderosa, Capitão — respondeu a mulher, acrescentando em tom depreciativo —, mas se o dragão acredita, podemos dobrar o preço pedido.

Kairn agarrou seu bordão, que havia encostado na parede, e se pôs ao lado de Destina.

— Conhece estas pessoas?

— Nunca os vi antes — respondeu Destina. — Quem são vocês? O que querem?

— Viemos buscar a joia que você chama de Gema Cinzenta — declarou Capitão.

Destina desejou estender a mão para tocá-la, mas não ousou, sabendo que chamaria a atenção para ela.

— Não tenho nada para vocês — retrucou. — Vão embora e nos deixem em paz.

— Vamos embora quando estivermos com a Gema Cinzenta — afirmou a mulher. — Açougueiro, me dê uma tocha.

O segundo homem pegou uma tocha da parede e estendeu para ela. A mulher pegou um punhado de chamas, segurou o fogo na palma da mão como se fosse apenas uma bola de neve e arremessou a bola de fogo em Destina.

Kairn ergueu seu bordão e golpeou a chama. A bola laranja flamejante caiu no chão e sumiu.

— Gilean, guie minha mão! — clamou Kairn. Brandindo seu bastão, saltou sobre os dois homens. Ele golpeou as pernas de Capitão, derrubando-o, em seguida, girou o bastão para bater no rosto de Açougueiro. Capitão se levantou, mas Açougueiro estava caído no chão.

— Quem é Gilean? — perguntou Capitão, aparentemente inabalado.

— Um deus, eu acho — respondeu Mãe e estendeu a mão direita.

Cinco víboras fluíram de seus dedos e caíram no chão. As víboras deslizaram em direção a Kairn. Ele as golpeou com seu bastão, apenas para que as víboras se enrolassem em torno dele. Ele o jogou longe, mas outras víboras se enrolaram em suas pernas, as línguas saindo das bocas. Kairn caiu, indefeso, no chão.

As víboras ergueram suas cabeças, sibilando para ele.

— As víboras são venenosas — avisou Mãe. — Dê-nos a joia conhecida como Gema Cinzenta ou veja o monge morrer.

Mãe falou uma palavra e as víboras ergueram a cabeça, preparando-se para dar o bote.

Destina tremia, mas não de medo. Estava tremendo de determinação e firmeza. Não ia permitir que machucassem Kairn. Pessoas demais haviam sido feridas por causa dela. Lembrou-se de Raistlin dizendo que a Gema Cinzenta cuidaria dela.

— Então faça isso! — ordenou, severamente.

Ela pegou a Gema Cinzenta e sentiu o pequeno anel de esmeralda apertar em torno de seu dedo, como acontecera quando ela se perdeu no reino dos anões.

Chislev... tentando chamar a atenção dela.

Destina puxou a corrente e o fecho, forjado por Reorx, cedeu. Ela segurou a Gema Cinzenta em sua mão por um instante, tempo suficiente para ver seu brilho se intensificar e sentir seu calor em sua pele. Mas não a queimou. Ela a atirou nos intrusos.

A Gema Cinzenta pousou no chão no meio deles. Permaneceu ali, aparentemente subjugada, sua luz cinza pulsando levemente.

Mãe se abaixou para pegá-la.

A Gema Cinzenta clareava e escurecia. Crescia e diminuía, alargava-se e estreitava-se. Mãe hesitou e recuou. A luz cinza aumentou indistintamente.

— Por que hesita? — perguntou Capitão. — É apenas uma pedra feia.

— É perigosa! — avisou Destina. — Mais perigosa que o dragão. Mais perigosa que a própria Takhisis.

Mãe riu em desprezo, abaixou-se e pegou a Gema Cinzenta.

A explosão foi tão fraca que não levantou um grão de poeira, mas foi poderosa o suficiente para atirar Destina contra a parede.

Ela caiu no chão, atordoada e tonta. Tentou enxergar, mas a escuridão era intensa demais. Gradualmente sua visão clareou. Ela recuou horrorizada.

Mãe, Capitão e Açougueiro estavam mortos. Sangue escorria de suas orelhas e bocas. Seus olhos imóveis estavam arregalados de terror, suas bocas abertas em gritos silenciosos de agonia. No centro do terrível círculo de morte, a Gema Cinzenta brilhava com uma luz fraca, satisfeita e cinza.

Destina estremeceu e rastejou até Kairn, esperando que ele não tivesse sido ferido na explosão. Ele ainda estava inconsciente, mas vivo. As víboras haviam desaparecido.

— Kairn! — Destina gritou, com urgência, agarrando a mão dele.

Ele se mexeu e abriu os olhos e piscou para ela.

— O que aconteceu?

— Não tenho certeza — respondeu ela, trêmula. — Você está bem?

— Estou... eu acho — confirmou Kairn. Ele se sentou e pegou seu cajado. — Aquelas pessoas...

— Estão mortos — revelou Destina, engolindo em seco. — A Gema Cinzenta os matou.

Ela ajudou Kairn a se levantar e ele ficou olhando para os corpos em descrença horrorizada.

— Eles queriam a Gema Cinzenta — prosseguiu Destina em voz baixa. — Iam matar você. Eu não tinha outra arma, mas me lembrei de Raistlin dizendo que ela cuidaria de mim, então a tirei e joguei neles.

A Gema Cinzenta estava no chão, pulsando com uma leve luz cinza. Destina pôs a mão na garganta e percebeu subitamente.

Estava livre dela.

CAPÍTULO VINTE E OITO

Huma e Gwyneth desceram correndo a escada para o andar térreo enquanto Immolatus continuava seu ataque à torre. Fumaça se elevava do pau-ferro em chamas pela escada, queimando seus pulmões e dificultando a visão. Eles tatearam até o fundo e chegaram a uma porta marcada com o símbolo de Kiri-Jolith.

— Aonde isso leva? — perguntou Gwyneth.

— Para os altares dos deuses — respondeu Huma suavemente. — Podemos nos proteger atrás da estátua de Paladine.

A julgar pelo som, o dragão conseguira abrir um buraco na parede e estava tentando entrar no templo. As portas não o deteriam por muito tempo.

Gwyneth enfiou a tocha que carregava em um balde de areia, apagando a chama, enquanto Huma abria um pouco a porta. Ele espiou por trás dela e fez sinal para que Gwyneth se juntasse a ele.

Podiam ver a silhueta de Immolatus contra um fundo de fogo. Ele ainda não podia entrar no templo, pois era grande demais para passar pela abertura que havia criado. Estava tendo que derrubar mais da parede.

— Os deuses estão conosco — declarou Huma, apertando a mão de Gwyneth.

Eles se esgueiraram para dentro do templo e se agacharam atrás do altar de Kiri-Jolith.

Os altares dos deuses formavam um semicírculo com Paladine no centro. Mishakal, sua consorte, estava à sua esquerda, ao lado de Habakkuk, e Kiri-Jolith estava à sua direita. As três velas brancas no altar de Paladine ardiam continuamente e não vacilavam.

— Os deuses guiam nosso caminho — afirmou Huma suavemente.

— Espere aqui!

Ele tocou a estátua de Kiri-Jolith, invocando a ajuda do deus e, em seguida, rápida e silenciosamente, foi até o altar de Paladine. As lanças de dragão reluziam com um brilho prateado à luz das velas. Huma pegou uma. Segurando-a com força, parou diante do altar e aguardou.

Immolatus atingiu a parede com um golpe pesado e pedras cascatearam ao seu redor. Ele chutou os escombros e entrou pesadamente no templo, envolto em nuvens de fumaça. Pedaços de pedra se agarravam às suas costas. Ele os sacudiu. Quando chegou dentro da rotunda, quase ronronou de alívio, espreguiçando-se e erguendo-se em toda a sua altura.

Immolatus tinha cerca de dez metros de comprimento, seu corpo de escamas vermelhas era enorme e desengonçado. Dois chifres brotavam de sua cabeça e saliências ósseas projetavam-se de suas mandíbulas. Olhos pequenos brilhavam sob um cenho protuberante. Ele mantinha suas asas de couro dobradas nas laterais do corpo, pois elas podiam se estender a até treze metros e dificultariam seus movimentos. Sua cauda pesada arrastava-se pelo chão e saía pelo buraco na parede.

Ele rugiu em desafio, saboreando o momento de seu triunfo.

— Encolha-se diante de meu poder, Paladine! Não pode fazer nada para me impedir!

Immolatus invadiu o templo. Seus chifres roçavam o teto. Os bancos de madeira estalaram sob seus pés. Então, de repente, ele enrijeceu e parou. Seus olhos se estreitaram tanto que quase desapareceram. Ele farejou igual a um cachorro, balançando a cabeça para um lado e para o outro.

— Eu já devia saber que este lugar imundo estaria infestado de vermes! — rosnou. — Sinto seu cheiro, humano!

O dragão continuou procurando e então seus lábios se curvaram, revelando suas presas em um sorriso hediondo.

— Agora eu o vejo! Encolhendo-se à sombra de Paladine. Esse deus fraco e chorão não pode protegê-lo! — Immolatus bufou e fumaça escapou de suas ventas. — Ele não pode nem proteger o próprio templo!

Huma saiu de trás do altar, segurando a lança de dragão na mão. A lança reluzia com um fulgor prateado. A luz das três velas se refletia em sua armadura.

— Vamos ver quão corajoso é, humano — desafiou Immolatus.

Pavor de dragão emanou dele e pareceu se espalhar como uma mortalha por todo o templo.

Huma estremeceu. Os nós dos dedos da mão que segurava a lança estavam brancos. Seu rosto, visível sob o elmo, estava pálido. Mas embora tremesse, ele permaneceu firme diante do altar, seu olhar inabalável no dragão.

Immolatus franziu o cenho e Gwyneth pôde perceber a incerteza do dragão. Ele estava acostumado a ver os mortais fugindo aterrorizados diante de si. Podia perceber que este mortal estava com medo, mas o mortal o desafiava, segurando uma arma que parecia cintilar com a luz dos deuses.

Immolatus olhou para esta estranha arma. Claramente nunca tinha visto nada parecido. Ele não parecia temê-la; nenhuma arma forjada por mãos mortais jamais feriria o dragão vermelho. No entanto, algo nesta lança prateada e reluzente parecia enervá-lo.

O dragão olhou ao redor do templo e sua língua estalou entre suas presas. Gwyneth teve a impressão de que Immolatus estava começando a se arrepender de sua decisão imprudente de entrar no templo. Ele não esperava resistência e agora estava confinado em um espaço pequeno sem saída fácil. Gwyneth podia sentir a raiva dos deuses, e talvez Immolatus pudesse senti-la também, pois de repente ele inspirou profundamente. Chamas crepitaram de suas narinas.

— Huma! Proteja-se! — arquejou Gwyneth, assustada.

Ela não precisava ter medo. Huma lembrou-se de seu aviso sobre o sopro de fogo do dragão e caiu no chão, abrigando-se atrás do altar de Paladine, ainda segurando a lança de dragão.

Immolatus atacou a estátua de Paladine, enviando ondas de fogo sobre o altar. As chamas derreteram instantaneamente as velas e incineraram o pano que cobria o altar, reduzindo-o a cinzas. O calor era tão intenso que rachaduras começaram a se formar no mármore. Immolatus atingiu a estátua com uma garra dianteira e ela se partiu. A cabeça do dragão de platina caiu no chão, e as lanças de dragão que estavam no altar desapareceram sob os escombros.

Huma havia afirmado confiantemente que Paladine o protegeria. Gwyneth não podia vê-lo em meio à ruína e rezou para que sua fé fosse justificada. Abandonou seu corpo mortal e voltou à sua forma verdadeira. Libertando-se da magia e do confinamento da carne mortal, expandiu-se, cresceu e reuniu sua força.

Immolatus continuou a cuspir fogo contra a estátua até ser forçado a parar por falta de ar. Satisfeito por ter destruído seu inimigo, aproveitou a oportunidade para descansar após seus esforços, confiante de que nenhum mortal poderia ter sobrevivido a seu ataque. Ele ficou extremamente surpreso ao ver Huma sair ileso dos escombros. A lança de dragão fulgurou como prata à luz das chamas, fazendo Huma parecer estar cercado por uma luz sagrada.

Immolatus apertou os olhos e piscou, como se a luz intensa fosse dolorosa.

— Eu cozinhei aqueles outros pobres tolos que me ameaçaram com palitos de dente — zombou. — Eu farei o mesmo com você.

Enquanto inspirava profundamente outra vez e se preparava para exalar em uma explosão de fogo que incineraria tudo o que tocasse, Gwyneth ergueu-se ao máximo de sua altura e abriu suas asas de prata. Ainda era um dragão jovem, com apenas cerca de seis metros de comprimento. Elegante e esbelta, graciosa e poderosa, ela confrontou Immolatus.

O dragão vermelho encarou-a boquiaberto, tão atordoado que engasgou com o próprio sopro de fogo e começou a ofegar e tossir. Gwyneth abriu as mandíbulas e expeliu uma rajada de gelo tão fria e cortante quanto os ventos do inverno no pico da Montanha do Dragão de Prata.

A explosão gelada congelou Immolatus, parando sua respiração e resfriando-o até o coração. Gelo revestiu suas escamas e geada cobriu seus olhos. Com a visão encoberta, o dragão atacou enfurecido. Uma garra derrubou a estátua de Mishakal. Ele despedaçou a estátua de Kiri-Jolith com a cauda e quebrou a estátua de fênix de Habakkuk.

— Ataque agora, meu amor! — orientou Gwyneth.

Huma arremessou a lança de dragão com toda a força e atingiu Immolatus no peito. O sangue jorrou do ferimento e escorreu pelas escamas vermelhas do dragão em uma torrente. Immolatus olhou para a lança espetada entre suas escamas como um alfinete. Pareceu surpreso a princípio e depois uivou de dor e fúria. Tentou arrancar a lança com uma das garras, mas quando a tocou, a lança chiou como um raio e ele uivou mais uma vez. Frenético de dor, cerrou os dentes ao redor da lança de dragão, puxou-a para fora e arremessou-a para longe.

— O cavaleiro o feriu com uma lança de dragão, Immolatus — declarou Gwyneth para ele. — Forjada pelo deus Reorx, feita do metal sagrado de dragão, a lança de dragão consegue fazer o que nenhuma arma comum é capaz: perfurar sua pele imunda. Voe de volta para sua Rainha maligna e avise-a de que todos os Cavaleiros de Solâmnia estão armados com lanças de dragão, e que se ela atacar a Torre do Alto Clérigo, o fará por sua própria conta e risco!

Immolatus estava furioso demais para dar ouvidos a ela. Queria esse cavaleiro morto. Abriu as mandíbulas e investiu contra Huma, com a intenção de abocanhá-lo e despedaçá-lo.

Huma havia se armado com outra lança de dragão, mas não teve tempo de atirá-la antes que Immolatus se lançasse sobre ele. O dragão o atacou com suas enormes garras dianteiras, tentando rasgar o cavaleiro que havia lhe infligido dor tão terrível.

Huma cambaleou para trás, tropeçou nos escombros das estátuas destruídas e caiu diante da furiosa investida do dragão. Gwyneth arremeteu, acertando Immolatus, atingindo-o no flanco e golpeando-o com uma rajada de ataques de asas.

Immolatus cambaleou sob sua fúria e recuou por um momento, dando a Huma tempo para se levantar. Immolatus agora enfrentava dois inimigos formidáveis. Atacou Gwyneth com suas garras e, quando ela tentou escapar de seus golpes, ele chicoteou a cauda e a atingiu na coluna, atirando-a ao chão.

Immolatus ergueu-se sobre ela, rosnando e babando. Gwyneth esperou até que ele estivesse perto, então o atacou com suas garras, abrindo-lhe a barriga, rasgando escamas e carne. Sangue jorrou, enlouquecendo Immolatus. Ele abriu a boca e investiu contra ela, com a intenção de lhe esmagar a cabeça entre as mandíbulas.

Huma percebeu o perigo que ela corria e enfiou a lança de dragão na coxa do oponente. Colocou todo o seu peso no golpe e cravou a lança profundamente. Immolatus berrou e se debateu em agonia e raiva. Virou-se para Huma, e o cavaleiro desapareceu sob o corpo esmagador do dragão, então Immolatus voltou-se para Gwyneth, que se esforçava para ficar de pé.

Immolatus afundou suas presas no ombro dela. Gwyneth podia sentir seus ossos se quebrando sob a pressão das mandíbulas poderosas. A dor irradiava de seu ombro e sua asa se arrastou pelo chão, inútil.

Immolatus soltou seu aperto, mas apenas para poder segurar melhor e rasgar sua garganta. Gwyneth tentou inspirar para atingi-lo com gelo, mas não conseguia respirar por causa da dor e do desespero, pois temia que Huma estivesse morto. Estava se preparando para se reunir a ele na morte quando o viu se levantar cambaleando.

Sangue escorria por seu rosto. Sua armadura estava esmagada e deformada. As lanças de dragão brilhavam levemente sob os escombros do altar, mas ele teria que desenterrá-las. Nunca as alcançaria a tempo. Ele desembainhou sua espada. A lâmina estava quebrada, mas ele encarou o dragão.

— Serpente imunda! — Um grito estrondoso soou vindo da frente do templo. — Lute comigo se ousar!

O Comandante Belgrave estava sozinho na entrada, segurando sua espada. Immolatus, movendo-se pesadamente, deslocou seu corpo para enfrentar este novo inimigo.

Huma deu um grito rouco e começou a correr em direção a Belgrave.

— A lança, comandante! No chão à sua frente!

Titus viu a lança no chão onde Immolatus a havia arremessado, negra com o sangue do dragão. Agarrou-a e correu para o dragão. Enterrou a lança no flanco de escamas vermelhas, esperando desferir um golpe mortal no coração. A lança rasgou a asa do dragão e quebrou suas costelas, mas errou o golpe mortal. Immolatus uivou e cravou os dentes em Titus. O dragão o agarrou e o sacudiu como um cachorro sacode um rato, depois o cuspiu. O corpo quebrado caiu aos pés de Huma.

— Você é o próximo — declarou Immolatus.

Huma estava coberto de sangue e obviamente com dor. Largou sua espada arruinada e se ajoelhou ao lado de seu comandante caído, colocando a mão em seu pescoço, sentindo a pulsação da vida.

— O comandante ainda está vivo — informou a Gwyneth. — Não vou abandoná-lo para morrer sozinho.

— E eu não abandonarei você — disse Gwyneth suavemente.

Ela poderia continuar seu confronto contra Immolatus, mas estava aleijada e fraca devido à perda de sangue e, no fim, o dragão vermelho a destruiria.

Gwyneth transformou-se na elfa e se ajoelhou ao lado de Huma. Seu ombro esquerdo estava esmagado e ensanguentado, e seu braço esquerdo pendia inutilmente. Ela apertou a mão de Huma com sua mão boa. Ele passou o braço em volta dela e a puxou para perto. Não tinham nenhuma arma além de seu amor.

Immolatus respirou fundo, preparado para incinerar esses inimigos que haviam lhe infligido dor tão terrível. Um único raio de luz branca emanou das três velas no altar em ruínas. O dragão ergueu as patas dianteiras, como se para apagar a luz que parecia traspassá-lo como outra lança. Mas não conseguiu apagá-la; não podia escapar dela. Sua respiração letal transformou-se em um gemido de raiva e angústia.

Uma mulher vestida de azul brilhante apareceu ao lado de Gwyneth e Huma. A mulher colocou a mão sobre eles e Gwyneth sentiu sua dor diminuir com o toque abençoado.

Meio ensandecido de dor, Immolatus caiu de bruços. Incapaz de colocar peso em sua perna ferida, o dragão foi forçado a rastejar vergonhosamente para fora do templo. Ele mancou pelo portão quebrado e entrou no pátio, onde conseguiu, depois de algumas tentativas fracassadas, alçar voo. Partiu, sua asa rasgada batendo debilmente, sua perna aleijada pendendo abaixo dele. Seu sangue escorria como uma chuva pavorosa.

Gwyneth lembrou-se das palavras de Paladine. *Sua arma mais poderosa contra o mal é o amor.*

Ela não tinha compreendido o Pai Dragão naquele momento. Agora compreendia.

— Por que ele fugiu? — questionou Huma, impressionado. — Ele poderia ter matado a todos nós.

— Mas ele não conseguiria matar os deuses — declarou Gwyneth.

CAPÍTULO VINTE E NOVE

Um sino tocou cinco vezes, marcando a hora. Huma ficou surpreso ao ver o alvorecer no oeste. Parecia-lhe que estivera lutando por dias. Voltou sua atenção para Titus, que estava gravemente ferido. Ergueu o olhar e viu soldados abrindo caminho entre os escombros na entrada do templo. Eles não conseguiam encará-lo nos olhos, mas se reuniram, envergonhados, ao redor do corpo de seu comandante caído. Huma de repente entendeu. Eles tinham fugido, vítimas do pavor de dragão, deixando seu comandante para lutar sozinho.

Titus recobrou a consciência. Ele os viu e um sorriso surgiu em seus lábios. Will, o criado do comandante, arrancou seu elmo e o arremessou para longe, então caiu de joelhos.

— Perdoe-me, comandante! — implorou Will com voz entrecortada. — Virei as costas e corri...

Ele engasgou e não conseguiu continuar.

— Você demonstrou... mais bom senso do que eu, velho amigo. — Titus mexeu a cabeça, procurando. — A luz está diminuindo. Não consigo enxergar. Onde está Sir Huma?

— Estou aqui, comandante — respondeu Huma, segurando sua mão.

Titus a agarrou com força.

— A batalha não acabou e não estarei aqui para finalizá-la. Eu o nomeio... comandante...

— Assumirei o comando, mas apenas até que possa retomar suas funções, senhor — disse Huma. — Logo ficará bem.

Titus sorriu levemente.

— A Medida proíbe a mentira...

Seu rosto contorceu-se de dor. Sangue jorrou de sua boca, mas ele se recusava a desistir. Lutou para respirar.

Huma apertou a mão do moribundo contra o peito. Lágrimas escorriam por suas faces.

— Sua vigília terminou, senhor. Vá para o seu descanso.

Titus inspirou uma última vez, vacilante, deu um suspiro profundo e fechou os olhos. Ele não voltou a respirar.

Huma beijou a testa manchada de sangue e cruzou as mãos sem vida sobre o peito do falecido.

O jovem cavaleiro, Sir Reginald, soltou um soluço entrecortado e cobriu o rosto com as mãos.

— Ele teria vergonha de mim! Não estou apto a ser um cavaleiro!

Huma levantou-se, exausto. Sua armadura estava encharcada de sangue, o seu próprio, o do dragão e o do comandante. Pousou uma mão reconfortante no ombro do jovem cavaleiro e então se virou para encarar aqueles que se reuniram em torno do caído.

— Sei o que é sentir o pavor de dragão, ver sua morte nos olhos da fera — declarou-lhes Huma. — Os deuses ficaram ao meu lado e me deram força. Eles ficarão com vocês. Como disse o comandante, a luta não acabou. A batalha final ainda está por vir.

Ele pegou a lança de dragão que Titus estivera segurando e a ergueu bem alto.

— Os deuses nos deram essas armas, lanças de dragão, forjadas por Reorx e abençoadas por Paladine. Continuaremos lutando e, embora possamos cair, no fim prevaleceremos!

Sir Reginald sorriu, criando coragem. Alguns dos soldados comemoraram.

Will enxugou os olhos e se levantou.

— Com sua permissão, senhor, gostaria de preparar meu comandante para seu descanso final.

— Permissão concedida — respondeu Huma. — Sir Reginald, selecione seis homens para formar uma guarda de honra para escoltar o corpo do Comandante Belgrave até a Câmara de Paladine, o sepulcro abaixo da torre. Os que estão de guarda, voltem aos seus postos. O restante de vocês, comecem a limpar esses escombros.

Os homens se sentiriam melhor com trabalho a fazer. Sir Reginald trouxe uma bacia de água e Will começou a limpar o sangue do rosto de Titus.

— Ele está em paz — revelou Gwyneth. — Paladine caminha com ele.

Huma assentiu e desabou, exausto, em um bloco de mármore quebrado.

Sir Reginald entregou-lhe um odre de água.

— Vimos um dragão de prata, senhor. Os homens estão se perguntando se os bons dragões vieram para se juntar à batalha.

Huma sorriu para Gwyneth.

— Uma delas veio.

Reginald pareceu confuso, mas vendo que Huma não ia explicar, saiu para cuidar de seus afazeres. Huma levou a mão aos olhos manchados de sangue e os esfregou.

— Olhe quem vem! — Gwyneth disse a ele.

Huma abriu os olhos e viu um mago Manto Vermelho andando na direção deles. Estava acompanhado por um dos soldados.

— Este mago diz que precisa falar com o senhor — informou o soldado, parecendo desaprovar. — Ele afirma que o assunto é urgente.

Raistlin estava com o capuz puxado para baixo, deixando seu rosto na sombra. Mantinha as mãos nas mangas. Aproximou-se de Huma, que levantou para cumprimentá-lo.

— Se você e Magius vieram se juntar à luta, estão atrasados — declarou Huma, sorrindo. — Onde está Magius? Não é típico dele perder a ação.

Raistlin puxou o capuz para trás. Estava sério e abatido.

— O que aconteceu? — perguntou Huma, seu sorriso desaparecendo, sua voz tensa. — Onde está Magius?

— Tenho más notícias, senhor. Magius foi capturado e feito prisioneiro, senhor — respondeu Raistlin.

Huma olhou para ele consternado.

— O quê? Como? Isso não é possível! Quem o levou? Para onde?

Raistlin estava prestes a responder, mas antes que pudesse falar, cambaleou e quase caiu. Gwyneth colocou o braço em volta dele e o fez sentar no pedaço de pedra quebrada.

— Está ferido? — perguntou ela.

Raistlin balançou a cabeça.

— Estou bem. Deixe-me falar com Huma. Não posso ficar muito tempo.

— Pelo menos descanse e beba um pouco de água e tire um momento para se recuperar — pediu Gwyneth.

Huma aguardou impaciente até Raistlin tomar um gole de água e umedecer os lábios.

— Onde está Magius?

— Ele foi capturado por agentes de Immolatus — revelou Raistlin. Ele olhou para Gwyneth. — O dragão sabe sobre a Gema Cinzenta. Seus agentes foram à fortaleza em busca de Destina…

Gwyneth ficou alarmada.

— Immolatus não deve se apossar da Pedra Cinzenta! Eles a encontraram?

— Sturm sabia do perigo e foi avisá-la. Ele e o monge a protegerão. — Raistlin deu um sorriso sarcástico. — Curiosamente, a Gema Cinzenta também.

— Está falando em enigmas! — exclamou Huma com raiva. — A Gema Cinzenta é um mito! O que isso tem a ver com Magius?

— A Pedra Cinzenta não é um mito — interveio Gwyneth em voz baixa. — É muito real e a Senhora Destina a usa em uma corrente em volta do pescoço.

— Você sabia disso! Magius sabia disso! Por que ninguém me contou? — Huma perguntou, irritado.

— Esperávamos voltar para casa, levar a Gema Cinzenta conosco antes que alguém descobrisse — explicou Raistlin. — Infelizmente, nossos planos de partir imediatamente fracassaram. A Gema Cinzenta permanece aqui e está em perigo, pois agora Immolatus sabe onde encontrá-la. Meu palpite é que ele sabia que precisaria de um mago para lhe fornecer informações sobre a Gema Cinzenta. Por isso o capturaram vivo. Levaram-no para o acampamento do dragão. Eu vim lhe contar.

Huma procurou sua espada, apenas para lembrar que estava quebrada e que a havia deixado no templo. Pegou a espada do Comandante Belgrave e enfiou-a no cinto.

— Onde está Sir Reginald? Digam-lhe que ele está no comando na minha ausência.

— Aonde você está indo? — perguntou Gwyneth.

— Resgatar meu amigo — respondeu Huma bruscamente.

296

— Pare! Pense no que está fazendo! — Gwyneth disse com firmeza, agarrando-se a ele. — Você prometeu ao Comandante Belgrave, enquanto ele morria, que você assumiria o comando. Os exércitos da Rainha das Trevas estão a um dia de marcha da torre. O dragão está ferido, mas não está morto. Seus homens esperam sua liderança. Não pode abandonar seus deveres!

— Não posso abandonar meu amigo! — Huma respondeu selvagemente. — Sei o que o dragão fará com ele! Não posso deixá-lo morrer!

— Eu irei — declarou Raistlin. — Magius também é meu amigo.

Huma fez um gesto impaciente.

— Não quero ofendê-lo, Majere, mas você é um mago e não é muito habilidoso nisso. Não pode salvar Magius com um pouco de esterco de morcego.

— E você não pode salvá-lo com aço, comandante — respondeu Raistlin severamente. — Entrar no acampamento inimigo não exigirá o Juramento e a Medida. Exigirá dissimulação e astúcia. E, por acaso, sou habilidoso em ambas.

Huma balançou a cabeça angustiado.

— Acompanharei o mago — ofereceu Gwyneth.

— Seu lugar é com Huma, senhora — recusou Raistlin. — Ele vai precisar de você na batalha final.

— Ele está certo — concordou Huma. — Não posso perder vocês dois.

Ele levou a mão aos olhos. Lágrimas escorreram por baixo de seus dedos.

— Magius é um mago de guerra, senhor — afirmou Raistlin. — Ele está disposto a dar a vida por seu país. Ele pode ser um mago, não um cavaleiro, mas sua honra é sua vida. Se abandonar seu dever para salvá-lo, você o desonrará e ele nunca o perdoará.

Huma deu um sorriso triste.

— Ele nunca mais ia me deixar em paz. — Suas lágrimas ainda molhavam suas bochechas. Ele engoliu em seco e agarrou a mão de Raistlin. — Diga a Magius que não pude ir porque… porque tenho coisas melhores a fazer do que salvar seu traseiro!

— Eu direi, senhor — prometeu Raistlin.

Huma virou as costas depressa e foi quase imediatamente abordado por homens buscando ordens. Ele as deu de maneira calma e firme, depois saiu para inspecionar os danos causados ao Portão Nobre.

Gwyneth ficou para trás.

— Magius sabe alguma coisa sobre a Pedra Cinzenta? — perguntou ela.

— Eu quase gostaria que ele soubesse — respondeu Raistlin. — Talvez o matassem mais rápido. Mas ele não sabe nada. Eles pegaram o mago errado. Deveriam ter me levado.

— E mesmo sabendo que vão matá-lo caso seja capturado, ainda assim arrisca sua vida para tentar salvá-lo — observou Gwyneth.

Raistlin olhou para ela, seus olhos estranhos intensos.

— Vou arriscar mais do que isso, senhora. Mas não posso deixá-lo morrer.

Ele deu as costas para ela e se afastou rapidamente.

Gwyneth o acompanhou com o olhar, pensativa e inquieta.

CAPÍTULO TRINTA

Destina olhou para a Gema Cinzenta largada no chão em uma poça de sangue, cercada pelos corpos daqueles que acabara de matar. Ela levou a mão à garganta.

— Estou livre disso — sussurrou.

Exceto que não estava. Ela e a Gema Cinzenta sabiam disso.

— Senhora Destina! — chamou uma voz, e ela ouviu os sons de alguém se aproximando, movendo-se com pressa. Kairn ergueu seu bordão, mas Destina balançou a cabeça.

— Eu conheço essa voz. Ele é um amigo.

Sturm apareceu na porta e parou para observá-los com preocupação.

— Graças aos deuses está segura, senhora! Eu ouvi os gritos mais terríveis…

Seu olhar foi para os corpos e para a Gema Cinzenta, pulsando luz no centro da carnificina. Seus olhos se arregalaram em choque. Ele olhou para Destina.

— O que aconteceu?

— Não tenho certeza — hesitou Destina. — Essas pessoas apareceram do nada. Disseram-me para entregar a Gema Cinzenta. A mulher era uma espécie de usuária de magia. Ela conjurou víboras e ameaçou matar Kairn. Lembrei-me de Raistlin dizendo que a Gema Cinzenta cuidaria de mim e então quebrei a corrente e a joguei neles… e quando vi, estavam todos mortos.

Sturm ficou perplexo.

— Não duvido de sua palavra, senhora, mas você alegou que não podia tocar a Gema Cinzenta. Você disse que queimou sua mão.

— Raistlin me disse que eu precisava dominá-la — explicou Destina. — Eu não acreditei nele. Não pensei que isso fosse possível. Mas naquele momento, quando eu temia que pudessem fazer mal a Kairn, eu *sabia* que a Gema Cinzenta faria minha vontade. Não tinha a intenção que ela matasse ninguém. Só queria assustar aquelas pessoas, fazê-las ir embora. Até avisei aquela mulher horrível para não tocá-la. Mas ela não ouviu.

— Destina está dizendo a verdade, senhor — afirmou Kairn. — Não deve duvidar dela. Ela salvou minha vida.

— Ela salvou a vida de vocês dois — declarou Sturm. — Raistlin acredita que essas pessoas eram agentes do dragão. De alguma forma, ele descobriu que você está com a Gema Cinzenta e enviou seus agentes aqui para pegá-la.

— Tully sabe que eu estou com ela. Tentou tirá-la de mim — contou Destina. — Ele pode estar trabalhando para o dragão.

— Então eu ficaria atento para o caso de ele voltar, senhora — disse Sturm. — Ele tentou tomá-la uma vez e pode tentar de novo. Essas pessoas lidam com a morte. Mataram Sir Richard enquanto ele montava guarda.

— Mais morte! Por minha causa! — lamentou Destina, desesperada.

— Não é por sua causa, Destina — retrucou Kairn. — A culpa é do Caos.

Sturm estava sombrio.

— E agora está livre da Gema Cinzenta, senhora. Eu digo que devemos deixar a joia amaldiçoada para trás.

Destina ficou tentada. Poderia virar as costas para ela, deixá-la no chão coberto de sangue e ir embora. Kairn a levaria para casa. Se ainda tivesse uma casa... se ainda houvesse futuro.

— Eu gostaria de poder — replicou Destina, suspirando. — Mas eu não posso.

Ela gesticulou para a cena horrível.

— Imagine o que a Rainha das Trevas poderia fazer com a Gema Cinzenta caso ela caísse em suas mãos. Tully sabe que está comigo. O dragão vermelho dela sabe que está comigo. Takhisis logo saberá que está comigo e devo fazer o que puder para protegê-la. O fardo é meu. Escolhi por vontade própria.

Ela foi até a Gema Cinzenta, que ainda estava presa à corrente que Reorx havia forjado para ela e, estendendo a mão, a apanhou, resoluta. A Gema Cinzenta lampejou com um brilho opaco, sem ter vestígios do sangue de suas vítimas. Mas quando Destina afastou-se dos cadáveres, percebeu que deixava pegadas ensanguentadas no chão.

Ela voltou para a mesa, segurando a Gema Cinzenta em sua mão. Destina respirou fundo e soltou o ar com um suspiro, então colocou a corrente dourada em volta do pescoço e prendeu o fecho. A Gema Cinzenta aninhou-se em sua garganta, quente e satisfeita.

Ela agarrou a joia e sentiu seu calor aumentar até ficar quente demais para segurá-la. Soltou-a depressa.

Kairn a observava com uma mistura de tristeza e admiração.

— Quando retornarmos, falaremos com Astinus e encontraremos uma forma de livrá-la desse fardo.

Destina lançou-lhe um sorriso tranquilizador, como se acreditasse nele.

— Devemos relatar isso ao Comandante Belgrave — afirmou Sturm.

— O Comandante Belgrave está morto — informou Raistlin, emergindo da escuridão. Ele lançou um olhar impassível para os corpos. — Assim os deuses punem os incrédulos.

— O que aconteceu com o comandante? — perguntou Sturm.

— Ele morreu lutando contra o dragão. Immolatus atacou o templo como uma distração para que seus agentes pudessem se apoderar da Gema Cinzenta. Imaginou que estaria perfeitamente seguro, mas encontrou um valente cavaleiro portando uma lança de dragão e uma dragão de prata em sua ira e glória. Immolatus foi gravemente ferido e, como o grande covarde que é, fugiu para salvar a própria vida.

— Gwyneth voltou para Huma e trouxe as lanças de dragão para os cavaleiros, eles as usaram para ferir Immolatus. Parece que não mudamos a história — comentou Destina, parecendo confusa. — Mas de acordo com Kairn, a luta não aconteceu até o dia da última batalha. E isso ainda está por vir. Então, eu *mudei* a história.

— Você dá crédito demais a si mesma, senhora — comentou Raistlin.

Ele fez uma careta e começou a tossir. Enxugou os lábios com o lenço e olhou para a Gema Cinzenta no pescoço dela.

— Somos ferramentas do Caos. Ele transforma o certo no errado. Quando temos sucesso, falhamos. O dragão levou Magius cativo. Ele pretende forçá-lo a revelar informações sobre a Gema Cinzenta. Levaram-no de volta ao acampamento do dragão. Pelo menos sua morte será historicamente precisa — acrescentou Raistlin, com um olhar mordaz para Kairn.

— Sinto muito, senhor, mas Magius tem que morrer — disse Kairn, infeliz.

— Não, ele não tem, Irmão — rebateu Raistlin. — Porque eu não vou deixar o Caos vencer. Eu vou salvá-lo.

— Você vai se matar! — disse Sturm sombriamente.

— Isso seria uma grande perda, Sturm Montante Luzente? — questionou Raistlin. — Eu lhe disse do mal que farei em minha vida. O mal que causarei a Caramon e a inúmeros outros. O futuro será melhor se eu não estiver nele. Além disso, prometi a Huma que salvaria seu amigo. Devo quebrar minha palavra para com ele?

— Se fez uma promessa, deve cumpri-la — assentiu Sturm. — Eu vou com você.

Raistlin deu de ombros, indelicado.

— Como quiser. Não tenho tempo para discutir.

Ele enfiou as mãos nas mangas e saiu, desaparecendo na escuridão.

Kairn olhava para ele, impotente.

— Ele não pode fazer isso! Deve tentar detê-lo!

— Vamos entrar em um acampamento inimigo, Irmão — explicou Sturm, seco. — O dragão, sem dúvida, nos impedirá. Se não estivermos de volta ao pôr do sol, leve Destina e a Gema Cinzenta e Tas, caso ele apareça, ao seu próprio tempo. Estarão a séculos de distância e, com a ajuda dos deuses, a Rainha das Trevas não conseguirá encontrá-los.

Os cavaleiros vão abandonar a fortaleza e mover todas as suas forças para a Torre do Alto Clérigo. Você e Destina devem procurar refúgio lá. Estarão mais seguros ali, em especial se esse tal Tully estiver procurando por você. Os deuses caminham com vocês.

Sturm pegou uma das tochas e correu atrás de Raistlin. Depois que ele se foi, Kairn afundou em uma cadeira.

— Alice me disse que, já que a Gema Cinzenta estava envolvida, eu deveria "trazer de volta os sobreviventes" — lembrou ele em tom desanimado. — Mas nunca pensei que poderia enfrentar essa possibilidade.

Destina sentou-se ao seu lado. Ela não podia oferecer palavras de conforto, pois parecia não haver conforto neste mundo.

A Espora do Cavaleiro estava silenciosa com a imobilidade da morte. O fedor de sangue se misturava ao cheiro de cera de vela derretida e a fumaça das tochas bruxuleantes. Destina percebeu que ela e Kairn talvez fossem as únicas pessoas aqui.

— Sturm diz que a torre é mais segura que a fortaleza e isso pode ser verdade — disse Destina. — Mas se Tully estiver atrás de mim, ele procuraria por mim na torre. A Gema Cinzenta estaria mais segura aqui na fortaleza. E posso esperar por Tas.

Kairn pegou o bordão, o alforje e se levantou. Estendeu-lhe a mão.

— Então devemos aguardá-lo na despensa. Como Raistlin disse, é para lá que Tas iria primeiro.

Destina estava grata, feliz por deixar este salão da morte.

— Não devemos ficar muito mais tempo — comentou Kairn, enquanto caminhavam pelo corredor deserto em direção à cozinha. — Quando a batalha começar, o inimigo invadirá a fortaleza.

— E não sabemos quando a batalha vai começar, não é? — questionou Destina, segurando a Gema Cinzenta.

Kairn ficou em silêncio, querendo reconfortá-la, porém, incapaz de mentir.

— Não — admitiu. — Não sabemos.

CAPÍTULO TRINTA E UM

Immolatus jamais conhecera tamanha agonia. As feridas infligidas pelo maldito cavaleiro e sua horrível lança estavam inflamadas e sangrando. A prateada o queimara com gelo. Seus inimigos quebraram seus ossos e rasgaram sua asa. A dor de seus ferimentos atingia profundamente sua alma.

Ele havia mancado de volta para seu acampamento em vez de seu covil, porque não era capaz de voar para longe e o acampamento era mais próximo. Uma vez lá, decidiu permanecer em sua forma de dragão, incapaz de suportar a ideia de aguentar a humilhação de se transformar em um corpo mortal após sua derrota ignominiosa.

Todos no acampamento ficaram chocados ao ver o dragão pousar pesadamente no chão, coberto de sangue. Immolatus os encarou, desafiando-os a dizer qualquer coisa.

— Tragam um clérigo — rosnou ele.

Enquanto os guardas se apressaram para obedecê-lo, Immolatus rastejou para dentro de sua tenda e desabou, gemendo de dor. Algum tolo proclamou as seis horas e que tudo estava bem. Immolatus queria assá-lo.

Os guardas logo retornaram com a clériga de Takhisis. Ela examinou os ferimentos do dragão. Cutucando cuidadosamente um, afastou a mão.

— Você está amaldiçoado pelos deuses — afirmou ela. — Sua Majestade Negra não pode fazer nada para ajudá-lo.

— Então para que ela serve? — rosnou Immolatus. — Quase fui morto por ordem dela e ela não moveu um dedo para me ajudar!

— Sua Majestade Negra não ordenou que atacasse o templo — retrucou a clériga com frieza. — Suas ordens foram para aguardar a chegada dela. Causou isso a si mesmo, Dragão.

Depois que ela se foi, Immolatus rolou de lado e rangeu os dentes. Ficou particularmente indignado porque havia atacado o templo como uma distração, para dar aos Gudlose a oportunidade de roubar a Gema Cinzenta. Tinha pensado em se divertir, matar alguns cavaleiros, destruir seu templo. Ficara simplesmente atônito ao encontrar humanos que não o temiam, deuses que o desafiavam e, para piorar tudo, uma dragão de prata.

Esta mesma dragão de prata estivera em seu encalço há meses, espionando-o, relatando cada movimento seu para seus inimigos, os dragões metálicos. Na verdade, ele via a espionagem da prateada como um elogio. Apenas revelava o quanto os metálicos o temiam.

Immolatus certamente não esperava que a prateada o atacasse. Tampouco esperava que os cavaleiros tivessem forjado aquelas armas malditas que haviam infligido danos tão severos.

O dragão estava em sua tenda sofrendo e sentindo muita pena de si mesmo quando o guarda anunciou que um dos Gudlose queria falar com ele. Alguém chamado Garrote.

Talvez fosse uma boa notícia, para variar. Immolatus ergueu a cabeça quando o homem entrou.

— Encontraram a Gema Cinzenta?

— Nós capturamos um mago, como você ordenou — respondeu Garrote —, e o trouxemos para o acampamento. O que devemos fazer com ele?

— E quanto à Gema Cinzenta? — exigiu Immolatus, carrancudo.

— Capitão, Mãe e os outros foram atrás dela — declarou Garrote. — Capitão ordenou que Quebrador de Ossos e eu voltássemos com o mago. O que devemos fazer com ele?

Immolatus afundou de volta.

— Descubra o que ele sabe sobre a Gema Cinzenta.

— Ele não tem falado muito até agora — comentou Garrote.

— Então ensine a ele o que acontecerá se não cooperar! — ordenou Immolatus. — Apenas não o danifique de modo irreparável. Assim que eu estiver com a Gema Cinzenta, eu mesmo falarei com ele e não posso fazer isso se vocês, idiotas, o matarem.

Garrote partiu. Immolatus gemeu e sofreu e esperou com impaciência que Capitão lhe trouxesse a Gema Cinzenta. Mas as horas passavam e Capitão não aparecia. Immolatus começou a ficar preocupado. Talvez os malditos Gudlose o tivessem traído e mantido a Gema Cinzenta para si.

O dragão caiu em um sono agitado naquela tarde, provavelmente devido à perda de sangue. Foi acordado pelo guarda anunciando um visitante. Immolatus ergueu a cabeça ansiosamente, esperando ver Capitão. Quem ele viu foi Mullen Tully.

— Onde está Capitão? — Immolatus perguntou com raiva. — Onde está Mãe? Onde está minha Gema Cinzenta?

— Tenho más notícias, meu senhor — declarou Tully. — Capitão e Mãe estão mortos.

— Mortos? Impossível! — Immolatus bufou, incrédulo. — Eles são os melhores! Invencíveis!

— E mortos — repetiu Tully. Ele enxugou a testa com a manga.

Immolatus estava perplexo.

— Quem os matou?

— A Gema Cinzenta — revelou Tully em voz baixa. — Vi com meus próprios olhos, senhor! Eu estava lá.

— Onde? — Immolatus exigiu saber.

— Na Espora do Cavaleiro — explicou Tully. — Eu estava de olho na Gema Cinzenta.

Immolatus levantou a cabeça, fixando Tully com um olhar sinistro.

— Você parece estar muito interessado nesta joia.

— Vale muito dinheiro — comentou Tully.

Immolatus grunhiu.

— O que aconteceu?

— Como eu disse, tentei tirá-la da Senhora Destina, mas a maldita coisa quase queimou minha mão. Achei que ela ia me denunciar ou contar a seus amigos sobre mim, então me escondi, cobri meu rosto com o elmo e esperei encontrá-la sozinha. Eu a teria capturado, mas teve que enviar aqueles malditos assassinos para encontrá-la!

— Considerando que você falhou na tarefa uma vez, achei melhor contratar profissionais — retrucou Immolatus.

— Sim, bem, seus profissionais agora têm sangue escorrendo dos olhos — retorquiu Tully. — Eu tinha finalmente encurralado a Senhora Destina na fortaleza. Ela estava com um monge, mas os dois estavam sozinhos. Achei que o monge não seria um problema e que ia matá-lo e capturá-la, mas os Gudlose chegaram antes de mim. Capitão mandou que ela lhes entregasse a Gema Cinzenta e de fato foi o que ela fez. Ela a tirou e jogou neles e... Não sei o que aconteceu depois disso. É difícil de explicar.

O que sei é que Capitão, Mãe e Açougueiro estão mortos. Deve ter mexido em seus cérebros, porque havia sangue e gosma vazando de seus crânios.

— Danem-se eles! E a Gema Cinzenta? — Immolatus questionou, impaciente. — Onde está?

— Não fiquei para descobrir — explicou Tully. — Depois que vi o que ela fez com Capitão e Mãe, fui embora.

Immolatus mudou seu enorme corpo de posição, tentando encontrar uma posição que aliviasse a dor.

— Está me dizendo que esta Gema Cinzenta tem o poder de matar os melhores mercenários que o dinheiro pode comprar, e ainda assim uma mulher humana a usa em volta do pescoço!? — Immolatus fervilhava de raiva e incredulidade. — Como isso é possível?

— Eu não sei — respondeu Tully, mal-humorado. — Pergunte ao mago que capturou. Tudo o que sei é que não vou chegar nem perto dela!

Immolatus desejava a Gema Cinzenta mais do que nunca agora. Ele a merecia, depois de tudo que havia sofrido. Mas não poderia ir atrás dela sozinho, não neste estado. Por mais que odiasse a ideia, tinha que depender dos mortais. Gemeu e rolou de novo.

— Na parte de trás da minha tenda há um grande baú feito de ouro e prata — explicou. — Dentro dele você encontrará um montante. Traga-me a espada.

Tully hesitou.

— Eu o sirvo há muito tempo, senhor, e sei que sempre coloca feitiços mágicos de proteção em seus baús de tesouro. Pode explodir minha cabeça!

— Vou remover os feitiços, mas apenas naquele baú — declarou Immolatus. — Não tente abrir nenhum dos outros ou vai acabar virando uma bolha de carne fumegante.

Tully retornou carregando a espada e sua bainha de couro desinteressante. A grande espada era forjada em aço. O punho era cravejado com cinco joias feitas para se parecer com cinco olhos: uma esmeralda, um rubi, uma safira, um diamante branco e um diamante negro. Tully observou-a com admiração.

— É belíssima. Como a conseguiu?

— Os ogros confeccionaram esta grande espada durante a Era dos Sonhos como um presente para Takhisis — contou Immolatus. — Gostei dela e ela me deu. Nomeei-a Sega-vidas porque a lâmina é encantada. Um golpe na cabeça ou no coração de um dragão metálico e a espada sempre matará. Quanto aos mortais, a lâmina perfura a armadura e desliza através da carne e osso com facilidade.

Tully sorriu em apreciação.

— Quem vai matar, senhor?

— Eu não, seu tolo! — exaltou-se Immolatus. — Você vai matar aquele dragão de prata amaldiçoado e seu maldito cavaleiro, e quando estiverem mortos, vai matar a mortal que usa a Gema Cinzenta e trazê-la para mim.

Tully estava incrédulo.

— Eu? Matar um dragão de prata? Tem minha lealdade, meu senhor, mas não lhe serei útil morto!

— Pare de tagarelar — rosnou Immolatus. — Eu lhe disse que a espada sempre causará a morte.

— Se eu acertar na cabeça ou no coração. O que acontece se eu errar? — perguntou Tully.

— Eu não saberia dizer — admitiu Immolatus, zombando. — Eu nunca errei.

— A espada parece pesada e difícil de manejar demais para eu usar — reclamou Tully. — Não tem outra menor?

— Os ogros têm usado um boneco de palha para praticar — comentou Immolatus com um silvo. — Tenho certeza de que um boneco vivo de verdade, como você, seria uma boa mudança para eles.

Tully empalideceu. Ele ergueu a espada e a balançou, experimentando-a.

— Não é tão pesada quanto parece — admitiu de má vontade. — Muito bem. Eu farei o trabalho. Vou matar o dragão de prata e qualquer cavaleiro que encontrar, mas não vou chegar perto da Gema Cinzenta.

Immolatus disparou uma explosão de chamas genericamente na direção de Tully. Tully encolheu-se e desviou, mas seus olhos brilharam de raiva. Immolatus percebeu um pouco tarde demais que era Tully quem segurava a espada mágica.

O dragão se irritou, mas recuou.

— Se tem medo demais de me trazer a Gema Cinzenta, então me traga o cadáver da mulher e eu mesmo a tirarei de seu corpo. A maldita joia não ousará me machucar.

Tully parecia não compartilhar dessa opinião, mas havia vencido, então não discutiu. Ele enfiou a espada em sua bainha de couro, pendurou-a no ombro, curvou-se para o dragão e saiu.

Immolatus deitou-se e gemeu. Consolou-se com pensamentos sobre a Gema Cinzenta. Quanto mais ouvia sobre seus poderes, mais intrigado ficava.

Ela havia matado aqueles que se autodenominavam Ímpios. Ficou imaginando se ela seria capaz de matar um deus. Perguntou-se se poderia matar Takhisis.

CAPÍTULO TRINTA E DOIS

Raistlin ouviu Sturm correndo atrás dele, mas continuou andando, seu manto farfalhando ao redor de suas pernas.

— Sabe que o que está fazendo é errado — argumentou Sturm, alcançando-o.

— Tais considerações nunca me impediram no passado — retorquiu Raistlin. — O Caos está brincando conosco, observando-nos correr de um lado para outro aterrorizados, com receio de cuspir sob risco de mudar a história. Estive pensando. Talvez a história não se importe se Magius sobreviver. O rio pode continuar fluindo tão bem com ele quanto sem ele.

— Não tem como saber — disse Sturm.

— Sei que não vou deixar Magius morrer! — retrucou Raistlin com um lampejo de raiva.

Ele e Sturm desceram as escadas que levavam ao primeiro andar da Espora do Cavaleiro. Quando chegaram lá, Raistlin virou-se para encarar Sturm.

— Não deveria vir comigo — declarou Raistlin. — Deveria ficar com os outros.

— E o que acontece com os outros se você se matar? Não podemos voltar ao nosso tempo sem você — apontou Sturm.

Raistlin seguiu em frente, caminhando por um corredor que conduzia à entrada da frente. Sturm o acompanhou.

— Você não quer voltar, não é? — perguntou Raistlin abruptamente.

Sturm estava preocupado.

— Como posso fugir e abandonar Huma, Gwyneth e esses homens à própria sorte? Huma precisará de cada espada para defender a torre. Ele confia em mim e me respeita. Não quero que pense que sou um covarde que fugiu na véspera da batalha.

— Você ouviu o Irmão Kairn falando sobre viagens no tempo — lembrou Raistlin. — Se não mudarmos a história...

— Coisa que você está prestes a fazer — observou Sturm, interrompendo.

Raistlin o ignorou.

— Se partirmos sem ter feito nada para alterar *drasticamente* o tempo enquanto estivermos aqui, a história será restaurada. Huma e Gwyneth derrotarão Takhisis, os bardos cantarão a canção e o rio fluirá. Nossos nomes desaparecerão dos registros da Terceira Guerra dos Dragões, e você e eu retomaremos nossas vidas na noite de nosso reencontro sem nenhuma lembrança do que aconteceu aqui, porque nunca estivemos aqui. Assim, Huma não vai menosprezá-lo por ser um covarde, porque ele nunca terá conhecido você.

— E nunca o terei conhecido — disse Sturm em voz baixa. — Se voltarmos, todos esses momentos serão perdidos, pois não me lembrarei.

E não terei nenhuma lembrança de Magius, pensou Raistlin. Nenhuma lembrança de seu sorriso sardônico, sua sagacidade mordaz. Nenhuma lembrança da corrida louca pelas ruas de Palanthas sendo perseguido por minotauros furiosos, ou de compartilhar a alegria de sentir a magia arder no sangue.

— Então me explique isso — questionou Sturm. — Quando encontrei Huma pela primeira vez, não nos conhecemos como estranhos. Senti como se o conhecesse. Ficamos à vontade um com o outro como velhos amigos. Como isso é possível se eu não me lembro dele?

— Ele foi seu herói por tanto tempo, você deu vida a ele — aventou Raistlin.

Sturm balançou a cabeça, insatisfeito com a explicação. Raistlin também não estava satisfeito com ela. Sentira o mesmo, como se ele e Magius fossem amigos de longa data.

— Ou talvez o coração se lembre do que a cabeça não lembra — acrescentou Raistlin, baixinho, quase para si mesmo.

— Por que acredita que salvar Magius da morte não afetará a história? — quis saber Sturm.

Raistlin deu de ombros.

— Não tenho certeza do que acredito ou se ao menos me importo. Tudo o que sei é que devo tentar salvar meu amigo.

Ele e Sturm prosseguiram juntos pelo corredor, lado a lado, em silêncio e rara compreensão. Raistlin de repente achou a presença de Sturm irritante.

— Você deveria voltar, vigiar Destina e a Gema Cinzenta.

— Ela está com o Irmão Kairn — respondeu Sturm. — Eu vou com você. Vou ajudá-lo a salvar Magius, se puder.

Raistlin ficou emocionado e satisfeito, embora tomasse o cuidado para não demonstrar.

— Então deve se livrar de sua armadura — Raistlin lhe falou. — Não posso entrar no acampamento do dragão na companhia de um Cavaleiro de Solâmnia. Suponho que você não aceitaria cortar seus bigodes?

— Eu preferiria cortar minha garganta — declarou Sturm. — Não gosto de me esgueirar feito um ladrão. Tais práticas ardilosas são desonrosas e proibidas pela Medida. Ainda assim — acrescentou com um leve sorriso —, admito que usar armadura em tal missão seria imprudente. Mas devo deixá-la em algum lugar seguro. Esta armadura é meu legado e significa mais para mim do que minha vida.

— Pode deixá-la nos aposentos do Comandante Belgrave — sugeriu Raistlin. — Ninguém vai entrar lá agora que ele está morto e a Espora do Cavaleiro foi abandonada.

Voltaram seus passos na direção dos aposentos do oficial. Tochas tremeluziam nas paredes, mas não iluminavam a escuridão, apenas enchiam-na de sombras.

A porta do quarto de Titus estava aberta, como se ele tivesse saído correndo no momento em que ouviu o ataque do dragão e não tivera tempo de trancar a porta atrás de si.

Sturm entrou com reverência nos aposentos do homem morto, confiando a alma dele a Paladine. Raistlin olhou ao redor com curiosidade. O quarto era pequeno, arrumado e pouco mobiliado com uma escrivaninha, duas cadeiras, um catre de campanha e um baú de madeira. A escrivaninha estava coberta de papéis, cuidadosamente dispostos e organizados em diferentes pilhas.

Sturm despiu-se da couraça, das manoplas e grevas e do elmo e os colocou em um baú de madeira onde o comandante provavelmente guardava sua armadura. Sturm manteve sua espada e a cota de malha que usava por cima da camisa. Encontrou um elmo com viseira que podia abaixar para esconder o rosto.

Raistlin aprovou o uso do elmo, mas olhou para a espada de Sturm com desagrado.

— Sua bainha está decorada com martins-pescadores e rosas. Deixe sua espada aqui e pegue uma das do comandante.

Sturm colocou sua mão protetoramente no punho.

— Sou um Montante Luzente, nomeado em homenagem a esta espada. Não vou deixá-la para trás sob nenhuma circunstância.

Raistlin estava prestes a discutir, então considerou que havia conquistado uma vitória com a armadura.

— Muito bem. Cubra-a com uma capa. Se alguém questionar, diga que você a roubou do cadáver de um cavaleiro morto.

— E quanto a você entrar no acampamento inimigo com esse manto vermelho? —questionou Sturm. — Não deveria estar vestindo preto?

— E onde vou encontrar um manto negro na Torre do Alto Clérigo? — perguntou Raistlin. — Vou cobrir meu manto com uma capa.

Usava a cor vermelha de Lunitari desde que fizera o Teste na Torre da Alta Feitiçaria. O vermelho tinha sido sua recompensa, bem como seu castigo, pois denotava sua ambição, sua sede de poder, sua disposição de não parar até atingir seus objetivos. Incluindo sacrificar o próprio irmão.

— Parece que todos temos nossos legados — comentou Sturm.

Raistlin fez uma careta, mas teve de admitir que Sturm estava certo, e começou a tirar seu manto com irritação. Sturm pegou uma túnica de couro para ele usar por cima das calças e um capuz para esconder sua pele dourada e olhos de ampulheta. Raistlin amarrou o cinto que carregava seus componentes de feitiço ao redor da túnica e se envolveu em uma capa para escondê-los. Sturm jogou uma capa sobre os próprios ombros e a arrumou de forma que as dobras cobrissem sua espada.

Chegaram ao portão da frente da fortaleza cerca de uma hora após o nascer do sol. O portão estava fechado e ninguém o vigiava. As sentinelas deviam ter deixado seus postos para defender a Torre do Alto Clérigo. Sturm ergueu a barra e abriu as portas pesadas.

— Pode até deixá-lo aberto — comentou Raistlin. — Os portões da Torre do Alto Clérigo não detiveram o dragão ou seus agentes. Eles não vão deter a Rainha das Trevas.

— Não vou facilitar as coisas para ela — respondeu Sturm e fechou as portas atrás deles.

— E Tas? — questionou Raistlin. — Ele pode voltar.

— Portões trancados também não vão detê-lo — observou Sturm secamente.

Uma rampa conduzia da entrada ao campo. Eles pararam no topo para olhar o acampamento inimigo do outro lado da planície. A fumaça elevava-se das fogueiras e eles podiam ver homens e goblins andando de um lado para o outro.

Seguiram o riacho que corria para a planície, tendo o cuidado de se manterem ocultos pelo mato. Raistlin estudou o acampamento conforme se aproximavam. Cada uma das várias raças — humanos, goblins, hobgoblins, ogros e kobolds — montara seu próprio acampamento. Nenhuma confiava nas outras. Hobgoblins desprezavam goblins. Ogros odiavam kobolds. Os humanos detestavam ogros. Mas eram todos leais à sua Rainha das Trevas e lutariam e morreriam juntos sob seu comando.

O dragão havia colocado humanos como sentinelas, provavelmente considerando-os os melhores entre opções ruins. Não temiam ser atacados. Já superavam os cavaleiros e seu exército crescia a cada hora. As sentinelas jogavam dados.

Raistlin não teve dificuldade de encontrar a tenda de Immolatus. Era a maior do acampamento e hasteava uma bandeira vermelha, não a bandeira preta com o símbolo da Rainha das Trevas. Indicou-a para Sturm.

— Acha que o dragão está ali? — perguntou Sturm. — Você parece conhecê-lo.

— Ele estava gravemente ferido e é provável que não tivesse força ou vontade de mudar para a forma humana — explicou Raistlin. — Ele sempre sentiu que isso o degradava. Provavelmente se escondeu para se curar. Com sorte, é esse o caso, e não precisamos nos preocupar em nos depararmos com ele.

— Apenas alguns milhares de suas tropas — comentou Sturm em tom sombrio. — Você tem um plano ou vamos entrar no acampamento e exigir que falem onde estão mantendo Magius?

— Meu plano é que você fique quieto e me deixe falar! — retrucou Raistlin. — Precisamos observar o que acontece. Devemos entrar agora antes que o acampamento esteja todo acordado.

Sturm o deteve.

— Espere! Olhe ali! Estão prestes a receber visitas.

Ele apontou para um enorme meio-ogro montado em um cavalo de tração que cavalgava em direção ao acampamento. O meio-ogro não era tão alto quanto um ogro, mas tinha os mesmos ombros enormes, pele marrom-esverdeada e presas que se projetavam de sua mandíbula inferior. Usava um manto preto com detalhes dourados e um elmo de aço na cabeça e trazia uma enorme maça em um arnês pendurado nas costas.

Ele deve ser alguém importante, pensou Raistlin, ou alguém que se considerava importante, pois estava acompanhado por um séquito de dez guardas ogros, marchando atrás dele.

— Está vestindo manto preto — comentou Sturm. — Ele é um mago?

— Os deuses da magia não permitem que seus magos carreguem armas como essa maça — respondeu Raistlin. — Ele deve ser um clérigo de Takhisis, e um de alto escalão a julgar pelo fato de que viaja com uma escolta.

O clérigo e seus guardas pararam nos arredores do acampamento do dragão. O meio-ogro desmontou pesadamente de seu cavalo. As sentinelas humanas pararam seu jogo para observá-lo. Ele os encarou, sua mandíbula pronunciada, e declarou em voz alta:

— Eu sou Mortuga, Alto Clérigo de Sua Majestade, a Rainha Takhisis. Estou aqui como emissário de Sua Majestade para falar com o dragão Immolatus. Informem-no da minha chegada.

As sentinelas pareceram assustadas com a exigência. Conferenciaram entre si brevemente; então, um deles correu para relatar a seus superiores.

— Acho que ninguém quer contar a esse clérigo que o dragão conseguiu ser espetado por lanças de dragão — deduziu Raistlin.

Três oficiais seminus, acompanhados por algumas seguidoras de acampamento sonolentas, emergiram de suas tendas. Depois de falar com a sentinela, um oficial de expressão sinistra se aproximou para conversar com o clérigo. Um grupo de espectadores se reuniu para assistir e ouvir. Raistlin acenou para Sturm e eles se aproximaram.

— Bem-vindo, Santidade — saudou o oficial. — Fui informado de que deseja ver Immolatus. O dragão está indisposto. Ele verá o senhor amanhã.

— Vou vê-lo agora. Onde ele está? — exigiu Mortuga, projetando sua mandíbula inferior enquanto olhava para o humano com raiva.

— Immolatus está em sua tenda, Santidade — respondeu o oficial, nervoso. — Ele deu ordens para não ser perturbado.

Mortuga encarou-o furioso.

— O dragão deveria estar disponível para me receber! Sou o emissário de Sua Majestade Negra. Takhisis não ficará satisfeita. Informe-o de que estou aqui. Aguardarei naquela tenda.

A tenda pertencia aos oficiais. Eles se entreolharam, mas nenhum ousou desafiá-lo.

— Estes são meus guarda-costas. — Mortuga indicou os ogros com um aceno de mão. — Providencie para que eles recebam comida e bebida e qualquer outra coisa de que precisarem.

Mortuga jogou as rédeas do cavalo para o oficial e entrou pesadamente na tenda. Os ogros de sua escolta entraram no acampamento, pegando comida e qualquer outra coisa que quisessem.

— Tive uma ideia — falou Raistlin. — Você atuará como meu guarda-costas. Fique perto de mim, mas não muito perto, como se temesse ficar perto demais de mim. Abaixe a viseira do elmo para esconder o rosto e acompanhe o que estou fazendo.

Raistlin puxou o capuz sobre a cabeça. Assumindo uma atitude furtiva, esgueirou-se para o acampamento. Sturm caminhava atrás dele, mantendo-se cerca de cinco passos atrás, com a mão no punho da espada.

Raistlin abordou os dois guardas que estavam discutindo sobre o que fazer.

— Proponho que contemos a verdade a esse clérigo — disse um deles. — Vamos contar para ele que Immolatus desobedeceu às ordens da Rainha das Trevas e quase foi morto.

— Deixe Immolatus contar — sugeriu o outro. — É culpa do dragão que estamos nessa confusão.

O oficial avistou Raistlin e Sturm e os encarou com desconfiança.

— Quem, pelo Abismo, são vocês dois?

Raistlin começou a responder e foi tomado por um acesso de tosse. Fez questão de mostrar que tirava o lenço e o pressionava sobre a boca. Afastando-o quando a tosse diminuiu, certificou-se de que ambos os homens pudessem ver que estava manchado de sangue.

— Ei, diga, você não está com a peste, está? — perguntou um, afastando-se.

— Talvez esteja — respondeu Raistlin com um sorriso desagradável. Ele abaixou o capuz, permitindo que vissem seu rosto, sua pele dourada e seus olhos estranhos. — Sou um clérigo de Morgion.

Os oficiais trocaram olhares assustados. Morgion era o deus da doença e da deterioração, o mais temido de todos os deuses das trevas, com a possível exceção da própria Takhisis. Morgion não tinha muitos clérigos, pois quase ninguém desejava servi-lo.

— Mantenha distância! — ordenou um dos oficiais, desembainhando a espada. — O que você quer?

— O deus a quem sirvo, Morgion, foi informado de que vocês estão mantendo cativo um mago Manto Vermelho. Ele me encarregou de levar este mago até ele para interrogatório, se ainda estiver vivo.

Ele tossiu de novo, uma tosse seca, cuspindo sangue. Os oficiais recuaram mais alguns passos.

— A julgar pelos gritos, ele ainda está vivo — comentou um deles.

— Temos ordens de mantê-lo preso para o dragão interrogar — acrescentou o outro. — O que Morgion quer com esse mago, afinal?

— Eu não estou a par dos planos do deus — respondeu Raistlin em tom humilde. — Talvez vocês queiram perguntar pessoalmente a Morgion. Ele está viajando com Sua Majestade Sombria. Eu posso providenciar...

— Não, não, isso não é necessário! — o oficial apressou-se em recusar. Ele apontou para várias tendas. — O mago é prisioneiro de um bando que se autodenomina Gudlose. Busque-o você mesmo, se quiser. Nenhum de nós chegará perto daqueles brutos. Eles não são gentis com visitantes.

Raistlin puxou o capuz para baixo para manter o rosto na sombra enquanto se dirigia para as tendas. Sturm caminhava atrás dele, protegendo sua retaguarda. Olhando por cima do ombro, Raistlin viu os oficiais gesticulando na direção deles e as pessoas os encarando com medo e repulsa.

— A notícia está se espalhando — comentou Sturm.

— Ótimo — respondeu Raistlin. — Isso significa que vão nos deixar em paz.

Conforme se aproximavam do acampamento dos Gudlose, Raistlin viu um homem andando de um lado para o outro na frente das tendas.

Raistlin parou e fez um gesto para que Sturm se juntasse a ele.

— Eu reconheço esse homem. Ele é um dos Gudlose conhecido como Quebrador de Ossos. Ele e seu companheiro carregaram Magius para o acampamento.

Enquanto Raistlin observava, outro assassino emergiu da tenda.

— Aquele é Garrote — disse Raistlin em voz baixa. — Foi ele quem assassinou Sir Richard.

Garrote bocejou e olhou ao redor para o acampamento. Havia tirado a armadura de couro e vestia apenas uma camisa. Estava coberto de sangue úmido, ainda fresco, e grudado em sua pele.

— Capitão e Mãe ainda não voltaram? — perguntou Garrote.

— Não, e não gosto disso — respondeu Quebrador de Ossos. — Algo deu errado. Como está o mago? Ele está quieto há muito tempo. Você não o matou como fez com o último prisioneiro, matou? Sabe que tem tendência a se deixar levar pelo trabalho.

— Ele desmaiou. Vou reanimá-lo, e ele estará gritando de novo em breve. Vim buscar alguma coisa para comer.

— Ele contou alguma coisa?

Garrote balançou a cabeça.

— Ele acha que é durão, mas estou só começando com ele.

Sturm ergueu o visor para ver melhor. Ele parecia muito sombrio.

— Qual é o seu plano? — perguntou.

— Você pega um e eu fico com o outro — respondeu Raistlin.

Sturm assentiu silenciosamente e deslizou devagar sua espada da bainha.

Raistlin levantou as mãos e direcionou seu feitiço a Garrote.

— *Kalith karan, tobaniskar!*

Dardos de chama branca projetaram-se de seus dedos e atingiram Garrote no peito. Os dardos mágicos chamuscaram suas roupas manchadas de sangue, transformando-as em cinzas em um instante, e queimaram sua carne. Ele deu um grito estrangulado e desabou, agarrando o peito, contorcendo-se em agonia.

Quebrador de Ossos viu seu companheiro cair e olhou para ele, chocado; em seguida, avistou Sturm avançando em sua direção. Quebrador de Ossos desembainhou a espada e saltou sobre ele, mirando um golpe feroz na cabeça do cavaleiro. Sturm esquivou-se do golpe selvagem e enfiou sua espada através da armadura de couro, no estômago do homem, quase até o punho. Sturm puxou a espada, soltando-a. Sangue jorrou do ferimento e Quebrador de Ossos desabou.

Sturm examinou os dois homens.

— Ambos mortos — relatou.

Raistlin sacudiu seu pulso e a adaga escondida deslizou de sua correia para sua mão. Ele caminhou em direção à tenda onde estavam mantendo Magius.

— Pode haver outro guarda. Deixe-me ir primeiro — pediu Sturm suavemente.

Ele ergueu a aba da tenda e entrou, segurando a espada. Raistlin seguiu com a adaga. O cheiro de sangue era insuportável. Moscas zumbiam e Raistlin podia ouvir a respiração áspera e um gemido baixo e carregado de dor.

Magius estava deitado de lado, o corpo curvado, a respiração superficial. Seu rosto estava machucado e ensanguentado. Haviam retirado suas vestes até a cintura, e Raistlin podia ver as marcas de sangue deixadas por espancamentos brutais em seu peito e costas. Tinham torcido e quebrado seus dedos. Seus olhos estavam fechados.

— Vá até ele — mandou Sturm, sua voz rouca de pena. — Vou vigiar.

Ele foi até a entrada da tenda e abriu um pouco a aba, deixando entrar ar fresco e a luz cinzenta da manhã. Tirando o elmo, piscou os olhos e os enxugou com as costas da mão.

Raistlin tremia com raiva e com a necessidade desesperada de manter suas emoções sob controle. A princípio, pensou que Magius estivesse dormindo e relutou em acordá-lo para a dor e o sofrimento, mas era apenas uma questão de tempo até que alguém encontrasse os corpos dos dois Gudlose.

— Magius... — chamou Raistlin baixinho.

Os olhos dele se abriram. Ele rolou com um esforço agonizante. Seus lábios partidos e rachados formaram uma única palavra.

— Água...

— Vou buscar — disse Raistlin.

Ele se virou para a entrada e ficou surpreso ao ver Sturm segurando uma caneca de estanho. Sturm sentou-se ao lado de Magius e ergueu-o delicadamente nos braços, depois levou a caneca aos lábios inchados.

Magius tomou alguns goles e pareceu reviver. Ele reconheceu Raistlin e deu um leve sorriso.

— Eu deveria ter me escondido debaixo da cama.

Raistlin ajoelhou-se ao lado dele.

— Viemos para tirá-lo daqui.

— Agradeço, Irmão, mas você desperdiçou a viagem. Eles se certificaram de que... eu não escaparia.

Magius fez um gesto com a mão desfigurada e Raistlin viu que tinham quebrado suas duas pernas. Lascas de ossos projetavam-se, atravessando a carne. Moscas acumulavam-se nas feridas, banqueteando-se com o sangue.

— Então eu vou carregar você — afirmou Raistlin com os dentes cerrados.

Magius estremeceu. O sangue escorria de sua boca.

— Eles me perguntaram sobre a Gema Cinzenta. Eu não disse nada a eles. Porque eu não sabia nada. — Ele tentou rir, mas acabou com um suspiro de dor.

Fechou os olhos por um momento, depois estendeu a mão arruinada para Raistlin.

— Meu cajado… Tiraram de mim…

— Vou encontrá-lo — disse Raistlin, segurando sua mão.

— Eu o dou a você — declarou Magius. — Agora… e no futuro.

Ele desviou o olhar, sua visão enfraquecendo, para Sturm, que pacientemente o segurava todo esse tempo.

— Huma, meu amigo, o que está fazendo aqui? — perguntou Magius, repreendendo-o gentilmente. — Você não deveria estar nos salvando da Rainha das Trevas?

Sturm lançou um olhar questionador para Raistlin.

— As sombras da morte obscurecem sua visão — respondeu Raistlin. — Ele vê um cavaleiro e confunde você com Huma.

Sturm engoliu em seco, então disse com uma alegria forçada:

— Eu disse a Takhisis que ela deveria esperar por mim. Não posso lutar sem você ao meu lado, meu amigo.

— Isso vai ser difícil… já que estou morrendo. — Magius engasgou. Sangue espumava em seus lábios. Ele se esforçou para falar. — Não chore, querido amigo… A morte valida nossas vidas. Sem a morte… nós não vivemos.

Magius inspirou com dificuldade. Ele enrijeceu, então gritou, estremeceu e morreu nos braços de Sturm. Enquanto sua cabeça pendia, um sorriso sardônico tocou seus lábios, como se ele encontrasse na morte uma fonte de diversão infinita.

Sturm segurou Magius por um momento, então gentilmente deitou o corpo com uma oração sussurrada. Traços de lágrimas brilharam em suas faces. As lágrimas em si se perderam nos longos bigodes. Ele se levantou.

— Magius teve a morte de um guerreiro e vou contar isso a Huma — declarou Sturm rispidamente. — Vou esperar por você lá fora.

Raistlin ficou para trás para se despedir silenciosamente do homem que fora seu amigo; que seria, através do tempo, seu único amigo. Ajoelhado ao lado do corpo, fechou os olhos azuis, arrumou as mãos quebradas sobre o peito e limpou o sangue do rosto. Tendo preparado seu amigo para sua jornada final, Raistlin tirou a própria capa e cobriu o corpo. Então, engolindo sua dor, deixou a tenda e fechou e amarrou a aba.

Raistlin afastou-se um pouco, virou-se e ergueu as mãos. As palavras do feitiço vieram espontaneamente a seus lábios, uma magia que ele conhecia em seu coração, mesmo que não conhecesse em sua mente.

— *Ast kiranann Soth-aran/Suh kali Jalaran!* — gritou Raistlin.

Uma bola de fogo ardente apareceu em sua mão. Ele arremessou a bola de fogo com toda a força de sua ira e dor na tenda. O fogo mágico se transformou em um incêndio que envolveu a tenda, transformando-se em uma pira funerária. As chamas elevaram-se. Parecia que iam tocar o céu.

Morrer com a magia queimando no sangue.

— Vá com os deuses, meu amigo — disse Raistlin.

CAPÍTULO TRINTA E TRÊS

Raistlin ficou observando o fogo, sem se mexer, mesmo quando a fumaça negra ondulava ao seu redor e o calor das chamas queimava seu rosto.

— Precisamos sair daqui! — Sturm o chamou, engasgando com a fumaça. — Essas chamas podem ser vistas por quilômetros.

Raistlin viu alguns curiosos parados ao redor, observando o fogo, mas ninguém estava correndo para apagá-lo. A maioria das pessoas se virou com olhares sinistros e sorrisos vingativos. Raistlin lembrou-se do oficial dizendo que ninguém chegaria perto do acampamento dos Gudlose.

Mas então Raistlin viu alarmado que o fogo estava se espalhando, serpenteando pela grama em direção às tendas próximas. Tirou o lenço do bolso e amarrou-o sobre o nariz e a boca.

— O que está fazendo? — perguntou Sturm.

— Eu tenho que encontrar o cajado dele — explicou Raistlin, com a voz abafada. — Eu prometi a ele. Fique de olho enquanto eu procuro.

— Melhor se apressar antes que todo o acampamento pegue fogo — aconselhou Sturm.

Raistlin correu até a tenda adjacente, pensando que seria o lugar mais lógico para esconder o cajado até que tivessem tempo de se livrar dele. O fogo já havia consumido a lona da tenda, assim como uma das estacas. Raistlin inspirou fundo e correu para dentro.

O fogo estava se espalhando rapidamente. Cinzas, brasas incandescentes e pedaços de lona em chamas caíam do teto, provocando mais focos de incêndio. A tenda estava cheia de fumaça, os gases espessos e nocivos. Um poste da tenda caiu, levando parte da lona consigo. A fumaça fazia os olhos de Raistlin arderem e ele piscou, tentando enxergar. Não conseguiria prender a respiração por muito mais tempo.

— Lunitari! — orou Raistlin, desesperado. — Você o amava. Ajude-me a encontrar o cajado dele!

Ele tropeçou em um catre encoberto pela fumaça e avistou um lampejo de luz. A princípio, pensou que fosse uma faísca do fogo, mas então reconheceu a luz do cristal do cajado. Tinha sido largado descuidadamente em um catre. Agarrou o cajado e saiu correndo da tenda bem no momento em que ela começou a desabar ao seu redor.

Lá fora, em segurança, arrancou o lenço e inspirou o ar. Cheirava a fumaça, mas lhe parecia doce como a primavera. Esfregou os olhos para livrá-los das cinzas e então se curvou, tossindo até vomitar.

Agarrava o cajado com toda a força, lembrando-se de Magius contando como ele mesmo o havia esculpido. *Eu tenho as cicatrizes na mão para provar isso, mas derramar um pouco de sangue valeu a pena.* Raistlin fechou os olhos e pressionou a testa contra o cristal frio por um breve momento.

— Raistlin — chamou Sturm. — Precisamos ir embora.

Raistlin assentiu, tossindo por causa da fumaça. A tenda onde Magius morreu havia sido totalmente consumida pelo fogo. As cinzas se elevavam em um vento fraco e sussurrante.

Sturm começou a espanar brasas que haviam caído nas roupas de Raistlin.

— Tem alguma ideia de como sairemos daqui? — perguntou Raistlin.

— Seguindo o rio, podemos evitar atravessar o acampamento. Cruzamos a ponte, entramos na floresta e voltamos para a torre — respondeu Sturm.

Raistlin abaixou seu capuz. Sturm colocou o elmo e baixou o visor. Os Gudlose haviam acampado na margem do rio, um local privilegiado, pois lhes dava fácil acesso à água. Sturm e Raistlin acompanharam o rio, indo para o norte rumo à torre. O plano pareceu bom, pois ninguém estava prestando atenção neles.

A distância era longa e o passo lento, pois Raistlin estava cansado de seus feitiços, e era perto do meio-dia quando finalmente alcançaram uma parte do rio que corria por uma ravina profunda. Deveriam cruzar a ponte aqui.

Ambos detiveram-se, olhando consternados para a água corrente e os destroços carbonizados e enegrecidos do que um dia fora a ponte.

— Immolatus deve ter ateado fogo nela! Mas por que ele a destruiria? — questionou Raistlin.

— Para evitar que os cavaleiros ataquem seu acampamento ou impedir que as próprias forças fujam — deduziu Sturm.

— Provavelmente ambas as coisas — concordou Raistlin, grave. — Não temos escolha a não ser refazer nossos passos. O único caminho de volta para a torre é pelo acampamento.

— E aquele feitiço que Magius usou para nos levar até a torre? — perguntou Sturm. — Você o conhece?

— O feitiço de teletransporte. Então agora está disposto a confiar na minha magia — provocou Raistlin.

— Eu estava pensando que você poderia usá-lo para se salvar — explicou Sturm. — Não disse que o acompanharia.

Raistlin não pôde deixar de sorrir.

— Você realmente gostaria que eu parasse aqui no meio do acampamento do dragão e traçasse um círculo no chão com o cajado, e então ficasse dentro dele e começasse a invocar os deuses da magia? Imagino que atrairia uma multidão e tanto.

Ele encolheu os ombros.

— Não estamos conseguindo nada parados aqui. Vamos embora.

Enquanto ele e Sturm retornavam para o acampamento, Raistlin viu pessoas andando de um lado para o outro e as ouviu conversando animadamente. A julgar pelo que escutou, deduziu que Immolatus ia se encontrar com o clérigo da Rainha das Trevas, Mortuga, o meio-ogro.

Rumores do encontro haviam se espalhado de acampamento em acampamento. Goblins e hobgoblins vieram correndo de seus acampamentos mais ao sul. Ogros e kobolds perambulavam pelos arredores, observando com expectativa, contentes com qualquer mudança na rotina.

Mortuga estava parado na frente de sua tenda com os braços cruzados, aguardando impaciente. Sua escolta de ogros o flanqueava. Ele parecia estar ficando cada vez mais irritado e começou a andar em direção à tenda do dragão, como se fosse invadi-la. Foi impedido pelos soldados do dragão, que não desembainharam as espadas, mas colocaram as mãos nos punhos.

O mal-humorado Mortuga ordenou que sua escolta se retirasse.

— Devemos aproveitar esta oportunidade para escapar — observou Raistlin.

Eles se juntaram à multidão ansiosa pelo início do entretenimento. A julgar pela conversa, as pessoas especulavam se Mortuga sobreviveria ao encontro com o dragão. Dinheiro estava passando de mão em mão, com a maioria apostando no dragão. Raistlin sorriu. Se Magius estivesse aqui, provavelmente teria feito uma aposta.

Mortuga começou a reclamar em voz alta por estar esperando. Seus ogros pareciam desdenhar dos soldados do dragão. Estes observavam os ogros com raiva e tiraram metade das espadas das bainhas.

Raistlin e Sturm abriram caminho entre os curiosos. Quase haviam alcançado os limites do acampamento quando Sturm parou de repente.

— Mantenha a cabeça baixa! — alertou a Raistlin. — Mortuga está olhando diretamente para você!

Raistlin abaixou a cabeça, mas era tarde demais. Mortuga o vira — ou melhor, vira o cajado, pois apontava um dedo acusador.

— Sinto o cheiro fétido de Nuitari! Aquele homem é um mago. Ele tem sangue nas mãos e carrega um cajado de magia maligna! Prendam-no!

Mas nenhum dos soldados, fosse humano ou ogro, se mexeu. Olharam para Raistlin, inquietos, nenhum disposto a colocar as mãos em um mago que estava coberto de sangue e carregava um cajado mágico.

— O que está acontecendo? — perguntou Sturm em um sussurro. — Nuitari é filho de Takhisis! Achei que ele estava do lado dela!

— Nuitari está do próprio lado — respondeu Raistlin.

Ele tinha que pensar rápido, decidir o que fazer. Não podia mais fingir ser um clérigo de Morgion. Mortuga, um verdadeiro clérigo, descobriria facilmente tal ardil.

— Covardes! Vejo que devo lidar com a criatura asquerosa eu mesmo — rosnou Mortuga. — Fale, Servo da Lua Invisível! Por que anda entre nós com más intenções?

— Está me confundindo com outra pessoa, Santidade — respondeu Raistlin. — Não sou um mago. Este bastão não é mágico. É apenas um cajado comum.

Mortuga zombou.

— Um cajado comum com uma garra de dragão segurando um cristal!? — Seus olhos se estreitaram perigosamente. — Se é tão comum quanto afirma, não se importará em dá-lo para mim. Gostei dele. Posso permitir que você viva em troca.

— O cajado é meu, Santidade — declarou Raistlin respeitosamente, mas com firmeza. — Eu preciso dele para me ajudar a andar.

Mortuga inchou de raiva. Suas presas estremeceram. Ele se virou para seus ogros.

— Peguem-no, e o cajado!

Os ogros aparentemente ficaram tranquilizados com o anúncio de Raistlin de que não era um mago. Eles carregavam maças nas costas e espadas na cintura, mas vendo que só tinham que lidar com humanos, nem se preocuparam em sacar suas armas. Dois ogros se aproximaram de Raistlin e Sturm, flexionando suas mãos gigantescas.

— Não vou desistir do cajado — disse Raistlin a Sturm. — Deveria aproveitar esta chance para escapar.

— E ir para onde sem você? — perguntou Sturm.

Ele desembainhou a espada e Raistlin agarrou o cajado.

Os ogros chegaram mais perto. Sturm tentou golpear o mais próximo com sua espada. O ogro zombou, tirou a espada da mão dele e acertou Sturm na cabeça com o punho. O golpe amassou o elmo de Sturm e o atirou no chão. Sturm conseguiu se levantar cambaleando, mas balançou a cabeça confusamente, meio atordoado.

Raistlin ergueu o cajado, mas antes que pudesse dizer qualquer palavra de comando, um ogro agarrou o bastão e o arrancou de sua mão. O ogro imediatamente deu um grito de dor e jogou o cajado no chão.

Raistlin olhou para baixo para ver que haviam brotado espinhos negros de aparência assustadora do cajado. O ogro arrancava espinhos de sua carne e olhava furioso para o cajado.

— O que está esperando? Traga-me o cajado! — Mortuga ordenou ao ogro.

— Pegue você mesmo — rosnou o ogro e se afastou, torcendo a mão.

Mortuga levantou a mão peluda para o céu.

— Eu invoco Takhisis. Destrua este feiticeiro maligno...

— Ora, cale a boca, Mortuga — disse Immolatus, irritado.

O dragão emergiu de sua tenda. Ele continuava mancando, suas feridas ainda sangravam. Estava visivelmente com dor e de mau humor.

— Deixe o mago em paz. Ele serve a mim.

Mortuga olhou feio para o dragão. Suas presas curvas se projetavam tão para frente que quase tocavam sua testa.

— Então você está reduzido a contratar escória Nuitari. Sua Majestade não ficará satisfeita. Já enviei um mensageiro para contar que você desobedeceu às ordens dela, atacou a Torre do Alto Clérigo por conta própria e quase foi morto no processo!

Immolatus retumbou profundamente em seu peito. Fumaça escapou de suas ventas e ele cuspiu uma bola de fogo em Mortuga. A bola não atingiu o meio-ogro. Explodiu a uma curta distância, incendiando a grama. Immolatus estava apenas vociferando, e Mortuga sabia disso.

— Não se atreva a colocar uma garra em mim, Dragão. Eu avisei a Sua Majestade que não deveria confiar a você uma missão tão importante, mas por algum motivo ela o tem em alta conta. Ela dará atenção ao meu aviso agora!

Mortuga caminhou até o cajado que ainda estava caído no chão aos pés de Raistlin. O clérigo levantou as mãos em súplica.

— Rainha Takhisis! Eu a invoco para abençoar este cajado para que eu possa usá-lo para sua glória!

Os espinhos desapareceram. Parecia uma bengala comum.

— Estou avisando — disse Raistlin suavemente. — Não toque.

Mortuga zombou e pegou o cajado.

O cristal na garra do dragão brilhou carmesim como a lua vermelha, em seguida ficou preto como a lua escura. Raios de luz, claros como a lua branca, projetaram-se do cajado e atingiram Mortuga no peito.

A explosão do raio ergueu o meio-ogro do chão. Ele voou para trás e pousou com um baque. Suas mãos estavam carbonizadas. Seus olhos estavam arregalados e fumaça subia de seu fino traje clerical. Provavelmente estava morto antes mesmo de atingir o chão. Ninguém falou. Ninguém chegou perto dele. Immolatus bufou chamas e riu.

— Um cajado como esse pode ser útil. Traga-o para mim, mago.

Raistlin pegou o cajado e o segurou com força.

— Eu não vou abrir mão dele.

Sturm ficou ao seu lado, segurando sua espada.

Immolatus olhou para os dois.

— Um saco de ouro para quem me trouxer suas cabeças!

Humanos e ogros hesitaram, mas a ideia do ouro do dragão superou seu medo. Humanos e ogros começaram a formar um círculo de aço ao seu redor, do qual não poderiam escapar.

Sturm atacava qualquer um que ousasse se aproximar. Raistlin girou seu cajado em um arco ardente.

Os soldados continuaram se aproximando, o círculo se fechando.

— Pelo menos você não vai morrer na Torre do Alto Clérigo — comentou Raistlin.

— E você não vai acabar no Abismo — respondeu Sturm.

— Matem-nos! — gritou Immolatus.

Um berro agudo inumano de parar o coração cortou o ar, seguido por um assobio alto, acompanhado por outro berro agudo. Uma engenhoca mecânica apareceu trovejando. Era encimada por uma torre em forma de castelo montada sobre uma plataforma de aço. Nuvens de vapor saíam de um grande tanque na parte traseira e uma arma de aparência assustadora, que se assemelhava a uma balista gigantesca, balançava e chacoalhava, enquanto a máquina roncava pelo chão.

A visão da engenhoca teve um efeito paralisante na multidão, que obviamente nunca tinha visto nada parecido. Isso incluía Immolatus, cuja mandíbula estava aberta de espanto.

A engenhoca rolou na direção deles, guinchando e assobiando. Raistlin podia ver pessoas de pé na torre. Uma delas era um gnomo, que sorria extasiado. A outra era Tasslehoff, que pulava sem parar e brandia seu hoopak.

— Encontramos Tas — disse Sturm.

— E ele encontrou os gnomos — falou Raistlin.

Gnomos estavam sobre a plataforma, agarrados à máquina, e outros corriam freneticamente ao lado, agitando os braços e gritando para que a engenhoca parasse. A engenhoca continuou, no entanto, saltando por cima de rochas, balançando e sacudindo e jogando gnomos para o ar em todas as direções. Esses infelizes se levantavam e se juntavam a seus companheiros em sua perseguição.

— Cuidado! — Tas estava gritando, acenando com seu hoopak para separar a multidão. — Cuidado! Lança de dragão passando! Abram caminho! Abram caminho!

A engenhoca subiu uma colina, alcançou o topo, oscilou na beirada por um momento como se estivesse tentando se decidir, então mergulhou encosta abaixo, arrotando e sibilando e ganhando velocidade. Estava indo direto para a tenda do dragão.

Immolatus rugiu.

— Não fiquem aí parados, idiotas! Detenham essa coisa!

Os soldados pegaram seus arcos e começaram a disparar flechas nela. Alguns atiravam lanças. Os ogros arrancavam toras em chamas das fogueiras e as lançavam na máquina.

Os poucos gnomos que conseguiram continuar montados na engenhoca viram flechas e madeira queimando voando em sua direção e pularam fora. Tas abaixou-se dentro da torre, mas o gnomo parado ao seu lado sorriu e acenou, como se saudasse uma multidão admirada.

— Eu sou Knopple! — estava gritando. — Projetista-chefe da lança de dragão. Patente pendente!

— Tasslehoff Pés-Ligeiros! — berrou Sturm.

Tas o viu e gritou de volta, empolgado.

— Ei, olá, Sturm! Olá, Raistlin! Vejam! Eu trouxe a lança de dragão!

Raistlin agarrou Sturm e apontou.

— Diga a Tas para tomar cuidado! Está pegando fogo!

Toras em chamas caíram perto de um tanque que vazava algum tipo de líquido escuro e viscoso. As chamas começaram a lamber o líquido avidamente e se espalharam depressa.

— Tas! — Sturm gritou. — Está pegando fogo!

Tas olhou para baixo e viu as chamas rastejando em direção a vários barris que estavam amarrados na parte de trás da engenhoca. Dois dos barris tinham se partido e derramavam uma substância preta em pó. Tas pareceu preocupado e puxou a manga do gnomo no topo da torre com ele.

— Knopple, estamos pegando fogo! — Tas gritou acima dos assobios e gritos.

Knopple não pareceu ouvi-lo. Ele estava olhando para o dragão, seus olhos brilhando de triunfo. A lança de dragão se elevava acima dele, as múltiplas cabeças dela chacoalhando e balançando. Knopple segurou uma alavanca na lateral da torre.

— Tas! Pule! — Sturm rugiu para ele.

Tas estava tossindo por causa da fumaça. A parte inferior da torre estava em chamas. Tas apertou a mão de Knopple, saiu da torre, desceu para a plataforma e se atirou da engenhoca no momento em que Knopple puxou a alavanca.

Com um grito de mil banshees, a lança de dragão disparou, deixando a engenhoca e se elevando no ar. As várias lâminas afiadas como navalhas giraram, faiscando à luz do sol. A lança de dragão voou direto para Immolatus, passou por cima da cabeça do dragão, cortou um de seus chifres e continuou.

A lança de dragão parecia ter criado vida própria, pois viajava pelo ar até onde a vista alcançava, sem nenhuma intenção aparente de descer.

Knopple observou sua lança de dragão desaparecer consternado. Descendo da torre, ele pulou da plataforma, pousou no chão e a perseguiu. A engenhoca continuou rolando. As chamas tinham se espalhado para as rodas e a torre.

Sturm ajudou Tas a se levantar.

— Estamos procurando pelo dragão há dias. A lança de dragão é sua Missão de Vida. — Tas olhou para Knopple. — Espero que ele a pegue.

— Tas, o que é aquele pó preto naqueles barris? — perguntou Raistlin, em tom de urgência.

— Eles colocam em seus bastões de trovão para fazê-los trovejar — explicou Tas. —Tem muitos barris, incluindo alguns amarrados embaixo da plataforma que não dá para ver. Tio Trapspringer...

— Esqueça o tio Trapspringer! — Raistlin ofegou. — Protejam-se!

Sturm agarrou Tas e o arrastou para uma ravina próxima. Raistlin correu atrás deles, e os três deslizaram pelas laterais da ravina e pousaram no fundo, onde três gnomos se juntaram a eles.

— Como eu estava dizendo, Tio Trapspring... — começou a falar Tas.

A explosão dividiu o chão. Uma enorme nuvem de fumaça e chamas, cinzas e detritos se espalharam pelo ar, acompanhada por foguetes sibilantes, cometas flamejantes e explosões de estrelas espetaculares. Raistlin jogou os braços por cima da cabeça e se encolheu contra o chão, enquanto cacos de aço, pedras, postes de tenda lascados e pedaços de lona em chamas caíam sobre eles.

Por fim, os destroços pararam de cair e um silêncio sinistro se instalou na planície. Raistlin sentou-se devagar e com cautela, quase esperando que algo mais explodisse.

Os gnomos pareciam um pouco atordoados, mas, acostumados a explosões inesperadas, sacudiram-se e limparam a sujeira das barbas. Sturm estava tossindo e coberto de poeira e detritos, mas indicou que não estava ferido. Tas tocou a cabeça para ter certeza de que seu topete ainda estava nela; em seguida, arrastou-se pela lateral da ravina e espiou por cima da borda.

— Eita, caramba! — disse Tas, maravilhado.

Raistlin e Sturm juntaram-se a ele e olharam em silêncio estarrecido para uma gigantesca cratera no solo. Fumaça elevava-se do fundo. Detritos e cinzas caíam como chuva preta do céu. O exército do dragão se fora, aniquilado na explosão. Immolatus era o único que sobrevivera.

A cabeça do dragão estava coberta de sangue do ferimento deixado quando a lança de dragão cortou um chifre. Immolatus estava agachado entre as rochas, piscando para tirar o sangue dos olhos, e examinava a destruição de seu exército em incredulidade atordoada.

— Graças aos deuses — disse Sturm.

— Graças ao Tio Trapspringer — comentou Raistlin.

Sturm sorriu.

— Tas nunca vai nos deixar esquecer isso.

— Com sorte, ele não vai lembrar — apontou Raistlin.

Ele e Sturm voltaram para o fundo da ravina, onde encontraram Tas consolando os gnomos.

— Sinto muito que sua lança de dragão tenha explodido.

Os três gnomos suspiraram.

— Devoltaàprancheta — lamentou um.

— Submetê-laàcomissão — constatou outro.

O terceiro fez algumas anotações e disse que precisavam ir. Os gnomos apertaram a mão de Tas.

— Foiumprazervê-loestamoansiosospareternovamentenãosuma.

Os gnomos saíram da ravina e partiram, rumo ao leste, na direção de sua aldeia.

— Você está bem? — Raistlin perguntou a Tas.

— Ah, sim. Apenas decepcionado — respondeu Tas, tristonho. — Knopple estava levando a lança de dragão para Huma para salvar a canção, mas agora ela foi explodida em estilhaços. Ainda não tenho certeza do que é um estilhaço, mas diria que descreve muito bem o que sobrou. Acho melhor irmos contar a Huma.

Tas estava começando a escalar para fora da ravina quando ouviram trombetas soando pelas planícies em um hino desafiador. Raistlin rapidamente puxou Tas de volta para o esconderijo.

— O que é isso? — Tas perguntou.

— A Rainha das Trevas e suas forças chegaram — respondeu Sturm.

Takhisis estava presente em forma humana, vestindo uma armadura azul-escura e cavalgando um dragão azul à frente de suas tropas. Seus vastos exércitos se espalharam pelas planícies, marchando em direção à Torre do Alto Clérigo. Seus dragões passaram voando acima deles.

Takhisis estava se demorando, saboreando o momento de seu triunfo. Suas forças haviam empurrado os cavaleiros para seu último refúgio, a Torre do Alto Clérigo, e agora eles estavam presos. Os exércitos de minotauros de Sargonnas estavam marchando para o leste, sem oposição, através da Passagem do Portão Oeste, enquanto a horda de Takhisis se aproximava pelo sul e pelo oeste. Seus dragões governavam os céus.

— Precisamos voltar para a torre antes que fiquemos isolados — declarou Sturm com urgência.

Mas antes que pudessem sair, um cavaleiro em cota de malha, usando um tabardo com o emblema da Rainha das Trevas bordado na frente, veio galopando em direção a eles. Os três se agacharam no fundo da ravina. Sturm agarrou Tas.

— Não se mexa! — sussurrou.

Raistlin preparou um feitiço, mas o cavaleiro passou direto sem vê-los. O cavaleiro havia levantado a viseira de seu elmo preto e observava a fumaça com uma expressão de perplexidade. Ele esporeou seu cavalo e alcançou a cratera, tudo o que restava do exército de Immolatus. O mensageiro ficou tão atordoado ao ver a destruição que não notou o dragão de imediato. Immolatus ergueu-se dolorosamente de entre as rochas para confrontá-lo.

O mensageiro desviou seu olhar chocado da destruição e olhou para Immolatus, apenas para considerar a visão do dragão, coberto de sangue, igualmente chocante.

— O que aconteceu? — perguntou o mensageiro, abalado.

— Apenas diga o que veio dizer — rosnou Immolatus.

O mensageiro se recompôs.

— Grande Immolatus, Sua Majestade, a Rainha Takhisis, recebeu informações de que você possui um artefato raro e poderoso conhecido como Gema Cinzenta de Gargath. Sua Majestade deseja saber por que guarda tal tesouro para si mesmo quando por direito ele pertence a sua Rainha.

Immolatus desviou o olhar do mensageiro para contemplar o que um dia fora seu exército. Ele respirou fundo e soltou o ar em um jorro de fumaça. Gesticulou com a garra, indicando o sangue escorrendo de seus ferimentos, a cratera no meio da planície, a fumaça crescente da destruição.

— Este é o trabalho da Gema Cinzenta de Gargath.

O mensageiro obviamente não acreditou nele. Ele se moveu impacientemente em sua sela.

— O que eu digo à Sua Majestade?

Immolatus encarou-o furioso, então afundou no chão e soltou a respiração em uma tosse áspera.

— Diga a ela que a Gema Cinzenta está na Torre do Alto Clérigo. Enviei Mullen Tully atrás dela e, se sua Rainha tiver sorte, ele vai trazer o artefato para ela. Acho muito mais provável que o infeliz a guarde para si.

O mensageiro pareceu alarmado com a notícia, mas ainda não havia terminado com Immolatus.

— Precisa se preparar para a batalha, dragão. Sua Majestade ordena que lidere o ataque à torre.

— Ela ordena, é? — rosnou Immolatus. Ele se ergueu em toda a sua altura e rugiu. — Diga àquela cadela que eu me demito! Eu a verei no Abismo.

O dragão bateu suas asas e depois de algumas tentativas fracassadas, conseguiu se erguer no ar com esforço. Partiu atordoado, deixando um rastro de sangue para trás. O mensageiro olhou para ele consternado, então, balançando a cabeça, virou o cavalo e partiu. Não estava com pressa, provavelmente se perguntando como levar as más notícias à sua vingativa rainha.

— Takhisis sabe sobre a Gema Cinzenta — observou Raistlin sombriamente. — Tully está a caminho da Torre do Alto Clérigo para encontrá-la, e assim que o mensageiro contar a Takhisis, ela irá até a torre em busca dela.

— Mas isso significa que Destina está em perigo! — exclamou Tas, preocupado.

— O mundo estará em perigo se a Rainha das Trevas se apossar da Gema Cinzenta — retrucou Raistlin. Agarrando-se ao cajado, ele escalou para fora da ravina. — Mas você está certo. Precisamos encontrar o Irmão Kairn e Destina e ir embora deste lugar.

— Primeiro devemos contar a Huma sobre Magius — lembrou-lhe Sturm.

Raistlin olhou para o cajado e deu um suspiro interior.

— Contar para Huma que falhamos.

333

— Magius... — Tas engoliu em seco. — Ele morreu?

— Ele morreu como um herói — explicou Sturm, colocando a mão no ombro do kender.

— Então ele realmente deveria fazer parte da canção — disse Tas com firmeza.

— Os bardos não escrevem canções sobre magos — declarou Raistlin.

Eles começaram a longa caminhada de volta. Immolatus havia fugido, retornando ao Abismo para se recuperar de seus ferimentos. A Rainha das Trevas e seus exércitos estavam se aproximando.

— Já está tarde. O sol está se pondo atrás das montanhas — indicou Sturm. — Não será seguro viajar depois de escurecer. Devemos encontrar um lugar para nos esconder e descansar até de manhã.

— Não podemos nos dar ao luxo de descansar. Devemos prosseguir — discordou Raistlin. — Você está exausto. O perigo é grande demais!

No entanto, enquanto falava, ele cambaleou e quase caiu. Sturm o firmou com uma das mãos em seu braço.

— Você está exausto. O perigo será ainda maior se cairmos nos braços do inimigo na escuridão — respondeu Sturm.

— E eu realmente gostaria de dormir um pouco — disse Tasslehoff, bocejando. — Gostaria de ficar acordado para salvar a canção, mas meus olhos ficam se fechando e isso dificulta a visão.

Raistlin sentiu a familiar sensação de queimação no peito e começou a tossir. A crise não era uma das ruins. Ele pressionou o lenço sobre a boca para abafar a tosse e logo passou. Mas cada goblin em um raio de quilômetros o ouviria caso se aproximassem demais das linhas inimigas.

— Muito bem, vamos descansar, mas eu ficarei com a primeira guarda — determinou Raistlin, desafiando Sturm a discordar.

Sturm sorriu levemente.

— Acorde-me à meia-noite.

Eles encontraram uma depressão sob uma saliência de rocha e se acomodaram para passar a noite. Tasslehoff enrolou-se e adormeceu imediatamente. Sturm estava acordado, com as mãos sob a cabeça, a expressão atormentada. Talvez temesse o que teria de dizer a Huma. Por fim, seus olhos se fecharam e ele adormeceu.

Raistlin sentou-se com as costas contra a pedra fria, mantendo a mão no cajado de Magius. Observou nuvens negras entrecortadas com raios roxos no leste. O trovão retumbou, sacudindo o chão. O sol poente ainda brilhava na Torre do Alto Clérigo, cobrindo as torres com ouro. Mas as nuvens fervilhantes estavam se aproximando rapidamente. Logo, engoliriam o sol e mergulhariam a torre na escuridão.

CAPÍTULO TRINTA E QUATRO

O sino tocou seis vezes, o início de um novo dia.

Destina e Kairn tinham aguardado Tas na cozinha da fortaleza deserta. Cochilaram intermitentemente em cadeiras desconfortáveis e prepararam um desjejum com pão e carne, e ele ainda não havia retornado.

— Devemos voltar para a torre — declarou Destina, por fim. — Aquele homem, Tully, está procurando pela Gema Cinzenta, e ele sabe que eu a carrego. Precisamos avisar os cavaleiros que ele é um espião do dragão, exortá-los a ficar em guarda.

— Tas saberá onde nos encontrar — concordou Kairn.

Destina carregava uma das tochas e eles seguiram pelos corredores escuros. A fortaleza estava silenciosa e deserta, mas não parecia abandonada. Talvez o espírito de Titus Belgrave, seu comandante, tivesse permanecido, fiel ao seu dever.

— Acha que o dragão vai atacar de novo? — Destina perguntou.

— De acordo com a história, Immolatus foi tão gravemente ferido pelas lanças de dragão que fugiu de volta para o Abismo — respondeu Kairn. — Se assim for, a Rainha das Trevas perderia um de seus aliados mais formidáveis e isso beneficiaria muito os cavaleiros.

— Você parece mais esperançoso — comentou Destina.

— O Rio do Tempo deu muitas voltas e reviravoltas inesperadas, mas talvez ainda esteja fluindo como deveria — respondeu Kairn. — Devemos confiar nos deuses.

Destina tocou o pequeno anel de Chislev e agarrou-o em vez da Gema Cinzenta.

O sol da manhã estava brilhando, mas uma tempestade estava se formando no leste e eles atravessaram a ponte correndo, na esperança de encontrar abrigo antes que ela chegasse. Pretendiam entrar na torre pelo Portão Nobre e ficaram chocados ao ver a devastação causada por Immolatus.

Uma equipe de trabalho estava tentando limpar os escombros antes da batalha, mas tinham uma tarefa difícil, talvez impossível. O dragão havia incendiado as portas de pau-ferro e as arrancado das dobradiças. As enormes portas estavam no pátio, ainda fumegantes. Os homens tinham que contorná-las, pois provavelmente apenas um dragão poderia movê-las.

Destina e Kairn abriram caminho entre os escombros, andando com cuidado entre os blocos esmagados e pedras partidas. Havia buracos enormes nas paredes, e eles puderam ver que o outrora belo templo do Alto Clérigo estava em ruínas. As estátuas quebradas dos deuses cobriam o chão. Seus altares estavam rachados, carbonizados e enegrecidos. Fumaça nublava o ar. Sangue manchava o mármore.

— A história está diferente, mas essencialmente é a mesma — observou Kairn. — Immolatus arrasou o templo, embora o tenha feito durante a batalha. Os cavaleiros não o reconstruíram. Quando viram a terrível destruição que o dragão havia infligido, substituíram o templo pelas armadilhas de dragão que Laurana e Tas usariam durante a Guerra da Lança para destruir os dragões. Quatro velas ainda queimam no altar despedaçado de Paladine. As lanças de dragão jazem nas ruínas do altar, mas brilham com uma luz sagrada. O Rio do Tempo continua a fluir.

A Gema Cinzenta ficou escura, como se estivesse descontente. Destina viu a pequena esmeralda no anel de Chislev brilhar com sua própria e discreta luz.

— Temos que ir embora desta época — declarou Destina. Seu olhar preocupado foi para as nuvens de tempestade. — A cada momento que ficamos, o perigo aumenta.

A cerimônia de enterro do Comandante Belgrave havia acabado de terminar. Soldados saíram do templo em ruínas. Eles ficaram conversando em voz baixa em meio aos escombros que enchiam o pátio, olhando, temerosos, para a tempestade que se aproximava. As nuvens que avançavam haviam encoberto o sol. O dia escureceu como a noite, tal como os espíritos daqueles que tinham restado para defender a torre. Um relâmpago raiou sobre o pátio, iluminando a cena por um instante, e depois tudo ficou escuro novamente. As chamas das tochas tremulavam ao vento.

Destina ouviu um soldado dizer a outro:

— Será que sobrará alguém para nos enterrar?

Will estava por perto e ouviu. Ele caminhou até o soldado.

— Tire seu elmo — ordenou Will.

O soldado pareceu assustado, mas tirou o elmo.

Will deu um tapa na lateral da cabeça dele.

O soldado piscou de surpresa e levou a mão ao rosto.

— Para que isso?

— Por ser um maldito poltrão! — Will o xingou. — Agradeço aos deuses que o Comandante Belgrave não viveu o suficiente para ouvir tal balido covarde. Agora continue com seus deveres!

O soldado se afastou, esfregando a cabeça.

Destina caminhou até Will e estendeu a mão.

— Lamento pelo ocorrido ao comandante. Ele era um homem bom e valente.

— Ele era, Senhora Destina — disse Will, rouco.

— Preciso fazer uma pergunta — começou a dizer Destina. — Conhece um soldado chamado Mullen Tully? Estou procurando por ele. Você o viu?

— Eu o conheço — respondeu Will. — O Comandante Belgrave pensou que ele havia desertado. Ouvi dizer que ele estava de volta, contando uma história sobre ser atacado por goblins. Mas se ele está de volta, eu não o vi. Por que a pergunta?

— Temos motivos para acreditar que ele é um agente do dragão Immolatus — explicou Kairn.

— Então ele era realmente um espião, hein? — Will murmurou, apertando a mão sobre o punho da espada. — Então espero que seja eu quem coloque minhas mãos nele. Tenho que voltar para a fortaleza agora para tratar de alguns últimos assuntos do comandante, mas não se preocupe, senhora. Vou espalhar a notícia. Se o encontrarmos, vamos colocá-lo em ferros.

Will parecia confiante ao sair, mas Destina estava desanimada. Procurou por Tully entre os soldados, tentando ver seus rostos iluminados por relâmpagos, apenas para perdê-los de vista na escuridão. Muitos dos soldados usavam elmos, o que tornava mais difícil identificá-los.

— Esta busca é inútil! — Destina disse a Kairn. — Tully poderia ser qualquer um desses homens e eu nunca ia saber!

O estrondo do trovão era quase contínuo. Raios bifurcavam-se entre as nuvens. Durante um relâmpago brilhante, ela viu Sir Reginald supervisionando o trabalho de remoção dos destroços do portão e foi falar com ele.

Ele sorriu aliviado ao vê-la.

— Fico feliz que esteja segura, minha senhora. Como posso servi-la? Ela explicou sobre Tully para Sir Reginald.

— Eu não o vi, mas vamos encontrá-lo, minha senhora.

— Tenho a esperança de que meus companheiros, Raistlin e Sturm e o kender, Tasslehoff Pés-Ligeiros, retornem em breve — explicou Destina. — Eu ia encontrá-los no templo, mas isso obviamente não é possível.

— Sugiro que espere por eles na Capela do Cavaleiro — indicou Sir Reginald. — Vou mandar o cavaleiro e o mago para lá, mas o kender deve voltar para as masmorras.

— Vou vigiar Tas — prometeu Destina. — Por favor, senhor! Ele é meu amigo e tem sido muito leal a mim.

— Vou mandar que ele a procure se o vir — respondeu Sir Reginald, cedendo. — A Capela do Cavaleiro fica no segundo andar. Use as escadas à direita. A capela fica no fim do corredor. Leve uma dessas tochas com você para iluminar o caminho.

Kairn pegou uma tocha na parede e ele e Destina subiram as escadas para o segundo andar. Esta parte da torre cheirava a fumaça, mas não sofrera nenhum dano. Eles seguiram as instruções do cavaleiro e chegaram a uma porta dupla feita de carvalho polido com os símbolos da cavalaria gravados: o martim-pescador, a rosa e a coroa. Kairn deu um leve empurrão na porta e ela se abriu prontamente.

Paredes feitas de jacarandá se estendiam até um teto abobadado. Os bancos da nave também eram de jacarandá. Um altar de mármore adornava a capela-mor e vitrais cobriam as paredes. Localizadas no interior da torre, as janelas eram iluminadas por alguma fonte oculta de luz e enchiam a capela com um brilho suave, semelhante a uma joia. O delicado perfume de rosas espalhava-se pelo ar.

Destina olhou ao redor com prazer, encantada com a delicada beleza da capela.

— A Capela do Cavaleiro não era aberta ao público — explicou Kairn, colocando a tocha em um candelabro na parede. — Destinava-se ao culto privado dos cavaleiros, longe das multidões de peregrinos que lotavam o templo.

Destina sentou-se em um dos bancos perto da entrada da capela. Tentou encontrar conforto em uma presença divina, mas estava inquieta. A Gema Cinzenta parecia subjugada quando chegaram ao templo, mas agora ela conseguia sentir a joia ficando desagradavelmente quente contra sua pele.

— Espero que os outros voltem logo, pois não estamos seguros, nem mesmo aqui — declarou Destina. — Mas estive pensando, e devemos decidir o que fazer se não voltarem. Sturm e Raistlin podem estar mortos. Tas ainda está sumido e não temos como encontrá-lo.

— Não vamos nos precipitar e pensar no pior — disse Kairn, sentando-se ao lado dela. — Tudo ficará bem.

— Não tem como você saber — retrucou Destina bruscamente.

Kairn assustou-se com o tom dela. Ela juntou as mãos, tentando encontrar coragem para dizer o que precisava dizer.

— Você me disse que fez uma promessa de retornar ao seu próprio tempo. Deve me prometer que vai voltar, mesmo que eu não possa ir com você.

Ela apontou para o alforje aos pés dele, contendo o Dispositivo de Viagem no Tempo.

— Não pode me pedir isso, Destina — respondeu Kairn. — Como eu poderia voltar e deixá-la para trás, para nunca mais a ver? Eu passei a amá-la. Não posso perdê-la quando acabei de encontrá-la.

Destina levantou-se do banco e caminhou pelo corredor até o altar. Não havia velas no altar, mas alguém havia deixado um buquê de rosas, agora desbotadas e murchas. Destina tocou as flores com delicadeza e as pétalas se desfizeram sob seus dedos.

— Estou trilhando um caminho escuro, Kairn. Escolhi deliberadamente este caminho bem ciente das consequências. Agi de forma obstinada e egoísta e causei danos terríveis. Eu não mereço seu amor. Não posso amá-lo quando me odeio e me desprezo.

— Se estamos atribuindo culpa, ela também é minha — retorquiu Kairn, juntando-se a ela no altar. — Meus erros agravaram os seus.

Destina mal o ouviu.

— Espero poder desfazer o que fiz, Kairn. Vou tentar, mesmo que isso me custe a vida. Mas se eu falhar, você *deve* voltar sozinho para contar a Astinus. Dizem que ele é um deus. Talvez possa encontrar uma forma de consertar o que quebrei. Prometa-me!

— Não há necessidade de eu fazer tal promessa. Tudo ficará bem — repetiu Kairn. — Os cavaleiros têm as lanças de dragão. Huma e Gwyneth estão juntos.

Destina balançou a cabeça.

— E se Raistlin salvar Magius? Ou se Raistlin e Sturm forem mortos tentando salvá-lo? E se algo terrível aconteceu com Tas? Você deve voltar para contar a Astinus!

Kairn estendeu a mão para abraçá-la, confortá-la. Ela recuou.

— Prometa-me, Kairn. Aqui, na presença dos deuses.

Kairn colocou a mão sobre o altar, com cuidado para não esbarrar nas rosas murchas.

— Pelo Livro de Gilean, eu prometo, Destina.

Destina deu um suspiro. Ele a tomou nos braços e eles se abraçaram. Ela encostou a cabeça no ombro de Kairn e ele passou o braço em volta dela. Destina sabia que deveria ser forte e se bastar, mas estava cansada de ser forte, cansada de ser solitária. Ao menos por um momento, permitiu-se relaxar e descansar contra o peito dele, sentir as batidas de seu coração.

As paredes abafavam o trovão, e ela não conseguia ver os raios.

CAPÍTULO TRINTA E CINCO

Sturm acordou Tas e Raistlin na primeira luz daquela manhã. Eles se esgueiraram pela floresta, voltando para a Torre do Alto Clérigo sob a escuridão da tempestade que se avizinhava. Sturm andava com sua espada desembainhada. Tas agarrou-se à Matadora de Goblins e Raistlin tinha um feitiço em seus lábios para o caso de serem atacados. Felizmente, as forças inimigas ainda estavam a alguma distância nas planícies e eles conseguiram retornar à torre sem incidentes.

Sturm abriu o enorme portão na muralha e os três respiraram com mais tranquilidade quando entraram e o portão se fechou atrás deles. Correram para Espora do Cavaleiro, planejando ir primeiro ao escritório do Comandante Belgrave para recuperar seus pertences.

— Eu irei com vocês — ofereceu Tas. — Podem precisar de mim para abrir a porta, caso esteja trancada.

— Deixamos destrancada — afirmou Raistlin. Mas, ao chegarem ao escritório, encontraram a porta trancada e ouviram o barulho de alguém se mexendo lá dentro. Tas ficou emocionado e estava tirando suas gazuas quando Sturm o decepcionou simplesmente batendo.

— Quem está aí? — uma voz perguntou.

— Sturm Montante Luzente e Raistlin Majere.

— Você esqueceu de mim! — Tas reclamou.

— Não, não esqueceu — disse Raistlin. — Vá esperar por nós no corredor.

Will abriu a porta. Seus olhos estavam vermelhos, seu rosto manchado de lágrimas. Ele grunhiu quando viu Sturm e Raistlin e fez uma careta para Tas, que tinha ficado com eles, sem dúvida pensando que Raistlin queria dizer que outra pessoa deveria esperar no corredor.

Tas ofereceu a mão a Will.

— Fiquei triste ao ouvir sobre o Comandante Belgrave, mesmo que ele tenha me colocado nas masmorras. A propósito, são masmorras muito legais e fiquei triste em sair, mas tive que salvar a canção.

Will ignorou a mão de Tas e suas condolências. Ele olhou para Sturm e Raistlin e franziu a testa.

— Vejo que se serviram das roupas do comandante. O Senhor Huma disse que vocês tentariam resgatar aquele mago. Salvaram-no?

— Não — respondeu Raistlin em voz baixa. — Não salvamos.

Will grunhiu.

— Vocês dois podem entrar, mas o kender não vai botar os pés aqui.

— Fique de vigia, sim, Tas? — Sturm pediu. — Não vamos demorar.

Tas suspirou e, obedientemente, postou-se no fim do corredor e começou a cantarolar uma canção para se manter ocupado.

Sturm e Raistlin entraram no escritório e Will fechou a porta atrás deles. Relâmpagos brilharam nas janelas e trovões estalaram. Fazia um calor sufocante na sala e eles logo perceberam o porquê. Will havia acendido a lareira.

— Estou destruindo os papéis do comandante — explicou. — Ele deu ordens para que, se caísse, eu os queimasse. Há alguns aqui que não devem acabar nas mãos do inimigo.

— Takhisis e seu exército estão a um dia de cavalgada — informou Sturm.

— Eu os vi — afirmou Will. — Perdoem-me, mas vou continuar com meu trabalho.

Voltando ao seu lugar, ele começou a ler os papéis sobre a mesa. Jogava alguns no fogo e colocava outros de lado, resmungando para si mesmo que os daria para o Senhor Huma. A certa altura, pegou uma carta que havia sido cuidadosamente dobrada e selada. Raistlin viu um amuleto cair da carta, o mesmo amuleto de borboleta que Anitra havia dado a ele e a Magius.

Will lançou um olhar perplexo para a borboleta, anotou o endereço e enfiou a carta no bolso interno de seu colete de couro.

— Titus escreveu isso para a filha — declarou rispidamente. — Eu mesmo levarei para ela, se eu sobreviver. Alguém vai encontrá-la no meu corpo se eu não o fizer.

Ele a segurou, observando-a.

— Ele a amava, sabe. Mesmo ela sendo uma maga. Tinha orgulho dela. Apenas não podia contar a ela.

— Ela sabia que ele a amava, da mesma forma que ela o amava — afirmou Raistlin. — A borboleta é um amuleto que permitirá que você atravesse com segurança o Bosque Shoikan.

Will resmungou e colocou o amuleto no bolso junto com a carta. Ele continuou com seu trabalho, jogando papéis nas chamas e observando enquanto se encolhiam e se reduziam a cinzas.

Raistlin desabotoou a capa que usava para esconder os componentes de seu feitiço e tirou a túnica de couro que trajava no lugar de seu manto. Começou a colocar a capa e a túnica de lado, então notou que ambas estavam manchadas com o sangue de Magius. Ele pousou a mão sobre elas, sentiu o sangue ainda úmido.

Will olhou para ele.

— Manchas de sangue, hein? Estou acostumado com elas. Dobre as roupas e coloque-as na cadeira.

Sturm removeu sua armadura do baú de madeira e começou a colocar seu peitoral.

— Sabe onde podemos encontrar a Senhora Destina? — perguntou.

Will observou Sturm tendo dificuldade com as correias, então se levantou de sua tarefa e veio ajudá-lo.

— Eu a vi na frente do templo — respondeu Will enquanto desabotoava as fivelas com mãos experientes. — Ela me contou sobre aquele homem, Tully, que trabalha para o dragão. Estive de olho nele e avisei o restante dos homens. Em breve pegaremos o desgraçado.

Raistlin pensou na imensidão da Torre do Alto Clérigo com seus dezesseis andares e vasto número de quartos. Tully poderia estar escondido em qualquer lugar. Trocou olhares com Sturm e supôs, por sua expressão sombria, que o cavaleiro devia estar pensando o mesmo.

Will voltou a se sentar à escrivaninha e continuou examinando os papéis. Sturm e Raistlin terminaram de se vestir e se prepararam para partir.

— Fechem a porta atrás de vocês — pediu Will, sem erguer o olhar. — E certifiquem-se de levar o kender com vocês.

Eles deixaram Will curvado sobre as chamas e fecharam a porta.

Lá fora, no corredor, encontraram Tas perscrutando a escuridão e golpeando-a com seu hoopak. Vendo-os, ele correu para encontrá-los.

— Estou feliz por estarem aqui! Muitos cavaleiros passaram por mim na torre e eu ia cumprimentá-los e me apresentar, mas então notei que eram todos pálidos e brilhantes e eu podia ver através deles — contou Tas, entusiasmado. — Vocês acham que eram espectros? Eu estive procurando por espectros.

— Dizem que os espíritos dos verdadeiros cavaleiros retornarão para defender a torre se ela for atacada — contou Sturm. — Talvez fossem os espíritos daqueles que morreram no Passo do Portão Oeste.

— Então vamos torcer para que lutem melhor mortos do que lutaram quando vivos — comentou Raistlin.

A tempestade estava se intensificando quando deixaram a Espora do Cavaleiro. O vento açoitava o manto de Raistlin. Tas segurou seu topete para ter certeza de que não ia voar. Raios iluminavam o céu, e Raistlin observou-os flamejar ao redor do Alto Mirante onde ele e Magius haviam planejado atacar os dragões. Ele baixou o olhar, mantendo-o fixo com firmeza onde estava indo.

Primeiro foram até o Portão Nobre, na esperança de encontrar Huma. O vento estava aumentando. Era meio-dia, o sol estava no zênite, mas o céu escurecia. O vento sibilava entre os destroços, obrigando os soldados a abandonarem os esforços para tentar remover os escombros. Sir Reginald havia se abrigado dentro do que restava do Portão Nobre. Ele os cumprimentou e fez sinal para que se juntassem a ele.

— A Senhora Destina está preocupada com vocês — disse Sir Reginald. — Ela ficará feliz em ver que estão seguros. Ela nos alertou sobre o agente do dragão. Estamos procurando por ele, mas ninguém o viu.

— Vamos nos juntar a ela, mas primeiro devemos falar com o Senhor Huma — declarou Raistlin. — O assunto é urgente.

— O Senhor Huma está no templo — respondeu Sir Reginald. — A Senhora Destina e o irmão Kairn estão na Capela do Cavaleiro. Fica no segundo andar, quase logo acima de nós.

— Podemos mandar Tas encontrar Destina enquanto você e eu falamos com Huma — sugeriu Sturm.

— Não precisam se preocupar. Vou ficar de olho naquele homem mau, Tully. — disse Tas. — Eu sou o guarda-costas dela.

— Diga à Senhora Destina e ao Irmão Kairn para nos encontrar no templo — pediu Raistlin. — Vá direto para a capela! Sem viagens secundárias!

— Eu prometo! — disse Tas.

— Não tão depressa — interrompeu-o Sir Reginald, segurando Tas. — Tenho ordens para confiscar todas as armas. Entregue sua faca.

— Mas Sturm está com a espada dele e você não o está impedindo — protestou Tas.

— Montante Luzente é um cavaleiro — retrucou Sir Reginald. — Entregue a faca.

— Você pode constipar a Matadora de Goblins, mas ela vai simplesmente voltar para mim — Tas argumentou com ele. — Então, por que não me deixar ficar com ela e evitar todo esse trabalho?

— A faca fica aqui ou você fica — declarou Sir Reginald. — Pode ficar com o bastão.

— Não é um bastão! — Tas exclamou, mortalmente ofendido. — É um hoopak!

— Faça o que ele diz, Tas — ordenou Raistlin, impaciente. — Não temos tempo para discutir!

Tas soltou um suspiro triste e entregou a Matadora de Goblins.

— É mágica, então não se surpreenda se ela desaparecer. Estive no Abismo uma vez...

— Vá procurar a Senhora Destina — mandou Sturm, cutucando Tas nas costas.

— Que escada eu pego? — Tas perguntou.

Sir Reginald apontou e Tas saiu correndo. Sir Reginald enfiou a faca do kender no cinto e pediu licença, dizendo que precisava retornar às suas obrigações.

— Acha que mudamos o tempo? — Sturm questionou. — Até agora, tudo aconteceu como a história registrou.

— Não, não aconteceu — discordou Raistlin. — Immolatus atacou a torre por causa da Gema Cinzenta. Ele enviou seus agentes para roubar a Gema Cinzenta. Questionou Magius sobre a Gema Cinzenta. A própria Takhisis agora procura a Gema Cinzenta. Os eventos aconteceram da maneira certa, mas pelos motivos errados. Todas as coisas giram em torno do Caos.

— Que os deuses nos salvem se a Rainha das Trevas capturar a joia — disse Sturm.

— Os deuses não serão capazes de nos salvar — afirmou Raistlin. — Estarão ocupados demais tentando se salvar.

CAPÍTULO TRINTA E SEIS

Destina e Kairn estavam sentados na capela, ambos em silêncio — uma quietude repousante que parecia um bálsamo para a alma —, quando sua paz foi quebrada por uma voz estridente.

— Destina! Irmão Kairn! Onde vocês estão?

— Tas! Estamos aqui, na capela! — Destina atendeu. Cheia de alívio, ela se levantou e correu para a porta.

— Onde fica a capela? Ah, aí! Encontrei você e o Irmão Kairn! — Tas veio correndo pelo corredor na direção deles.

— Estou tão feliz que você está de volta, Tas! — declarou Destina. — Eu estava preocupada com você. Temi que estivesse perdido.

— Eu não estava perdido — respondeu Tas. — Eu sabia onde estava o tempo todo. Olá, Irmão Kairn. Sturm disse que você veio nos levar para casa. É um alforje muito bonito este que você está carregando. Tive que deixar minhas algibeiras na prisão, o que significa que tive que colocar todas as coisas interessantes que encontrei em meus bolsos e elas estão começando a me pesar. Aposto que tem muita coisa interessante nesse alforje. Talvez eu possa dar uma olhada nele algum dia.

— Nada muito interessante. Apenas uma muda de roupa e meias secas — informou Kairn, jogando seu alforje sobre o ombro e apertando-o com mais força. — Onde estão Sturm e Raistlin? Eles estão seguros?

— Eles foram falar com Huma — explicou Tasslehoff. — Eles me enviaram para dizer a você e a Destina que deveríamos encontrá-los no templo.

Eles deixaram a capela, refazendo seus passos até a escada que os levaria até o templo.

— Foi muito triste — continuou Tas com um suspiro melancólico. — Raistlin e Sturm tentaram salvar Magius, mas ele morreu mesmo assim e eu também não consegui salvar a canção. Eu ia trazer a lança de dragão para Huma, mas ela explodiu. Embora a explosão tenha assustado o dragão, talvez isso conte.

— O que quer dizer com a lança de dragão explodiu? — Destina perguntou, pensando que este era um dos contos de Tas.

— Não tenho certeza de *como* explodiu — explicou Tas. — A explosão pode ter algo a ver com os barris do pó que os gnomos iam usar para a pirotecnia. Essa é uma palavra grande que descobri que significa "fogos de artifício", e Raistlin disse que deve ter havido alguma magia misturada ali também, porque o Tio Trapspringer sempre gostou de magia...

— Gnomos! — Kairn repetiu, parando. — Que gnomos?

— Os gnomos que fizeram a lança de dragão — explicou Tas. — Não se parecia em nada com as lanças de dragão que vi porque arrotava, assobiava e andava sobre rodas. Mas imaginei que talvez fosse assim que as lanças de dragão eram na época de Huma. Também não estava na canção, mas isso é porque o poeta provavelmente não conseguiu encontrar palavras que rimassem com "gnomo".

— Está dizendo que um dispositivo gnômico explodiu no acampamento do dragão? — Kairn perguntou, parecendo agitado.

— Era mais uma engenhoca do que um dispositivo, mas tudo o que resta do exército do dragão é um grande buraco no chão — respondeu Tas —, então acho que estou dizendo que explodiu o acampamento. Está com dor de estômago, Irmão Kairn? Você parece um pouco enjoado.

— Kairn, qual é o problema? — Destina perguntou ansiosamente.

— De acordo com o relato histórico, os gnomos inventaram uma máquina projetada para matar dragões — explicou Kairn. — Eles planejaram trazer a máquina para a Torre do Alto Clérigo para ajudar os cavaleiros a lutar contra a Rainha das Trevas, mas a máquina quebrou no caminho. Os gnomos nunca chegaram à Torre do Alto Clérigo.

— A lança de dragão *de fato quebrou*, mas eu consertei — declarou Tas com orgulho.

— Você a consertou! — Kairn ofegou.

— Eu tive que salvar Knopple do fazendeiro que estava tentando espetá-lo — explicou Tas. — Eu estava parado ao lado de um botão na máquina, então o apertei. A lança de dragão deu uma guinada e assobiou e começou a andar. Puxei Knopple de debaixo das rodas e lá fomos nós à procura de um dragão e encontramos o acampamento do dragão e entramos nele e foi quando a lança de dragão pegou fogo e explodiu. Foi tudo muito emocionante, embora mesmo assim eu não tenha conhecido o Tio Trapspringer.

— Que Gilean nos salve! — Kairn exclamou, horrorizado.

— Pois é — concordou Tas, tristemente. — Depois de vir até aqui…

— Tas, você mudou a história! — continuou Kairn, abalado. — Você fez a máquina funcionar!

CAPÍTULO TRINTA E SETE

Quando Raistlin e Sturm entraram no templo, pararam dentro das ruínas da entrada para olhar ao redor, permitir que seus olhos se ajustassem à escuridão e refletissem sobre a triste tarefa que os aguardava. As velas do altar destruído continuavam queimando, mas suas chamas tremeluziam inquietas no vento da tempestade que soprava pelas rachaduras nas paredes, tentando apagá-las. As estrelas radiantes na cúpula haviam desaparecido, envoltas em fumaça. As lanças de dragão prateadas reluziam em brilhante desafio.

Huma e Gwyneth estavam juntos diante do altar de Paladine, envoltos pela luz das velas que fulgurava sobre a armadura de Huma e cintilava nos cabelos prateados de Gwyneth.

Raistlin seguiu pelo corredor, sem fazer nenhum som, exceto pelo farfalhar suave de seu manto. Sturm seguia um pouco atrás, lentamente, a mão pressionando a espada para evitar que ela chacoalhasse. No entanto, Gwyneth os ouviu. Olhou na direção deles e falou algo para Huma. Ele se virou com um sorriso acolhedor, um olhar esperançoso.

— *Shirak* — disse Raistlin suavemente.

O cristal preso na garra de dragão no cajado se iluminou fracamente. Huma estremeceu visivelmente e pôs a mão no altar para se firmar.

— Ele está morto — afirmou em voz baixa.

— Lamento dizer-lhe, Senhor, que Sturm e eu falhamos em nossos esforços para salvá-lo — disse Raistlin.

— Então não foi um sonho — constatou Huma. — Eu esperava que fosse um sonho!

Ele deu um suspiro trêmulo.

— Magius veio até mim enquanto eu estava aqui diante do altar. Senti um toque em meu ombro e me virei para ver a ele e a minha irmã tão claramente quanto vejo vocês. Eles estavam abraçados, seus braços ao redor da cintura um do outro, finalmente juntos. Magius disse: "Estou com Greta agora, querido amigo. Esperamos apenas que se junte a nós, então juntos faremos nossa jornada final". Ele deu aquele sorriso zombeteiro dele. "Não demore. Você sabe como eu odeio ficar esperando. E traga uma jarra daquele vinho de maçã..."

Ele tirou o elmo, abaixou a cabeça e levou a mão aos olhos. Gwyneth se aproximou. Ele apertou a mão dela com força e levou-a aos lábios.

— Magius morreu nobremente, senhor — declarou Sturm. — A morte de um guerreiro.

Huma ergueu os olhos para eles. Sua expressão era sombria.

— Como ele morreu? — perguntou. — Os demônios o torturaram?

Sturm hesitou. Não podia contar uma mentira com honra, mas relutava em revelar a terrível verdade.

Raistlin entendeu e respondeu por ele.

— Magius morreu em paz, senhor.

Mas Huma ouviu as palavras não ditas e cerrou os punhos com raiva.

— Eu deveria ter ido salvá-lo! Pelo menos, eu poderia estar com ele no fim.

— De certa forma estava, Senhor — respondeu Raistlin gentilmente. — Sturm o segurou enquanto ele dava o último suspiro. Magius pensou que era você.

— Nós vingamos a morte dele, Senhor — acrescentou Sturm, descansando a mão no punho da espada. — Aqueles que tiraram a vida dele pagaram por isso com a própria.

Huma os fitou, com lágrimas nos olhos. Pareceu compreender, pois se aproximou deles e apertou suas mãos, primeiro a de Raistlin, depois a de Sturm. Seu aperto era firme, mas suas mãos estavam frias e Raistlin as sentiu tremer.

— Vocês arriscaram suas vidas para salvá-lo. Que a bênção de Paladine acompanhe vocês dois — disse Huma.

— Também trazemos boas notícias que talvez aliviem sua tristeza, Senhor — disse Sturm. — O exército do dragão vermelho foi exterminado em uma explosão. O próprio dragão voltou ao Abismo.

— Immolatus fugiu? — Gwyneth disse com espanto.

— O dragão estava sofrendo por causa dos ferimentos que infligiu a ele e aqueles causados pelas lanças de dragão — explicou Raistlin. — Ele não tinha mais estômago para a batalha.

Huma assentiu distraidamente, ainda pensando no amigo.

— E quanto a Magius... O corpo dele...?

— Os deuses da magia enviaram seu fogo sagrado para consumir seus restos mortais — declarou Raistlin.

Huma assentiu com a cabeça e deu um sorriso pálido.

— Vejo que carrega o cajado dele, Majere. Estou feliz. Magius gostaria que seu legado continuasse vivo.

— A coragem e a lealdade dele ao cavaleiro que era seu amigo serão celebradas através dos tempos, senhor — disse Raistlin. — Pode ter certeza disso.

Huma estendeu a mão para tocar delicadamente o cajado.

— Seu trabalho está terminado, Magius — ele disse ao falecido. — Mas o nosso não. Espere por Gwyneth e por mim. Não vamos demorar.

Enquanto ele falava, a luz do cajado diminuiu, como se em resposta. Fora do templo, o vento uivava e se chocava contra as paredes como se fosse derrubá-las. O trovão sacudia os alicerces da torre.

Huma respirou fundo e deixou de lado sua dor. Falou rapidamente.

— Fico feliz que esteja aqui, Montante Luzente. Eu estava indo mandar chamar você. A batalha será travada em breve. Gwyneth e eu planejamos voar para confrontar a Rainha das Trevas e seus dragões no ar. Preciso de alguém em quem confie em terra para liderar a defesa da torre.

Sturm Montante Luzente, gostaria de nomeá-lo comandante, deixar a defesa aos seus cuidados. Não consigo pensar em ninguém em quem confie mais. Majere, espero que tome o lugar de Magius como meu mago de guerra. Ele teria desejado isso.

Sturm encarava Huma em estado de choque. Esforçou-se para falar, para dizer a Huma que lhe agradecia por sua confiança nele, mas que não podia aceitar. Pois não estaria aqui. Mas as palavras eram amargas demais para passar por seus lábios e ele ficou em silêncio angustiado.

Raistlin agarrou o cajado com tanta força que sua mão doeu. Sentia cada falha, cada curva, cada nó na madeira. Os feitiços que tinha memorizado eram lamentavelmente poucos e não particularmente poderosos, mas possuía o Cajado de Magius, que estava imbuído do espírito do homem que o havia criado, o maior mago de todos os tempos.

Imaginou-se indo para a batalha, seu cajado ardendo em chamas, relâmpagos projetando-se do cristal, destruindo seus inimigos.

Morrer com a magia queimando em seu sangue... Uma morte melhor e mais nobre do que ele conheceria no futuro.

— Devemos conversar com nossos companheiros — respondeu Raistlin. — Deixamos recado para eles nos encontrarem no templo.

— Claro — assentiu Huma. — Vão nos encontrar aqui.

Sturm e Raistlin os deixaram e desceram o corredor em direção ao Portão Nobre. As luzes das velas não penetravam muito na escuridão sob a cúpula do templo. Tiveram que contar com a luz do cajado de Magius para guiar seus passos, uma única estrela na escuridão da noite.

— Ocorreu-me que se você e eu ficássemos, poderíamos muito bem sobreviver à batalha — comentou Raistlin enquanto andavam. — Depois que Huma derrota a Rainha das Trevas e leva ela e seus dragões de volta para o Abismo, os exércitos dela desmoronam. Huma e Gwyneth morrem, isso é verdade, mas por causa de seu sacrifício, muitos dos defensores da Torre do Alto Clérigo sobreviveram. Como comandante desta batalha vitoriosa, você pode viver para ser um membro honrado da cavalaria, contando histórias de bravura para seus netos. Eu tomaria o lugar de Magius como mago de guerra. Meu nome seria celebrado e honrado. Não amaldiçoado.

— Meu maior desejo quando menino era ter lutado ao lado do meu herói, Huma Destruidor de Dragões — respondeu Sturm. — E agora Huma, este homem que há muito honro, este homem que se tornou meu amigo, depositou sua confiança em mim. E devo recusar. Não apenas isso, mas vou desaparecer sem dizer a ele por quê. Ele vai pensar que sou um covarde, que fugi por medo.

— Ele vai pensar que fiz pior, traí a memória de seu amigo — disse Raistlin.

Raistlin pronunciou a palavra *"Dulak"* e a luz do cristal escureceu. Por consentimento mútuo tácito, ambos pararam e se viraram para olhar para o altar de Paladine.

Huma e Gwyneth estavam rezando, de mãos dadas.

— Eles não têm ilusões quanto ao resultado desta batalha — comentou Raistlin calmamente. — Estão ousando lutar contra um deus. Aproxima-se rapidamente o momento em que devem se despedir, quando ela abandonará sua forma mortal e se tornará o que ela realmente é.

Huma e Gwyneth desviaram o olhar do deus para se encararem.

— Aço e prata — disse Huma.

Gwyneth sorriu.

— Um último beijo.

Seus lábios se encontraram. Huma a puxou para perto e a abraçou com força, como se fosse segurá-la para sempre. Então, com aquele beijo final, ele a soltou.

A figura da elfa desapareceu, carne se transformando em escamas prateadas: o pescoço se alongando, arqueando-se graciosamente. Os cabelos prateados tomaram a forma de uma crina prateada. Asas prateadas pareciam erguê-la em toda a sua altura. Seu corpo prateado reluzia à luz das velas.

Fora do templo, a tempestade rugia com fúria crescente. Lá dentro, tudo estava quieto. Os deuses prendiam a respiração, aguardando.

Sturm e Raistlin viraram-se e continuaram caminhando.

— Não temos escolha — declarou Raistlin. — Temos que voltar.

— Como diria Tas, temos que salvar a canção — disse Sturm.

— Todas as canções — concordou Raistlin. — Mesmo aquelas que nunca serão cantadas.

CAPÍTULO TRINTA E OITO

— Tudo o que fiz foi apertar um botão — falou Tas, inconsolável, enquanto ele, Kairn e Destina começaram a descer as escadas, indo para o templo para encontrar seus amigos. — Eu não queria mudar a história! Só estava tentando evitar que Knopple fosse espetado!

— Talvez ele só tenha mudado um pouco a história — disse Destina. — Afinal, Immolatus *foi* ferido pelas lanças de dragão e *fugiu* da batalha.

— Isso é verdade — concordou Kairn.

— Então, se isso for verdade, salvei a canção ou não? — Tas perguntou, ansioso.

— Espero que tenha salvado — respondeu Kairn.

Eles chegaram ao pé da escada e pararam antes de avançar para ver o que estava acontecendo.

A tempestade estava se aproximando da torre. As nuvens haviam derrotado o sol, e os raios constantes iluminavam a escuridão como se zombassem. O trovão retumbava pelo chão e a chuva caía com força pungente.

A maioria dos soldados havia deixado os reparos no portão para retornar aos seus postos. Apenas alguns permaneciam, provavelmente esperando por ordens. Sir Reginald estava falando com um deles em frente ao Portão Nobre. Ambos estavam encharcados, encolhendo-se sob os restos da muralha para se abrigar. Destina estudou o soldado.

— Aquele homem pode ser Tully — disse, tensa. — Não consigo ver seu rosto, mas ele tem mais ou menos a mesma altura e peso. O que faremos? Sturm e Raistlin vão nos encontrar dentro do templo e aquele homem está bloqueando a entrada.

— Vou ver se é ele — ofereceu Tas. — Eu conheço Tully. Ele me chamou de ladrão...

— Não, Tas, não! — Kairn advertiu. — Se for Tully e ele vir você, saberá que Destina está aqui com você. Precisamos encontrar outra maneira de entrar.

— Podemos entrar pelo caminho por onde saí quando fui salvar a canção — sugeriu Tas. — Há uma sala que é como um armário muito grande onde os clérigos guardam suas roupas velhas. Eles chamaram a sala de "Crista". Eu vi uma placa acima da porta.

Kairn pareceu confuso a princípio, então sua expressão clareou.

— Você quer dizer a sacristia. É uma sala onde o Alto Clérigo e seus cavaleiros colocam suas vestes cerimoniais antes de realizar as cerimônias. E você está certo. Ela leva ao templo. Mas é no Portão do Mercador. Teremos que nos arriscar ao ar livre, mas duvido que alguém consiga nos ver na tempestade. Ainda assim, devemos tomar precauções. Coloque minha capa, Destina, e devemos nos livrar desta tocha. Neste caso, a escuridão é nossa aliada.

Ele colocou a capa sobre os ombros de Destina e ela puxou o capuz sobre a cabeça.

— Vou na frente! — falou Tas. — Eu lembro do caminho.

Kairn deixou a tocha em um candelabro e eles correram para a chuva, seguindo Tas. Contornaram o Portão Nobre, mantendo-se afastados dele, e seguiram a parede externa da torre até avistarem o próximo portão, conhecido como Portão do Mercador. A meio caminho entre os dois portões havia uma porta.

Ele apontou.

— Essa é a Crista. A porta estava destrancada quando eu estive aqui. Alguém pode tê-la trancado de novo, mas não se preocupem. Ainda tenho minhas ferramentas.

A porta ainda estava destrancada, para grande decepção de Tas, e eles entraram depressa na sacristia, gratos por estarem sob abrigo, fora da tempestade. O vento fechou a porta atrás deles. A chuva batia na janela, sacudindo a moldura. Relâmpagos irregulares brilhavam através do vidro, iluminando a sala em um momento e mergulhando-a nas sombras no seguinte. Kairn apoiou seu bordão contra a parede e largou o alforje ao seu lado. Ele acendeu uma das lamparinas a óleo, e Destina achou a luz branca constante reconfortante.

357

A sacristia estava bagunçada com livros e objetos espalhados pelo lugar.

— Eu não fiz isso — declarou Tas imediatamente. — Bem, eu puxei aquela mesa para baixo da janela, mas é porque não consegui alcançá-la para sair. Mas eu não fiz essa bagunça.

— De acordo com a história, quando os cavaleiros receberam a notícia de que Palanthas havia caído, o Alto Clérigo e seus companheiros largaram suas penas para pegar suas espadas — contou Kairn. — Cavalgaram para resgatar a cidade, mas foram vítimas de Immolatus.

Destina podia ver onde eles haviam jogado suas vestes de lado para colocar suas armaduras. Os livros estavam abertos nas mesas. Penas estavam nos tinteiros. Ela olhou para o trabalho de alguém. A página terminava no meio da frase, para nunca ser concluída. Todos os que haviam cavalgado naquele dia fatídico morreram no ataque do dragão no Passo do Portão Oeste.

Destina sentou-se cansada. Havia enrolado a capa de Kairn em volta do pescoço, mas ainda podia sentir a Gema Cinzenta queimando através do tecido grosso. O calor que irradiava da joia estava ficando mais forte, quase doloroso. Tas encostou seu hoopak na parede ao lado do cajado de Kairn e se aproximou para dar tapinhas reconfortantes no ombro de Destina.

— Eu ainda serei seu guarda-costas. Eu tenho meu hoopak, embora eu esteja sem a Matadora de Goblins.

— Você disse que a faca era mágica e retornaria para você — comentou Destina, sorrindo.

— Ela vai retornar. Nunca sei quando apenas. — Tas olhou para ela com estranheza. — Consigo ver a luz brilhando sob seu manto. Acho que é a... — espirrou. — Droga! — Ele limpou o nariz. — Está me dando uma sensação esquisita e eu nem tentei tocá-la.

Destina apertou mais a capa ao redor do pescoço.

— Precisamos partir, Kairn!

Kairn lançou um olhar preocupado para a Gema Cinzenta.

— Vou buscar Sturm e Raistlin. Você e Tas esperam aqui por nós.

— Vou ficar de olho no seu alforje — ofereceu Tas.

— Tas e iremos ficaremos de olho juntos — declarou Destina.

Kairn pareceu tranquilizado e abriu a porta que levava ao templo. Estava prestes a entrar quando parou de repente e se virou assustado.

Tas inclinou a cabeça, ouvindo.

— Escutaram isso? Uma espécie de som de buzina terrível. Aí está de novo!

— É apenas o vento, Tas... — começou a dizer Destina.

— Não é o vento! — Kairn disse severamente. — Esses são as trombetas de guerra dos ogros! Takhisis lançou seu ataque!

Os defensores da torre responderam com suas próprias trombetas, alardeando o desafio. Olhando pela janela, podiam ver soldados correndo para seus postos em meio à tempestade que caía com fúria crescente. Kairn agarrou seu bordão e começou a entrar no templo.

Destina juntou-se a ele na porta.

— Eu vou com você. Não ousamos esperar mais.

Tas segurava seu hoopak, juntando-se ao lado deles.

— Estou indo também.

Kairn abriu a porta. As quatro velas ardiam no altar, mas suas chamas queimavam fracas e ela podia ver pouca coisa além. Se seus amigos estavam no templo, estavam perdidos nas sombras.

— Senhor Huma! — gritou um homem. — Eu procuro o Senhor Huma!

Um soldado havia entrado no templo e estava parado entre as ruínas do Portão Nobre, olhando incerto para a escuridão.

— Estou aqui — respondeu Huma.

O soldado caminhou rapidamente pelo corredor.

— Meu Senhor! Sir Reginald me enviou para lhe dizer que Sargonnas e seus minotauros tomaram o Passo do Portão Oeste e estão nos atacando pelo norte.

— Conheço a voz desse homem — comentou Tas, franzindo a testa. — Lembro-me de não gostar dela.

Kairn franziu a testa, perplexo.

— Ou a história mudou drasticamente ou ele está mentindo. Os minotauros não lutaram na batalha da Torre do Alto Clérigo. O povo de Palanthas se rebelou e os expulsou da cidade.

O soldado no templo continuava a falar animadamente.

— Os exércitos de Takhisis estão atacando do leste, Senhor Huma! Sir Reginald teme que eles rompam as muralhas externas!

— Então estamos atrasados demais! — Destina disse, abalada. Ela viu Tas encarando-a, os olhos arregalados. — O que foi? Qual é o problema?

— Seu pescoço está brilhando como se estivesse pegando fogo!

— Ele tem razão, Destina — confirmou Kairn. — A Gema Cinzenta está em chamas!

A luz cinzenta reluzia através da capa, como se a joia tivesse queimado as dobras grossas do tecido. Ela tentou cobri-la com a mão para esconder a luz, mas estava quente demais para tocar. A Gema Cinzenta não estava mais satisfeita em se esconder. Estava anunciando sua presença deliberadamente.

— Destina! É ele! — Tas apontou para o soldado no templo. — Eu sabia que o conhecia! Ele é o homem mau que me chamou de ladrão!

O soldado aproximara-se para ficar diante do altar. Ele tirou o elmo para falar com Huma e o colocou debaixo do braço. A luz das velas iluminava seu rosto.

— Tas está certo — concordou Destina. — Aquele é Tully!

CAPÍTULO TRINTA E NOVE

Raistlin e Sturm deixaram a entrada do templo para caminhar de volta até o Portão Nobre, planejando esperar lá por seus amigos. Podiam ouvir a tempestade rugindo lá fora e ver os raios faiscando através dos buracos nas paredes deixados pelo dragão. Não achavam que iam esperar muito e começaram a ficar preocupados com o passar do tempo sem nenhum sinal de seus companheiros. Então ouviram um espirro e uma voz estridente dizendo: "Droga!".

Raistlin virou a cabeça.

— Tasslehoff!

— Veio daquela sala ali, a sacristia — indicou Sturm.

Raistlin estava começando a ir naquela direção quando Sturm o deteve.

— Ouça! — disse em tom urgente.

— O quê? — Raistlin perguntou, irritado por ter sido parado.

— Os sons da guerra — respondeu Sturm em tom sombrio.

Raistlin escutou atentamente e agora conseguia ouvir, acima do tumulto da tempestade, trombetas de chifre de carneiro, o estrondo estridente de cornetas e a batida forte de enormes tambores carregados para a batalha por ogros.

— As trombetas de guerra de Takhisis — disse Raistlin. — Ela não vai aguardar a história. Ela veio atrás da Gema Cinzenta. Esperemos que Tas tenha encontrado o Irmão Kairn e Destina!

Eles estavam indo em direção à sacristia quando um soldado irrompeu no templo. Ele parou, quase em frente à sacristia, bloqueando o caminho.

— Senhor Huma! — gritou o soldado, olhando para a escuridão. — Eu procuro o Senhor Huma!

— Estou aqui — respondeu Huma, dando as costas para o altar.

Raistlin podia ver sua silhueta contra a luz das velas. Gwyneth estava perto dele, suas asas dobradas ao lado do corpo. O soldado passou correndo por Raistlin e Sturm, sem notar sua presença na pressa. Sua atenção estava fixada em Huma.

— Devemos partir agora — insistiu Sturm.

— Espere! — disse Raistlin. — Olhe a espada dele!

O soldado estava usando um elmo, mas algo nele parecia familiar. A água da chuva escorria de sua armadura, que consistia em um peitoral sobre uma corrente e couro, e ele carregava uma espada anormalmente longa ao seu lado. A espada era tão comprida que ele era forçado a manter a mão nela enquanto corria, para evitar tropeçar nela.

— Aquilo é um montante — observou Sturm, franzindo a testa. — Os cavaleiros solâmnicos nunca usaram montantes nesta batalha nem em qualquer outra. Essas espadas não são práticas, são difíceis demais de manejar.

— Meu Senhor! Sir Reginald me enviou para lhe dizer que Sargonnas e seus minotauros tomaram o Passo do Portão Oeste e estão nos atacando pelo norte.

— Isso aconteceu? — Raistlin perguntou.

Sturm balançou a cabeça.

— Não faço ideia. Você teria que perguntar ao Irmão Kairn. Falando nele, devemos ir...

— Os exércitos de Takhisis estão atacando do leste, Senhor Huma!

O soldado tropeçou na espada, mas conseguiu manter o equilíbrio e continuou pelo corredor.

— Sir Reginald me enviou para lhe dizer que teme que eles rompam as muralhas externas!

O soldado parou diante de Huma e respeitosamente tirou o elmo, enfiando-o debaixo do braço. A luz das velas brilhava em cheio em seu rosto.

Sturm soltou um leve suspiro.

— Aquele não é...

— Mullen Tully — confirmou Raistlin severamente. — Vá encontrar o Irmão Kairn! Diga a ele que deve levar Destina, você e Tas de volta ao nosso tempo!

— E você? — perguntou Sturm.

— Sou necessário aqui — declarou Raistlin. — Como você diz, há algo errado com essa espada.

Sturm franziu a testa e não se mexeu.

— Não podemos deixar você! O futuro...

— Estará condenado se Takhisis capturar a Gema Cinzenta! — Raistlin disse com veemência. — Ouça-me pelo menos uma vez na vida, Sturm Montante Luzente! Vá até Destina e leve-a para longe daqui!

Sturm hesitou por mais um momento, então deu um breve aceno de cabeça e correu pelo corredor em direção à sacristia.

Raistlin caminhou pelo corredor, mantendo-se nas sombras, continuando a estudar a espada que Tully estava usando. Como Sturm havia dito, não era o tipo de espada que um soldado comum carregaria. Era pesada e desajeitada demais. O próprio Caramon teria dificuldade em empunhá-la.

Huma estava fazendo perguntas a Tully, enquanto Gwyneth esperava perto, suas escamas prateadas cintilando à luz das velas. Tully estava bastante calmo perto dela e não parecia impressionado, sobrepujado ou assustado por se encontrar na presença de um dragão de prata. Comportava-se como se estar perto de dragões fosse uma ocorrência diária.

— O que é verdade para ele, já que trabalhava para Immolatus — murmurou Raistlin.

Huma dispensou Tully com um aceno de cabeça agradecido e ordenou que ele voltasse ao seu posto.

— Sir Reginald sugeriu que eu permanecesse aqui com o senhor, caso precise de mim para levar uma mensagem — disse Tully em tom respeitoso.

— Uma boa ideia — concordou Huma, e então falou com Gwyneth. — Você e eu vamos voar.

Eles continuaram falando, mas Raistlin não ouviu o que disseram. Estava observando Tully, que havia se esgueirado para as sombras entre duas fileiras de bancos e ficou ali parado, irrequieto, mexendo na espada. Ele apertava e abria nervosamente os dedos ao redor do punho e ficava olhando para ela, como se não estivesse seguro.

— Porque é mágica — refletiu Raistlin. — E ele não confia nela.

Pessoas sem habilidades mágicas precisavam de treinamento para usar artefatos mágicos. Raistlin não tinha dúvidas de que Immolatus ou quem quer que tivesse dado esta espada para Tully simplesmente havia lhe entregado e ordenado que cumprisse suas ordens. Tully estava nervoso, sem dúvida questionando se a magia funcionaria, com medo de que não funcionasse. Ou talvez, com ainda mais medo que isso acontecesse.

Raistlin se aproximou, sem fazer barulho e com cuidado para não deixar Tully vê-lo. Não precisava ter se preocupado. Tully não conseguia tirar os olhos de Huma e Gwyneth.

— *Tsaran korilath ith hakon!* — Raistlin sussurrou as palavras do feitiço e apontou o dedo para a espada. Uma aura fraca, visível apenas para ele, cintilou ao redor da lâmina.

Ele estava certo. A espada estava imbuída de magia e, embora não tivesse ideia de quais feitiços malignos haviam sido lançados nessa arma em particular, presumiu que seriam letais.

Raistlin respirou fundo para gritar um aviso para Huma, apenas para sentir a dor familiar em seu peito. Sua respiração ficou presa na garganta. Lutou para falar e então percebeu, com medo nauseante, que teria que lutar para se manter vivo. A crise era uma das ruins, a pior que já havia sofrido.

Seus pulmões queimavam. Sentiu gosto de sangue na boca. Procurou o lenço e o pressionou contra os lábios. Quase imediatamente ficou encharcado de sangue. Ele não conseguia respirar, e ficou fraco e tonto por falta de ar. Agarrou-se ao cajado tão desesperadamente quanto se agarrava à sua vida, mas perdeu as forças e o deixou cair. O cajado foi ao chão e rolou para fora do alcance. Raistlin dobrou-se sobre os joelhos.

Ele praguejou contra si mesmo. Praguejou contra os deuses, pois não morreria com a magia ardendo em seu sangue.

Morreria engasgado com ela.

CAPÍTULO QUARENTA

Destina observou Tully deslizar para um corredor entre dois bancos perto do altar, escondendo-se nas sombras.

Ela agarrou a Gema Cinzenta com força, tentando esconder sua luz ardente, com medo de que Tully a visse. Mas um único raio escapou por entre seus dedos, deslizou sobre os bancos e subiu pela lateral do altar de mármore de Paladine, como se estivesse provocando os deuses.

Huma pegou uma das grandes lanças de dragão para montaria e estava conversando com Gwyneth.

— Você e eu vamos voar para a batalha. Primeiro tenho que falar com Montante Luzente. Ele provavelmente está lá fora com Sir Reginald. Espere por mim no pátio do Portão do Cavaleiro.

Raistlin e Sturm deviam ter reconhecido Tully no mesmo momento que Destina, pois Sturm começou a correr, vindo na direção deles.

Raistlin continuou pelo corredor em direção ao altar. Destina esperava que ele fosse avisar Huma sobre Tully, mas antes que pudesse fazê-lo, ele começou a tossir. Podia ver que ele estava tendo problemas para respirar. Ele tentou ficar de pé, agarrado ao cajado de Magius. Segurando o peito, ele desabou, deixando cair o cajado.

A mão de Tully se fechou sobre o cabo do montante. Ele começou a caminhar lentamente em direção a Gwyneth. A dragão estava conversando com Huma e não ouviu os passos furtivos de Tully. Destina não podia contar com a ajuda de Raistlin. Pelo que sabia, ele poderia estar morrendo. Sturm ouviu Raistlin tossir e parou, virando-se um pouco.

Destina passou por Kairn e correu para o templo e pelo corredor em direção a Tully. Teve a vaga impressão de que Sturm tentou impedi-la, mas ela se esquivou de seu alcance. Kairn estava chamando por ela, mas Destina o ignorou.

— Tully, sou eu quem você procura! — gritou, desesperadamente. — Eu estou com a Gema Cinzenta!

Destina puxou a corrente. O fecho cedeu, a corrente deslizou para o chão e ela estava segurando a Gema Cinzenta na mão. Ardia com uma luz flamejante e Tully parou, observando-a com cautela. Ela podia ver o medo em seus olhos, pois ele conhecia o terrível poder da Gema Cinzenta, mas também podia ver desejo e astúcia. Ele deu um passo em direção a ela.

A Gema Cinzenta de repente ardeu como palha seca pegando fogo. O calor era intenso, queimando sua carne, e ela a deixou cair com um grito. Livre da corrente forjada por Reorx para contê-la, a Gema Cinzenta elevou-se ao topo da cúpula da rotunda e ficou pendurada lá, sua luz cinza brilhando ferozmente zombando jubilosa o sol.

Gwyneth e Huma ouviram os gritos e notaram o estranho brilho, e ambos se viraram para ver o que estava acontecendo. A Gema Cinzenta iluminava o templo com uma estranha luz cinza. Ela desbotava a prata das escamas de Gwyneth, embotava o brilho da armadura de Huma e reluzia no montante que Tully sacou da alça de couro em seu cinto.

Destina deu um grito selvagem e avançou na direção dele. Sturm passou correndo por ela, com a espada desembainhada. Raistlin estava sufocando, mas lutando para alcançar seu cajado. Mas parecia a Destina que todos haviam sido capturados por uma forte correnteza que os sugava e os arrastava para trás.

— Dragão! — Tully gritou. — Immolatus me enviou!

Ele agarrou o punho da pesada espada com ambas as mãos e a enterrou no peito de Gwyneth.

A espada mágica, criada em homenagem à Rainha das Trevas, ardeu em vermelho, deslizando por escamas e carne, quebrando ossos, perfurando profundamente o corpo do dragão. Gwyneth gritou e bateu as asas, tentando escapar, mas foi atravessada pela lâmina como uma borboleta em um alfinete. Sua luta frenética quase fez com que Tully perdesse o controle da espada. Ele a puxou para fora, liberando uma torrente de sangue de dragão.

Gwyneth estremeceu. Sentia a dor amarga da morte iminente, e seu olhar amoroso voltou-se para Huma. Suas asas cederam. Sua força se esvaiu e ela desabou ao pé do altar de Paladine, sua respiração saindo em ofegos difíceis e ásperos.

Luz cinza refletiu-se na grande espada que perfurara seu coração. Luz cinza reluzia no sangue que corria como um rio terrível.

Huma ficou olhando para ela, paralisado de choque e horror. Nem tivera tempo de desembainhar a espada. Tully virou-se para ele, a espada manchada de sangue na mão.

Huma estava ciente dele, mas não lhe deu atenção. Tully não importava mais. Huma caiu de joelhos ao lado de Gwyneth e gentilmente embalou sua cabeça prateada em seus braços. Ele se inclinou sobre ela e sussurrou, suas palavras apenas para ela.

— Huma! Cuidado! — Sturm gritou angustiado, correndo em sua direção o mais rápido que conseguia.

Huma devia ter ouvido seu aviso. Ele devia ter ouvido os passos de Tully atrás dele. Devia saber que ia morrer, mas não tirou os olhos de Gwyneth. Segurou-a junto de si, seu toque parecendo aliviar sua dor terrível.

Tully fincou o montante, ainda encharcado com o sangue de Gwyneth, nas costas de Huma. A espada perfurou sua armadura, e o cavaleiro caiu para frente e morreu sem sequer soltar um grito. Gwyneth deu um gemido angustiado. Suas lágrimas caíram, prata brilhante, e se misturaram com o sangue dele. Ela fechou os olhos, estremeceu e repousou sem vida ao lado dele.

Tully viu Sturm vindo em sua direção. Erguendo a espada ensanguentada, virou-se para enfrentar seu próximo inimigo. Sturm girou sua espada em um arco cortante. Tully esquivou-se do golpe que lhe teria arrancado a cabeça e investiu contra Sturm, mirando em seu coração. O legado de Sturm, a armadura antiquada, decorada com a rosa solâmnica, desviou o golpe mortal. A lâmina perfurou seu peito e Sturm cambaleou com o golpe. Tentou se recuperar, continuar lutando, mas caiu no chão. Raistlin rastejou até ele e tentou estancar o sangramento com o lenço manchado com o próprio sangue.

A Gema Cinzenta faiscou e então voou do teto e pousou aos pés de Tully, uma luz cinza pulsando.

A Medida diz: "Quando não há esperança, há dever".

As águas impetuosas do Rio do Tempo capturaram Destina e a arrastaram em direção a Tully. Ela ouviu Kairn gritando. Ouviu o lamento pesaroso de Tasslehoff.

Tully pegou a joia. Ele pareceu estar apreciando a luz. Olhou, fascinado, para a Gema Cinzenta em constante mudança, em constante transformação, e não viu Destina até que ela estivesse quase sobre ele. Assustado, arremessou a Gema Cinzenta nela e recuou. Ele a golpeou desajeitadamente com a espada, mas suas mãos estavam escorregadias de sangue, o montante era pesado e difícil de manejar, e ele acabou largando-o.

Destina mergulhou para pegá-la, agarrou-a e atirou-a para longe, lançando-a, girando, nas ruínas do altar. A espada se partiu no mármore, seus fragmentos estilhaçados reluzindo com luz cinza.

Destina pegou a Gema Cinzenta e se virou para correr, mas Tully a agarrou por seus longos cabelos. Ele os torceu na mão e a arrastou de volta, então passou o braço ao redor de sua cintura e colocou a faca contra sua garganta. Virou-se para encarar Kairn.

— Abaixe o bordão e recue, monge! — Tully o advertiu. — Como pode ver, eu sei matar.

Kairn largou seu bastão, mas não recuou. Estava esperando por sua chance de salvá-la.

— Passe-me a Gema Cinzenta, Senhora Destina — ordenou Tully, espetando o pescoço dela com a faca.

Ele fedia a sangue. A luz cinza brilhava na lâmina. Destina agarrou-se à Gema Cinzenta e, estranhamente, a joia parecia se agarrar a ela.

— Se não fizer isso, eu vou tirá-la de seu cadáver... — começou a dizer Tully, mas nunca terminou.

Um turbilhão de roupas coloridas empunhando um hoopak irrompeu da escuridão.

— Você estragou a canção! — Tas gritou com a voz embargada enquanto golpeava Tully na nuca.

Tully gemeu, cambaleou e deixou cair a faca. Destina escapou de suas mãos e saltou para longe dele. Kairn a segurou e chutou a faca. Ela deslizou pelo chão e desapareceu sob um dos bancos.

Tully ainda estava se recuperando do golpe inesperado. Cambaleou um pouco, mas conseguiu ficar de pé. Voltando-se para Tas, Tully tentou acertá-lo. Tas habilmente o atingiu nos nós dos dedos com o hoopak e então o acertou de novo na testa, derrubando Tully.

Tully caiu de costas. Olhando ao redor em busca de uma arma, viu o cajado do mago caído no chão, tentadoramente próximo. O cristal no topo emitia um brilho suave e sedutor.

Tully agarrou o cajado e se levantou de um salto.

Raistlin sorriu.

— Ele é seu, Magius. Vingue seu amigo.

O cristal ardeu vermelho como a luz dos olhos brilhantes de Lunitari, o vermelho das vestes de um mago, o vermelho do sangue de um verdadeiro amigo. Chamas saltaram do cristal e giraram em torno de Tully.

O fogo mágico consumiu sua armadura de couro, incendiou suas roupas e queimou seus cabelos. Enlouquecido de terror, Tully soltou um grito horrível e começou a correr em pânico, o que só aumentou as chamas. Ele se debateu em agonia até cair em uma pilha que se contorcia. Sua carne borbulhava e escurecia. Seu rosto pareceu derreter. O fogo aumentou até não sobrar nada além de uma monte de cinzas gordurosas e uma mancha preta na pedra.

O cajado caiu no chão, perto de Raistlin.

O estalo de um trovão sacudiu as paredes da Torre do Alto Clérigo. As cinco cabeças de Takhisis, Rainha das Trevas, declararam vitória em hediondos uivos triunfantes. O altar de Paladine se desfez em pó. As velas tombaram, suas chamas se afogando em sangue. As lanças de dragão caíram no chão. Uma veio parar ao lado da mão sem vida de Huma, enquanto a sombra de um dragão de cinco cabeças obliterava o altar de Paladine.

Destina ouviu o choque de armas e os gritos dos moribundos.

A Gema Cinzenta estava escura e fria em sua mão.

— A Torre do Alto Clérigo caiu — declarou Raistlin, que ainda estava ajoelhado ao lado de Sturm. — Temos pouco tempo antes de Takhisis nos encontrar. Irmão Kairn, este seria um bom momento para partirmos!

O clamor lá fora estava ficando mais alto. As luzes de uma centena de tochas brilharam, e eles puderam ver as silhuetas dos goblins contra a luz, surgindo dentro do templo, gritando de euforia quando avistaram os que estavam de pé ao lado do altar.

Kairn olhou por cima do ombro, atônito.

— Deixei meu alforje com o Dispositivo na sacristia! Eu terei que voltar...

— Não pode voltar! — Destina gritou. — Nunca vai chegar até ele!

— Você quer dizer este alforje? — Tas perguntou, levantando-o. — Acho que você deve ter deixado cair. Eu não olhei dentro. Bem, eu posso ter olhado dentro, mas não toquei no Dispositivo, só dei talvez um pequeno cutucão...

Kairn suspirou aliviado e apanhou o alforje dele. Pegou o globo de prata com mãos trêmulas.

— Cada um de nós deve colocar as mãos nele — explicou apressadamente. — Vou declarar a data e recitar a rima, e isso nos levará de volta à Estalagem do Último Lar.

— A Gema Cinzenta mudou a história. Só os deuses sabem o que encontraremos em nosso retorno — Raistlin disse severamente. Acrescentou com um olhar para o altar em ruínas: — Se é que existem deuses...

Destina olhou para os corpos de Huma e Gwyneth, deitados juntos, e suas lágrimas nublaram sua visão. Agarrou a Gema Cinzenta em uma das mãos e pousou a outra no globo.

Sturm ainda respirava, embora estivesse inconsciente. Raistlin colocou a mão frouxa do cavaleiro no globo e depositou a sua própria sobre a de Sturm. Tasslehoff pôs sua pequena mão no Dispositivo e agarrou seu hoopak na outra.

— Espero que a Matadora de Goblins consiga me encontrar — disse com um suspiro.

— Outono, 351 DC, Estalagem do Último Lar, noite da reunião e do cajado de cristal azul — declarou Kairn. — E com um poema que quase rima, agora no tempo vou à deriva.

Eles podiam ouvir o rugido dos dragões do lado de fora da Torre do Alto Clérigo e o inimigo gritando de alegria.

— Todos saúdem a Rainha Takhisis, governante de Solâmnia!

— Prometo que encontrarei uma forma de desfazer o que fiz — declarou Destina. — Juro pela vida do meu pai!

O Rio do Tempo varreu-os, carregou-os e atirou-os em uma costa muito distante.

CAPÍTULO QUARENTA E UM

O Rio do Tempo lançou e sacudiu Kairn e por fim o depositou, abalado e desorientado, em solo sólido nas sombras profundas projetadas pelas folhas e galhos de uma gigantesca copadeira. Kairn precisou de um momento para se recuperar da tumultuada jornada, mas não ousou demorar muito, pois alguém poderia tê-lo visto e ficado alarmado com sua chegada repentina, materializando-se do nada. Já devia passar do pôr do sol, pois o céu estava iluminado por um crepúsculo vermelho-fogo a oeste, escurecendo a leste com algumas estrelas já visíveis. Ele estava de pé.

Kairn enfiou o Dispositivo da Viagem no Tempo no alforje, então olhou rapidamente ao redor, tentando descobrir onde estava. E, se possível, quando. Acima, podia ver as luzes brilhando através dos vitrais e reconheceu a Estalagem do Último Lar. As folhas da copadeira pareciam captar o fogo do sol poente, pois resplandeciam em vermelho e dourado.

Kairn deu um suspiro profundo de alívio. A primeira parte da viagem estava concluída. O Dispositivo os trouxera para a pousada no outono. Deixaria Sturm e Raistlin aqui em seu próprio tempo para se reunir com seus amigos. Levaria Destina e Tas de volta com ele para a Grande Biblioteca, para seu próprio tempo. Dadas as terríveis notícias que Kairn teria que relatar a Astinus, ele temia voltar. Embora, refletiu, Astinus sem dúvida já soubesse.

Kairn ficou surpreso ao perceber com preocupação que não tinha ouvido nada daqueles que viajaram no tempo com ele. Tasslehoff, pelo menos, deveria estar falando, exclamando sobre a jornada. Kairn virou-se para localizar aqueles que trouxera consigo, e seu alívio evaporou. Estava sozinho.

Kairn procurou freneticamente, mas seus companheiros não estavam à vista. Lembrou a si mesmo severamente que era um estudioso, um esteta. Forçou-se a se acalmar e pensar como um.

Raciocinou que, como haviam retornado ao próprio tempo, Raistlin e Sturm já poderiam estar dentro da pousada, encontrando-se com seus velhos amigos como haviam feito no passado. O tempo podia ter se corrigido. O rio podia ter varrido os terríveis eventos do passado e agora podia estar fluindo como deveria.

Mas onde estavam Destina e Tasslehoff? Tas podia estar dentro da estalagem com Sturm e Raistlin e seus amigos Tanis e Flint. Mas, se estava, qual Tasslehoff? O que pertencia ao futuro com ele e Destina? Ou aquele que pertencia à Estalagem do Último Lar com seus amigos? Kairn teve a sensação de que o Tas que o Dispositivo havia transportado era o que pertencia ao futuro, e somente Gilean sabia que problemas ele poderia causar.

A única maneira de descobrir era entrar na Estalagem do Último Lar.

A noite estava estranhamente quieta. Quase ninguém estava por perto. Kairn lembrou que na noite da reunião, a estalagem estava movimentada. As pessoas subiam e desciam as escadas que envolviam o tronco da árvore, cumprimentando seus amigos. Ele deveria estar ouvindo os sons de animação e bom companheirismo vindos do alto.

Kairn estremeceu. A noite de outono estava fria, mas o arrepio era mais de pavor do que pela temperatura. A estalagem brilhava com luz, mas ele não ouvia risos, nem cantos.

Ele localizou a escada de madeira que espiralava ao redor do enorme tronco da árvore e começou a subir. Era a única pessoa na escada e, ao fazer uma curva no tronco e avistar a entrada, viu um possível motivo.

Dois soldados draconianos montavam guarda na porta.

— Que Gilean nos salve — murmurou Kairn. — Isto está errado. Tudo errado!

Nenhum draconiano estivera perto da Estalagem do Último Lar na noite da reunião, muito menos guardando a porta.

Kairn apressadamente tentou se lembrar do que sabia sobre eles.

Draconianos haviam sido criados por servos de Takhisis usando magias malignas para corromper e perverter os ovos roubados de dragões bons. Diferentes tipos de draconianos vinham de diferentes tipos de ovos de dragão, cada tipo com suas próprias habilidades especiais e aparência. Draconianos se assemelhavam a dragões, pois eram cobertos de escamas, com cabeças reptilianas e dentes afiados como navalhas, caudas e garras. Mas, ao contrário dos dragões, tinham o tamanho de humanoides e andavam eretos sobre duas pernas. Suas mãos se assemelhavam a mãos humanas e eram capazes de manejar uma variedade de armas.

A maioria dos draconianos havia desaparecido após a Guerra da Lança e Kairn nunca tinha visto um. Lembrou de seus estudos que os diferentes tipos podiam ser distinguidos pela cor de suas escamas.

Os draconianos estavam diretamente abaixo de duas tochas que havia sido colocadas em cada lado da porta. Kairn julgou pela cor bronze de suas escamas que esses soldados eram Bozaks, conhecidos por serem guerreiros habilidosos, astutos e cruéis. Os Bozaks eram ideais para o exército, pois eram inteligentes, independentes e extremamente leais. Esses dois faziam parte de uma força militar, pois ambos usavam armaduras de couro azul e carregavam espadas de lâminas curvas em seus cintos.

Os Bozaks tinham asas, mas eram incapazes de voar, embora Kairn se lembrasse de ter lido que podiam pular de grandes alturas e usar suas asas para planar até o chão. Também lembrou-se que eles eram capazes de lançar feitiços mágicos.

Kairn parou de subir, com a mão agarrada ao corrimão. Ficou tentado a se virar e descer correndo as escadas, mas os Bozaks já o tinham visto. Seus olhos reptilianos estavam sobre ele, e se fugisse ao vê-los, suspeitariam e provavelmente o perseguiriam.

Ele continuou subindo as escadas, carregando o alforje no ombro e o bordão na mão. Os Bozaks observaram seu progresso, mas não disseram nada até que ele se aproximou deles no topo da escada.

— O que o traz aqui? — perguntou um, falando em língua comum.

— Eu viajei de muito longe hoje — respondeu Kairn, controlando um sorriso tenso. — Preciso de comida e bebida e do calor de um fogo.

— Nome? — perguntou o outro draconiano.

— Kairn — declarou Kairn, pensando que esta era uma pergunta estranha.

— Ele não está na lista — disse um.

— Você pode entrar — declarou o outro —, mas primeiro temos que examinar o bastão e revistar o alforje.

Kairn entregou o cajado, mas segurou o alforje. O Bozak que pegou o cajado segurou-o com as duas mãos e então, para espanto de Kairn, bateu o cajado com força contra a grade da varanda. Fez isso duas vezes, depois o devolveu para Kairn.

— É feito de madeira — afirmou.

— Claro — disse Kairn, intrigado. — O que estava esperando?

O Bozak não respondeu.

— Abra o alforje.

— Isso é necessário? — Kairn aventurou-se a protestar. — Estou carregando apenas roupas e suprimentos.

— Eu tenho minhas ordens. — O Bozak estendeu uma mão com garras.

Kairn fez uma oração silenciosa pedindo a bênção de Gilean, então entregou o alforje. O Bozak abriu, remexeu entre suas meias e camisas e então tirou o Dispositivo de Viagem no Tempo. Ele o observou com curiosidade.

— O que é isso?

— Um brinquedo para o meu filho — respondeu Kairn.

O Bozak segurou o globo na janela para vê-lo na luz.

O globo de prata era opaco e sem brilho, e as joias que o enfeitavam pareciam baratas, como se fossem feitas de pasta. O Bozak jogou de volta no alforje e o entregou a Kairn.

— Pode entrar.

Kairn fez uma oração silenciosa de agradecimento a Gilean e fechou o alforje. Ele empurrou a porta e passou entre os Bozaks, mantendo um olhar cauteloso neles. Contudo, os dois haviam perdido o interesse por ele, e continuaram a discussão que estavam tendo antes de sua chegada.

Dentro da estalagem, a luz do fogo era forte e Kairn teve que parar um momento para seus olhos se ajustarem. Quando o fizeram, ele procurou por Destina e os outros. Sua busca não demorou muito, pois a estalagem estava quase vazia. Alguns clientes sentavam-se às mesas, conversando em voz baixa. Um homem rechonchudo trajado com roupas finas dominava uma mesa. Ele parecia se considerar alguém importante. Um velho com vestes cinzas surradas e com capuz estava sentado a uma mesa em um canto. Tinha a cabeça coberta pelo capuz, mas parecia olhar com atenção para um homem e uma mulher que estavam sentados perto da lareira.

Ambos estavam vestidos com peles e couro. O homem era excepcionalmente alto, com cabelos escuros e uma expressão severa. Kairn não podia ver o rosto da mulher, mas quando ela puxou o capuz de seu manto, ele viu que seus cabelos eram da cor do ouro fiado com o luar. Ela carregava um bastão, um bastão de madeira bem simples.

Kairn os reconheceu da história e reconheceu também, com um sentimento de pavor, uma outra pessoa.

Ela tinha cabelos pretos e encaracolados que usava curtos, olhos castanhos e um sorriso torto. Usava um colete de cota de malha sobre uma longa túnica de couro azul enfeitada com prata, apertada por um cinto de couro, perneiras azuis e botas altas de montaria. Carregava uma espada na cintura. Um elmo azul moldado para se parecer com a cabeça de um dragão estava na frente dela sobre a mesa, junto com suas luvas.

Kitiara uth Matar. Grã-Mestra de Dragões do Exército do Dragão Azul e uma das pessoas mais infames da história de Krynn.

Ela ocupava sozinha uma grande mesa redonda. Ao ouvir a porta se abrir, virou-se para ver quem havia entrado. Observou Kairn com atenção, mas aparentemente ele não era a pessoa que ela esperava, pois fez uma careta e chutou uma cadeira, decepcionada.

Kitiara foi a única dos amigos que não compareceu ao reencontro. Esta noite, ela era a única que estava lá. O sentimento de pavor de Kairn aumentou.

— Tika! — Kitiara gritou. — Venha aqui. Preciso falar com você.

— Já vou falar com você em um momento, Kit — disse-lhe Tika.

Uma mulher com cachos ruivos e algumas sardas passou apressada, carregando um prato em uma das mãos e uma caneca de cerveja na outra. Ela colocou o prato de comida na frente do homem rechonchudo, então o encarou com as mãos nos quadris.

— Aí estão suas batatas, Hederick. Otik diz que as deixou crocantes, do jeito que você gosta.

— Espero que sim — retrucou o homem em tom imponente. — Caso contrário, vou devolvê-las de novo.

— Tenho certeza disso — murmurou Tika, mas só depois de virar as costas para ele e caminhar até a mesa de Kitiara. Tika abaixou-se para pegar a cadeira.

— Do que precisa, Kit? Posso trazer mais cerveja? Ou algo para comer?

— Você viu Tanis? — Kit perguntou. — Eu pensei que ele poderia ter entrado pela cozinha.

— Eu não o vi, Kit — respondeu Tika, paciente. — Como eu disse quando você chegou esta noite, não vejo Tanis há muito tempo. Eu nem sei onde ele está hoje em dia.

— Ele deveria estar aqui esta noite — retrucou Kitiara, frustrada. — Todos deveriam estar aqui. Caramon e Raistlin vão se juntar a mim e estavam contando em ver seus velhos amigos.

— Ficarei feliz em ver Caramon novamente — comentou Tika com um sorriso afetuoso. — Mas quanto àquele irmão dele, espero que tropece em seu manto preto, caia da escada e quebre seu pescoço esquelético.

Kit não disse nada. Encarou, taciturna, a mesa.

— Acho que Tanis e os outros apenas esqueceram — disse Tika. — Cinco anos é muito tempo.

— Eles não esqueceriam — discordou Kitiara. — Especialmente Tanis. Traga-me um jarro de licor de anão.

— Vou trazer umas batatas junto — declarou Tika. — Não deveria beber essa coisa barata com o estômago vazio.

Enquanto ela estava correndo de volta para a cozinha, ela avistou Kairn.

— Sente-se onde quiser, senhor — disse a ele, e acenou com a mão para as inúmeras mesas vazias.

Duas pessoas na estalagem ergueram os olhos quando ouviram Tika usar o título "Irmão". Um deles foi o homem rechonchudo, que virou seu grande corpo para encarar Kairn com raiva. O outro era o velho de túnica cinza com capuz. Ele olhou atentamente para Kairn, seus olhos brilhando nas sombras de seu capuz, e fez um movimento rápido de negação com a mão, como se o alertasse para ir embora.

Kairn decidiu que era um bom conselho. Ainda não tinha ideia de onde Destina e os outros estavam, mas agora sabia onde eles não estavam. Eles não estavam na Estalagem do Último Lar na noite do reencontro.

Apressou-se de volta para a porta, sentindo-se fisicamente doente.

— Detenham-no! — uma voz explodiu. — Detenham o monge imundo!

Kairn parou, com a mão na porta, sem saber o que fazer. Ouviu uma cadeira se arrastar atrás dele e, olhando nervosamente por cima do ombro, viu o homem grande, Hederick, aproximando-se às suas costas, com expressão sombria e ameaçadora.

Kairn considerou a possibilidade de sair correndo, escapando pela porta e descendo as escadas. Infelizmente, os Bozaks que estavam de guarda do lado de fora também ouviram o grito de Hederick e estavam se movendo para bloquear sua fuga.

Kairn virou-se lentamente.

— Eu não sou um monge, senhor. Está enganado.

Hederick lançou um olhar astuto para Kitiara, como se quisesse ter certeza de que ela estava prestando atenção, então proclamou dramaticamente:

— Você usa as vestes cinzas dos servos do falso deus Gilean. Fiquei feliz em saber que sua chamada Grande Biblioteca foi arrasada, mas parece que alguns vermes sobreviveram.

Hederick lançou outro olhar para Kitiara, mas ela não estava prestando atenção a ele. Ela havia apoiado os pés em uma cadeira e franzia o cenho para as botas. Tika colocou um jarro de licor de anão na frente de Kit e veio intervir.

— Não é de se admirar que não temos mais clientes, Hederick! — Tika repreendeu, seus olhos verdes flamejando. — Vocês, Altos Seguidores, espantam todos eles. O rapaz está usando roupas cinza. E daí? Isso não faz dele um monge. Volte para o seu jantar. Acabei de tirar uma torta de maçã do forno e trago uma fatia para você.

Hederick não seria dissuadido, no entanto.

— Quero que este monge seja preso.

Kitiara serviu-se de uma caneca da bebida e agora observava Kairn com interesse. Ele não tinha escolha. Teria que sair correndo. Não podia deixá-los descobrir o Dispositivo de Viagem no Tempo. Segurando seu bastão, preparou-se para passar pela porta e abrir caminho entre os draconianos.

Kairn escancarou a porta e ficou cara a cara com Raistlin.

O mago usava túnicas pretas com detalhes em prata. Ele tinha pele dourada e olhos de ampulheta, e carregava o cajado de Magius.

Kairn olhou para ele com espanto petrificado.

— Eu estava me perguntando onde você estava — declarou Raistlin, parecendo irritado. Ele segurou o braço de Kairn, então olhou para Hederick.

— Sugiro que você experimente a torta de maçã, Buscador — disse-lhe Raistlin. — Meu irmão me diz que é muito boa. A torta não é boa, Caramon?

— Eu posso atestar isso. Tika é uma cozinheira maravilhosa — afirmou um homem grande de rosto jovial. Ele usava uma armadura azul que combinava com a de Kitiara e um elmo azul parecido com o dela. Ele pousou a mão no punho da espada e a sacudiu na bainha. — Sugiro que você volte a comer e pare de causar problemas.

— Sim, Hederick — concordou Kitiara, sorrindo para ele com escárnio. — Alguns de nós estão aqui para se divertir.

Hederick pareceu murchar. Ele engoliu em seco, murmurou alguma coisa e voltou para sua mesa. Mal-humorado, exigiu mais cerveja.

— Venha para fora, onde podemos conversar em paz — disse Raistlin. — Caramon, apresente-se a Kit. Vou me juntar a vocês em um momento. E fique de olho naquele bufão do Hederick.

— Também vou comer um pouco da torta — disse Caramon. Ele fez uma pausa e olhou preocupado para trás, para Raistlin. — Tem certeza que está tudo bem? Sua dor de cabeça melhorou?

— Estou bem — assegurou Raistlin, irritado. — Completamente recuperado.

Caramon assentiu, então passou por Kairn e entrou na estalagem. Ele se deixou cair em uma cadeira ao lado de Kitiara.

Raistlin escoltou Kairn até a varanda.

— Este homem está comigo — informou aos Bozaks. — Preciso falar com ele em particular.

Os dois Bozaks reconheceram Raistlin com um respeitoso aceno de cabeça e caminharam até a extremidade da varanda, fora do alcance da voz.

— Onde estão Destina e os outros… Tasslehoff e Sturm? — Raistlin perguntou em voz baixa.

Kairn ainda estava tentando se recuperar do choque.

— Não faço ideia — respondeu, infeliz. — Pensei que eles poderiam estar na estalagem, mas não estão.

— Então devemos esperar que, onde quer que estejam, estejam juntos. — disse Raistlin. — Pelo menos como eu estou aqui e você está aqui, temos que deduzir que eles estão aqui também.

— Sabe o que aconteceu? — Kairn perguntou.

— A história mudou, Irmão, como temíamos — respondeu Raistlin. — A Rainha Takhisis governa o mundo e tem feito isso desde o fim da Terceira Guerra dos Dragões. Seu Dispositivo de Viagem no Tempo me colocou neste manto nesta noite. Eu estava procurando por você quando encontrei Caramon. Como precisava descobrir o que estava acontecendo, fingi uma concussão e disse a ele que estava com amnésia. Perguntei-lhe quem eu era e o que estávamos fazendo aqui. Felizmente, Caramon não é muito astuto e me contou prontamente. Ele e eu fazemos parte do Exército do Dragão Azul, comandado por Kitiara, Grão-Mestra do Dragão Azul. Ela mora em Solâmnia, mas viajou para Solace para participar da reunião. Tanis está aqui? Flint?

Kairn balançou a cabeça.

— Kitiara estava perguntando sobre Tanis. Tika disse que não o tinha visto. Mas duas pessoas que estavam na estalagem naquela noite estão aqui e temo por sua segurança. Lua Dourada e Vento do Rio.

— Então eles estão aqui — comentou Raistlin em tom pensativo. — Lua Dourada está com o cajado dela?

— Sim, e acho que os draconianos estão procurando por ele — disse Kairn, entendendo de súbito. — Eles pegaram meu bordão e o bateram contra a grade, sem dúvida para ver se era feito de cristal azul. Eu me questionei naquele momento o que eles estavam fazendo.

A porta da estalagem se abriu e Caramon enfiou a cabeça para fora.

— Kit está perguntando sobre você, Raist.

— Vou entrar em um instante — respondeu Raistlin, ríspido.

Caramon assentiu e fechou a porta.

— Tenho que ir e você também — afirmou Raistlin. — Volte ao seu próprio tempo. Conte a Astinus o que aconteceu. Ficarei aqui e tentarei encontrar Destina e os outros. Felizmente, espero ficar aqui por algum tempo. Kit veio aqui para ver Tanis e não vai embora até encontrá-lo.

— Podemos consertar o tempo? — Kairn perguntou em desespero. — Destina e eu poderíamos voltar para desfazer o que fizemos?

— Primeiro devemos encontrar Destina — respondeu Raistlin secamente. — Faça sua pergunta a Astinus. Eu não sei a resposta. Manterei os Bozaks ocupados para que não interfiram com você.

Raistlin aproximou-se para falar com os Bozaks, que o trataram com respeitosa deferência.

Assim que teve certeza de que não estavam mais prestando atenção nele, Kairn desceu as escadas correndo. Sua mente girava. Não estava olhando para onde estava indo e um infeliz tropeço quase o fez mergulhar para a morte. Diminuiu a velocidade e se concentrou em olhar onde colocava os pés.

Chegando ao solo, buscou refúgio nas sombras profundas sob a árvore. Raistlin tinha entrado na estalagem, presumivelmente indo se juntar a sua meia-irmã. Os dois Bozaks haviam retornado aos seus postos.

Kairn tentou entender a enormidade da terrível situação, mas sua mente estava confusa. Podia apenas esperar que Astinus conseguisse aconselhá-lo.

Kairn tirou o Dispositivo de Viagem no Tempo do alforje. Segurou o globo com mãos trêmulas e lembrou-se do poema, sinceramente agradecido por Alice Ranniker tê-lo mantido simples, pois estava tão abalado que duvidava que pudesse se lembrar de algo mais complexo.

Kairn recitou as palavras, com voz trêmula.

— E com um poema que quase rima, agora no tempo vou à deriva.

As águas do Rio do Tempo se fecharam sobre ele.

AGRADECIMENTOS

Eu gostaria de agradecer a ajuda do meu "Astinus", Shivam Bhatt, que sempre esteve disponível para responder todo tipo de pergunta, desde as banais até as estranhas.

Eu gostaria de agradecer a ajuda de Paul Morrisey, da Wizards of the Coast, o qual tem sido muito prestativo e compreensivo.

Eu gostaria de agradecer à nossa editora da Random House Worlds, Anne Groell, que fez um excelente trabalho ao nos ajudar a contar nossa história.

Eu gostaria de agradecer ao nosso amigo e bardo, Michael Williams, cuja poesia sempre foi uma parte tão importante de Dragonlance.

MARGARET WEIS

Meus profundos agradecimentos a todos que tornaram este livro possível. A Anne Groell e a todas as pessoas da PRH em todas as áreas que dedicaram sua arte de transformar sonhos nos livros que seguramos e compartilhamos. A R.A. Salvatore, que abriu caminho para esta série existir. À minha família, que atura esse avô criativo e excêntrico que ainda joga, constrói maquetes e pinta miniaturas. À minha esposa, que me acompanha passo a passo na aventura da arte e da criação e que primeiro me apresentou ao D&D. E, finalmente, a todos vocês que, ao longo dos anos, leram nossas palavras e recriaram esses mundos... Sou eternamente grato.

TRACY HICKMAN

REFERÊNCIAS

CRÔNICAS DE DRAGONLANCE
Por Margaret Weis e Tracy Hickman
TSR, Inc., 1984—1985

Dragões do Crepúsculo do Outono
Dragões da Noite do Inverno
Dragões do Alvorecer da Primavera

LENDAS DE DRAGONLANCE
Por Margaret Weis e Tracy Hickman
TSR, Inc., 1986

Tempo dos Gêmeos
Guerra dos Gêmeos
Teste dos Gêmeos

CRÔNICAS PERDIDAS DE DRAGONLANCE
Por Margaret Weis e Tracy Hickman
Wizards of the Coast, 2006—2009

Dragões das Profundezas dos Anões
Dragões dos Céus dos Altos Senhores
Dragões do Mago da Ampulheta

A Segunda Geração
Por Margaret Weis e Tracy Hickman
TSR, Inc., 1994

Dragões da Chama de Verão
Por Margaret Weis e Tracy Hickman
TSR, Inc., 1995

A Forja das Almas
Por Margaret Weis
Wizards of the Coast, 1998

Irmãos de armas
Por Margaret Weis e Don Perrin
Wizards of the Coast, 1999

Aventuras de Dragonlance
Por Tracy Hickman e Margaret Weis
TSR, Inc., 1987

Atlas do mundo Dragonlance
Por Karen Wynn Fonstad
TSR, Inc., 1987

Dragões de Guerra
Por Tracy e Laura Hickman
Wizards of the Coast, 1985

SOBRE OS AUTORES

Margaret Weis e Tracy Hickman publicaram seu primeiro romance na série "Crônicas de Dragonlance", *Dragões do Crepúsculo do Outono*, em 1984. Mais de trinta e cinco anos depois, eles colaboraram em mais de trinta romances em muitos mundos de fantasia diferentes. Hickman está atualmente trabalhando com seu filho, Curtis Hickman, para a The VOID, criando histórias e designs para uma experiência de RV totalmente imersiva, de corpo inteiro. Weis ensina o competitivo flyball esportivo de corrida de cães. Weis e Hickman estão trabalhando em futuros romances desta série.

MARGARET WEIS
margaretweis.com
Facebook.com/Margaret.weis
Twitter: @WeisMargaret

TRACY HICKMAN
trhickman.com
Facebook.com/trhickman
Twitter: @trhickman